Angelika Rehse • Josses Tal

Angelika Rehse

Josses Tal

PENDRAGON

„Die traurige Wahrheit ist, dass das Schlimmste von den Menschen begangen wird, die sich niemals dazu entscheiden, gut oder böse zu sein."

Hannah Arendt

Juli 2004

Die Bahnstrecke von Oslo nach Lillehammer lag in dichten Nebel gehüllt.

Helen starrte aus dem Fenster und hoffte, dass das undurchsichtige Grau kein trüber Vorbote war. Denn Helen war nach Norwegen gekommen, um Klarheit zu finden. Klarheit über das, was vor vielen Jahrzehnten ihrer Familie widerfahren war.

Gedankenverloren sah sie auf die vergilbte Ansichtskarte, die sie vor Monaten aus der Familienchronik gelöst hatte. Auf der einen Seite war der Besseggen zu sehen, ein mächtiger Bergrücken im Nationalpark Jotunheimen. Auf der anderen standen, wie im Kontrast zu der imposanten Landschaft, nur wenige Worte geschrieben – klein und eng.

Habe den Krieg überlebt. Den Kummer, den ich im Kreis verursacht habe, bedaure ich zutiefst. J. T.

Abgestempelt war die Karte am 20. September 1945 in Lillehammer, adressiert an den Bürgermeister im schlesischen Reichenbach, dem Geburtsort ihrer Urgroßmutter.

J. T., Josef Tomulka, so hatte es Helen von ihrer Mutter erfahren, musste auf irgendeine Art und Weise für den Tod ihrer Urgroßmutter Else verantwortlich gewesen sein. Doch was genau damals vorgefallen war, hatte ihr niemand sagen können. Und um das herauszufinden, war sie hier.

Es hatte Helen einiges an Energie und Zeit gekostet, diesen Josef ausfindig zu machen, der in einem abgelegenen Tal am Rande des Nationalparks ein Eremitendasein führte. Kontakt zu ihm war ihr bisher nur über die Betreiberin der Hüttenanlage in Randsverk möglich gewesen.

Die Telefongespräche mit Myra Paulsen waren stets kurz gewesen. Ja, Josef Tomulka lebt hier. Wir nennen ihn Josse. Nein, ans Telefon holen kann ich ihn nicht. Ich werde es ihm ausrichten. – Lange Pause. – Ja, er ist bereit, sich mit Ihnen zu treffen. Mit ihm telefonieren? Wie gesagt, das geht nicht. Da musst du dich schon auf den Weg zu ihm machen. Übrigens – ein kurzes Räuspern – wir siezen uns im Norden nicht.

Der Weg zu Josse führte Helen durch einen allmählich dichter werdenden Kiefernwald. Sie genoss seinen würzigen Duft und sah erwartungsvoll auf die Uhr. Laut Myra müssten es nur noch wenige Minuten bis zu dem mit ihm vereinbarten Treffpunkt sein.

„Du bist zu weit gegangen", hörte sie eine Stimme hinter sich sagen.

Helen zuckte zusammen und drehte sich um. Wie hatte sie ihn nur übersehen können? Keine zwei Schritte von ihr entfernt saß er – saß Josse auf einem Baumstumpf, nickte ihr zu und erhob sich. Er war ein wenig größer als sie, ein drahtiger, wettergegerbter alter Mann, der sie mit müden Augen taxierte.

„Sie …, du bist Josse, nicht wahr? Ich bin …"

„Helen. Ich weiß", sagte er, streckte ihr die Hand entgegen und zeigte mit dem Kopf zur Seite.

„Zu mir führt ab jetzt nur ein Trampelpfad. Bleib am besten direkt hinter mir, je weniger plattgetreten wird, desto besser."

Darauf bedacht, es ihm rechtzumachen, setzte Helen konzentriert einen Fuß vor den anderen und wäre, als er ohne Ankündigung plötzlich stehen blieb, beinahe in ihn hineingelaufen. „Willkommen in Jossetal“, sagte er lakonisch und sah sie verstohlen an.

Umgeben von einem sanft ansteigenden Wall lag vor ihnen das Tal, das seinen Namen trug. Überall blühte es in den kräftigsten Farben, als wolle das Land beweisen, wie schön es war – jetzt, wo sich der Nebel verzogen hatte. Eng an den gegenüberliegenden Wall geschmiegt lag Josses Blockbohlenhütte, gestrichen im satten Grün der umliegenden Wiesen.

„Es ist nett hier“, sagte Helen und wurde rot. Nett wurde all dem hier nicht gerecht. Doch Josse schien es nicht zu stören. Er nickte bloß, begann gemächlich den Hang hinabzustiefeln und hielt dabei seine Prinz-Heinrich-Mütze so fest, als hätte er Sorge, der Wind könne sie ihm vom Kopf wehen.

„Sei so gut und pass auf, wo du hintrittst.“

‚Zerstörungen jeder Art müssen ihm zuwider sein, selbst, wenn es um Pflanzen geht‘, dachte Helen und folgte ihm auf dem schmalen Pfad, der neben quadratisch angelegten Gemüsebeeten zu seinem Zuhause führte.

„Gäste sind selten hier, und irgendwelche Etiketten gibt es bei mir nicht. Also warte nicht auf irgendwas Gestelztes wie *Nimm Platz, Komm rein* oder dergleichen.“

Während Helen sich noch fragte, ob das jetzt eine Aufforderung war, einen Blick in seine Hütte zu werfen oder nicht, nahm sie wahr, dass Josse sich räusperte und sie unverwandt ansah.

„Könntest du dir vorstellen, hier zu übernachten?“, fragte er leise. „Zwei, drei Tage?“

„Übernachten? Ich meine …“ Helen sah an sich herunter.

„Manchmal kommt Myra zu Besuch, von ihr liegen immer ein paar Sachen in meinem Schrank. Vielleicht sind sie dir ein bisschen zu groß, aber … an einem Tag ist die Geschichte nicht erzählt.“ Josse sah hinauf zur Sonne, eine Uhr zur Zeitbestimmung brauchte er nicht. „Außerdem muss ich mich jetzt erst einmal um meine Kaninchen kümmern. Wenn du Hunger hast, drinnen steht was zum Essen auf dem Tisch.“

Obwohl Helen es nach wie vor sonderbar fand, einfach allein hineinzugehen, schlug ihre Unsicherheit, kaum dass sie die Türschwelle übertreten hatte, in Erstaunen und Neugier um. Auch hier drinnen sah Josses Zuhause aus wie die perfekte Abbildung in einem Reisekatalog: Tassen, Teller, das gesamte Geschirr, alles war akribisch aufgereiht, gruppiert und sortiert, die Möbel mustergültig aufeinander abgestimmt – aber alles war steif und sachlich, als sei …

„Und, wie gefällt es dir?“

Helen zuckte zusammen. Heute schon zum zweiten Mal. „Außergewöhnlich“, erwiderte sie und drehte sich zu ihm um, „nur, was ich vermisse …, es gibt keine Fotos von dir, keine Erinnerungsstücke, keine …“

„Ich stell nicht gern die Vergangenheit zur Schau“, sagte Josse rau, „aber deine Fragen werde ich alle beantworten. Und die ganze erbärmliche Geschichte erzählen. Ich habe nur eine Bedingung: Alles, was ich dir sage, bleibt unter uns, ja? Alles, ohne Ausnahme.“

Helen schluckte. „Natürlich“, sagte sie mit belegter Stimme, „ganz, wie du möchtest.“

Josse sah sie durchdringend an. „Ich hoffe, du hältst dein Wort.“

Helen schwieg und wartete. Sie merkte, wie schwer es ihm fiel, die passenden Worte zu finden.

„Die Schuld, die ich auf mich geladen hab, ... wiedergutmachen kann ich sie nicht. Aber vielleicht kann ich erklären, wie es dazu kam."

„Manche Dinge muss man aussprechen, um ihnen die Macht zu nehmen. Ich bin nicht hier, um dich zu verurteilen."

Josse holte tief Luft. So tief, als hoffe er, die Geschichte mit einem einzigen Atemzug erzählen zu können. Doch dann schloss er die Augen und verzog gequält sein Gesicht. „Hast du schon mal versucht, etwas zu Papier zu bringen, und nicht gewusst, wie du anfangen sollst? Ich finde nämlich keine passende Einleitung zu all dem, zu mir, hier." Er presste seine Lippen zusammen und sah Helen nachdenklich an. „Lass mich noch eine Nacht drüber schlafen", sagte er leise. „Und du, du solltest dir die Zeit nehmen, dich darauf vorzubereiten."

‚Darauf vorbereiten? Auf seine Beichte? Wie denn?' Helen lag hellwach in dem Bett, das Josse ihr wie selbstverständlich überlassen hatte, starrte an die Decke und fragte sich, wann sie wohl zur Ruhe kommen würde, so angespannt und nervös, wie sie war.

Über dem Bett war eine kleine Holztafel angebracht. Schalom stand darauf, in geschwungenen, eingebrannten Buchstaben.

„Schalom", murmelte Helen und fiel irgendwann in der nicht dunkel werdenden Nacht in einen unruhigen Schlaf.

Zum Frühstück gab es frisches Brot mit Milch und Käse von der Ziege und … Schweigen. Josse aß mit gesenktem Kopf und machte keine Anstalten, es zu brechen.

Helen ging schließlich auf die Veranda, wartete und lauschte. Auch hier draußen umfing sie für einen Moment nichts anderes als das Schweigen der Natur. Außerdem schien hier in Josses Tal die Zeit langsamer zu vergehen.

„So!“ Dieses Mal erschreckte Josse sie nicht. Als er sich neben sie setzte, war fast eine Stunde vergangen. „Jetzt können wir anfangen. Was mich von Reichenbach hierhergetrieben hat“, fuhr er mit Bedacht fort, „ist keine schöne Geschichte. Da sind einige sehr unansehnliche Flecken drin.“

„Alle selbst fabriziert oder auch welche von anderen?“

„Also die Leinwand, auf der mein Leben gemalt ist, war von vornherein nicht weiß. Sie war vergilbt und rissig und wurde im Laufe der Zeit mit hässlichen Brauntönen bemalt.“

Josse holte tief Luft und sah zum Himmel hinauf, als könne er den passenden Anfang für seine Geschichte in den Wolken lesen.

„Allein schon meine Kindheit … sie war ein Kapitel für sich.“

Juli 1930

Josef saß auf der Bordsteinkante, weinte und rieb sich den Nacken. Wenn Großvater zuschlug, tat es immer so verdammt weh.

„Er ist doch erst fünf", hörte er seine Mutter sagen – schwach und leise.

Josef hörte genau, dass sie traurig war. Er hätte gern seine Arme um sie geschlungen und sie getröstet, aber das wollte sie ja nicht. Heute nicht, gestern nicht und morgen nicht. Vor kurzem, da hatte er mal wieder auf ihrem Schoß sitzen dürfen. Vor ein paar Wochen, als sie mit ihm zum Arzt gegangen war, weil der ihm in die Ohren sehen musste. Daheim durfte er das nie – bei ihr auf dem Schoß sitzen.

Doktor Jeschke hatte ihn nach der Untersuchung lange angesehen, ihm über den Kopf gestreichelt, viele Male, und ihm dann ein Sahnebonbon geschenkt.

„Sieh zu, dass du kein Wasser in die Ohren kriegst, junger Mann." Der Doktor hatte ihm aufmunternd zugenickt, sich danach aber wütend zu seiner Mutter umgedreht und war laut geworden.

„Der Josef ist nicht *gefallen.* Der hat eine Ohrfeige bekommen, meine liebe Helene. Sag deinem Vater, dass er sich zusammenreißen soll. Diesmal hat's ihm das Trommelfell zerrissen."

Helene hatte sich die Hand vors Gesicht gehalten und geweint.

„Irgendwann kommt der Tag, dass so was angezeigt wird. Hoffentlich noch zu meinen Lebzeiten." Doktor Jeschke war ärgerlich auf und ab gegangen. „Er ist nun einmal da, der kleine Kerl, und er selbst kann ja wohl am wenigsten dafür."

„Wenn wir umgezogen sind, wird alles besser. Dann sagen wir, dass sein Vater beim Grubenunglück ums Leben gekommen ist. Dann hat alles ein Ende. Das ist besser als unehelich."

„So ein Blödsinn. Spätestens bei seiner Einschulung muss seine Geburtsurkunde auf den Tisch. Name des Vaters. *Gibt die Mutter nicht an.* Glaubst du wirklich, das sickert nicht durch? Und was dann? Meine Güte, uneheliche Kinder hat es zu allen Zeiten gegeben. Das Problem ist nicht der Junge. Das Problem ist vor allem dein Vater, der so ein Drama daraus macht. Natürlich hat er sich das alles anders vorgestellt. Klar, dass er seine Tochter anders aus Breslau zurückerwartet hat. Rumstolziert und angegeben wie ein Pfau hat er mit dir. *Nein, meine Helene ist nicht in Stellung. Eine* Stellung *hat sie da. Sie ist doch kein Dienstmädchen. Die rechte Hand der gnädigen Frau ist sie!* Wenn nur diese unglückselige Mischung nicht gewesen wäre. Dein Vater und dieser scheinheilige Pfaffe, den sie nicht mal in die Nähe der Himmelspforte lassen werden!"

Josef wischte sich die Tränen ab und drückte die Handballen so lange gegen seine Augen, bis er rote und grüne Schleier sah. Manchmal waren es nur kleine, schwarze Bäume, deren Zweige so dünn wie Mutters Nähgarn waren. Manchmal waren es große, bunte, pulsierende Flecken und Ringe. Schöne, bunte Bilder waren es, die ihm keiner nehmen konnte, die ihm ganz allein gehörten, die immer wieder anders, immer wieder neu waren. Bilder, an denen er Freude hatte und an denen er sich nicht sattsehen konnte.

„Lass das sein", hörte er seine Großmutter poltern, „wie oft soll ich dir noch sagen, dass man davon blind wird."

Frieda Tomulka griff in Josefs Haare und zog ihn mit einem einzigen Ruck auf die Füße.

„Die schöne Vase", jammerte sie, „echtes Meißner Porzellan. Und du lässt sie einfach fallen. Nu mach schon, geh rein und hol die Kehrschaufel."

Sie versetzte ihm einen kräftigen Hieb in den Rücken, und Josef stolperte zurück ins Haus.

Dass er nicht so rumstehen solle, hatte sie kurz vorher zu ihm gesagt, dass er sich gefälligst nützlich machen und die leichten Sachen rausbringen solle. Die Vase war leicht gewesen. Und zu groß war sie auch nicht.

Ängstlich drückte sich Josef an die Wand und stellte sich vor, dass er einfach durch sie hindurchglitt. In Sicherheit. Doch die Wand half ihm nicht.

„Zu nischte biste zu gebrauchen, zu rein gar nichts", fauchte Fritz Tomulka, der auf seinem Rücken den großen Ohrensessel nach draußen schleppte. Er blieb unmittelbar vor seinem Enkel stehen. „Dieser ganze verdammte Umzug. Und alles nur wegen dir und deiner Mutter."

„Aber wenn se mich doch umgerannt haben."

„Wer? Was?" Fritz Tomulka bückte sich noch ein wenig tiefer zu Josef herab und funkelte ihn wütend an.

„Der Hund von Werners und ihre Katze. Gejagt habn se sich. Die Vase, … ich war vorsichtig damit."

„Ausreden hast du jedenfalls schon genug für dein Alter.

Hast du keine Augen im Kopf? Hast du nich gesehn, dass die zerbrechlichen Sachen in Kisten kommen?"

Josef schüttelte sich und zog ängstlich den Kopf ein. Er schüttelte sich immer, wenn jemand mit ihm schimpfte, und besonders dann, wenn es der Großvater war. Großvater, der dieses Schütteln jedes Mal missverstand.

„Was?", hatte der Großvater erst wieder beim letzten Mal gebrüllt. „Du sagst auch noch nein!"

Josef war seinem Hieb ausgewichen und mit dem Kopf ans Küchenbüffet geknallt. Tagelang hatte er Kopfschmerzen gehabt. Doch den dicken Kopfverband, den hatte er gemocht, denn als er einkaufen gegangen war, hatte er vom Bäcker ein Rosinenbrötchen und vom Kaufmann Honigbonbons bekommen. Platzwundenheiler hatten sie sie genannt.

‚Ach ja', kam es Josef in den Sinn, ‚als die genäht wurde, da habe ich auch bei der Mutter auf dem Schoß sitzen dürfen, und hinterher hat sie mir Schokolade gekauft und gesagt, dass ich das auf gar keinen Fall dem Großvater sagen darf.'

Doch heute blieb Josef verschont, heute musste der Großvater den Sessel festhalten und hatte keine Hand frei. Josef holte Kehrschaufel und Besen, blieb für einen Moment stehen und sah seiner Mutter zu, wie sie eine Kaffeetasse in Zeitungspapier wickelte und in einen Karton legte.

„Nimm den Eimer mit", sagte sie und schniefte. „Aber tu vorher den Wischlumpen raus. Fehlt nur noch, dass du die Scherben auf ihn schmeißt."

Josef legte den Lappen auf den Boden, sah erst ihn, dann seine Mutter an, und runzelte die Stirn.

„Muttel?", fragte er und musterte sie eindringlich. „Warum

sagt der Großvater eigentlich immer, dass du ein rumgewischtes Frauenzimmer bist?“

Helene Tomulka bekam einen roten Kopf und schloss die Augen. Josef legte seinen Kopf auf die Seite und sah prüfend an ihr hoch. Mutter war klein und zierlich, jedenfalls kleiner als die Großmutter, und wenn sie lächelte – das tat sie eigentlich nur hin und wieder, meistens nur dann, wenn sie las –, dann strahlten ihre braunen Augen besonders schön. Josef konnte einfach nicht begreifen, was seine Mutter mit so einem hässlichen Wischlappen zu tun haben sollte.

Zu ihren Füßen sitzen dürfen, wenn sie las, und dabei mit Bauklötzen spielen, das war Josefs größte Freude. Manchmal umrundete er mit seinem Holzauto ihren Sessel, kroch von hinten an ihm hoch und ließ seine Nase in ihrem großen Dutt verschwinden. Sie schien das zu mögen, denn sie hatte Josef deswegen nie ausgeschimpft oder weggejagt – höchstens ins Bett geschickt, wenn es schon spät war.

„Das verstehst du nicht“, sagte Helene Tomulka, sah ihren Sohn nicht an und starrte in die Umzugskiste. „Da musst de dich verhört haben“, fügte sie rasch hinzu und schickte ihn mit einer Handbewegung nach draußen.

‚Frauenzimmer, rumwischen‘, grübelte Josef und versuchte, sich einen Reim darauf zu machen – so lange, bis das Haus leer geräumt und der Lastwagen vollgepackt war.

Es war Mittag, als sich Fritz Tomulka mit versteinertem Gesicht hinter das Steuerrad setzte, neben ihm seine still in sich hineinweinende Frau, rechts an die Tür gequetscht seine beschämt nach unten blickende Tochter.

Die alte Frau Poppelwitz, die zwei Häuser weiter wohnte, war die Einzige, die zum Auf-Wiedersehen-Sagen gekommen war. Sie stellte sich auf die Zehenspitzen und reichte Josef, der hinten auf der offenen Ladefläche eingepfercht zwischen dem Hausrat saß, ein mächtiges Stück Streuselkuchen hinauf.

„Danke!“ Josef strahlte, und Frau Poppelwitz fragte sich, ob seine hochroten Wangen Zeichen der Aufregung oder, wie so oft, mal wieder das Resultat von Backpfeifen waren, die ihm sein Großvater verpasst hatte.

„Es ist ein Opel, hat der Großvater gesagt. Er heißt *Blitz*, und er kann über 60 Kilometer in der Stunde fahren.“

„Oh wei, oh wei. So schnell?“ Frau Poppelwitz riss die Augen auf und schlug die Hände vors Gesicht. „Dann halt dich da oben bloß gut fest.“

Als sich der Wagen langsam in Bewegung setzte und die schmale Straße hinunterzuholpern begann, rief sie ein leises „Fahr mit Gott“ hinter ihm her. Ihr Segenswunsch galt einzig und allein dem Jungen, weder der Mutter noch der Großmutter und schon gar nicht dem Alten.

Und Josef freute sich. Erstens, weil die Sonne schien, und zweitens, weil in einem Haus nach dem anderen die Gardinen vor den Fenstern weggezogen wurden. So viel Aufmerksamkeit war ihnen schon lange nicht zuteilgeworden, und er winkte begeistert zurück, mit beiden Armen. Fast hätte er dabei den Kuchen und das Gleichgewicht verloren, denn der alte Tomulka war abrupt aufs Gaspedal getreten – trotz des Kopfsteinpflasters. Es war ihm egal, ob und wie sehr sein Enkel dabei durchgeschüttelt wurde.

Mit erhobenem Kopf und ausdrucksloser Mine versuchte Fritz Tomulka, seinen inneren Kampf, seine Wut zu verbergen. Weder nach rechts oder links blickend trieb er den fast fabrikneuen Pritschenwagen, den ihm die Werksleitung der Gleiwitzer Hütte für den Umzug zur Verfügung gestellt hatte, aus dem Dorf hinaus. Vergebens hatten sie versucht, ihn umzustimmen, doch wenigstens in der Nähe zu bleiben, wenn er schon glaubte, dass mit dem Wegzug aus Ostroppa alles besser werden würde.

Seit seinem 14. Lebensjahr hatte Fritz Tomulka in der Kunstgussschmiede gearbeitet und sich bald auf das Hämmern und Gravieren von Plaketten und Wappen spezialisiert. Es hatte sich schnell herumgesprochen, dass seine Stücke besonders gediegen waren, und nicht wenige Auftraggeber hatten ausdrücklich eine von ihm angefertigte Arbeit verlangt. Ruhig, besonnen, hilfsbereit und freundlich war er gewesen – bis zu jenem Tag, als seine Tochter aus Breslau zurückkehrte, im Gepäck einen Haufen neue Kleider und die Nachricht, dass sie ein Kind erwartete.

Nein, den Vater wollte sie nicht nennen. Nein, Unterhalt könne sie von ihm nicht erwarten. Nein, die Leute, bei denen sie in Stellung war, hatten ihr nicht gekündigt, sie sei von selber gegangen. Ja, sie habe es auch schon dem Alfred gesagt, dem jungen Mann aus dem Dorf, der ein Auge auf sie geworfen hatte, und nein, sie wüsste nicht, was nun werden würde.

An diesem Tag hatte Fritz Tomulka seine Tochter zum ersten Mal geschlagen. Zwanzig war sie da gewesen. Sein Ein und Alles war sie bis dahin gewesen, sein ganzer Stolz. Seine Welt war unheilbar zerrissen.

Als am selben Abend Alfred gekommen war, um Helene zu einem Spaziergang abzuholen, hatte Fritz Tomulka einen

Streit vom Zaun gebrochen und ihm unterstellt, dass er auf diese Weise ja ein ideales Feld zum Austoben habe, da für die Konsequenzen ja schon ein anderer gesorgt hätte.

Doch Alfred hatte sich nicht beirren lassen, war wiedergekommen, hatte dabei jedes Mal versichert, dass er sie trotzdem heiraten wolle, und schließlich hatte Fritz Tomulka nachgegeben. Es kehrte wieder Ruhe und Frieden ein in Helenes Elternhaus, und Fritz Tomulka fing sogar an, sich auf sein Enkelkind zu freuen.

Drei Tage nach dem Aufgebot war der Pfarrer gekommen und hatte Helene und ihren Eltern eine Moralpredigt gehalten, auf sie eingeredet, ihnen Vorhaltungen gemacht und sie beschworen, von dem Alfred doch nicht ein derart großes Opfer abzuverlangen. Eine befleckte Frau vor den Altar zu führen, ob sie sich darüber wirklich im Klaren wären? Und überhaupt, er würde sich sehr schwertun, sie zu vermählen, und wenn, würde er die Trauung nur in aller Stille im Pfarrhaus vollziehen und Helene dürfe kein weißes, sondern müsse ein schwarzes Kleid tragen. Eine fröhliche Hochzeitsfeier würde dem guten Alfred entgehen, und jeden Tag hätte er mit dem Wissen zu leben, dass das Kind in ihr, das er großziehen und ernähren müsse, nicht sein eigen Fleisch und Blut sei. Was für eine Zumutung das doch alles wäre.

„Nein“, hatte Pfarrer Gollberg immer wieder gesagt, „so eine Ehe steht unter keinem guten Stern. Willst du etwa, dass er eines Tages wegen dieser Last das Saufen anfängt? Gib ihn frei. Sag ihm einfach, dass du ihn nicht willst.“

Helene hatte geweint. „Aber das wäre gelogen … lügen ist doch Unrecht!“

„Das kleinere in solch einem Fall.“ Der Pfarrer hatte

die Augen verdreht und beschwörend die Hände gehoben. „Glaubst du denn etwa, ich würde dir zu irgendetwas raten, womit der Himmel nicht einverstanden ist?“

Helene hatte also Ja und Amen gesagt, unter Tränen, und den Pfarrer danach auf Knien um Vergebung bitten müssen – ihn, der das Haus erst verlassen hatte, nachdem sie schon lange in ihre Kammer gegangen war.

Folgenden Beschluss hatte der Pfarrer ihren Eltern mitgeteilt: Schwarze Kleider müsse sie von nun an tragen, ein ganzes Jahr lang, höchstens mal ein dunkelblaues an den Festtagen wie Ostern, Weihnachten, Mariä Himmelfahrt oder Fronleichnam. Das Kind, wenn es da wäre, würde eine Haustaufe bekommen. Nein, in die Kirche, da würde er es nicht hineinlassen. Nach der Vollendung seines ersten Lebensjahres erst dürfe auch wieder die Mutter die Messe besuchen – selbstverständlich hätte sie hinten zu sitzen. Dass sie bis dahin auch von allen anderen Festen und Versammlungen in der Gemeinde ausgeschlossen wäre, verstünde sich von selbst.

Nein, Helene verstand diese Form der Buße nicht. Verstand nicht, warum diesem Pfarrer ihre Eltern und alle anderen Leute so ergeben waren. Sie verstand nicht, warum er solch einen Einfluss, solch eine Macht auf seine Gemeindemitglieder ausüben konnte, obwohl doch jeder wusste, dass er Abend für Abend zu seiner Haushälterin ins Bett kroch. Ihre Vorgängerin, die war von heute auf morgen ausgezogen, und man munkelte, dass sie zuvor bei der alten Muschnern, die in einer alten Klitsche am Rande des Dorfes lebte, abgetrieben habe und seitdem im Niederschlesischen einem Fabrikanten den Haushalt führen würde.

Helene war überhaupt nicht mehr in die Kirche gegangen. Der Herr Pfarrer, der sonst immer die Straßenseite gewechselt hatte, wenn er Helene auf sich hatte zukommen sehen, hatte deswegen zuerst mit den Eltern gesprochen und Helene schließlich in aller Öffentlichkeit vor dem Brunnen auf dem kleinen Dorfplatz zur Rede gestellt. Sie hatte ihn ausreden lassen und dann auf die Pflastersteine gezeigt. „Der, der ohne Sünde ist, Herr Pfarrer, der werfe den ersten Stein", hatte sie ruhig, doch laut und vernehmlich, gesagt und war noch einen Schritt näher an den Brunnen herangetreten. „So sagt man doch, nicht wahr? Und ich denke, dass es für Ihre Gemeinde besser wäre, wenn Sie mitsamt Ihrer ganzen Scheinheiligkeit mit einem besonders dicken um Ihren Hals hier drin verschwinden würden."

Die Leute, die mit offenstehendem Mund Zeuge dieses Szenarios geworden waren, hatten noch gesehen, dass sich die Helene erst bekreuzigt, ihm danach vor die Füße gespuckt hatte und erhobenen Hauptes nach Hause gegangen war.

Der Pfarrer hatte ihr eine ganze Weile hinterhergestarrt und sich lange nicht gerührt. In der darauffolgenden Nacht bekam er einen Schlaganfall, von dem er sich nicht wieder erholte. Er wurde zwei Wochen später nahezu sang- und klanglos zu Verwandten gebracht, die irgendwo in der Nähe von Oppeln wohnten, und dort soll er bald darauf verstorben sein.

Ostroppa lag hinter ihnen. Josef kuschelte sich an die aufgestellten Matratzen und fragte sich, warum Großvater die Mutter auch mit diesen Dingern verglich. „Das hat man eben davon, wenn man zur Großstadtmatratze geworden ist", hatte er erst wieder letzte Woche seine Tochter angefaucht. Diesmal war sie nicht weinend in ihre Kammer gelaufen, diesmal hatte sie ihm stumm ins Gesicht gesehen, sich umgedreht und ihn stehengelassen.

Am selben Abend noch, Mutter und Tochter saßen ausnahmsweise einmal friedlich nebeneinander, hörte Josef seine Mutter etwas sagen, das er anfangs ebenso wenig einzuordnen wusste. Es war nur der Klang ihrer Stimme gewesen, die ihn aufhorchen ließ.

„Weißt du noch", hatte sie zur Großmutter gesagt und ihr Strickzeug in den Schoß gelegt, „wie froh ich damals war, als ich aus diesem kratzigen Wollmantel herausgewachsen war und du ihn im hohen Bogen auf den durch die Straße schleichenden Wagen des Lumpensammlers geworfen hast? Wie er auf Nimmerwiedersehen verschwunden ist? In Dorotheenthal die Vergangenheit einfach verschwinden lassen …"

Über das Gesicht der Großmutter war ein leichtes Lächeln gehuscht. Das erste seit langem.

Nun wird alles gut. Josef riss beide Arme hoch und schmetterte den Bäumen rechts und links neben der Chaussee ein lautes *Hurra* entgegen.

Josef mochte dieses Dorotheenthal. Auf Anhieb. Dreizehn kleine Häuser, alle auf derselben Seite, und das, vor dem sie jetzt stehengeblieben waren, lag mittendrin.

Drei Stunden waren sie unterwegs gewesen. Josef hatte sich nicht sattsehen können an der vorbeiziehenden Landschaft, hatte sich so sehr gefreut über all die, die ihm vom

Straßenrand oder von den Feldern her zugewinkt hatten, und nun, kaum dass sie ihr Ziel erreicht hatten … er konnte sein Glück nicht fassen.

Kaum, dass der Großvater den Wagen vor ihr neues Zuhause gelenkt hatte, kaum, dass er den Motor abgestellt hatte, kaum, dass er aus dem Führerhaus geklettert war, sah Josef sie auch schon kommen – die neuen Nachbarn, einen nach dem anderen durch das Tor spazieren.

„Herzlich willkommen!", riefen sie, dass sie sich freuten, dass ihr kleines Dorf nun wieder komplett sei. Mit anpacken wollten sie, brachten Kaffee, Kuchen und Butterbrote mit und waren so guter Laune.

Gute Laune, die mit einem Handstreich – mit einer schallenden Ohrfeige von Josefs Großvater, ausgeteilt an seinen Enkel, der sich freudestrahlend eines der ihm vorgehaltenen Wurstbrote greifen wollte, ein jähes Ende fand. Und dann hat er den Klinkes, den Reimanns, den Steiners und wie sie alle hießen, gesagt, dass seine Familie auch ohne sie zurechtkäme und sie bestens versorgt seien.

Ganz verlegen waren die Nachbarn gewesen, haben was von *er ist wohl von der weiten Fahrt a bissla überdreht* gesagt, haben Kaffeekannen, Kuchen und Wurstschnitten auf den Gartentisch gestellt und sind gegangen. Und da ist der alte Tomulka völlig aus der Haut gefahren.

„Bloß, weil meine Tochter keinen Mann nich hat, haben wir trotzdem alles, was wir brauchen!", brüllte er ihnen hinterher, zog seinen Enkelsohn rüde von der Ladefläche herunter und stellte ihn unsanft auf den Boden.

Der Teller mit dem Kuchen stand Josef am nächsten, und ehe er von seinem Großvater erneut daran gehindert werden konnte, griff er nach zwei Stücken und brachte sich mit ihnen hinter dem Auto in Sicherheit. Wenn es schon mal welchen gab, dann – so hatte ihn die Erfahrung gelehrt – durfte er nicht lange fackeln. Da hieß es zugreifen. Außerdem knurrte ihm der Magen. Auch diesmal war das Stück, das er in sich hineinstopfte, viel zu groß. Ihm war nicht zum ersten Mal ein Bissen im Hals steckengeblieben. Verzweifelt rang er nach Luft und stolperte aus seiner Deckung hervor. Nun wären ihm ein, zwei kräftige Schläge auf den Rücken sogar ganz recht. Lange darauf warten musste er nicht.

„Du dummes Luder!“, hörte er den Großvater brüllen, und Josef betrachtete halb wehmütig, halb erleichtert die vor ihm im Gras liegenden Brocken. Der nächste Hieb machte, dass Josefs Kopf fast den Boden berührte. Instinktiv hob er die Arme, umklammerte schützend sein Genick und ließ sich ins Gras fallen, rollte sich zusammen und hoffte inständig, dass er sich zusammenreißen könne. Er wusste aus Erfahrung, dass es eher ein Ende geben würde, wenn er Großvaters Dresche klag- und reglos ertrug.

„Lassen Sie das gefälligst bleiben!“

Josef drehte leicht seinen Kopf, schielte nach oben und sah vor seinem Großvater einen jungen Mann stehen.

„Sie werden das Kind nicht mehr schlagen“, sagte er scharf, hielt die Handgelenke von Fritz Tomulka fest umklammert und drängte ihn Schritt für Schritt zurück. „Sie werden nicht weiter auf ihn eindreschen wie auf einen kleinen, nichtsnutzigen Ju...“

Der junge Mann war kräftig, einen Kopf größer als Fritz Tomulka, er trug eine hellbraune Uniform und, was Josef besonders faszinierte, an seinem linken Arm ein männerhandbreites rotes Band mit einem eigenartigen schwarzen Zeichen darauf.

„Sie haben mir gar nichts zu sagen. Lassen Sie mich augenblicklich los!", blaffte Fritz Tomulka zurück – zum Erstaunen seines Enkels von Wort zu Wort ein wenig leiser statt lauter werdend.

Im Hauseingang standen Frieda und Helene Tomulka mit offenem Mund und rührten sich nicht.

„Ich bin nicht oft hier. Bei meinen Eltern, mein ich." Der Mann gab Fritz Tomulkas Arme frei, rückte aber keinen Zentimeter von ihm ab. „Aber ich werd ihnen sagen, dass sie ein Auge auf Sie und den Jungen werfen sollen. Wenn so was noch mal vorkommt, dann wird das Konsequenzen für Sie haben, verstanden?"

Der Mann in Uniform half Josef auf die Beine, nahm ihn wie selbstverständlich auf den Arm, ging mit forschen Schritten zu den verschüchtert dreinblickenden Frauen und schlug die Hacken zusammen.

„Reckzügel, Wilhelm Reckzügel", stellte er sich vor und tätschelte dabei Josefs Wange. „Die Partei hat ein Herz für Kinder. Die Zukunft Deutschlands ruht in Jungen wie diesem." Er zog ein Taschentuch aus seiner Hosentasche, putzte Josef die Nase und sah Helene mit leicht herabgezogenen Mundwinkeln an. „Und wenn ich das vorhin richtig verstanden habe, sind Sie also die Mutter ohne Mann."

Helene wurde rot und sah zu Boden. „Er ist bei einem Grubenunglück umgekommen. Bevor wir heiraten konnten", stammelte sie.

„Da hab ich aber Glück gehabt", sagte Wilhelm Reckzügel und nickte lächelnd auf sie herab. „Ich meine, dass meine

Eltern noch *vor* meiner Geburt getraut wurden." Er sah an sich herunter und lachte leise. „Keine zwei Monate später, und ich war da."

Fritz Tomulka hatte sich noch immer nicht von der Stelle gerührt und starrte mit zusammengekniffenen Lippen zu ihnen hinüber.

„Also, wie gesagt, ich heiße Reckzügel. Wilhelm, wie mein Vater. Wir fangen alle mit W an. Mein Bruder heißt Werner und meine Schwester Waltraud. Nur meine Mutter tanzt aus der Reihe, die heißt Lotte."

Wilhelm Reckzügel nahm wieder Haltung an und sah über seine Schulter. „Irgendwie ist anscheinend immer einer da, der aus der Reihe tanzen muss."

Josef sah mit weit aufgerissenen Augen zwischen ihm und seinem Großvater hin und her. Dieser Herr Reckzügel, der ihn noch immer auf dem Arm hielt, musste ein sehr wichtiger Mann sein. So ein wichtiger wie der Herr Doktor oder die Polizei. Nur, dass die Uniform von Polizisten grau und nicht braun war.

„Ich werde ihn mitnehmen", sagte Reckzügel bestimmt. „Wie ich sehe, ist der Ihnen bei der Arbeit hier sowieso im Weg. Sobald sein Schlafplatz fertig ist, können Sie ihn ja bei uns abholen. Hausnummer dreizehn. Das ist das letzte hier in der Straße."

Helene Tomulka nickte beklommen, ihre Mutter ging wortlos ins Haus, und der alte Tomulka machte sich auf der Ladefläche des Wagens zu schaffen.

„Und jetzt im Galopp", sagte Wilhelm Reckzügel, hob Josef auf seine Schultern und stob mit dem vor Vergnügen quietschenden Josef davon.

Helene schüttelte sich, lief zum Gartentor und sah den beiden hinterher.

‚Vielleicht wird hier doch alles besser für uns – und dich.' Sie schloss die Augen und seufzte. ‚Ich muss dich … einfach mehr in den Arm nehmen, dich lieb haben … verteidigen. Aber Vater sagt, dass man einen Jungen damit nur verweichlicht.'

Sie machte auf dem Absatz kehrt und ging zurück, um beim Abladen zu helfen.

In Dorotheenthal gab es 15 Kinder. Zwei Jungen und ein Mädchen waren so alt wie Josef, die Zwillingsmädel von nebenan waren erst ein knappes Jahr alt und die restlichen neun – vier Jungen und fünf Mädel – gingen schon zur Schule.

Bisher hatte Josef keine guten Erfahrungen mit Kindern gemacht. Launisch waren sie gewesen – wie die Erwachsenen. Einmal durfte er mitspielen, ein andermal jagten sie ihn davon, und immer wieder hatten sie ihn damit aufgezogen, dass er keinen Vater hatte. Selbst die alte Frau Poppelwitz, die zum Abschied so nett zu ihm gewesen war, hatte erst kurz vor der Abreise mit einer anderen Frau über ihn gesprochen. Josef hatte es ganz deutlich gehört: „Mit dem Jungen – ein Kreuz ist das. Was soll aus so einem bloß mal werden? So ohne Vater."

Mit Reckzügels war das anders. Von Anfang an.

„Darf ich vorstellen?" Wilhelm nahm Josef von seinen Schultern, ging in die Hocke und tippte ihm auf die Nasenspitze.

„Hier, unser neuer Nachbar. Und der junge Mann wird uns sicher auch gleich seinen Namen verraten, nicht wahr?"

Josef strahlte.

Noch nie hatte jemand *junger Mann* zu ihm gesagt, geschweige denn, ihn oben auf den Schultern getragen. Noch nie hatten ihn so viele Augenpaare auf einmal so freundlich angesehen.

„Ich bin der Josef, wir wohnen jetzt hier, wir sind grade angekommen, mit einem ganz großen Auto", sprudelte es aus ihm heraus.

„So, so. Der Josef bist du", sagte Wilhelm Reckzügels Mutter und zog ihn auf ihren Schoß. „Da wird sich der Herr Pfarrer aber freuen, dass er bald wieder einen richtigen Josef fürs Krippenspiel hat. Der Josef aus dem Nachbardorf, der geht nämlich schon aufs Lyzeum und mag nicht mehr."

„So viele Kinder und sonst kein weiterer Josef in den frommen Familien? Im ganzen Pfarrbezirk nicht?", gab Wilhelm frotzelnd von sich und handelte sich von seinem Vater einen tadelnden Blick ein.

„Ich weiß, ich weiß." Wilhelm hob beschwichtigend seine Arme. „Und in den letzten Tagen werden Spötter kommen, die ihren Spott treiben." Er lachte leise und legte seine Hände auf die Schultern des Vaters. „Aber vergiss nicht", mit jedem Wort wurde er ein ganz klein wenig lauter, „ich tu jeden Tag eine gute Tat. Jeden Tag … für Volk und Vaterland."

„Solange du noch Bibelstellen zitieren kannst, können wir ja zufrieden sein." Vater Reckzügel ging einen halben Schritt zurück, sah an seinem Sohn herunter und räusperte sich. „Aber deine Uniform kannst du jetzt trotzdem ausziehen. Wir wissen deine Anwesenheit auch ohne sie zu schätzen."

Für einen Moment war es still in der kleinen Küche, und Josef zog den Kopf ein und wartete auf ein Donnerwetter.

„Nun komm schon, Bruderherz", durchbrach Wilhelms Bruder Werner die Stille und klatschte in die Hände. „Dass auch hier bei uns jede Hand gebraucht wird, wirst du in deiner Ambulanz ja wohl nicht vergessen haben, oder?"

Josef spitzte die Lippen und atmete pustend aus.

„Eigentlich hab ich ihm ja nichts zu sagen", grinste Werner und beugte sich zu Josef hinunter, „er ist nämlich der ältere von uns beiden. Ein ganzes stolzes Jahr." Er tätschelte Josefs Wange. „Und so wie du aussiehst, so groß und stark, willst du doch sicherlich auch helfen."

Werner zeigte auf die große Küchenuhr und streckte Josef seine Arme entgegen. „Es wird Zeit, weißt du. Ich habe nämlich Kaninchen und die haben Hunger."

„Ich will aber laufen", platzte es aus Josef heraus.

Keiner regte sich, keiner sagte ein Wort.

Erschrocken schlug sich Josef die Hand vor den Mund und blickte unsicher von einem zum andern. Hätte er sich lieber tragen lassen sollen?

„Na, und richtig resolut biste auch!" Frau Reckzügel nickte ihm aufmunternd zu und befreite ihn aus seiner Starre.

„Fein", sagte Werner, drehte sich um und ging zur Tür, „dann bin ich ja mal gespannt, wie schnell du bist."

Türen macht man leise zu, Türen werden nicht geknallt, war Josef vom Großvater eingebläut worden. Als er sie sachte hinter sich zuzog, konnte er gerade noch hören, wie Wilhelm empört über den Vorfall vor seinem neuen Zuhause berichtete – wie bösartig dieser Fritz Tomulka mit seinem Enkelsohn umgesprungen war und dass er ihm eine reinwürgen würde, wenn er sich noch einmal an ihm verginge.

Josef runzelte die Stirn. Eine reinwürgen? Das hatte er noch nie gehört. Ob das wohl so was wie Dresche war? Und von einer Ambulanz, hatte er auch noch nie gehört. Aber eines hatte er verstanden. Bei den Reckzügels ging es viel freundlicher zu als bei ihm daheim.

„Wilhelm studiert Medizin. In Berlin. Er will Arzt werden und arbeitet dort in der Ambulanz", sagte Werner und Josef fragte sich, ob er Gedanken lesen konnte. „In einer Ambulanz, da hilft man Leuten, die sich was gebrochen oder große Wunden haben. Die kriegen dann einen Verband von Wilhelm und was gegen die Schmerzen."

Sie waren inzwischen bei den Kaninchenställen angekommen, und Werner stellte Josef auf eine Kiste, damit er besser hineinsehen konnte.

Josef sah mit großen Augen zurück zum Haus und nickte ehrfürchtig. ‚Wenn der Wilhelm eine Uniform hat, dann muss er bestimmt viel wichtiger als der Doktor Jeschke sein. Der trug immer ganz normale Sachen oder seinen weißen Ki…'

„Na, willst du es mal streicheln", unterbrach Werner seine Gedanken. Er hatte inzwischen eine der Boxen geöffnet und eines der Kaninchen herausgehoben.

Josef verzog sein Gesicht, beugte sich ein wenig zurück und steckte seine Hände hinter den Rücken. „Nee", sagte er kopfschüttelnd, „das ist ja ganz staubig."

„Ach, was", Werner lachte und pustete in sein Fell. „Schau

genau hin, das sieht nur so aus. Das liegt an den weißen Haaren, die zwischen all den schwarzen sitzen.“ Er hielt das Kaninchen in die Abendsonne. „Siehst du, wie sie glänzen? Drum nennt man sie auch Silberkaninchen, *Französische* Großsilber. Ob du dir das wohl merken kannst?“

Josef nickte und ließ langsam seine Finger durch das Fell gleiten – gegen den Strich, machte es genauso, wie Werner es ihm vorgemacht hatte – und nickte. Nickte, obwohl er nicht wusste, was es mit dem Französische auf sich hatte und … Silber? So nannte die Großmutter ihre Messer, Gabeln und Löffel, die nur an Weihnachten oder zu Ostern auf den Tisch kamen. Silber, das glänzte. So sehr, dass man sich drin spiegeln konnte. Aber das hier? Josef seufzte stumm in sich hinein, fest darauf vertrauend, dass er all das eines Tages verstehen würde.

Werner setzte das Kaninchen in den Stall zurück. „Wenn du willst, dann kannst du es haben. Aber dann musst du jeden Tag kommen, jeden Morgen und jeden Abend. Musst ihm was zu fressen und zu saufen geben und es hin und wieder auch mal bürsten. Weihnachten ist es dann ausgewachsen. Dann habt ihr einen leckeren Braten und deiner Mutter kannst du das Fell schenken. Kann sie sich einen schönen Muff draus machen lassen.“

Josef wusste nicht, was ein Muff war, aber wenn der Werner meinte, dass die Mutter ihn schön finden würde, dann würde er wohl recht haben.

„Es ist übrigens ein Rammler“, fuhr Werner fort und drückte Josef einen kleinen Weidenkorb in die Hand. „Du pflückst Löwenzahn und ich mäh Gras. Einverstanden?“

„Ein Rammler?“, fragte Josef und sprang von der Kiste.

Werner wuschelte durch Josefs Haare. „Ein Rammler, das ist ein Papa-Tier. So was wie … ein Kater."

Josef nickte und zeigte auf die anderen Kaninchen. „Und das sind alles seine Kinder?"

„Nee." Werner lachte. „Der hat noch keine, der ist selber noch ein Kind."

Josef machte ein langes Gesicht. „Dann will ich nicht, dass er geschlachtet wird. Dann soll er erst Papa werden."

„Was willst du?"

Laut hatte Werner nicht gesprochen. Gut, es hatte ein wenig ironisch geklungen, als er sich dabei zu Josef umgedreht und sich auf Augenhöhe zu ihm heruntergebeugt hatte, aber Werner hatte nicht im Entferntesten damit gerechnet, dass Josef derart zusammenfahren würde. Alle Farbe war aus seinem Gesicht gewichen und er hatte schützend die Arme um seinen Kopf geschlungen.

„Aber, aber", flüsterte Werner, ging auf die Knie und streckte Josef seine Hände entgegen.

Josef hielt die Luft an, hob den Kopf und schaute Werner stumm an – seine Augen glitten unruhig an ihm herauf und herunter, hin und her.

„Natürlich darf dein Kaninchen Kinder haben. So viele und so lange du willst."

Werner sah hinüber zum Haus. ‚Jeden Tag eine gute Tat. Heute war's wohl wirklich mal eine …'

„Aber nun lass uns an die Arbeit gehen", sagte er, klopfte Josef auf die Schultern und zeigte auf die große Wiese.

Josef ging mit Eifer ans Werk, nahm, wie Werner es ihm erklärt hatte, nur den großen, blühenden Löwenzahn und ließ die kleinen Pflanzen stehen. Vor allem aber: Werner lobte ihn, lobte ihn so sehr, dass er vor Freude rote Wangen bekam, und als er den vollen Korb vor den Stall stellte, sagte Werner auch noch „Ich danke dir!“

Niemals zuvor hatte ihm jemand gesagt, dass er etwas *großartig* gemacht hatte – in ganz Ostroppa nicht. Bis auf den Doktor, der hatte ihm hin und wieder gesteckt, dass er ein tapferer kleiner Kerl sei. Vor allem, wenn er Josefs aufgeschlagenes Knie wieder mal mit Jod behandeln musste. Jod, das längst nicht so schlimm brannte wie Großvaters Ohrfeigen. Aber das hatte er dem Doktor nicht gesagt.

„Hast du dir weh getan? Hast du dir in den Fuß gesenst?“ Josef hatte erst jetzt bemerkt, dass Werner beim Gehen das linke Bein nachzog.

Werner schüttelte den Kopf, blieb stehen und zog beide Hosenbeine hoch.

„Das sieht aber böse aus!“ Betroffen schaute Josef auf die große, wulstige Narbe über Werners Knöchel und schlug sich beide Hände vor den Mund.

„Das kommt davon, wenn man beim Schlittenfahren nicht aufpasst.“

Josef sah Werner fragend an.

„Ich war sechs. Es war das Jahr, als ich in die Schule kam.“ Werner verzog sein Gesicht. „Hat ganz schön geknirscht, als mir der Junge dagegengefahren ist. Aber bremsen konnte er nicht mehr und ausweichen auch nicht. Quer über eine Rodelbahn laufen, das macht man halt nicht.“

„Tut das noch weh?“ Josefs Stimme zitterte ein wenig.

„Dort unten nicht mehr. Nur hier drinnen.“ Werner legte seine Hand auf die linke Brust. „Wenn sie mich deswegen schief ansehen, meine ich. Aber eigentlich ...“, Werner hielt inne und überlegte, ob er es aussprechen solle. Richtig glücklich machte ihn seine plötzliche Erkenntnis nicht. ‚Aber Tatsache ist Tatsache. So liegen die Dinge nun mal.' Werner räusperte sich und schloss mit Nachdruck: „Jedenfalls, seitdem der Wilhelm diese Uniform trägt, macht keiner mehr dumme Bemerkungen über mich."

Josef nickte heftig. Über diese Antwort musste er nicht lange nachdenken. „Wenn ich groß bin, will ich auch so eine haben. Dann wird mich der Großvater nicht mehr hauen. Dann halt ich ihm auch die Hände fest. So, wie es vorhin der Wilhelm gemacht hat."

Werner blies seine Wangen auf und schaute hinüber zum Haus. „Hat's Ärger bei euch gegeben?"

Josef zog die Schultern hoch, presste die Lippen zusammen und nickte. „Großvater hat mich geschlagen, und der Wilhelm hat's ihm verboten", sagte er und betrachtete mitleidig Werners deformierten Knöchel.

Werner schnitt in Josefs Beisein das Thema Uniform nicht mehr an. Nicht an diesem Abend und auch später nicht mehr.

Als Helene Tomulka kam, um ihren Sohn abzuholen, hatte es bereits zu dämmern begonnen. Unschlüssig blieb sie in der Tür stehen und sah ihm zu – sah seine roten Wangen, sah, wie er fröhlich am Küchentisch saß und Erbsen auspulte, wie geschickt er sich dabei anstellte, wie glücklich er dabei aussah –, sah und spürte die Harmonie, die hier im Haus herrschte, und wünschte sich in diesem Moment nichts Sehnlicheres, als dass sie diese Stimmung mit zu sich nehmen könne.

Sie räusperte sich. „Früher ist er anders gewesen." Sie hielt es für notwendig, das Verhalten ihres Vaters zu entschuldigen und spielte geistesabwesend mit ihren Schürzenbändern. Helene Tomulka war so schlank, dass sie die Bänder zweimal um ihre Taille wickeln und die Schleife vorne binden konnte. „War halt alles zu viel für ihn. Mit mir und dem Kind."

„Dem Kind", echote Wilhelm Reckzügel junior, der jetzt noch zu gerne in seiner Uniform gesteckt hätte. „Können Sie es nicht noch ein bisschen abwertender sagen?" Wilhelm sah Helene Tomulka herablassend an. „Es hat einen Namen, das Kind. Es hat unser aller Aufmerksamkeit verdient und keine Schläge. Außerdem, Josef ist ein Prachtkind." Überheblich lächelnd sah er in die Runde. „Und die Partei wird ihn noch um einiges prächtiger machen."

Was dann geschah, sollte Josef nie wieder erleben. Nie wieder sollte er hören, dass seine Mutter die Stimme erhob. Den Sinn dessen, was aus ihr herausbrach, verstand er zu diesem Zeitpunkt noch nicht. Begreifen sollte er es erst viele Jahre später. Wann immer er sich daran erinnerte, waren seine Gefühle zwiespältig. Je älter er aber wurde, desto mehr überwog ein tiefes Gefühl der Dankbarkeit und des Verständnisses für seine Mutter. Dafür, dass sie ihn behalten hatte.

Der Spott in ihrer Stimme, ihre aufrechte Körperhaltung, der Trotz in ihren Augen, all das war für Josef völlig neu, so hatte er seine Mutter noch nie erlebt. „Dann soll sie doch zufrieden sein, die Partei, und tun, was sie nicht lassen kann. Hätte ja auch zur *Engelmacherin* gehen können, oder? Angst hatte ich jedenfalls keine. Ich habe das Kind behalten, weil ich es wollte, weil ich es liebte. Es … und den Vater."

Es gab niemanden in der kleinen Küche, der nicht die Luft angehalten hatte. Bei dem Wort Engelmacherin waren alle zusammengezuckt. Josef wunderte sich darüber, wunderte sich über ihre betretenen Gesichter und darüber, dass Mutter Reckzügel rot anlief. Engel waren doch etwas Schönes, Niedliches – sahen so aus wie diese kleine Figur über dem Bett der Großeltern. Schade, dass seine Mutter nicht mit ihm zur Engelmacherin gegangen war. Flügel haben, das konnte er sich gut vorstellen, dann hätte er den Großen sicherlich nicht so oft vor den Füßen gestanden.

Am liebsten hätte Josef seine Mutter gefragt, ob sie das nicht noch nachholen könne, aber da war sie schon wieder in sich zusammengesackt, war wieder ganz wie immer und winkte ihn mit ausdrucksloser Miene zu sich heran. Sie sah ihn nicht einmal an dabei, starrte geradeaus, murmelte ein paar entschuldigende Worte und schob ihn zur Tür hinaus.

Betreten lief Josef neben ihr her. Er hatte so viel auf dem Herzen, so viel zu erzählen – von Wilhelm, von Werner, von den Kaninchen. Von *seinem* Kaninchen!

„Werner hat mir ein Kaninchen geschenkt", platzte er schließlich heraus, und weil seine Mutter mit einem nicht unfreundlichen *Mhm* reagierte, sprudelte es weiter aus ihm heraus, „… und Hühner, Gänse und ein dickes Schwein haben die Zügels auch."

„Reckzügel heißen die Leute." Helene Tomulka war müde.

„Ich hab sie alle gefüttert. Und zum Schluss hat mir der Werner gesagt, dass ich dem Schwein über den Rücken fegen soll. Weil es das mag, hat der Werner gesagt. Und da hat es ganz laut gequiekt – vor Freude. Und morgen gehe ich wieder zu meinem Kaninchen und …"

„Und, und, und!“ Seine Mutter schnitt ihm das Wort ab. „Und jetzt bist de stille, verstanden, und dem Großvater sagst du gar nichts davon.“ Sie packte ihn am Handgelenk und zog ihn hinter sich her.

Sein neues Zuhause war mit seinen knapp 70 Quadratmetern eines der kleineren Häuser in Dorotheenthal. Ein schmaler Flur teilte es in zwei genau gleich große Hälften, mit zwei Räumen auf jeder Seite.

Josef schaute sich neugierig um. Vorn rechts – das war also das Schlafzimmer der Großeltern geworden, die Betten waren bereits aufgebaut und frisch bezogen, nur den Schrank und die Kommode hatten sie noch draußen vor der Tür unter einer Plane gelassen. Auf der gegenüberliegenden Seite war die Küche. Er hörte, wie die Großmutter mit den Töpfen klapperte und spähte vorsichtig hinein. Der Großvater saß mit aufgestützten Ellbogen am Tisch, den Kopf in seine Hände gelegt, und hatte die Augen geschlossen. Helene legte den Zeigefinger auf ihre Lippen und zog Josef weiter. Auf Zehenspitzen folgte er ihr in den dahinterliegenden Raum. Ihr gemeinsames Schlafzimmer war kleiner als das in Ostroppa, aber es machte ihm nichts aus. Im Gegenteil, es gefiel ihm gut, dass ihre Betten nun ein bisschen dichter beieinanderstanden. Am liebsten hätte er laut gejauchzt, aber als er mit seiner Mutter das Gartentor passiert hatte, wusste er, dass es wieder ein Ende hatte mit dem Fröhlichsein, dass er wieder aufhören musste mit dem Lachen und Geplapper. So zog er sich rasch und wortlos aus, schlüpfte in sein Nachthemd und kuschelte sich unter die dicke Daunendecke.

Alles war kleiner und enger in Dorotheenthal und – die Wände waren dünner.

„Ein Haus hatten wir und was ist das hier? Ne Klitsche is das!“

Erschrocken drehte sich Josef zur Seite und atmete erleichtert auf. Wie gut, da war ja wirklich eine Wand zwischen ihm und dem Wutausbruch des Großvaters. Josef hörte, wie er mit der Faust auf den Tisch schlug und zog sich die Decke über den Kopf.

„Vier Räume hat das Haus, aber dass einer noch ein Stall ist, davon hatten sie nichts geschrieben! Wie nennt man das? Vom Pferd auf den Esel kommen! Und das alles wegen dem rumgewischten Frauenzimmer!“

„Aber wenn du dort den Fußboden reingezogen und das Fenster vergrößert hast, kommt da die Küche rein und dann haben wir hier vorne wieder unsere gute Stube.“

„Nichts als Ärger, nichts als Schinderei!“ Wieder schlug Fritz Tomulka mit der Faust auf den Tisch. „Erst Kunstschmied und jetzt Hilfsarbeiter in der Weberei!“

Josef lag in seinem Bett und rührte sich nicht. Es dauerte nicht lange, da war er eingeschlafen und hörte nicht mehr, wie seine Mutter leise weinte.

Josef träumte von einem Kaninchen, das so silbern glänzte wie Großmutters Tafelbesteck.

August 1930

Als Josef, aufgeweckt vom Geschrei der Nachbarsgänse, am nächsten Morgen die Augen aufschlug, hatte seine Mutter die Kammer schon verlassen. Auch heute war ihr Bett so akkurat gemacht, so glatt gestrichen, dass man annehmen konnte, sie habe gar nicht darin gelegen.

Rasch schlüpfte er in Hemd und Hose, tappte in die Küche, griff sich eine trockene Scheibe Brot, ging nach draußen und machte einen langen Hals.

„Wo ist das Auto?“, fragte er verdutzt.

„Auf dem Weg nach Ostroppa, wohin sonst“, brummelte Frieda Tomulka, die mit ihrer Tochter neben den Kisten und Möbeln im Vorgarten stand.

„Wenn du willst, kannst du wieder zu den Reckzügels gehen“, sagte Helene tonlos, „helfen kannst du uns doch nicht. Ich hol dich nachher wieder ab.“

„Kann ich noch ein Stück Kuchen haben?“ Josef sah sehnsüchtig zu dem noch immer vollen Teller auf dem Gartentisch. Ob der wohl die ganze Nacht draußen gestanden hatte?

„Jetzt mach, dass du wegkommst“, blaffte ihn seine Großmutter an, „fehlt nur noch, dass du dich wieder verschluckst.“

Die knapp vier Meter breite Dorfstraße von Dorotheenthal war ungepflastert.

Sie war Treffpunkt, Sportplatzersatz und mit ihren zahlreichen Löchern ein ideales Spielfeld für Murmelspieler. Heute aber war ein Mädchen-Spiel an der Reihe. Seilspringen war eindeutig ihre Domäne. Bisher war noch keinem der Jungen ein fehlerfreier Lauf die Straße hinauf und wieder hinunter gelungen.

Der zehnjährige Steiner-August machte auch heute keine gute Figur dabei. Die Mädchen zeigten bereits mit Fingern auf ihn, stichelten und prophezeiten sein baldiges Ausscheiden. Bei den letzten Schwüngen war es gerade noch gut gegangen. Verbissen kämpfte er dem Ziel entgegen und schien sich wieder gefangen zu haben. Doch ausgerechnet in dem Augenblick, als Josef auf die Straße geflitzt kam, verhedderten sich seine Füße im Seil, und August fiel der Länge nach hin – genau vor Josefs Füße.

Seine zwei Jahre jüngere Schwester war die Erste, die sich lachend den Bauch hielt, und dann johlten sie alle und hüpften schadenfroh um August herum. Angesteckt von so viel Gelächter, lachte auch Josef mit – aus vollem Hals, bis ihm die Tränen kamen.

„Halt's Maul, du Zwerg!" Wutentbrannt war August wieder auf den Beinen. „Haltet alle das Maul. Vor allem aber du!", brüllte er mit sich überschlagender Stimme und stieß Josef mit voller Wucht zu Boden. „Was fällt dir eigentlich ein und, und wo kommst du überhaupt her?"

Josef lag auf dem Rücken und starrte ängstlich von einem zum anderen.

„August, August – eins, zwei, drei – mit dir ist es jetzt vorbei", verkündete eines der Mädel und zog den völlig verstörten Josef wieder auf die Beine. „Der gehört doch zu denen, die gestern gekommen sind. Das ist dein neuer Nachbar", gackerte sie und streckte August die Zunge aus.

Josef sah es auf einen Blick. Das hier waren mehr Kinder als in seiner Straße in Ostroppa. In der Zwiebelgasse waren es nur vier Jungen und kein einziges Mädchen gewesen. Zwei der Jungen waren bereits zur Schule gegangen, und auch mit den jüngeren hatte er kaum gespielt. „Ich will nicht, dass du in andere Häuser gehst", hatte der Großvater gesagt, „und hier sehen will ich auch keinen."

„Seid ihr alle von hier?" Josef sah zaghaft lächelnd in die Runde.

„Ja, wo sollen wir denn sonst herkommen?", prustete die siebenjährige Martha aus der Nummer elf, die gar nicht wieder aufhören wollte zu lachen und vor Josef wie ein Hampelmann auf und ab sprang.

„Stimmt's, dass ihr Tomulka heißt?", fuhr August aufgebracht dazwischen, machte ihrem Gehopse ein Ende und baute sich breitbeinig vor dem beklommen nickenden Josef auf.

„Tomulka, Tomulka", begann August feixend, verdrehte seine Augen, hielt einen Moment die Luft an und höhnte ein lang gezogenes *Tomul-ka,* tanzt so gerne *Pul-ka* hinterher, hatte damit die Aufmerksamkeit der Kinder wieder auf sich gezogen und das Gelächter hob von Neuem an.

„Polka heißt das … mit O", verbesserte ihn der zwölfjährige Hübner-Heinrich aus Haus Nummer neun. Er verschränkte die Hände hinter seinem Rücken, blickte ernst in die Runde, machte ihren Lehrer nach und hatte die Lacher nun auf seiner Seite.

„Mulka, Mulka, tanzt so gerne Pulka", setzte er leiernd nach – in einer Zweiton-Melodie, immer und immer wieder, so lange, bis einer nach dem anderen mit einstimmte und die Mädchen anfingen, um Josef herumzutanzen. Beim vierten Mal hielt sich Josef die Ohren zu. Tränen begannen ihm über das Gesicht zu laufen. Er hatte sich so sehr auf Dorotheenthal gefreut. Sollte es hier für ihn noch schlimmer werden als in Ostroppa? Hilfesuchend sah er zum Haus. Doch seine Mutter und die Großmutter waren nicht zu sehen. Entweder hatten sie nichts davon mitbekommen oder ließen ihn einfach im Stich.

„Wollt ihr wohl aufhören damit!"

Bei dem Radau hatte niemand bemerkt, dass Wilhelm Reckzügel auf dem Nachhauseweg war. Wilhelm Reckzügel, wieder in Uniform, hatte sich von den Weiden auf der anderen Straßenseite einen Zweig abgeschnitten, den er nun klatschend an seine blank polierten Stiefel schlug. Bedächtig klappte er sein Taschenmesser zusammen, sah drohend von einem zum anderen und sagte in einem Ton, der alle ganz still werden ließ: „Einst kommt der Tag der Rache, einmal, da werden wir frei. Schlafendes Deutschland erwache, brich deine Ketten entzwei."

Reckzügel beugte sich nach vorn und zog Josef zu sich heran. „Auge um Auge, Zahn um Zahn", fuhr er spöttisch fort, „könnt ja mal eure Eltern fragen, was das heißt." Er machte sich wieder gerade. „Den Josef lasst ihr gefälligst in Ruhe. Verstanden?"

Josef hatte sein Kinn fest auf die Brust gedrückt und schielte nach oben. Alle nickten. Sie sahen sehr betreten, sehr schuldbewusst aus.

„Komm, mein Junge", sagte Wilhelm, setzte ihn wie am Vortag auf seine Schultern und galoppierte mit ihm davon.

April 1931

Josefs Mutter saß auf der Bettkante und betrachtete ihren Sohn.

‚Wilhelm hat recht', dachte Josef, heute fiel es ihm ganz besonders auf, ‚was für schöne braune Augen sie hat.' Schade, dass sie so selten lachten. Meistens schauten sie scheu, erschrocken, unsicher oder streng.

Anfang März aber, Josef war mit seiner Mutter zusammen im Garten gewesen, da hatte sie an ihm vorbei hinüber zur Kreisstadt gesehen – mit so glänzenden Augen, wie er sie bei ihr zuvor noch nie gesehen hatte.

„Was siehst du, Mutter?", hatte er zaghaft gefragt. Die Stadt lag da wie immer. Er konnte nichts entdecken, was sie derart glücklich aussehen lassen konnte.

Josef bekam keine Antwort. Es schien ihm, als ob sie ihn nicht einmal wahrnehmen würde. Er sah, wie ihre Augen langsam hin- und herwanderten, auf- und niedergingen, der Silhouette der Stadt folgten: den Kirchtürmen und Fabrikschornsteinen und den dazwischenliegenden Häusern.

„Ganz da hinten, ganz hinten am Horizont, da liegt Breslau", sagte sie leise und ihre Augen begannen, sich mit Tränen zu füllen. Helene Tomulka ließ sie einfach laufen, ging zwei Schritte auf ihren Sohn zu und strich ihm immer und immer wieder übers Haar.

Josef hielt die Luft an, so lange, bis es nicht mehr ging. Er wollte ihn festhalten, diesen Augenblick, wollte ihn nicht durch irgendeine Frage oder Unachtsamkeit zerstören. Er rührte sich nicht, kniff die Augen zusammen und strengte sich an. Aber alles, was er in der Ferne erspähen konnte, waren Wälder, Wiesen und Hügel.

Dass Breslau eine große Stadt ist, wusste Josef von Wilhelm. Allerdings sei sie kleiner, viel kleiner als Berlin, wo er studierte. Aber er hatte ihm versprochen, ihn eines Tages mal mitzunehmen. Nach Breslau und nach Berlin.

„Ich werd ihn fragen, ob du mitkommen kannst", sagte Josef leise und hielt sich erschrocken den Mund zu.

Hätte er doch nur nichts gesagt. Aber er hatte es ja nur gut gemeint.

Die Augen seiner Mutter hatten von einem Moment zum anderen zu strahlen aufgehört. Sie lächelte nicht mehr und sah unwirsch auf ihn herab. Betroffen spürte er, wie sie ihre Hand von seinem Kopf nahm – sie zurückriss, als hätte sie auf einer heißen Herdplatte gelegen.

„Von wem redest du? Mit wem willst du wohin gehen?"

„Nach Breslau", stammelte Josef, „mit dem Wilhelm."

Wieder erschien für einen kurzen Augenblick dieser warme Glanz in Helenes Augen. Aber dann verschwand er auf Nimmerwiedersehen bis zu dem Morgen, an dem Josef eingeschult werden sollte.

„Ich hab eine Tafel Schokolade für dich", sagte Helene Tomulka leise.

Darauf, dass es traurig und schuldbewusst klang, konnte sich Josef keinen Reim machen. Wie alle Kinder an ihrem ersten Schultag, würde er heute doch eine ganze Tüte voll bekommen! Er war schon gespannt, wie sie aussehen würde – und wie groß. Dass die Mutter noch eine zusätzliche Schokolade in ihren Händen hielt, konnte er kaum fassen, damit hatte er nicht gerechnet. ‚Ich werde dir heute Abend ein Stück davon aufs Kopfkissen legen. Dann wirst du bestimmt glücklich sein', dachte Josef und schlug die Bettdecke zurück.

Helene Tomulka legte die Schokolade auf seinen Ranzen. Er stand seit zwei Tagen neben seinem Bett. Es war kein neuer, doch Helene hatte ihn mit Lederfett eingerieben, und Josef gefiel er. Er fand, dass seiner noch viel besser aussah und vor allem roch, als all die Lederranzen, die er vor einigen Wochen in der Werkstatt des Sattlers gesehen hatte. Seine Mutter hatte ihm schon vorher klargemacht, dass es kein Geld für einen neuen gab.

Josef hatte sich geschämt, doch der freundliche Mann hatte ihn nicht wie einen armen Dorfjungen behandelt. Wie selbstverständlich hatte er ihm drei zur Auswahl auf die Werkbank gestellt und verschmitzt lächelnd gefragt, ob er denn nicht wisse, dass in einem gebrauchten Ranzen noch all das Wissen des Jungen stecken würde, der ihn vorher getragen habe, und dass er schon allein deswegen ein ganz kluger Kopf werden würde.

Josef hatte den schlichtesten ausgesucht, den ohne Muster. Vor allem nicht den, auf dem ein röhrender Hirsch ins Leder gebrannt war. Solch einen hatte der freche Steiner-August. Einen Ranzen, wie der ihn trug, wollte er nicht haben.

Ja, Josef war sehr zufrieden mit seinem Tornister.

„Es …", Helene Tomulka sah ihren Sohn nicht an, sie sah auf seine Füße, suchte nach Worten und räusperte sich. „Ich konnte dir …", sie stockte und flüsterte ein leises *Leider.*

„Es gibt keine Schultüte für dich“, fuhr sie hastig fort, „der Großvater hat gesagt, dass wir kein Geld dafür haben.“

Eilig verließ sie die kleine Kammer und zog mit lautem Ruck die Tür hinter sich zu.

Josef zuckte zusammen. Nicht nur wegen des Knalls. Die Erkenntnis, dass er ohne Zuckertüte in die Schule gehen würde, traf ihn wie ein Keulenschlag.

‚Komisch ansehen werden sie mich. Und irgendwann werden sie mich deswegen auslachen, alle zusammen. Sie werden es mir immer wieder unter die Nase reiben ... bei jeder Gelegenheit, die sich ihnen bietet.‘

Josef kämpfte, kämpfte mit Enttäuschung und Tränen. Am liebsten hätte er sich wieder hingelegt und gesagt, dass er plötzlich Bauchschmerzen bekommen habe. Das Gesicht verziehen, jammern, so tun als ob. Doch mit Krankheit spaßt man nicht, hatte er den Doktor in Ostroppa einmal sagen hören, sonst bekommt man die nachher wirklich.

‚Aber ich kann ja so tun, als ob ich eine Zuckertüte habe‘, durchfuhr es ihn. ‚Ich werde sagen, dass meine zu Hause geblieben ist. Weil es heut draußen zu warm ist und die Mutter nicht will, dass die Schokolade schmilzt. Genauso werde ich es sagen, ob sie mich nun fragen oder nicht.‘

Als Josef, tapfer sein Kinn hochhaltend, mit seiner Mutter auf das Gartentor zuging, sah er Werner hinter der großen Linde auf der gegenüberliegenden Straßenseite hervortreten und traute seinen Augen nicht. Das, was Werner in seinen Händen hielt, das, was er ihm entgegenstreckte, war genau das, wovon Joseph den anderen vorlügen wollte. Eine große, blau-weiß-getupfte Schultüte, die so lang war, dass sie, wenn ihre Spitze den Boden berührte, Josef bis über die Taille reichte. Ehrfürchtig hielt Josef die Luft an. „Für unseren kleinen, großen Freund", sagte Werner, „und viele, viele Grüße von Wilhelm. Eigentlich wollte er heute hier sein und dich überraschen, aber", Werner hob bedauernd seine Schultern, „es ging halt nicht."

„Nein …", Josef konnte noch immer nicht glauben, was er sah, und machte vor Freude einen Luftsprung. „Ist die wirklich für mich?"

„Ich hoffe, dass es Ihnen recht ist", wandte sich Werner lächelnd an die Mutter, drückte ihr die Tüte in die Hand und gab Josef einen Nasenstüber, „sie nach Hause tragen, das machst du dann aber selber."

Helene Tomulka bekam einen roten Kopf und schaute betreten zur Seite. ‚Hat Frau Reckzügel es doch wahr gemacht. Sie war so entsetzt gewesen. Wie ein Großvater nur so hartherzig sein kann. Dass Josef dann eben eine Tüte von ihnen bekommen würde. Mit allem, was dazugehöre.'

Josef schaute freudestrahlend zu seiner Mutter und fragte sich, warum sie auf einmal wieder so traurig in Richtung Breslau blickte. Doch lange dachte er nicht darüber nach. Trotz gebrauchter Schultasche, trotz der alten Schuhe, die er trug – eine neue Hose und einen Pullover hatte er auch nicht bekommen –, Josef jubelte.

Sein erster Schultag sollte schöner werden, als er ihn sich je erträumt hatte. Außerdem stellte er erleichtert fest, dass der alte Vaupel-Lehrer gar nicht so streng war, wie ihn der Steiner-August gerne ausschweifend und angsteinjagend geschildert hatte. Im Gegenteil, der Lehrer war sogar sehr freundlich, kniff ihm beim Verlassen des Klassenraums augenzwinkernd in die Wange und sagte mit Blick auf seine große Schultüte: „Na, Josef, wenn das mal gut geht. Ich hoffe, dass ich dich morgen wiedersehe. Dass du dir nur nicht den Magen verdirbst mit den vielen Sachen, die da drin sind."

45 Kinder saßen in Josefs Klassenzimmer, die Schulanfänger ganz vorn, die Viertklässler ganz hinten. Die größeren Kinder hatten den I-Männchen ein Lied vorgesungen: ‚Wohlauf in Gottes schöne Welt'. Josef hörte es zum ersten Mal und es ging ihm nicht mehr aus dem Kopf. Er summte es auf dem Heimweg und auch dann noch, als er nach dem Mittagessen Kreise auf die Schiefertafel zu malen begann und das, obwohl der Großvater ihn dreimal anfauchte, dass man nicht gleichzeitig singen und Hausaufgaben machen kann.

„Hör endlich auf damit", polterte Fritz Tomulka schließlich los und riss ihm die Tafel unter den Händen weg. Drei Reihen sollten sie malen. Josef hatte inzwischen die Hälfte der Tafel mit ihnen bedeckt. Instinktiv hielt er die Hände schützend über seinen Kopf und duckte sich. Doch der gefürchtete Hieb des Großvaters blieb aus. Langsam richtete sich Josef wieder auf und sah mit großen Augen, wie sich der harte Zug um den Mund seines Großvaters zu glätten und seine Stirn zu kräuseln begann. Erleichtert bemerkte Josef, dass es keine Unmutsfalten waren, dass nicht Ärger die Ursache war, sondern dass sich ein ungläubiges Staunen auf seinem Gesicht breitmachte.

„Man singt trotzdem nicht bei den Schularbeiten", knurrte der alte Tomulka am Ende seiner Begutachtung. Ein Lob aber kam ihm für seinen Enkel nicht über die Lippen. Er legte die Tafel wieder auf den Tisch, fast behutsam, und Josef zeichnete weiter – einen Kreis nach dem anderen, alle gleich groß, alle gleichmäßig rund, bis die Tafel voll war.

Es war schon spät am Abend, als Josef auf Zehenspitzen hinaus zum Toilettenhäuschen schlich. Diesmal waren es seine Ohren, denen er nicht traute. Ein Lob aus Großvaters Mund, und das über ihn?

„Schade", hörte er ihn sagen, „offensichtlich hat er mein Talent geerbt. Sehr sauber seine Schularbeiten heute. Ein Jammer, dass es hier keinen Kunstschmied gibt, zu dem er in die Lehre gehen kann. In Ostroppa ..."

„Es war dein Wille, hierherzuziehen", schnitt ihm die Großmutter leise, aber schnarrend das Wort ab. Der Vorwurf in ihrer Stimme war unüberhörbar.

Josef jubelte. Zum zweiten Mal an diesem Tag. Diesmal aber tat er es ganz leise, ganz tief in sich drinnen und malte, als er wieder im Bett lag, noch lange mit seinem Finger einen Kreis nach dem anderen in die Luft.

August 1931

„Schau mal", sagte Josef.

„Was meinst du?", neckte Wilhelm und gab Josef einen Knuff.

Wilhelm, wieder einmal daheim, hatte zusammen mit Werner für Josefs Kaninchen einen neuen Stall gebaut – einen zweistöckigen, mit drei Boxen in jeder Reihe.

Josef presste mit strahlenden Augen seine gefalteten Hände vor die Brust und vergaß für einen Augenblick zu atmen. Seit der Einschulung im Frühjahr war er ein mächtiges Stück gewachsen und musste nicht mehr auf eine Fußbank oder Kiste klettern, um an die obere Reihe zu gelangen. Außerdem hatte ihm Werner zu dem Rammler noch zwei tragende Häsinnen geschenkt.

„Und du bist dir sicher, dass du dich von ihnen trennen kannst?", fragte Wilhelm, „du weißt, dass sie eines Tages in der Bratröhre landen werden?"

„Alle, nur nicht Oskar", sagte Josef heftig nickend, „nicht das Papa-Tier. Den werde ich nicht verkaufen. Werner hat gesagt, dass er bei guter Pflege bestimmt zehn Jahre alt wird. Oskar werde ich einmal beerdigen. Messer und Gabel kommen an den nicht dran."

„Stell dir mal vor", fuhr Josef nach einer kleinen Pause fort, „wie viele Kinder er dann haben wird."

„Wenn du in die zweite Klasse kommst, kannst du es mir ja vorrechnen."

„Es werden bestimmt ganz viele! Stell dir vor, Häsinnen können zwischen drei oder zehn Junge kriegen. Mal ganz viel oder mal ganz wenig", Josef hatte vor Aufregung einen roten Kopf bekommen, „und in vier oder fünf Monaten können die auch schon wieder Kinder kriegen. So viele Ställe können wir gar nicht bauen, hat der Werner gesagt."

„Vom Oskar werden wir viele Braten haben", hatte Josef vor einigen Tagen daheim beim Mittagessen verkündet. Die Großmutter hatte vor Schreck zu kauen aufgehört und die Mutter kaum merklich den Kopf geschüttelt. Großvater mochte es nicht, wenn beim Essen geredet wurde. Aber Josef war nicht zu bremsen gewesen, schließlich würden es seine Kaninchen sein, die ihnen eines Tages schmecken würden.

„Der Werner hat gesagt, dass einer seiner Rammler noch mit neun Jahren so schnell decken konnte wie die Feuerwehr." Josefs Mutter hatte einen roten Kopf bekommen, die Großmutter hatte sich verschluckt und war in Atemnot geraten. Doch der Großvater, von dem er jetzt ein Donnerwetter erwartete, hatte nur stur auf seinen Teller gestarrt.

Josef nahm seine Mütze vom Kopf, drehte sie bedächtig einmal um sich selbst, platzierte sie sorgfältig zurück auf seinem blonden Wuschelkopf und griente. Seitdem er die Kappe von Wilhelm zur Einschulung bekommen hatte, war sie von ihm nicht mehr wegzudenken.

Wilhelm streckte seine Hand nach ihr aus, zog sie dann aber langsam wieder zurück. „Freut mich, dass sie dir so gut gefällt", sagte er lächelnd, „aber des Nachts, da setzt du sie wohl ab, oder?"

„Da liegt sie natürlich auf meinem Nachttisch", erwiderte Josef und grinste.

„Und in der Schule hängt sie an deinem Pult."

„Woher weißt du das denn?"

„Große Männer wissen alles", antworte Wilhelm und zuckte mit den Schultern. „Hab gestern zufällig den alten Vaupel getroffen, und der hat's mir halt erzählt."

„Dass die anderen neidisch auf sie sind, hat er dir das auch gesagt?"

„Nein", erwiderte Wilhelm wahrheitsgemäß. Dass der alte Hauptlehrer Josefs Umgang mit der Mütze ein *Kuriosum* genannt hatte, verschwieg er.

Angefangen hatte das *Kuriosum* knapp zwei Wochen nach Josefs erstem Schultag. Erst mit ein paar harmlosen Sticheleien der größeren Jungen über seine *Schiffermütze – von wo er denn damit in See stechen wolle, ob er unter Haarausfall leide oder ob er darunter gar Läuse zu verbergen habe* – dann war es zu ersten Rempeleien gekommen und letztlich auf dem Schulhof in eine Jagd auf die Kappe ausgeartet.

„Was so sonderbar war, ist die Art und Weise, wie Josef damit umgegangen ist", hatte der Lehrer berichtet, „und dass er sich weder gewehrt noch irgendetwas dazu gesagt hat. Kein *Lass das* oder *Gib sie mir wieder.* Alles, was er tat, war seine Kappe aufheben, abklopfen, sie wieder aufsetzen und geraderücken. Es wirkte fast wie ein Ritual. Ritter, mein junger Kollege, ist schließlich dazwischen gegangen und hat dem Treiben ein Ende bereitet. Und weil die Mütze im Flur immer wieder von ihrem Haken verschwunden war, darf er sie sogar mit ins Klassenzimmer nehmen."

„Aber wer sonst hat bei uns auch so eine Prinz-Heinrich-Mütze", hatte der Lehrer geendet, „ein wirklich besonderes Geschenk. Wirklich einmalig."

„So einmalig wie der Josef", hatte Wilhelm Reckzügel gesagt, seinem ehemaligen Volksschullehrer noch einen *Guten Tag* gewünscht und ihn danach einfach stehen lassen.

Wilhelm, der noch immer mit Josef vor dem neuen Stall stand, tippte Josef auf die Schulter und zeigte zum Haus.

„Also, vom Werner hast du das nicht", sagte er in leicht geringschätzigem Ton. „Das mit dem Thymian und Majoran, mein ich. Wie bist du denn da draufgekommen? Ich hatte noch nicht mal richtig den Fuß in der Stube, als Mutter auch schon davon anfing: Stell dir vor, der Josef gibt seinen Kaninchen Kräuter zu fressen. Du wirst niemals mehr ein anderes essen wollen."

„Oskar ist draufgekommen. Nicht ich. Hatte ihn mal draußen rumhoppeln lassen und dabei ist er immer wieder zum Fressen ins Kräuterbeet. Hat's bestimmt fürs Schlaraffenland gehalten."

„Erzählt euch der alte Vaupel etwa immer noch dieses Märchen? Hat er immer noch dieses große, alte Bilderbuch?"

Josef nickte begeistert und verstand nicht, warum sein großer Freund was von Volksverdummung knurrte und dass es an der Zeit sei, dass sich die Lehrer mal was Neues einfallen ließen.

„Du magst die Geschichte nicht?"

Josef fragte sich, was Wilhelm gegen sie hatte, hielt es aber für gescheiter, ihm nicht zu widersprechen. Schließlich hatte so viel von ihm in seiner Schultüte gesteckt. Eine Tüte voll mit Schokolade, Lutschern und Bonbons. Dazu zwei Paar dunkelblaue Wollsocken, die Frau Reckzügel für ihn gestrickt hatte, und ganz obendrauf diese Mütze. Außerdem war da noch eine kleine, runde Schwammdose aus Messing gewesen. Kein anderes Kind aus seiner Schule besaß eine Schwammdose aus Messing und erst recht keine mit einem eingravierten Hakenkreuz auf dem Deckel. Der Vaupel-Lehrer hatte sie eingehend betrachtet und als *ein sehr beachtliches Stück* bezeichnet.

Wilhelm presste die Lippen aufeinander und schüttelte den Kopf.

„Die gebratenen Tauben und reich gedeckten Tische, das ist ja noch ganz lustig. Aber nicht das: *Wer unnütz ist, sich nichts lässt lehren, der kommt im Land zu großen Ehren.*" Wilhelm schlug sich mit der flachen Hand vor die Stirn. „Josef, so was gehört einfach nicht in die Schule. Das ist schlichtweg falsch und dumm."

Josef, verwundert über die Uneinigkeit der Großen, sah Wilhelm mit großen Augen an.

„Und der Großvater, der mag die Schwammdose nicht."

„Wieso das denn? Hat er sie dir etwa weggenommen?"

„Nein, aber rumgemeckert hat er deswegen. So laut, dass ich ihn noch im Garten hören konnte. Erst diese Kommunisten und jetzt die Braunen, hat er geschimpft. Und wenn man die nicht bremst, dann werden die die nächste Katastrophe für Deutschland sein. Und dann hat er zur Großmutter gesagt, dass er dir die Dose am liebsten vor die Füße schmeißen würde, dass du diesen Mist bestimmt aus Berlin mitgebracht hast und dass es zum Glück bei uns so etwas nicht zu kaufen gibt."

Wilhelm schnaubte, legte Josef seinen Arm um die Schultern und lenkte ihn damit zur Gartenlaube.

„Was ich dir jetzt sage, das bleibt unter uns, ja? Das musst du wirklich ganz für dich behalten. Das geht niemanden was an, auch Werner nicht. Ich kann mich doch auf dich verlassen, oder?“

Josef nickte heftig. Natürlich würde sich Wilhelm auf ihn verlassen können. Wilhelm, der es immer nur gut mit ihm meinte, der ihn beschenkte und lobte, der ihm Päckchen schickte und all seine geheimen Wünsche zu kennen schien, vor allem aber seine Nöte. Was für eine Frage!

Erst gestern war Wilhelm wieder einmal wie aus dem Nichts aufgetaucht und hatte Josef vor einer Attacke der Nachbarskinder bewahrt, die, angeführt vom Steiner-August, auf ihn losgegangen war.

Es war genau in dem Moment, als August ihn lautstark als *lahme Henne* verhöhnte, beide Arme ausbreitete und lauthals zu gackern anfing. Erst allein und dann mit den anderen Kindern im Chor, so lange bis August das Gackern im Halse steckenblieb. Jemand hatte ihn von hinten am Kragen gepackt und mit solch einem Ruck nach oben gerissen, dass es ihm fast die Luft abschnürte.

„Lass mich runter, du Mistkerl!“, war alles, was August noch mühsam krächzend herausbringen konnte – völlig ahnungslos, wer ihn da einen halben Meter über dem Boden zappeln ließ.

„Mit Vergnügen“, hörte August und hätte seine Aufforderung gerne zurückgenommen. Aber da war es schon zu spät gewesen. Wilhelm, der wieder seine Uniform trug, hatte ihn nicht nur fallen lassen, sondern regelrecht zu Boden katapultiert.

Diesmal fiel August nicht nur das Atmen schwer. Jammernd hielt er sich die Hand vor den Mund und streckte vorsichtig seine Zunge heraus. Sie blutete, sie war beim Aufprall zwischen seine Zähne geraten.

„Der Josef hat was Besseres zu tun, als sich mit einem Rotzbengel, wie du es bist, messen zu müssen", sagte Wilhelm leise und sah kalt lächelnd auf ihn herab. Grimmig sah er in die Runde, nahm jeden einzelnen Jungen, jedes einzelne Mädchen ins Visier und fing erst wieder zu reden an, als einer nach dem anderen betreten zu Boden guckte. „Wenn ich noch ein einziges Mal erlebe oder erfahre, dass ihr dem Josef das Leben schwer macht, dann wird das Folgen haben. Für euch und …"

Wilhelm sprach nicht weiter, ging von einem Kind zum anderen, drückte einem jeden mit dem Zeigefinger das Kinn hoch und bedachte ihre verängstigen Blicke mit einem höhnischen Grinsen.

„Dann wird das auch Folgen für eure Eltern haben. Klar?"

Wilhelm hatte nicht einmal die Stimme erhoben, aber seine Worte hatten gewirkt wie Peitschenhiebe. Mit hochroten Köpfen waren die Kinder zur Seite getreten und hatten den Weg für ihn und Josef freigemacht. Sie hatten noch lange hinter ihnen hergesehen. Stumm und wie vom Donner gerührt hatten sie dagestanden, auch dann noch, als Josef und sein Beschützer längst in Reckzügels Einfahrt verschwunden waren.

Josef nickte. Natürlich würde sich Wilhelm auf ihn verlassen können. All das Gute, was ihm widerfahren war, kam von ihm und seiner Familie, obwohl … Josef wiegte seinen

Kopf hin und her. ,Die Lehrer mögen mich auch und es gibt noch andere Leute, die nett zu mir sind.'

Aber was war der freundliche Briefträger, der ihm hin und wieder ein Bonbon zusteckte, was war die gut gelaunte Bauersfrau, die ihm beim Milchholen stets etwas Essbares in die Hand drückte – was waren sie alle – gegen seinen Wilhelm?

Was waren sie alle gegen *unseren Wilhelm, unseren* Medizinstudenten, wie man ihn ringsum nannte? Einem Kind des Dorfes war der Sprung in die große Welt gelungen und man hatte Wilhelms Erfolg zu einem Teil seiner selbst gemacht. Ein Kind des Kreises Reichenbach war zu etwas Großem herangewachsen und angeblich hatte jeder irgendetwas dazu beigetragen – und wenn es der Bäcker war, der ihm hin und wieder ein *Streifla Sträselkucha* zugesteckt hatte, damit er etwas auf die Rippen bekam.

Wilhelm Reckzügel tätschelte Josefs Hinterkopf. „Junger Mann, hörst du mir zu?"

„Ja, ja, natürlich." Josef legte den Kopf schief und fuhr mit dem Zeigefinger über Wilhelms glänzende Stiefel. „Die Sachen aus deinem Päckchen sind alle noch da. Die Griffel, die Tafel, der ..."

„Schon gut, schon gut", winkte Wilhelm ab, „lass uns jetzt über das Schlaraffenland und über ein paar andere wichtige Dinge reden."

„Das Schlaraffenland? Aber du hast doch gerade gesagt, dass es das gar nicht gibt."

„Richtig. Aber das, was darüber in den Köpfen von einigen Leuten herumspukt, ist noch eine ganze Menge." Wilhelm sprach bedächtig, sprach zu Josef wie zu einem

Erwachsenen und sah ihm dabei tief in die Augen. Keines der Worte, die Josef hörte, sollte er je vergessen. Sie sollten so lange Antrieb, Beweggrund und Rechtfertigung für all seine Aktionen und Handlungen sein, sollten Wurzeln in ihm schlagen, von denen er so lange zehrte, bis er …

„Josef, es gibt kein Schlaraffenland, nicht in der Vergangenheit und nicht in der Zukunft. Ich hoffe, dass euer Lehrer euch das erklärt hat."

Josef zog seine Mundwinkel nach unten und schüttelte den Kopf.

„Na gut. Hör mir genau zu. Wenn wir alle fleißig sind, besonders wir, die Deutschen, wenn wir das Schlechte, das in unserem Land wohnt und waltet, ausmerzen, dann werden wir es hier bald sehr, sehr schön haben. Es gab eine Zeit, da wurde unser Land von einem Kaiser regiert. Gut, dass sie vorbei ist. Du weißt, wie dumm ein Kaiser sein kann. Du kennst die Geschichte von dem, der neue Kleider haben wollte und welche bekam … aus Nichts."

Josef grinste und nickte.

„Dann weißt du auch, dass es ein kleiner Junge war, der das aussprach, was alle sahen und nicht auszusprechen wagten. Ein Junge war's, einer, so wie du es bist – ehrlich, aufgeweckt und nicht zu täuschen."

Wilhelm Reckzügel machte eine Pause. Er schien gründlich nachzudenken.

„Wie gesagt, auch wir hatten mal einen Kaiser, und als es zu Ende ging mit seiner Macht, da ist er – geflohen. Geflohen ist er und lebt da, wo er jetzt lebt, wie die Made im Speck, und das, obwohl viele gute Männer, Frauen und Kinder für ihn ihr Leben lassen mussten. In dem Krieg, den er nicht verhindert hat, wurde bestes, deutsches Blut vergossen, weißt du das?"

Josef schüttelte betreten den Kopf.

„Der Krieg war vorbei und zurück blieben Trümmer, Leid, Sorgen und ein großes Durcheinander. Die einen wollten unser Land so regieren und die anderen so. Es gab viele, viele Meinungen dazu."

Josef atmete tief durch und versuchte, all das zu verstehen.

„Kannst du dir vorstellen, dass der Polizist in Peiskersdorf eine völlig andere Meinung davon hat, was gut oder böse ist, als der Polizist in Peterswaldau, und dass jeder seine eigenen Gesetze macht? Du weißt doch, was Gesetze sind, oder?"

Josef nickte und schüttelte kurz darauf den Kopf.

„Nur als Vergleich. Wenn dein Großvater will, dass du abends um acht im Bett liegst, dann ist das ein Gesetz, euer Familiengesetz. Aber das bedeutet noch lange nicht, dass die anderen Kinder aus Dorotheenthal auch um acht im Bett liegen müssen. Stimmt's?"

Josef nickte und starrte missmutig auf seine Füße.

„Siehst du. Je größer du wirst, desto mehr wirst du erkennen, wie viele unterschiedliche Gesetze und wie viele Ungerechtigkeiten es gibt. Jedenfalls gibt es jetzt in unserem Land einen Mann, der ganz genau weiß, wie das geändert werden muss und der sich um uns sorgt wie … wie du dich um deine Kaninchen."

Wilhelm gab Josef erst einen Nasenstüber und klopfte ihm dann lachend auf die Schulter.

„Wobei es ihm natürlich nicht um Löwenzahn und Kräuter geht. Ihm geht es darum, dass wir alle Arbeit haben.

Arbeit, die uns Freude macht, und – es soll keine armen Leute mehr in unserem Land geben und alle Familien sollen ein ordentliches Dach überm Kopf haben. Am meisten aber geht es ihm darum, dass es gerecht zugeht und dass die, die anderen Böses zufügen, dafür bestraft werden."

„So wie der August, der mich immer ärgert?"

„So wie der August, ganz genau. Der wird sich noch wundern, denn dieser Mann hat eine großartige, einzigartige Gemeinschaft gegründet. Eine ganz allein für euch Jungen und auch für die Mädchen. Und in der wird selbst ein August lernen, wie man sich benimmt."

„Und wer ist das?", platzte es aus Josef heraus, der inzwischen nicht mehr still sitzen konnte und aufgeregt hin- und herrutschte.

„Wie bitte?" Wilhelm Reckzügel spielte den Entrüsteten, war aber sehr zufrieden mit sich und seiner Gesprächsführung. „Hast du etwa noch nie was von unserem Führer gehört?"

„Oh! Doch ...", antwortete Josef gedehnt und runzelte die Stirn. Vor ein paar Tagen erst hatte er gehört, wie seine Großeltern sich über ihn unterhalten hatten. „Aber ich glaub, Großvater mag ihn nicht leiden, denn wenn er über ihn redet, sagt er nämlich auch immer was von Gesindel und brauner Brut." Betreten sah Josef an Wilhelm herunter. „Deine Uniform, die mag er auch nicht leiden."

Wilhelm Reckzügel starrte hinauf zum Himmel und seufzte. „Es ist nicht zu fassen. Da ist dein Großvater so viel älter als ich und hat so wenig Ahnung. Also, meine Uniform, ich meine, alle Männer in unserem Land, die so eine tragen, wollen doch einfach nur, dass es allen gut geht."

„Warum haben Werner und dein Vater dann keine?“

„Alle Achtung, junger Mann. Wenn alle so aufpassen würden wie du, hätten wir wirklich bald ein Schlaraffenland“, sagte Wilhelm, flüsterte es beinahe, und klopfte Josef, der vor lauter Stolz einen roten Kopf bekommen hatte, anerkennend auf die Schulter.

„Jedem das Seine“, fuhr er lächelnd fort, dann machte er eine Pause, bevor er in beschwörendem Ton weitersprach. „Außerdem haben wir, die wir eine Uniform tragen, bestimmte Aufgaben. Oder genauer gesagt – in der Partei, die Adolf Hitler führt. Und dein Großvater weiß das.“

„Partei?“ Nachdenklich runzelte Josef die Stirn.

Wilhelm lachte leise. „Eigentlich ist das genauso was wie ein Gesangverein.“ Der Vergleich gefiel ihm. „Nur, dass man da keine Lieder einübt. Da singt man nicht miteinander, sondern überlegt und plant zusammen. Politik machen nennt man das. Die Sänger nennt man Parteigenossen und den Dirigenten ihren Führer. Sie dienen Volk und Vaterland und tun alles zum Wohl für Jungen, wie du einer bist.“

„Po-li-tik“, murmelte Josef, fasziniert von dem Wort und dem, was Wilhelm ihm soeben erklärt hatte. „Eines Tages will ich auch Politik machen und so eine schicke Uniform tragen“, sagte er. Er ergriff Wilhelms Hand und lehnte vertrauensvoll den Kopf an seine Schulter.

„Gut“, sagte Wilhelm, „wenn du zehn bist, dann bekommst du von mir eine geschenkt. Großes Ehrenwort.“

Josef sah staunend, mit aufgeblähten Wangen, zu ihm auf.

„Nicht so eine, wie ich sie trage. Diese hier ist für die Großen. Der Führer hat extra eine für euch Jungen und

Mädchen schneidern lassen. Die nennt man zwar nicht Uniform, sondern Kluft. Aber eins sage ich dir, wenn du die trägst, dann wird keiner mehr über dich lachen. Kein August und auch sonst niemand mehr."

Wilhelm Reckzügel stand auf, griff in seine Jackentasche und holte ein schwarzes Baumwolltuch heraus. Er bückte sich, legte es Josef um den Hals, steckte die Enden durch einen geflochtenen Lederring und zog sie so weit heraus, dass das Tuch nicht zu locker und nicht zu fest um Josefs Hals lag und dann ..., dann schlug er die Hacken zusammen und salutierte!

Josef wusste, dass dies der Gruß eines Soldaten war. Wie von Fäden gezogen, sprang auch er auf und tat es Wilhelm gleich.

‚Was für ein schöner Tag', schoss es ihm durch den Kopf, schluckte, und dann fing er, obwohl er es gar nicht wollte, von einem Augenblick zum anderen zu weinen an. Heulte wie ein Schlosshund, heulte all die Ungerechtigkeiten der letzten Jahre aus sich heraus, und Wilhelm Reckzügel hielt ihn so lange in seinen Armen, bis alles aus ihm herausgeflossen war, und putzte ihm am Ende die Nase.

„Auch, wenn du eigentlich noch zu jung dafür bist", begann er, „hiermit ernenne ich dich ..."

Wilhelm zögerte, wissend, dass das, was er jetzt tun würde, nicht der Regel entsprach. Aber hatte Hitler nicht erst letzte Woche gesagt, dass der Zweck die Mittel heilige? Außerdem würde er in der kommenden Woche dafür Sorge tragen, dass die Hitlerjugend endlich eine feste Institution in diesem Kreis sein würde. Man hatte ihn eigens damit beauftragt.

„Hiermit ernenne ich dich zum ersten Pimpf des Kreises Reichenbach“, sagte Wilhelm feierlich, hob Josef auf seine Schultern und rannte mit ihm, vorbei an den Gemüse- und Kräuterbeeten, hinüber auf die große Wiese.

„Deutschland wird der Mittelpunkt der ganzen Welt sein. Gesund und unkrautfrei! Das kannst du mir glauben.“

„Und warum darf ich das niemandem erzählen?“

Wilhelm Reckzügel blieb stehen und legte seinen Kopf so weit in den Nacken, dass er Josef in die Augen sehen konnte.

„Weil ich dir einen ganz wichtigen Auftrag geben werde. Einen, von dem aber niemand etwas wissen darf.“

Er stellte Josef wieder auf den Boden, ging in die Hocke, nahm ihm Tuch und Knoten wieder ab und zeigte Josef, wie man es sorgfältig zusammenlegt.

„So“, sagte er, „jetzt werde ich es gut beiseitelegen. Aufbewahren bis zu dem Tag, an dem du es ganz offiziell tragen wirst und ich dir sagen werde, was du zu tun hast.“

‚Was du zu tun hast …‘, hallte es in Josef wider, und, dass Wilhelm den August einen *Rotzbengel* genannt hatte. ‚Eines Tages werde ich wichtiger sein als der Großvater. Dann wird er sich auch vor mir ducken, dann werden sich alle vor mir ducken – alle, die mich jetzt ärgern –, die in der Schule und die hier im Dorf.‘

Juli 1932

Josef war hinterm Haus und fütterte seine Kaninchen. Er hatte es inzwischen aufgegeben, Anerkennung, Zuneigung oder auch nur Anzeichen von Freundlichkeit von seinem Großvater zu erwarten. Josef hatte aufgehört, sich schuldig zu fühlen, wenn dieser lospolterte. Josef hatte aufgehört zu hoffen, dass er jemals ein ähnlich vertrautes Verhältnis zu seiner Großmutter haben würde wie zu Frau Reckzügel. Er hatte aufgehört zu hoffen, dass seine Mutter ihn jemals so herzlich in die Arme nehmen würde, wie Frau Reckzügel es tat – mit ihrer Tochter, ihrem Mann, ihren Söhnen und mit ihm.

Kurz vor Beginn der Sommerferien war Wilhelm Reckzügel ohne Vorankündigung eines Abends bei seinem Großvater erschienen. Er war in Uniform gekommen und hatte ohne Umschweife begonnen, sein Anliegen vorzutragen.

„Mir ist zu Ohren gekommen, dass Ihr Enkel Ihnen endlich mal was recht machen kann", hörte ihn Josef sagen, „und dass Ihnen das von ihm großgezogene Kaninchen ausgesprochen gut geschmeckt haben soll. Ist Ihnen vielleicht mal in den Sinn gekommen, ihn zu fragen, woran das wohl gelegen haben könnte?"

„Ich wüsste nicht, was Sie das angeht."

Josef, der sich gerade bettfertig machen wollte, öffnete vorsichtig das Fenster der Schlafkammer. Von dieser Unterhaltung wollte er sich kein Wort entgehen lassen.

„Haben Ihre Frau oder seine Mutter ihn jemals danach gefragt?"

„Nein. Warum auch."

„Ich habe den Eindruck, dass Sie überhaupt nichts wissen über Ihren Enkel. Anscheinend gar nichts wissen wollen.“

Fritz Tomulka gab keine Antwort. Er knurrte nicht und räusperte sich nicht.

„Lange Rede, kurzer Sinn. Josef braucht mehr Ställe. Der neue Wurf lässt nicht mehr lange auf sich warten. Und ich denke, dass es an der Zeit ist, dass er seine Kaninchen dort züchten sollte, wo er lebt. Obwohl …“, Wilhelm war noch ein wenig lauter und schroffer geworden, „leben tut er ja eigentlich mehr bei uns. Trotzdem. Hier ist sein Zuhause. Es liegt also weder daran, dass wir Josef nicht gern bei uns haben, noch, dass es uns an Platz für die neuen Ställe mangeln würde. Außerdem …“, Wilhelms Stimme wurde um einiges bissiger, „gefällt es Ihnen nicht auch – das neue Wort, das hier die Runde macht? Tomulka-Kaninchen! Macht Sie das nicht ein klitzekleines bisschen stolz, Herr Tomulka? Tomulka-Kaninchen! Das ist ein Begriff, das ist ein Markenname. Muss Ihnen doch richtig gut tun, wo Sie doch so sehr auf Ihren guten Ruf bedacht sind.“

„Und das Material, das Holz und die Nägel, das bezahl also ich, ja?“, hörte Josef seinen Großvater raunzen.

Mehr hatte er dazu nicht zu sagen.

„Ich kann es gerne auslegen“, kam es harsch von Wilhelm Reckzügel zurück.

„Ich bin nicht … arm.“ Josef hörte es genau. Tonfall und Stimmlage seines Großvaters verhießen nichts Gutes. Zumindest würde er vor Wut einen roten Kopf haben.

„Die Tiere werden sich gut verkaufen, und es wird auch genügend für Sie abfallen“, setzte Wilhelm Reckzügel kalt hinterher, „sowohl Geld als auch Fleisch.“

Fritz Tomulka schnaubte leise und sah zu Boden.

„Was das Geld anbelangt“, fuhr Wilhelm Reckzügel unwirsch fort, „Josef wird Ihnen die Auslagen auf Heller und Pfennig ersetzen. Den Rest aber, den wird er zur Bank bringen und damit seine Schul- und Berufsausbildung absichern. Denn so wie es aussieht, hat er von Ihnen ja nicht viel zu erwarten. Wenn's nach Ihnen ginge, geht er zur Volksschule und dann irgendwo in eine Fabrik, oder?“

„Und wer baut den Stall? Ich? Nach Feierabend? Wo ich zurzeit sowieso schon genug zu tun habe?“

„Mein Bruder und ich werden die Hauptarbeit machen und Josef das, was er kann.“

Josef hörte, wie Wilhelm mit dem Fuß aufstampfte, hörte es am metallischen Klack eines seiner Stiefel.

„Wir würden gern morgen damit anfangen.“

„Von mir aus“, brummte Fritz Tomulka, ließ den strammstehenden Wilhelm stehen und ging ins Haus.

Josef war mit einem Satz unter seinem Bett verschwunden und kroch bis in die hinterste Ecke, dicht an die Wand. Er hatte gut daran getan, denn kaum, dass er in seinem Versteck verschwunden war, flog die Tür auf.

„Josef ...“, bellte sein Großvater, stutzte und ging zwei Schritte ins Zimmer hinein. „Komisch“, knurrte er, ging hinaus und warf die Tür hinter sich zu. „Hat einer den Jungen gesehen?“, hörte er ihn brüllen. „Verdammt noch mal, wo steckt er denn? Ich habe ihn vorhin doch in die Kammer gehen sehen.“

Josef zählte bis 60, immer wieder, so lange, bis er nicht mehr wusste, wie viele Minuten er in seinem Versteck zugebracht hatte. Irgendwann hielt er die Luft für rein, schlich aus dem Haus, flitzte zur Straße, blieb einige Minuten hinter der Hecke sitzen und ging wieder zurück, so, als sei nichts geschehen, so, als habe er nichts gehört.

„Wo kommst du denn her?“, herrschte Fritz Tomulka seinen Enkelsohn an.

Josef schluckte. Er konnte vor Aufregung nicht sprechen. Er wollte nicht sprechen. Er wollte nichts Falsches sagen und zeigte mit dem Daumen hinter sich.

„Das sehe ich. Mach gefälligst, dass du ins Bett kommst.“

Josef ging in gebührendem Abstand an seinem Großvater vorbei. Seit der Auseinandersetzung mit Wilhelm Reckzügel am Tag des Einzugs hatte er ihn zwar nicht mehr geschlagen, aber Josef war nach dem, was er gehört hatte, auf der Hut. Über den Bau des Kaninchenstalls verlor der Großvater kein Wort.

Als er am nächsten Tag aus der Schule kam, hörte er, wie hinter dem Haus gesägt und gehämmert wurde.

„Überraschung!“, riefen Wilhelm und Werner Reckzügel wie aus einem Mund, und Josef tat erstaunt, klatschte in die Hände und stellte Fragen über Fragen. Keiner der beiden sollte je erfahren, dass er alles bereits am Abend zuvor gehört hatte.

„Dein Großvater ist gar kein so schlechter Kerl“, sagte Werner und zeigte auf Holzstapel, Nägel und Scharniere, „und stell dir vor, er ist gerade unterwegs, um noch Maschendraht zu holen.“

„Er war nicht immer so“, sagte Frieda Tomulka und drehte sich um. Sie hatte den Männern geschmierte Brote gebracht und war im Begriff, wieder ins Haus zu gehen.

„Bloß, weil es in seinem Leben einmal nicht so gelaufen

ist, wie er sich das gedacht hat?", fragte Wilhelm und sah sie herausfordernd an.

Frieda Tomulka steckte ihre Hände tief in die Schürzentaschen. „Und wenn es bei Ihnen nicht so läuft, wie Sie es sich denken", konterte sie kühl, „dann ist mit Ihnen auch nicht gut Kirschen essen, junger Mann. Oder?"

„So? Finden Sie?"

„Ja, das finde ich", sagte Frieda Tomulka spitz, „und nicht nur ich. Bloß weil Sie studieren, bloß weil Sie a bissel mehr Grütze im Koppe haben als unsereins, bloß weil Sie zur SA gehören und bei jeder Gelegenheit in Ihrer Uniform herumstolzieren. Sie haben wohl ganz vergessen, wo Sie herkommen."

Frieda Tomulka tippte sich an die Stirn. „Aus einem ganz kleinen, popeligen Dorfe nämlich."

Josef hielt die Luft an und sah gespannt zwischen den beiden Kontrahenten hin und her.

„Nein, das hab ich ganz und gar nicht", sagte Wilhelm Reckzügel betont langsam und machte einen Schritt nach vorn.

Josef sah, wie seine Nasenflügel bebten, und wartete gebannt, wie es weitergehen würde.

„Eben nicht, meine liebe Frau Tomulka", fuhr Wilhelm Reckzügel mit gesenkter Stimme fort und fuhr sich mit beiden Händen durch die Haare, „und weil ich es nicht vergessen habe und weil ich möchte, dass es gerecht zugeht in unserem schönen Land und weil ich weiß, dass der Führer der Mann ist, der dafür sorgen wird, trage ich diese Uniform mit Stolz. Ich trage sie, weil sie seine und meine Gesinnung widerspiegelt, weil Männer wie ich in dieser Uniform sich dafür einsetzen, dass gewisse Elemente nicht die Oberhand gewinnen, sie sich nicht noch mehr auf Kosten der deutschen Bevölkerung bereichern und … dass sie nicht noch mehr mit ihren Ideen, ihrer Lebensweise, ihren Vorstellungen und Absichten unsere Kultur unterwandern."

Josef sah, wie seine Großmutter ihre Hände, die noch immer in den Schürzentaschen steckten, zu Fäusten ballte. Sie hob ihre Schultern und sah Wilhelm Reckzügel streitsüchtig an. Sie senkte nicht ihre Augen, senkte nicht ihren Kopf wie der Großvater, wenn Wilhelm mit ihm sprach.

Josef wartete. Seine Großmutter konnte genauso laut und wortgewaltig werden wie ihr Mann, und ihre Hand saß nicht weniger locker. Obwohl ihre Schläge längst nicht die Härte der seinen hatten. Doch nichts dergleichen geschah. Josef sah, wie sich ihre Hände entspannten und ihre Schultern wieder senkten.

Frieda Tomulka reckte den Hals und fing zu lächeln an. Es war ein komisches Lächeln und die Reckzügel-Brüder waren genauso perplex wie Josef über das, was Frieda Tomulka abschließend mit fester Stimme verkündete: „Na, dann haben wir ja Glück, dass wir uns mal einig sind, junger Mann. Und damit aus Ihrem Schützling mal was Gescheites wird", Frieda Tomulka machte auf dem Absatz kehrt, ging zum Haus und drehte sich erst im Türrahmen wieder um, „wird er jetzt reinkommen und in seiner Fibel lesen."

Josef sah, wie sich Werner das Lachen verbiss und dass Wilhelm dreinblickte, als stünde ein großes Fragezeichen über seinem Kopf.

„Deine Großmutter hat natürlich recht." Es war Werner, der schließlich das Schweigen brach. „Und wenn alles gut klappt, können deine Kaninchen schon in zwei Tagen einziehen."

Richtig freuen konnte sich Josef allerdings nicht darüber. Er war eher ein wenig traurig, dass er der Tiere wegen nicht mehr zu den Reckzügels gehen würde. Eigentlich hätte doch alles so bleiben können, wie es war.

Oktober 1932

Wilhelm war am späten Nachmittag aus Berlin gekommen, machte auf dem Nachhauseweg bei Josef halt, bewunderte seine Kaninchen, erkundigte sich nach seinen Fortschritten in der Schule und kündigte beim Weggehen Josef augenzwinkernd zu, dass er ein Geschenk für ihn habe.

„Du kommst doch trotzdem noch jeden Abend zu uns rüber, oder?"

„Na, klar", sagte Josef und stieß lachend seinen rechten Zeigefinger in die Luft. Er hatte genau gehört, wie sein Großvater etwas von einer dummen Frage gebrummelt hatte.

Wenn es möglich war, ging der alte Tomulka Wilhelm Reckzügel aus dem Weg. Sie konnten sich nach wie vor nicht ausstehen, und ihre Begrüßung war äußerst knapp und kühl ausgefallen. Doch heute hatte Fritz Tomulka seine Arbeit nicht liegengelassen, diesmal war er nicht bereit, das Feld zu räumen, und wollte hören, was dieser Reckzügel und sein Enkelsohn zu bereden hatten. Fritz Tomulka, dem nicht erst in diesem Augenblick erneut bewusst wurde, dass es keinerlei Bindung zwischen ihm und seinem Enkelsohn gab. Wie oft schon hatte er sich dabei ertappt, dass Wehmut – ja – fast Sehnsucht in ihm aufgekeimt war, wenn er Großväter mit ihren Enkelkindern herumtollen sah, wenn sie Seite an Seite singend auf den Feldern arbeiteten oder wenn er beobachtete, wie sie Hand in Hand durch die Straßen gingen, miteinander lachten oder Fußball spielten. Niemals würde es zwischen Josef und ihm solch eine Vertrautheit geben. Für einen Augenblick war er geneigt, die Schuld daran bei sich zu suchen. Doch die Verbitterung darüber, dass ihm seine

Tochter mit diesem unehelichen Kind die gesamte Lebensplanung ruiniert hatte, schlug erneut wie eine Welle über ihm zusammen und ließ den kurz aufkeimenden Wunsch, sein Verhältnis zu Josef zu ändern, jäh ersticken.

„Nein, das werde ich nicht tun."

Werner Reckzügel stiefelte mit hochrotem Kopf aus dem Haus, gefolgt von Wilhelm, der laut die Tür hinter sich zuknallte.

„Ich sag es dir noch mal, je früher er damit anfängt, desto besser."

„Du bist ja verrückt! Josef ist noch nicht mal acht. Als ich zum ersten Mal ..."

Betroffen blieb Josef stehen, ging einen Schritt zurück, duckte sich und verharrte im Schutz der Hecke. Die beiden Brüder hatten ihn nicht kommen sehen.

„Irgendwann ist es immer das erste Mal."

„Ich mach es auf meine Weise und nach meinem Zeitplan. Ich quatsch dir in deinen Kram ja auch nicht rein."

„Wenn du damit meine Arbeit in der Partei meinst ..."

Josef sah sie wütend um die Hausecke eilen. Was sie sich weiter an den Kopf warfen, konnte er nicht mehr verstehen, hörte aber noch zweimal deutlich seinen Namen. Er war fassungslos. Niemals hatte es Streit zwischen den Brüdern gegeben, nicht einen in der ganzen Reckzügel-Familie, und nun hatte dieser offensichtlich irgendetwas mit ihm zu tun. Josef hatte sich so sehr auf den Abend mit ihnen gefreut. Er wollte nicht, dass Wilhelm und Werner miteinander stritten, vor allem nicht seinetwegen. Er machte auf dem Absatz kehrt, ging ein Stück zurück, überlegte, und machte sich schließlich wieder auf den Weg. Diesmal laut pfeifend, fest davon überzeugt, dass ihre Auseinandersetzung damit ein Ende fände.

Josef lächelte. Es hatte funktioniert. Dass der Disput noch in ihnen brodelte, dass es ihnen nicht leichtfiel, ein heiteres Gesicht zu machen, war ihnen deutlich anzusehen.

„Wisst ihr was?“, begann er und sah verschmitzt von einem zu anderen, „hab ich euch eigentlich schon erzählt, wie viel Geld ich inzwischen mit den Kaninchen verdient hab?“

Erleichtert sah Josef, dass Wilhelm sich entspannte. Schließlich war er es gewesen, der ihn dazu ermutigt hatte, sie in größerem Stil zu züchten und zu verkaufen. Dass *im größeren Stil* aber nicht gleichbedeutend mit mehreren Würfen pro Jahr war, hatte ihm Werner erklärt. Mit *Je länger die Jungen bei der Mutter bleiben, je mehr Muttermilch und Nestwärme sie bekommen, desto kräftiger werden sie,* hatte er Josefs Eifer gebremst. „Wenn der Wurf mal langsamer heranwächst, dann gibt's halt nur einen im Jahr. Vergiss nicht, das, was die Leute essen wollen, das, was sie dir abkaufen, sind Sechspfünder und keine Mickerlinge.“

Das, was Josef für sich entdeckt hatte, war: *Tiermütter sind gute Mütter. Kaninchenjungen geht es besser als mir.* Mütter, die ihre Kleinen in ein Nest betteten – ein Bett aus der Wolle ihres eigenen Bauchfells.

Nicht satt sehen konnte er sich daran, mit welcher Hingabe sich die Häsinnen auf ihren bevorstehenden Nachwuchs vorbereiteten und die Kleinen anschließend umsorgten.

Zur Welt brachten sie die Winzlinge fast immer bei Nacht. Werner hatte den Großvater überreden können, dass Josef dann wach bleiben durfte, zusehen konnte, wie sie abgenabelt wurden, wie vorsichtig die Häsin mit ihren langen Vorderzähnen die Nabelschnur durchbiss und ihrem Nachwuchs anschließend die Eihaut ableckte. Gründlich – eines nach dem anderen.

„Dabei ist das Saubermachen reine Nebensache", hatte ihm Werner erklärt, „viel wichtiger ist, dass auf diese Weise der Kreislauf der kleinen Nackedeis in Schwung kommt, dass sie gegenseitig voneinander den Geruch aufnehmen und dass dadurch eine unlösbare Bindung zwischen ihnen geknüpft wird."

„Keine Duftmarke gibt's zweimal", hatte Werner weiter erklärt, „wenn du sie später draußen rumhoppeln lässt, wirst du sehen, wie problemlos die Sippen immer wieder zueinanderfinden."

Josef hatte über den Nachwuchs jeder Häsin genau Buch geführt. 42 Tiere waren inzwischen herangewachsen, zehn waren im Kochtopf der Großmutter gelandet, die übrigen hatte er für fünf oder sechs Reichsmark, je nach Gewicht und Fellqualität, verkaufen können. Das erste jedoch hatte er verschenkt. Das war Wilhelms Idee gewesen.

„Also, wenn ich du wäre …" Wilhelm hatte es spannend gemacht und Josef drei Atemzüge lang auf die Folter gespannt. „Mit Speck fängt man Mäuse", und Josef hatte ihm aufmerksam zugehört, da doch alles, was von Wilhelm kam – jeder Rat, jedes Geschenk – stets zu seinem Besten war.

„Also, ich würde das erste Kaninchen nicht verkaufen.

Wenn ich du wäre, ich würde es der Frau vom Vaupel-Lehrer schenken. Warte so lange, bis es ein dichtes Winterfell hat, dann wird sie nicht nur einen guten Braten haben. Werner wird dir zeigen, wie man das Fell ausstopft und spannt. Dann kann's die Vaupeln zum Trocknen hinhängen und hinterher zum Gerber bringen."

Genauso hatte Josef es gemacht, und wie erwartet hatte die Lehrersfrau umgehend Werbung für das überaus zarte und schmackhafte Kaninchen gemacht und rasch für eine gut zahlende Kundschaft gesorgt.

Josefs größte Genugtuung jedoch war, dass ihn eines Tages der Steiner-August auf dem Schulweg deswegen angesprochen hatte. August, der wollte, dass es nach Zufall aussah und der deswegen einen Stein neben Josefs Füße gekickt hatte. Hastig und leise hatte er gesprochen, ohne ihn dabei anzusehen. Dass ihn seine Mutter sprechen wolle, ließ er Josef wissen, und ob er deswegen mal am Nachmittag bei ihnen vorbeikommen könne.

Als Josef bei Steiners eintraf, stand dampfender Kakao auf dem Herd. Es passte August gar nicht, dass ihn seine Mutter aufforderte, Josef einen Becher damit zu füllen, und setzte ihn dermaßen hart auf den Tisch, dass der Inhalt überschwappte. „Benimm dich und wisch das weg!", herrschte ihn seine Mutter an, die zu Josef dagegen die Freundlichkeit in Person war. „Ich mach dir einen Vorschlag, mein Junge", begann Frau Steiner lächelnd, drehte ihrem zähneknirschenden Sohn den Rücken zu und sah nicht, wie er mit wutverzerrtem Gesicht den Lappen im hohen Bogen zurück in den Spülstein warf.

„Mein Mann und ich möchten dir einen Vorschlag

machen. Also, wir haben uns gedacht, dass du von uns für den Winter einen halben Sack Hafer bekommst, als Zufutter für deine Kaninchen, und wir kriegen im Gegenzug dafür zwei Braten, und natürlich das Fell dazu.“ Sie rückte noch ein wenig näher an Josef heran, legte ihre Hände auf seine und sah ihn erwartungsvoll an. „Na, was hältst du davon?“

Josef schob seine Unterlippe nach vorn und überlegte. Werner hatte ihm erklärt, dass er die Tiere vor Weihnachten bestimmt alle verkauft haben würde – bis auf Oskar natürlich und die beiden Muttertiere. Er und seine Familie wollten natürlich auch welche essen, aber wahrscheinlich nicht mehr als zwei. Josef schüttelte kaum merklich den Kopf. „Einen“, sagte er und sah Frau Steiner fest in die Augen, „den zweiten bekommen Sie billiger, sagen wir für zweifünfzig, egal wie groß er ist und wie das Fell ausfällt.“

„An so was solltest du dir mal ein Beispiel nehmen“, wandte sich Frau Steiner mit hochgezogenen Augenbrauen an ihren Sohn, lachte herzhaft auf und besiegelte per Handschlag den mit Josef gemachten Handel. „Hier, gieß noch mal nach“, gluckste sie und hielt August Josefs Becher hin. „Verflixt, der Bengel lässt sich ja schon jetzt kein X für ein U vormachen.“

Wenn Augusts Blicke hätten töten können, Josef hätte sie nicht überlebt. Stattdessen aber trank er nachdenklich seinen Kakao und konnte noch gar nicht richtig fassen, was da gerade geschehen war – als sei es das Natürlichste der Welt, dass andere mit ihm, einem Dreikäsehoch, Geschäfte machten. Mit ihm, dem man daheim nur selten Beachtung schenkte und der fast bei allem, was er tat, kritisch beäugt und kommentiert wurde.

„246 Mark habe ich bisher eingenommen“, sagte Josef stolz und grinste Wilhelm und Werner Reckzügel herausfordernd an.

Wilhelm pfiff laut durch die Zähne. „Donnerwetter“, sagte er anerkennend, „das hätte ich nicht gedacht. Kann ich dich ja direkt mal anpumpen. Was machst du überhaupt mit dem ganzen Geld? Das behältst du doch hoffentlich für dich und gibst nicht alles zu Hause ab.“

„Großvater hab ich 50 Mark gegeben. Für Holz, Nägel und Schrauben, für Scharniere, Maschendraht und Teerpappe.“ Josef holte tief Luft. „Er hat genug bekommen für das alles, und …“ Josef sah mit ausdrucksloser Miene von einem zum anderen und starrte, bevor er weitersprach, eine Weile in Richtung seines Elternhauses. „Was man mit Geld alles machen kann“, murmelte er. „Als er es eingesteckt hat, hat er sogar *Danke* gesagt. Großvater hat sich noch nie für was bei mir bedankt.“

Josef holte tief Luft und schaute nachdenklich von einem zum anderen.

„Den Rest vom Geld habe ich angelegt! Hab schließlich in der Schule aufgepasst. Die Großen hatten Zinsrechnung gehabt, bin darum noch am selben Tag mit meiner Mutter zu Rosenzweig gegangen und hab für mich ein Sparbuch anlegen lassen.“ Josef reckte sich, wackelte mit seinen Schultern und stolzierte auf der Stelle wie ein aufgeplusterter Pfau. „Stellt euch vor, ich bin der einzige Junge, der mit seinem Geld machen kann, was er will. *Der darüber verfügen kann,* hat der Herr Rosenzweig gesagt. Meine Mutter hat das extra unterschreiben müssen.“

„Alle Achtung“, sagte Wilhelm. „Sag mal …“, er hatte die

Worte in die Länge gezogen und sah Josef dabei mit zusammengekniffenen Augen an, „weißt du eigentlich, wo deine Mutter in Stellung war …, damals, bevor du geboren wurdest? Hat sie dir das eigentlich irgendwann mal erzählt?"

„Klar", sagte Josef, „in Breslau, wieso?"

„Nur so", sagte Wilhelm schließlich. „Ein Pfundskerl bist du, ein richtiger Prachtkerl", sagte er, lachte und gab Josef einen Knuff.

„Und warum habt ihr euch gerade gestritten?", wagte nun Josef zu fragen und setzte eine ernste Miene auf. „Ich hab das nämlich gehört, und dass es dabei um mich ging."

Die Brüder waren sprachlos geworden und Josef griente innerlich.

Es war Werner, der sich als Erster räusperte, während Wilhelm den Kopf in den Nacken gelegt hatte und die Wolken zu betrachten schien.

„Wir haben uns darüber unterhalten …, nein, du hast recht, wir haben uns darüber gestritten, wann du …", Werner machte wieder eine Pause und betrachtete kopfschüttelnd seinen Bruder, „wann es an der Zeit für dich ist, zu lernen, wie man Kaninchen schlachtet."

„Nun seid ihr euch aber wieder gut?" Josef stellte sich zwischen die Brüder und fasste sie an den Händen, genauso wie es der Ritter-Lehrer auf dem Schulhof mit Streithähnen auch immer machte.

Mai 1933

Es war Freitag, der fünfte Mai 1933. Die Luft im Klassenzimmer war stickig. Kurt Vaupel hatte den Kindern verboten, die Fenster zu öffnen. Lediglich eines der vier Oberlichter stand auf Kippe und ließ ein wenig frische Luft hinein.

„Frische Luft hattet ihr in der Pause, die Fenster bleiben zu und die Musik spielt vorne und nicht hinten!" Wenn er eines nicht leiden konnte, war es das, wenn sich ständig irgendwer zum Regulator umdrehte.

„Auf die Uhr pass ich auf und ihr auf eure Rechenaufgaben", polterte er und schlug warnend mit dem Rohrstock an seine Hosenbeine, bereit, ihn auf denjenigen sausen zu lassen, der verstohlen seine Sachen zusammenräumte, bevor er, der Herr Lehrer, höchstpersönlich das Ende der Schulstunde verkündete. Seit knapp zwei Wochen war die Schelle kaputt, und die Kinder trauten dem alten Lehrer nicht. Zweimal schon hatte er überzogen und sie erst gut 15 Minuten später nach Hause entlassen.

Das rastlose Tack-Tack des Pendels ließ die Kinder immer wieder in seinen Rhythmus fallen – mit Bleistift, Lineal, Händen oder Füßen – lautlos, in die Luft, damit Kurt Vaupel bloß nichts davon mitbekam. Nur Josef hatte heute der Hafer gestochen und schnalzte dazu laut und vernehmlich mit der Zunge.

„Was soll das? Bist du noch gescheit? Hör sofort damit auf!", wetterte der Lehrer, der in diesem Moment noch nicht ausgemacht hatte, wer sich solch eine Unverschämtheit erlaubte.

Spätestens jetzt hatten alle aufgehört zu arbeiten und

sahen gebannt zu ihrem Lehrer, der immer dann, wenn er wütend war, seinen Mund wie ein nach Luft schnappender Fisch auf- und zuklappte.

„Karpfen“, entfuhr es einem der Jungen aus der hintersten Reihe und er brachte damit das Fass zum Überlaufen. Sicherlich war Vaupel der Spitzname schon zu Ohren gekommen, aber ihn in seiner Gegenwart herauszuposaunen, das hatte bisher keiner gewagt.

„Wer was das?“, brüllte er los, drehte sich einmal um die eigene Achse und hielt die Luft an. Sein Gesicht nahm indes eine beängstigend puterrote Farbe an. In seinen Halsschlagadern begannen kirschkerngroße Knoten anzuschwellen, und selbst in der letzten Bankreihe konnte man in ihnen noch den Pulsschlag erkennen.

„Helfen werd ich dir“, donnerte er, schlug mit dem Rohrstock auf sein Pult und – im selben Augenblick flog die Tür auf, so heftig, dass die Klinke an die Wand schlug und sich ihr lauter Knall mit dem klatschenden Hieb des Rohrstocks vereinte, fast synchron.

Wilhelm Reckzügel, uniformiert, stand breitbeinig im Türrahmen, seine Hände in die Hüften gestemmt.

„Was ist denn das für ein Lärm hier?“, rief er in den Klassenraum und nahm den Lehrer mit versteinerter Miene ins Visier.

Kurt Vaupel, dem vor Schreck der Stock aus der Hand gefallen und der in die Knie gegangen war, um ihn wieder aufzuheben, sah irritiert an ihm hoch.

„Wollt ihr meinem guten, alten Lehrer wohl gehorchen!“, pfiff Wilhelm Reckzügel die Klasse zusammen, ergriff den Stock und ließ ihn zweimal durch die Luft sausen.

Die Kinder zuckten zusammen, sahen entweder beschämt auf ihre Plätze oder bestaunten ihn – mit offenem Mund. Auch Josef hielt für einen Augenblick seinen Kopf gesenkt, allerdings nur, um sich das Lachen zu verkneifen. Er wusste, dass Wilhelm etwas anderes gesagt als gedacht hatte. Er hatte genau gesehen, wie dessen linke Augenbraue ein-, zweimal hintereinander gezuckt hatte. Ein klares Zeichen, dass ihn etwas amüsierte.

Obwohl ihm noch immer die Zornesröte im Gesicht stand, bemühte sich Vaupel indes um ein Lächeln, brachte es aber zu nicht mehr als einer kümmerlichen Grimasse. Es war nicht nur Josef, der ihm ansehen konnte, dass er den Auftritt von Wilhelm Reckzügel nicht richtig einzuschätzen wusste.

„Ach …", Kurt Vaupel räusperte sich. „Da ist ja unser … Herr Studiosus." Bei dem Wort Studiosus hatte seine Stimme zu vibrieren aufgehört und ihre alte Festigkeit wiedererlangt. Vaupel hatte sich wieder gefangen. „Und, was verschafft mir die Ehre?"

Die Kinder machten ein langes Gesicht. Keinen seiner ehemaligen Schüler hatte der Lehrer bislang mit „Herr" angesprochen. Egal, was aus ihnen geworden war, ob Bauer, Milchmann oder Polizist. Nun gut, Wilhelm, war ja auch nur vier Jahre in die kleine Dorfschule gegangen. Wilhelm war schlau, Wilhelm war zur Oberschule geschickt worden, und bald würde er Arzt sein. Und einen Arzt, den duzt man eben nicht, auch nicht, wenn man mal sein Lehrer war.

„Ich bin gekommen, um den Josef abzuholen", erwiderte Wilhelm Reckzügel selbstsicher, mit hinter dem Rücken übereinandergelegten Händen. Er sah lächelnd zu Josef und legte den Rohrstock nahezu behutsam auf das Pult des Lehrers. „Ich möchte Sie bitten“, Wilhelm machte eine Pause, dann eine winzige Verbeugung und sah den Lehrer freundlich nickend an, „dem Josef für die kommende Woche freizugeben.“

Es ging ein Raunen durch die Klasse, und das gezwungene Lächeln des Lehrers erstarb vollends. Diesmal war es Josef, der einen roten Kopf bekam.

„Ich denke, bei so einem guten Schüler wird sich das doch sicher einrichten lassen.“ Wilhelm Reckzügel setzte ein Lächeln auf, das ihm weitaus besser gelang als dem Lehrer. Er beugte sich zu ihm herab, als wolle er ihm den näheren Grund ins Ohr flüstern, sprach dann aber in kaum geminderter Lautstärke weiter. „Ich brauche ihn nämlich. In Berlin.“

Kurt Vaupel konnte nicht verbergen, wie verunsichert und befangen er war. Stirnrunzelnd sah er auf die Uhr und sagte den Kindern, dass sie zusammenpacken und nach Hause gehen könnten.

Doch eilig hatte es jetzt keiner mehr. Es gab nicht einen, dem nicht die Neugier ins Gesicht geschrieben stand. Josef nach Berlin? In die Hauptstadt?

„Danke für Ihr Verständnis“, setzte Wilhelm Reckzügel laut vernehmbar nach, schlug die Hacken zusammen, begab sich wie selbstverständlich zu Josefs Pult, sah zu, wie er einpackte, und verließ mit ihm den Klassenraum. Für einen Moment sah es so aus, als wolle er die Tür hinter sich zuziehen, doch stattdessen legte er seine Hand auf Josefs Schulter und schob ihn hinaus.

„Schnell zum Bahnhof“, sagte er so laut, dass jeder es

hören konnte. „Deine Mutter hat schon alles gepackt, und den Ranzen kannst du meinem Vater geben."

Packen und *Ranzen.* Es war wieder Bewegung in die Kinder gekommen. In Windeseile hatten sie ihre Habseligkeiten zusammengerafft, sich an ihrem völlig überrumpelten Lehrer vorbeigezwängt und waren aus dem Schulgebäude gestürmt. Sprachlos und neidisch starrten sie hinter Josef und seinem großen, ehrfurchtgebietenden Freund her. Wilhelms Vater trieb das Pferd zur Eile an. Der Zug würde nicht auf sie warten, und bald waren Fuhrwerk und Insassen hinter einer Staubwolke verschwunden.

Wilhelm hatte dafür gesorgt, dass sie einen Fensterplatz bekamen. Josef war außer sich gewesen vor Stolz und Freude, doch nun saß er stumm auf seinem Platz und musterte beklommen seinen sich in der Fensterscheibe spiegelnden Freund.

„Was ist los, junger Mann?" Wilhelm klopfte ihm aufmunternd auf die Knie. „Wirst doch wohl nicht etwa Heimweh bekommen?" Wilhelm setzte ein zweideutiges Lächeln auf. „Vielleicht nach deinem Großvater? Kann es sein, dass du doch lieber in die Schule gehen willst, anstatt nach Berlin zu fahren?"

Josef schüttelte den Kopf und winkte einer Gruppe Feldarbeiter zu, die grüßend ihre Hacken schwenkten.

„Was meinst du, wie gerne die mit dir tauschen würden", bohrte Wilhelm weiter.

Tauschen. Genau das war es, was Josef nicht verstand. Er verstand seinen sonst so freundlichen und gerechten Wilhelm nicht. Verstand nicht, warum es gerade diese Plätze sein mussten, auf denen sie nun saßen, wo es doch noch so viele andere in dem Waggon gab. Verstand nicht, warum Wilhelm ausgerechnet aus diesem Fenster sehen wollte und aus keinem anderen, wo doch alle Fenster gleich groß und diese Bänke auch nicht anders beschaffen waren als die anderen. Josef verstand nicht im Geringsten, warum Wilhelm darauf bestanden hatte, dass die beiden alten Leute, die zuvor hier gesessen hatten, ihre Gepäckstücke zusammenklauben und gehen mussten. ‚Würden Sie wohl bitte die Plätze tauschen', hatte er frostig gesagt. Trotz des *bitte* hatte es irgendwie hässlich geklungen. Weggeschickt hatte er sie, von tauschen konnte keine Rede sein.

Wilhelm seufzte. „Bin ich nun dein Freund oder nicht? Nu sag schon, welche Laus dir über die Leber gelaufen ist. Also, ich bin ganz Ohr."

Wilhelm beugte sich zu Josef hinüber.

„Ich versteh nicht ..."

„Na los doch." Wilhelm tippte ihm schmunzelnd auf die Nase.

„Ich versteh nicht, warum du grade die alten Leute weggeschickt hast. Wir hätten uns doch auch woanders hinsetzen können und nicht ... sie."

Wilhelm verschränkte die Arme vor der Brust, verzog keine Miene und sah Josef durchdringend an.

„Da will er also schon jetzt jeden Tag eine gute Tat tun, der angehende Herr Pimpf." Wilhelm nahm Josefs Kopf in beide Hände und wiegte ihn bedächtig, beinahe zärtlich, hin und her.

„Aber immer schön an der richtigen Stelle, am richtigen Ort und bei den richtigen Leuten, mein Herr." Wilhelm kam Josef ganz nah. „Polacken waren das, mein Lieber. Und die sind noch schlimmer als Läuse. Vor denen muss man sich in Acht nehmen. Sei froh, dass ich das weiß und auf dich aufpasse.“

„Ach, so.“ Josef seufzte. Beschämt darüber, dass er Wilhelm etwas Schlechtes zugetraut hatte, warf er einen Blick hinauf zu den leicht im Gepäcknetz schaukelnden Koffern.

„Wenn niemand die Notbremse betätigt“, sagte Wilhelm laut und vernehmlich, „dann bleiben die ganz bestimmt oben.“

Wilhelm Reckzügel hatte recht behalten. Wenn Josef auf ihn gehört hätte und nicht immer wieder seinen Kopf aus dem fahrenden Zug gehalten hätte, dann wären seine Augen am darauffolgenden Morgen nicht verklebt gewesen.

Wer nicht hören will, muss fühlen. Josef hasste diese Worte. Wie oft schon hatte er sie sich von seiner Großmutter anhören müssen. Alles hätte ihm Wilhelm vorhalten dürfen, nur das nicht. Josef schluckte. Er wusste, er hatte keinen Grund, beleidigt zu sein. Wilhelm hatte ihn oft genug vor den Folgen von Fahrtwind, Funkenflug und Rauchschwaden gewarnt. Dampflokomotiven spucken eben nicht nur heiße Luft aus ihrem Schornstein! Wer nicht hören will, muss fühlen, und so hatte sich Josef geschworen, ihm fortan nicht nur zuzuhören, sondern stets zu tun, was er sagen würde.

Sein Wilhelm – er hatte ihm nicht nur warme Kompressen auf die Augen gelegt, sondern er war seinetwegen sogar in die Charité gelaufen, um entzündungshemmende Tropfen zu holen. Josef, der sich letzten Endes gern von ihm hatte bemuttern lassen, marschierte nun stolz neben ihm durch die Reichshauptstadt, die wohl keines der anderen Kinder aus Dorotheenthal so schnell zu Gesicht bekommen würde.

Wilhelm trug an diesem Tag keine Uniform, aber wohin er mit Josef auch ging – ob es der Bäcker, der Fleischer oder der Straßenbahnschaffner war – sie mussten ihn gut kennen. Jeder nickte ihm freundlich zu, und wenn er Josef als seinen *großen* Freund vorstellte, gab es niemanden, der diesem daraufhin nicht wenigstens irgendetwas Nettes sagte. Der Bäcker hatte ihm obendrein eine Semmel in die Hand gedrückt. Schrippe hatte er sie genannt und sie schmeckte Josef viel besser als die daheim, ganz zu schweigen von der dicken Scheibe Wurst, die ihm der Metzger abgeschnitten hatte. Einfach so, einfach zum Gleichessen.

‚Wenn ich erst wieder zu Hause bin …!', jubelte Josef still in sich hinein und malte sich aus, wann und wie er seine Erlebnisse dort zum Besten geben könne.

Wilhelm schob ihn schließlich in ein Gebäude, das er Bibliothek nannte, wo man sie noch herzlicher, noch wortlauter empfing als überall zuvor. Es waren alles Männer in Wilhelms Alter – nicht ein einziges Mädchen war dabei – und wie Josef erfuhr, waren sie alle Studenten und schienen bester Laune zu sein, trotz der ungeheuerlichen Unordnung um sie herum.

Hier musste etwas Schlimmes passiert sein. Stumm vor Entsetzen ließ Josef seine Augen über die Bücher schweifen, die überall auf dem Boden lagen, teils vereinzelt, teils in größeren Haufen, und augenblicklich wurde ihm klar, warum Wilhelm ihn hierhin mitgenommen hatte und er ihm helfen sollte.

‚Natürlich, mit Büchern geht man sorgsam um, man behandelt sie ordentlich und passt drauf auf, dass sie keine Eselsohren kriegen.‘

Josef nickte, erst langsam, dann immer heftiger und schließlich ging er unaufgefordert ans Werk. Ohne den geringsten Zweifel daran, das Richtige zu tun, griff er sich das erstbeste Buch, strich seine Seiten glatt, klappte es zusammen, stellte es in eine der Regalreihen, die er mühelos erreichen konnte, und sah sich, zufrieden mit sich und Beifall erwartend, um. Doch Wilhelm lächelte nicht, Wilhelm sog stattdessen scharf die Luft ein und niemand rührte sich …

„Interessant, nicht wahr?“, brach schließlich einer der jungen Akademiker das Schweigen und legte seine Hand auf Wilhelms Schulter. Josef war sich nicht sicher, ob das Lächeln dieses jungen Mannes eher mitleidig oder spöttisch war, ob es ihm galt oder Wilhelm. „Wie der Herr, so’s …“

„Halt’s Maul, Rudolf“, schnitt Wilhelm ihm schroff das Wort ab, schlug seine Hand weg, warf ihm einen wütenden Blick zu und nahm Josef seufzend zur Seite.

„Ich hab dich nicht mitgenommen, damit du hier aufräumst. Die Bücher da, die gehören nicht ins Regal. Die werden alle weggeworfen.“

Josef schaute ihn fragend an. Schüttelte fassungslos den Kopf.

„Das da ist Ramsch, Plunder, Ausschussware“, setzte Wilhelm harsch hinterher, zog Josef zu sich heran und signalisierte mit einer knappen Kopfbewegung, dass es für die anderen keinen Grund gab, ihre Arbeit noch länger zu unterbrechen. „Josef“, raunte ihm Wilhelm ins Ohr, „glaub mir, die Bücher taugen nichts. Die kommen alle weg, eins wie's andere. Das, was du gerade vorhattest, ehrt dich zwar", lächelnd hob er kurz Josefs Mütze hoch und wuschelte seine Haare, „aber jetzt weißt du Bescheid."

„Sie werden alle … weggeworfen?"

„Ja, Junge, die und noch viel mehr. Höchste Zeit, dass sie wegkommen, diese …", Wilhelm zog seine Mundwinkel verächtlich nach unten, „dieser Mist. Da steht nur Falsches über unser Volk und unsere Geschichte drin. Tapfere Männer und Frauen werden darin verhöhnt oder es stehen schmutzige Geschichten über sie drin und … über Kinder."

Ungläubig sah Josef von einem Haufen zum anderen.

„Gut, dass du davon noch keine Ahnung hast. Und damit das auch so bleibt, werden sie verbrannt. Punktum. Schließlich sollen die Menschen in unserem Land nur gute Bücher lesen. Das verstehst du doch, nicht wahr?"

Josef nickte erst zustimmend, schüttelte dann aber bekümmert seinen Kopf. „Schade", entfuhr es ihm, „das gäbe so viel Klopapier."

‚So viele Bücher, so viele Blätter. Wie lange man damit auskommen würde! Außerdem würden sie so viel besser sein als das von der Großmutter zurechtgeschnittene Zeitungspapier, von dem man einen schwarzen Hintern und schwarze Finger bekommt.'

„Klopapier?", grinsend schob Wilhelm Josef eine Armlänge von sich weg. „Sagtest du gerade Klopapier?"

„Ja, ja", antwortete Josef hastig und sah verunsichert zu Boden.

„Habt ihr das gehört?", donnerte Wilhelm los, so laut, dass man es in den angrenzenden Räumen und im Treppenhaus hören konnte. „Habt ihr das gehört?" Er hielt sich die

Hand vor den Mund und unterdrückte nur mühsam das in ihm aufsteigende Lachen. „Habt ihr gehört, was mein junger Freund da gerade von sich gegeben hat?“ Er brach in schallendes Gelächter aus und klopfte dem völlig verwirrt dreinblickenden Josef heftig auf den Rücken.

„Ich – fass – es – nicht! Is noch so jung, kommt vom Dorfe und hat's besser erfasst als manch anderer“, wieder bekam Josef einen kräftigen Klaps auf den Rücken, „wisst ihr, was mein Freund aus diesen Haufen am liebsten machen würde?“

Der Student, der Rudolf hieß, reckte mit gespielter Ungeduld seinen Hals. Ihm war die Ironie in Wilhelms Stimme nicht entgangen.

„Klopapier!“, dozierte Wilhelm mit erhobenem Zeigefinger, nahm Josef erneut die Mütze vom Kopf, fuhr mit der Hand durch seine Haare und setzte sie ihm wieder auf. „Die ganzen Bücher sind nur noch dafür da, um beschissen zu werden … für den allerletzten Dreck!“

„Na, wenn er's sagt, dann wird's wohl stimmen“, brüllte Rudolf über das allgemeine Gelächter hinweg und drückte Josef drei Bogen Papier in die Hand.

„Und hier stehen die Namen von denen drauf, deren Bücher nicht einmal diese Ehre zuteilwird. Nicht auszudenken, wenn jemand im Scheißhaus in Versuchung geraten würde, diesen Bockmist vorher noch zu lesen.“

Josef wusste nicht, was er davon halten sollte, vor allem nicht, dass sein Wilhelm solche Kraftausdrücke benutzte. Irritiert begann er auf seinem Daumen herumzukauen und las Namen, von denen er noch nie zuvor etwas gehört hatte. Sie waren fein säuberlich mit der Schreibmaschine geschrieben und in alphabetischer Reihenfolge.

„Brecht, Döblin, Freud, Heine, Kästner, Mann, Marx", murmelte er. Diese Namen gingen ihm leicht über die Lippen. Bei einigen aber war er unsicher und deutete mit dem Finger auf sie.

„Ossietzky, Remarque, Tucholsky", las ihm Wilhelm vor und nickte zufrieden. Jemand hatte mit der Hand auf das oberste Blatt noch Einstein, Büchner und Ringelnatz an den Rand geschrieben.

Am Anfang aber tat Josef sich dennoch schwer. Bücher, einfach so, auf große Haufen werfen? Die aufgekratzte Stimmung unter den jungen Leuten nahm ihm jedoch schnell jegliche Hemmungen, und spätestens nach dem zehnten eiferte er ihnen kummerlos nach.

So tat er einige Tage nichts anderes, als mit Wilhelm von einer Bibliothek in die nächste zu gehen und Bücher in große Körbe zu werfen, die andere dann entweder direkt auf große Lastwagen oder einfach auf den Bürgersteig kippten. Er sah Leute, beladen mit schweren Taschen, aus ihren Häusern kommen und all das wegwerfen, was Wilhelm *Wider den undeutschen Geist* nannte.

Am Morgen, bevor sie sich auf den Weg machten – es ging kreuz und quer durch die Stadt, mal zu Fuß, mal mit der Straßenbahn – sorgte Wilhelms Vermieterin mit einem kräftigen Frühstück für die richtige Grundlage, mittags aßen sie die von ihr geschmierten Stullen, und zum Abendessen gab es Wurstsuppe oder Buletten mit Bratkartoffeln.

„Ich möchte nicht, dass der junge Mann zu Hause sagt, dass wir nichts Gescheites zu essen hätten in der Großstadt", hatte Frau Krause am ersten Tag kundgetan und ihm Abend für Abend obendrein entweder ein Bonbon oder ein Stück Blockschokolade aufs Kopfkissen gelegt.

Süße Träume waren Josef deswegen dennoch nicht beschieden. Obwohl er jeden Abend wie ein Stein ins Bett fiel, wälzte er sich im Schlaf Nacht für Nacht unruhig, mal dabei murmelnd, mal leise stöhnend, von einer Seite auf die andere.

Wilhelm, noch wach, legte dann seine Bücher beiseite und beobachtete ihn. Er hätte zu gerne gewusst, was sich da im Kopf, hinter dieser Kinderstirn, abspielte.

‚Deinetwegen hab ich extra Psychologie belegt.'

‚Was siehst du jetzt? Autos und Menschen? Drehorgelspieler mit Affen auf ihren Schultern?'

Heute war ihm wieder einmal mehr bewusst geworden, welch ausgeprägter Gerechtigkeitssinn in diesem Knirps steckte, wie sehr dessen Herz für Außenseiter schlug. Es wurde höchste Zeit, ihn in die richtigen Bahnen zu lenken.

„Sei nicht so bescheiden", hatte Wilhelm gesagt, „oder kannst du dich nicht *ent*scheiden? Hm?"

Eine ganze Weile standen sie nun schon vor dem Schaufenster eines Spielwarenladens und Josef schob seine Mütze mal nach rechts, mal nach links.

„Also, am besten haben mir die Zinnsoldaten in dem Laden da drüben gefallen", murmelte Josef und zeigte auf eines der Geschäfte auf der anderen Straßenseite, „aber da willst du nicht mit mir rein, oder?"

„Ganz bestimmt nicht."

„Bloß weil das Schaufenster so verhunzt ist?"

„Verhunzt?! Josef, dieses Geschäft und einige von denen

daneben werden von“, Wilhelm seufzte tief, „von Juden betrieben. Wenn die was verkaufen, weiß man nie, was man in die Hände bekommt.“ Wilhelm zog seine Mundwinkel nach unten und seine Schultern hoch. „Da müssen sie sich halt nicht wundern, wenn man … warnend darauf hinweist.“

„Judensau“, las Josef. „Sau ist aber ein Schimpfwort. Den Steiner-August jedenfalls würdest du mich nicht so nennen lassen.“

„Nee“, antworte Wilhelm gedehnt und sah auf ihn herab.

„In Reichenbach machen sie das jedenfalls nicht. Großvater hat erst letzte Woche gesagt, dass sich jeder eine Scheibe von den Ehrensteins abschneiden kann. Wenn der Mehl oder Zucker abwiegt, dann macht der immer noch ein bissel mehr drauf.“

„Seit wann hörst du denn auf deinen Großvater?“

Josef scharrte mit den Füßen und zuckte mit den Schultern.

Wilhelm drehte sich um und zeigte auf das Schaufenster, vor dem sie noch immer standen. „Christliches Unternehmen. Deutsche Ware von guten deutschen Händlern. Ist das etwa auch verhunzt?“

„Aber das da drüben haben sie doch nicht selber gemacht. Das sind bestimmt irgendwelche Rabauken gewesen. Haben ja fast die ganzen Fenster beschmiert.“

„Rabauken. Interessant“, sagte Wilhelm, „hast recht, da haben sie vielleicht ein bissel übertrieben. Willst du dir nun was aussuchen“, fuhr er zwei, drei Atemzüge später fort, „hast du nichts entdeckt, was dir gefällt?“

Josef schüttelte den Kopf und schaute lächelnd zu Wilhelm hinauf.

„Dann lass uns weitergehen, dahin, wo es … schöner ist", erwiderte Wilhelm und lenkte ihre Schritte in eine der feineren Gegenden der Stadt – in eine Straße, in der es keine Geschäfte und keinen Lärm gab. Nicht mal ein Auto war in diesen späten Nachmittagsstunden unterwegs. Alles, was man hörte, war das Zwitschern der Vögel und das Geklappere ihrer eigenen Absätze.

„Wir sind früh dran", begann Wilhelm und zeigte auf eine der am Gehweg stehenden Bänke, „Frau Krause erwartet uns erst in einer Stunde. Lass uns ein bissel ausruhen."

So schöne Häuser und so prächtige Gärten hatte Josef noch nie gesehen.

„Das sind alles Villen, die im letzten Jahrhundert erbaut wurden", erklärte Wilhelm, „und die Bäume sind bestimmt noch viel älter."

„Dagegen sind die Häuser bei uns ja richtig klein", raunte Josef und bestaunte eines auf der anderen Straßenseite.

Eine junge Frau stand davor, dicht vor der mit Weinlaub bewachsenen Fassade, hatte einen Besen in der Hand, die Borsten mit einem weißen Tuch umwickelt, und begann damit, die Fensterrahmen abzuputzen.

Josef machte es ganz wie Wilhelm, lehnte sich zurück, streckte seine Beine aus und schloss die Augen. Wie still es hier war, und das mitten in der großen Stadt!

Eine Ruhe, die ein jähes Ende nahm, ein Aufschrei, der Wilhelm und Josef zusammenfahren ließ und beide auf die Beine trieb.

„Hilfe!", hörten sie die Frau nun zum zweiten Mal kreischen, sahen noch wie sie den Besen weit von sich warf, sich in ihren Ausschnitt griff und nicht aufhören konnte mit ihrem Gezeter. „Igitt!“, schrie sie immer und immer wieder, und „Komm da raus!“, was so lange ging, bis sie schließlich irgendwas zwischen ihren Fingern hielt und zu Boden schleuderte. Wahrscheinlich war's eine Spinne. Am Ende hob sie angeekelt erst den einen und dann den anderen Fuß und wischte ihre Schuhe im Gras ab. „Schrecklich, widerlich, bah!“

Wilhelm ergriff wortlos Josefs Hand und lenkte ihn langsam, fast bedächtig, zu einer der nächsten Bänke. Es standen viele in dieser von Bäumen gesäumten Straße.

„Das mit den Büchern hast du verstanden, ja?“, begann er. „Und dass diese Frau da eben nicht wollte, dass Spinnen in ihrem Ausschnitt rumkrabbeln, das auch.“

„Na klar!“ Josef schüttelte vorwurfsvoll seinen Kopf.

„Wunderbar“, sagte Wilhelm, „denn genauso wenig wollen wir ... wir, das deutsche Volk, dass Ungeziefer in unserem ... Land lebt, dass hier was ... rumkrabbelt, was hier nicht reingehört.“

Josef sah Wilhelm stirnrunzelnd an.

„Also, dann will ich dir mal was über einen Mann erzählen“, fuhr Wilhelm mit Beschwörermiene fort, „die Geschichte von einem, der mit seiner Familie auch in so einem Haus gewohnt hat. Vielleicht war es sogar das da ...“

„Ist die Geschichte wahr?“

„Sicher, natürlich. Hab ich dir etwa jemals Märchen erzählt?“

„Nein, nein“, stammelte Josef, wurde rot bis hinter beide Ohren und schluckte, „es ist nur ...“

Dass Wilhelm gerade genauso wie der Steiner-August geguckt hatte, wenn der *Märchen* zu erzählen begann, das konnte er ihm nun wirklich nicht sagen. „Es ist also keine *Geschichte.*“

„Nein, sie ist zwar traurig, aber wahr. Also, noch mal von vorn“, sagte Wilhelm, holte tief Luft und zog Josef ein wenig näher an sich heran.

„Es war einmal ein Mann und der hieß Tiemann. Er hatte eine gut laufende Seifenfabrik und wohnte in genau solch einer Straße wie dieser hier. Er hatte eine Frau, drei Kinder und ... viele Freunde, die er einmal im Monat zum Essen einlud. Zu diesen Freunden gehörte auch sein Geschäftspartner. Katzbach hieß er, David Katzbach, und er war jedes Mal zusammen mit seiner Frau dabei. Eines Tages nun, als Tiemann und Katzbach einen Rundgang durch ihre Fabrik gemacht hatten und sich danach in Tiemanns Büro darüber unterhielten, wie gut die Geschäfte liefen, berichtete Herr Tiemann seinem Freund, dass er im Gegensatz dazu all seine privaten Ersparnisse aufgebraucht hätte und sich deswegen Sorgen mache. Ich kann das Geld für meinen Lebensunterhalt ja schlecht aus der Firmenkasse nehmen, sagte er zu seinem Freund David Katzbach, aber wäre es möglich ..., könntest du mir vielleicht etwas ... leihen?“

Wilhelm macht eine bedeutungsschwere Pause. „Ja, und was der dazu gesagt hat, kannst du dir doch sicherlich denken.

„Natürlich“, bestätigte Josef und nickte eifrig.

„Ganz richtig, natürlich hat der gute Herr Katzbach, dieser gute Freund, es ihm geliehen.“

„Ist doch prima“, warf Josef ein, der sehr wohl heraushörte, dass Wilhelm diesen Herrn Katzbach trotzdem nicht mochte und dass er das *gute* lang gezogen hatte wie der alte Vaupel, wenn er genau das Gegenteil meinte.

„Klar ist das nett … aber nicht, wenn man für das geliehene Geld mehr Zinsen verlangt als die Bank! Das hat der feine Katzbach dem Herrn Tiemann nämlich vorher nicht gesagt. Und so ist dessen Schuldenberg schließlich so groß geworden, dass er am Ende diesem Katzbach seinen Anteil von der Fabrik verkaufen musste. Für einen lächerlich kleinen Betrag! Und nach einer Weile wurde er von ihm sogar vor die Tür gesetzt. Rausgeschmissen hat der Katzbach ihn, hat ihn nicht mal mehr arbeiten lassen in der Fabrik, die einmal sein Urgroßvater gegründet hatte."

„Von einmal Geld leihen kommt das aber nicht", gab Josef stolz sein Wissen kund und reckte sich. Er hatte genau hingehört, als der Lehrer den älteren Schülern das mit Schulden, Schuldschein, Zinsen und Zinseszins erklärt hatte.

„Das ist doch völlig egal", raunzte Wilhelm. „Katzbach nannte Tiemann seinen Freund. Jetzt sag nur noch, dass es in Ordnung ist, einen Freund dermaßen gemein und hinterhältig reinzulegen."

Josef schüttelte den Kopf. Wenn das so war, dann hatte Wilhelm vollkommen recht.

„Josef", fuhr Wilhelm fort und war sehr darauf bedacht, nicht laut zu werden. „Katzbach ist Jude, und Juden tun seit Jahrhunderten nichts anderes als Geschäfte machen, bringen gute Menschen dabei um Hab und Gut, nehmen ihnen ihre Häuser, ihren ganzen Besitz weg und treiben sie so in Armut und Unglück."

„Ju – den", raunte er in Josefs Ohr, „wenn es um ihren

Vorteil geht, dann zerquetschen sie uns, seien es gute Freunde, seien es Geschäftspartner oder wer auch immer. Sie nennen unsere Frauen Schicksen und uns alle Gojim … Ungläubige, die keine Gnade verdienen. Wenn sie könnten, würden sie uns ausbluten lassen, genauso wie ihre Tiere, wenn sie sie schlachten."

Josef war blass geworden und sah Wilhelm mit aus Entsetzen geweiteten Augen an.

„Ich könnte dir noch viel mehr erzählen. Aber für heute will ich es genug sein lassen. Vielleicht eines noch. Viele dieser Bücher, die am Mittwoch verbrannt werden, sind durchzogen von diesem schlechten jüdischen Geist." Er überlegte einen Moment und fuhr dann beschwörend fort: „Und Jesus, den haben sie auch umgebracht."

Josef nickte eifrig. „Das hat uns der Vaupel-Lehrer vorige Woche auch erzählt."

„Und was hat der Ritter dazu gesagt?"

„Das weiß ich nicht, der ist ja in der anderen Klasse. Wieso?"

„Wenn's mal so passt, dann frag ihn einfach danach."

„Einfach so?"

„Einfach so."

Der große Hörsaal der Berliner Universität war zum Bersten gefüllt, doch Wilhelm Reckzügel hatte dafür gesorgt, dass auch Josef einen Sitzplatz bekam. Josef, der einzige Junge, das einzige Kind zwischen all den Studenten, den Lernenden und Lehrenden.

„Wenn es nur um die Antrittsrede des neuen Professors ginge", raunte ihm Wilhelm ins Ohr, „dann hätte ich dich ganz bestimmt bei Frau Krause gelassen. Aber über diese Rede und das, was hinterher geschieht, wird man morgen in der ganzen Welt berichten. Stell dir das vor! So was willst du doch nicht verschlafen, oder?"

Josef gab keine Antwort. Seine Augen, hinter schmalen Sehschlitzen, taxierten den Saal und sein rechter Zeigefinger malte Rechtecke in die Luft, eins ans andere.

„Was tust du da?"

„So viele Bänke, so viele Pulte", gab Josef flüsternd zurück, „ich überleg grade, wie oft da wohl unser Klassenzimmer reinpassen würde." Dann zeigte er auf die jungen, uniformierten Fahnenträger, die seit ihrem Einzug in den Saal neben dem Rednerpult Aufstellung genommen hatten. Die Fahnenstangen hielten sie so, dass sie sich leicht zur Seite neigten und sich die roten Flaggen mit den großen schwarzen Hakenkreuzen sanft hin- und herbewegen konnten.

„Wenn das der Vaupel sehen würde. Zwei Stunden stehen die nun schon auf demselben Fleck und rühren sich nicht. Das würde ihm gefallen. Guten Morgen, Herr Vaupel. Und dann zwei Stunden strammstehen, das würde …"

„Psst", Wilhelm legte Josef seinen Finger auf den Mund, „jetzt hör lieber zu, dann kannst du dem Vaupel noch viel mehr erzählen."

Josef nickte ehrerbietig, stützte den Kopf auf seine Hände und hörte Worte wie Erziehung, Rasse, Vererbung, Menschenkunde, neues Zeitalter, Kampf und neuer Geist.

‚Wie soll ich mir das bloß merken', seufzte er still in sich hinein und wartete fast ein wenig sehnsüchtig auf den nächsten Beifallssturm. Da konnte er mithalten, da durfte er laut werden, konnte jubeln, grölen und *Bravo* rufen, mit den Füßen trampeln und mit den Fäusten auf das Pult einhämmern. Mittlerweile waren seine Knöchel davon rot geworden und schmerzten ein wenig.

„Tun dir weh, was?", hatte Wilhelm beim letzten Mal festgestellt „aber das macht nichts, das vergeht wieder. Überhaupt. Gut ist, was hart macht, das darfst du nicht vergessen."

Gegen Ende der Rede waren die Pausen zwischen den einzelnen Sätzen immer länger, die Stimme Professor Baeumlers immer dramatischer geworden, und dann hörte Josef diese Worte, die er nicht vergessen konnte, die sich unauslöschlich in sein Gedächtnis einbrannten, weil Wilhelm Reckzügel sie ihm obendrein aufgeschrieben hatte, damit er sie in der Schule vorlesen konnte, Worte, die ihn elektrisierten und ihn – wie alle anderen – am Ende voller Begeisterung auf die Beine rissen.

„Was wir heute von uns abtun, sind Giftstoffe, die sich in der Zeit einer falschen Duldung angesammelt haben. Es ist unsere Aufgabe, den deutschen Geist in uns so mächtig werden zu lassen, dass sich solche Stoffe nicht mehr ansammeln können."

‚Giftstoffe, Giftstoffe', hallte es in Josef wider. Giftstoffe, was das zu bedeuten hatte, verstand er, wagte kaum zu atmen und verfolgte gebannt den geordneten Ausmarsch. ‚Das muss ich erzählen. Daheim. Die werden das bestimmt nicht glauben. So viele Leute und keiner drängelt und schubst!'

Draußen regnete es immer noch, und Josef klappte den Kragen seiner Jacke hoch. Heute war er besonders froh darüber, dass er Wilhelms Mütze hatte.

„Das ist auch dein Werk", raunte im Wilhelm ins Ohr

und zog ihn zu sich heran. Auf den abfahrbereiten Lastwagen türmten sich an die zwanzigtausend Bücher. Hakenkreuzfahnen flatterten neben großen Transparenten, die an den Ladeflächen hingen.

‚Deutsche Studenten marschieren wider den undeutschen Geist', las Josef.

„Wider den undeutschen Geist!", hörte er rufen.

Ein erster, fast zaghafter Ruf war es gewesen, der, kaum verklungen, von einem Pulsschlag zum anderen, zu einem ohrenbetäubenden Stakkato anschwoll, dem sich Josef aus voller Kehle anschloss.

„Wider den undeutschen Geist!", schrie er in den Abendhimmel und, „widerlicher August!" schrie er immer und immer wieder. Endlich konnte er seinem Ärger über ihn mal so richtig Luft machen. Wilhelm sah mit regloser Miene auf ihn herab, ließ ihn schreien und klärte ihn nicht darüber auf, was es mit ‚wider' und ‚widerlich' auf sich hatte.

Irgendjemand drückte Josef eine brennende Fackel in die Hand. Stolz hielt er sie, fasziniert von Knistern und Wärme, in die Höhe. Inzwischen hatte sich die Menge beruhigt und lauschte gebannt dem Geifern und Hetzen eines Mannes, den Wilhelm Hippler nannte.

Josef hörte kaum zu, war abgelenkt von den vielen Menschen um sich herum, sah in ihre Gesichter – sah Wut, Entsetzen und Angst, sah gefletschte Zähne und höhnisches Grinsen.

„Sieg, Heil!", hörte Josef diesen Hippler, den Führer des Nationalsozialistischen Deutschen Studentenbundes, schreien und stimmte beim dritten Ruf mit ein – so voller Begeisterung, dass ihm die Tränen kamen –, fühlte sich als einer von ihnen, als wäre er mit all den Klugen um sich herum verschmolzen. Niemand nahm Anstoß an ihm, seiner Gegenwart, seiner Herkunft, seinem Alter.

„Was für ein guter deutscher Junge!“, johlte irgendjemand Wilhelm ins Ohr und klopfte ihm auf den Rücken.

„Und was für einer!“ Wilhelm fing schallend zu lachen an und hörte erst auf, als sich seine Stimme überschlug und am Ende in einer Hustenattacke erstarb.

‚Der kann auch ganz schön verrückt sein‘, ging es Josef durch den Kopf, ‚aber davon werde ich niemandem was sagen. Auch Werner nicht.‘

Josef lachte, wenn Wilhelm lachte, sang, wenn Wilhelm in die Musik der vor ihnen hermarschierenden Blaskapelle einstimmte, und sich bemühte, mit ihnen im Gleichschritt zu bleiben. Schließlich wollte er Eindruck auf die vielen Schaulustigen am Straßenrand machen, die von Polizei und SA auf die Bürgersteige zurückgedrängt wurden.

„Holt das Kind da raus!“, hörte er eine Frau schreien, als er an ihr vorbeimarschierte, „so ein Wahnsinn! Nun fangen die schon bei den Kindern an!“

Josef, der sah, wie ein SA-Mann der Frau grob in die Magengrube stieß, wie sie sich zusammenkrümmte und in den Rinnstein erbrach, blieb erschrocken stehen.

„Ist schon gut“, rief ihm Wilhelm ins Ohr und packte ihn an den Schultern, „bei solchem Unsinn hört man am besten weg. Im Gleichschritt – Marsch“, setzte er lachend hinzu und schob ihn weiter.

Als sie kurz darauf durchs Brandenburger Tor marschierten, umklammerte Wilhelm wieder Josefs Schultern. Diesmal, damit er es bewundern und gleichzeitig marschieren konnte, ohne dabei ins Stolpern zu geraten.

„Keiner von denen ist hier. Nicht einer!“, jubelte Josef. „Nicht einer aus unserer Schule. Aber ich!“

„Aber du“, sagte Wilhelm lachend und griff nach Josefs Arm. „Mit der Fackel sollst du die Bücher anzünden, aber nicht dich. Immer schön vom Leibe halten“, hörte Josef ihn sagen, und er sah dankbar lächelnd zu seinem großen Beschützer hinauf.

Der Holzstoß in der Mitte des großen Opernplatzes brannte bei ihrem Eintreffen bereits lichterloh. Die Feuerwehr hatte mit Benzin nachhelfen müssen, so sehr hatte es zuvor geregnet. Wie hypnotisiert verfolgte Josef den Flug der Funken, die teils gemeinsam, teils Fontänen gleich, teils wie einzelne Leuchtkugeln aus der Glut emporstoben, hoch hinaus, höher als die Gebäude, die den Platz umsäumten, hinauf in den nächtlichen Himmel.

„Die Osterfeuer daheim sind nichts dagegen!“, rief Wilhelm gegen das prasselnde Feuer an.

So nah war Josef bisher noch keinem Feuer gekommen. Außerdem, der Großvater hielt nichts von diesem Spektakel, nannte ihn *germanischen Hokuspokus* und jedes Gegenargument nur *dummes Gelabere.*

„Komm, gib mir deine Fackel.“ Wilhelm riss ihn aus seinen Gedanken. „Das mach wohl besser ich.“ Vorsichtig nahm Wilhelm sie ihm aus der Hand und schleuderte sie im hohen Bogen in die lodernden Flammen, machte es genauso wie die anderen jungen Männer vor und nach ihnen, und jedes Mal schossen neue Funken aus dem gewaltigen Scheiterhaufen heraus – begleitet vom frenetischen Beifall der Menschen um ihn herum.

Josef schnappte nach Luft und knöpfte sich seine Jacke auf. Am liebsten hätte er sie ausgezogen, nahm sich dann aber an Wilhelm und den anderen ein Beispiel und machte sie schnell wieder zu. Denn obwohl auch ihnen Schweißperlen auf der Stirn standen, öffneten sie von ihren Jacken nicht einen einzigen Knopf und schwenkten obendrein noch singend, angetrieben von einer Blaskapelle, ihre Burschenschafts- oder Hakenkreuzfahnen.

„Wildgänse rauschen durch die Nacht ..." Begeistert stimmte Josef mit ein. Das Lied hatte er schon oft in der Schule gesungen, davon kannte er jede Strophe. „Wir sind wie ein graues Heer ..." Josefs Gesang war von Zeile zu Zeile lauter geworden, freier geworden an der Seite von Wilhelm, dessen Arm er schützend auf seiner Schulter spürte.

„Liebe Studenten und Volksgenossen!", hörte er es in den ausklingenden Refrain – in das lang gezogene, geschmetterte *Amen* hinein – durch Lautsprecher dröhnen, und es wurde augenblicklich still. Der Mann, ein gewisser Gutjahr, brüllte am Ende so laut, dass sich seine Stimme überschlug: „Wir haben unser Handeln gegen den undeutschen Geist gewendet. Ich übergebe alles Undeutsche dem Feuer!"

Josef blinzelte. Riesige Scheinwerfer waren angegangen und tauchten eine Gruppe junger Männer in gleißendes Licht. „Neun", zählte Josef leise. „Studenten", sagte er und sah Wilhelm fragend an. Für einen Moment war es nahezu still geworden.

„Jetzt kommt der Höhepunkt!", flüsterte ihm Wilhelm ins Ohr, „jetzt wird mit den Büchern kurzer Prozess gemacht, und sicherlich hat einer von ihnen auch eins von denen in der Hand, die du aussortiert hast."

„Gegen Klassenkampf und Materialismus, für Volksgemeinschaft und idealistische Lebenshaltung!", hörte Josef den ersten der Studenten in ein Mikrofon rufen, sah, wie er zwei Bücher hochhielt, sie mit finsterer Miene ins Visier nahm, und dann erneut seine Stimme erschallen ließ: „Ich übergebe der Flamme die Schriften von Marx und Kautsky."

Noch während die beiden Bücher im hohen Bogen den Flammen entgegenflogen, setzte ein so ohrenbetäubender Lärm ein, dass sich Josef erschrocken die Ohren zuhielt. Nur kurz und nur bei diesem ersten Mal. Schon nach dem zweiten Rufer, Josef hörte was von *Dekadenz, für Zucht und Sitte in Familie und Staat,* stimmte er aus vollem Hals in den frenetischen Beifall ein. Josef war außer sich, hüpfte und sprang auf der Stelle und brach, wie alle anderen um sich herum, jedes Mal, wenn die Bücher nach kurzem Flug auf dem Scheiterhaufen landeten und in Flammen aufgingen, in lautes Gejohle aus.

Gebannt, mit hochroten Wangen, verfolgte Josef jede Geste, jeden Schritt, wurde, wie alle anderen auch, hineingesogen in dieses hitzige Ritual und hörte Worte, die er nicht verstand. Hörte sie über *Gesinnungslumperei, seelenzerfasernde Überschätzung des Trieblebens* und *dünkelhafte Verhunzung* klagen, aber auch alle auf *Ehrfurcht, Verantwortung* und *die gute menschliche Seele* einschwören.

Josef seufzte. Sicherlich würde Wilhelm sie ihm irgendwann erklären. Den letzten Spruch wollte er sich merken: „Gegen Frechheit und Anmaßung, für Achtung und Ehrfurcht vor dem unsterblichen deutschen Volksgeist! Verschlinge, Flamme, auch die Schriften von Tucholsky und Ossietzky!"

Frechheit und Anmaßung, Achtung und Ehrfurcht – mit diesen Worten konnte Josef etwas anfangen, und die Namen der Schreiberlinge, wie Wilhelm sie in der Bibliothek auch genannt hatte, würde er bestimmt nicht mehr vergessen.

Nach dem letzten Rufer war es ein paar Atemzüge lang still geworden.

„Diese Feuersprüche", raunte ihm Wilhelm ins Ohr, „sie werden in die Geschichte eingehen. Glaub's mir. Und wer heute in Reichenbach, im ganzen Deutschen Reich, vor dem Volksempfänger sitzt, kann alles mithören."

Der danach wieder einsetzende Lärm erschien Josef noch lauter als zuvor, und er konnte Wilhelm kaum verstehen.

„Und jetzt lass uns mitmachen!", brüllte Wilhelm, „komm, jetzt sind wir alle dran!"

„Wobei? Beim Bücher reinwerfen?" Fragend riss Josef beide Arme hoch. Durfte er wirklich mehr als nur Zuschauer sein?

„Los, komm!", schrie Wilhelm, ergriff Josefs Hand und spurtete mit ihm zu einem der mit Büchern beladenen Wagen, hob ihn auf die Ladefläche und kletterte hinterher.

„Ich sehe was, was ihr nicht seht! Ich tue was, was ihr nicht tut!", kreischte Josef und blickte dabei in die Richtung, wo er sein kleines Dorotheenthal vermutete, seine Familie und die Kinder.

Nach einer Weile hörte Wilhelm auf, Bücher zu werfen, war sein Bedarf an all dem Lärm gedeckt, betrachtete stumm den großen Scheiterhaufen und ging neben Josef in die Hocke.

„Schau mal“, sagte Wilhelm so leise es ging, sein Mund ganz dicht an Josefs Ohr. Dieses Schauspiel musste er ihm erklären, solch eine Lektion durfte er sich nicht entgehen lassen.

„Schau mal, was die Bücher machen. Als ob Leben in ihnen wär. Als ob sie ein letztes Mal zeigen wollen, was in ihnen steckt. Schau, sie nutzen dafür den Flammenwind. Lassen sich Blatt für Blatt von ihm umblättern und geben für einen Moment den Blick frei – auf all ihre gedruckten Seiten und Bilder. Und da, schau genau hin! Wie blitzschnell sie sich wieder zusammenrollen. Als könnten sie sich damit retten.“

„Aber das können sie nicht!“, johlte Josef. Er war völlig überdreht. „Den Mist liest keiner mehr!“

„Brav“, murmelte Wilhelm und klopfte ihm zustimmend auf die Schultern.

Am Ende, als das letzte Buch in die Flammen katapultiert war, ging Josefs Atem ruckweise. Er hatte Seitenstechen und großen Durst. Aber das nahm er gern in Kauf. Um nichts auf der Welt hätte er woanders sein wollen. Außerdem war das Programm, wie Wilhelm es nannte, offensichtlich noch nicht vorbei.

„Dem müssen wir noch zuhören“, erklärte Wilhelm mit ernster Miene, „Joseph Goebbels erleben, so nah, das hat man nicht alle Tage.“

Im Gegensatz zu all den Buchwerfern war dieser Mann nicht außer Atem.

„Das Zeitalter eines überspitzten jüdischen Intellektualismus ist zu Ende gegangen!“, hörte Josef ihn schmettern und sah um sich herum nicht einen, der nach Hause ging.

Gebannt lauschte er dem Klang seiner Stimme, ließ sich mitreißen von den lauten, den leisen, den beschwörenden und verzweifelt klingenden Worten, die von Revolution, völkischer Bewegung, Untermenschentum, geistiger Schmach und der Durchschlagskraft der deutschen Jugend sprach.

‚Sein Lob gilt auch mir', jubelte Josef innerlich, ‚auch ich hab den Ungeist in Flammen aufgehen lassen, auch ich …'

„Heil!", brüllte er mit den anderen im Chor. Und dann hörte er Wilhelm singen, viel begeisterter, viel inbrünstiger als einige Stunden zuvor im Fackelzug, und Josef legte wie er seine zur Faust geballte rechte Hand auf seine linke Brust und … bekam eine Gänsehaut. „Die Fahne hoch, die Reihen fest geschlossen … die Knechtschaft dauert nur noch kurze Zeit."

Es war kurz vor eins, als sich Wilhelm mit Josef auf den Heimweg machte. Vom Opernplatz bis zu Wilhelms Zimmer in der Dorotheenstraße waren es keine zwanzig Minuten.

„Stinken tut ihr, als kämt ihr aus 'ner Räucherkammer. Sofort umziehen und dann nix wie ab auf den Balkon damit!", klagte Frau Krause, kaum, dass sie die Wohnung betreten hatten. Sie hatte auf sie gewartet, Muckefuck gekocht und Plätzchen hingestellt. Im Grunde war sie froh, dass sie die beiden bemuttern konnte. Ihr Mann war kurz vor Ende des ersten Weltkrieges gefallen und Kinder hatte sie keine.

Juli 1935

Obwohl Wilhelm mitten in den Vorbereitungen für seine Abschlussprüfungen steckte, hatte er Wort gehalten und war gekommen. „Man wird nur einmal zehn", hatte er Josef vielsagend beim letzten Abschied gesagt, und dann noch etwas von einer großen Überraschung.

Wilhelm hatte seinen Kommilitonen Rudolf nicht lange bitten müssen, ihm dafür sein Auto zu überlassen.

„Sollst ihn haben für deine … Studienzwecke", hatte Rudolf gefeixt und ihm den Schlüssel unter die Nase gehalten. „Und wenn der Wagen dabei Schaden nehmen sollte, dann bekomm ich eben einen anderen. Gibt genug Juden, die das Weite gesucht haben."

Rudolfs Vater war ein hohes Tier in jener Behörde, die damit beauftragt war, die Hinterlassenschaften von Emigranten und Deportierten zu verwalten. Ein Amt, das die Verteilung regelte und in dem viele, vom kleinsten Angestellten bis hinauf zum höchsten Beamten, zusahen, dass sie nicht zu kurz kamen. Man saß ja schließlich an der Quelle. Das Schicksal der ehemaligen Besitzer spielte dabei keine Rolle.

Der zehnte Juli 1935 war ein Mittwoch, und wie überall im Deutschen Reich war auch im Gau Niederschlesien dieser Tag – ebenso wie der Samstag – der Tag, an dem Jungvolk und Hitlerjugend zu ihren Heimabenden zusammenkamen. Niemand vermutete, dass sie ausgerechnet dem sonst so linientreuen Vaupel-Lehrer ein Dorn im Auge waren.

Der Führer hatte für diese Tage Hausaufgabenbefreiung angeordnet, aber nichts von einem Anrecht auf Hitzefrei verlauten lassen, und so hatte Vaupel beschlossen, dass es den Schülern nichts schaden würde, die Konsequenzen zu tragen. Egal, wie sehr die Sonne auch vom Himmel brannte, früher nach Hause gehen ließ er sie selbst an diesen Tagen nicht. Dass die Jungen und Mädchen mittwochs und samstags noch *andere Lektionen* fürs Leben bekamen, dagegen hatte er nichts einzuwenden.

An diesen Tagen lernten sie, den Führer und ihr Land zu lieben. Lernten viel über die Natur des arischen Menschen. Lernten, wie man seinen Körper stählt und wie man Ängste überwindet – alles zum Wohl des deutschen Volkes, das auf dem Weg war, zu gesunden und die Parasiten zu entfernen. Die Reichenbacher Jugend lernte an diesem zehnten Juli obendrein, dass man, wenn man klug war und dem Führer treu ergeben, große Autos fahren konnte.

Nicht, dass es keine gab in ihrem Kreis, aber solch einen Viersitzer hatten die Jungen und Mädchen noch nicht zu Gesicht bekommen. Solch einen fuhren nicht einmal die hiesigen Fabrikbesitzer. Während sie mit auf dem Rücken gefalteten Händen – Wilhelm Reckzügel hatte dies zur Bedingung gemacht – das viertürige, dunkelblaue, auf Hochglanz polierte Cabriolet umrundeten, hingen die Jungen mit aufgerissenen Augen an Wilhelms Lippen und lauschten seinen Ausführungen über die technischen Vorzüge.

Wilhelm Reckzügel, der sich sehr lässig und sehr von oben herab gab, eröffnete ihnen, dass es ein Wanderer war, einer mit 50 PS, der es auf 90 Stundenkilometer bringen konnte. Er führte vor, dass dieser Motor nicht mehr mit einer Kurbel angeworfen werden musste, sondern man dafür nur noch einen Schlüssel in ein Schloss zu stecken und auf einen Knopf zu drücken hatte. Er ließ die elektrischen Fahrtrichtungsanzeiger auf den Kotflügeln auf- und niederklappen und erklärte ihnen, dass *so was* für die Berliner längst nichts Neues mehr war, und dass die mit Leder gepolsterten Sitze noch edler und bequemer waren als die besten Ausstellungsstücke im Schaufenster des Sattlers.

Die Kinder nickten ergeben und seufzten. ‚Nur einmal drinsitzen. Einmal ganz große Dame, ganz feiner Herr sein.'

Doch der Einzige, der sich hineinsetzen durfte, war Josef, den Wilhelm mit diesem Gefährt erst von der Schule nach Hause und am Nachmittag zum Jungzugtreffen nach Peterswaldau brachte.

Als Josef, ausstaffiert mit hellbraunem Hemd, kurzer, schwarzer Hose, weißen Kniestrümpfen und neuen, glänzend schwarzen Schuhen, um halb zwei aus dem Haus trat, erwartete Wilhelm ihn vor dem Gartentor.

„Ein Geschenk des Führers", hatte ihm Wilhelm eine Stunde zuvor augenzwinkernd gesagt, einen Finger auf seinen Mund gelegt, ihm die in braunes Seidenpapier eingewickelte Kluft in die Hand gedrückt und erklärt, dass er dabei aber auf seine Mütze verzichten müsse.

Josefs Großvater war nicht zu Hause, noch war Arbeitszeit. Seine Mutter, die im Vorgarten Himbeeren pflückte, ließ für einen Moment die Arbeit ruhen und verfolgte beklommen, wie Wilhelm Josef ein schwarzes Halstuch umlegte.

‚Er ist mir entglitten.' Die Erkenntnis traf Helene Tomulka wie ein Schlag ins Gesicht, härter, als ihr Vater je zuschlagen könnte. Sie drehte sich abrupt um und schniefte – so lautlos sie konnte. Niemand sollte sehen, wie sehr ihr dieser Moment zu Herzen ging.

Bevor Wilhelm die Enden des Halstuchs durch einen Lederknoten zog, hielt er ihn Josef unter die Nase. „Riech mal", sagte er und sog tief die Luft ein, „das ist der Duft der Tiere, das ist der Duft von Mut und Stärke", und fuhr noch eine Spur lauter fort: „Es ist mir eine Ehre, heute dein Chauffeur sein zu dürfen. Wenn Sie bitte Platz nehmen würden, junger Mann." Galant hielt er Josef eine der Hintertüren auf. Bevor er abfuhr, drehte er sich noch einmal augenzwinkernd zu ihm um. „Hab ja ganz vergessen, den Jungen die Hupe vorzustellen. Wenn wir gleich an welchen vorbeifahren, dann hol ich das nach. Meine Studienkameraden aus dem Süden Deutschlands nennen das eine *Mordsgaudi* haben."

Das weiß gestrichene Haus, in dem sich Hitlerjugend und Pimpfe trafen, lag am Rande von Peterswaldau und hatte viele Jahre als Behelfsheim für alleinstehende Hilfsarbeiter in den umliegenden Webereien gedient. Als man auch dem letzten eine bessere Bleibe zuweisen konnte, hatten es die Fabrikanten der Partei übergeben. Dass sich die jungen Leute, allem Unken zum Trotz, ohne Zögern und mit Feuereifer an die Arbeit machen würden, es für sich herzurichten, hatte selbst einige der lautesten Skeptiker davon überzeugt, dass die Jungen in der Hitlerjugend gut aufgehoben waren.

Für einen großen Versammlungsraum war ihnen keine Schufterei zu viel gewesen und unter der sachkundigen Anleitung der örtlichen Handwerker waren sie von Mal zu Mal geschickter geworden. Sie waren zu Maurern, Malern und Tischlern geworden und am Ende mehr als zufrieden. Die mit einem satten Gelb gestrichenen Wände, die gezimmerten Bänke und das kleine Rednerpult entsprachen genau ihren Vorstellungen. Den einzigen Makel, zwei weniger gut verputzte Stellen, ließen sie hinter einem Bild vom Führer und einer Gefolgschaftsfahne verschwinden.

Oberleutnant Melzer, der nach einer gescheiterten Armeelaufbahn beim Kraftfahrkorps gelandet war und dem man aus irgendeinem Grund die Oberaufsicht der Hitlerjugend des Kreises Reichenbach übertragen hatte, kam aus dem Loben nicht mehr heraus. *Sein* Jugendheim war ein Schmuckstück geworden!

Im Winter sorgte ein kleiner Ofen für die nötige Wärme, doch heute, an Josefs Geburtstag, hatten sie, wie auch an anderen sonnigen Tagen, Bänke und Rednerpult auf die Wiese getragen. Selbstverständlich hatte Wilhelm Josef in die erste Reihe gesetzt. Er selbst hatte sich schließlich neben den für Josef zuständigen Jungzugführer gestellt und ihm signalisiert, dass er beginnen könne.

„Lieber Josef", begann Günther Hilbig feierlich, „es ist mir eine Ehre, dich heute in unseren Reihen, dem Jungvolk des Gaues Niederschlesien, der Stadt Peterswaldau, im Kreise Reichenbach, willkommen zu heißen. Wie wunderbar, dass ausgerechnet heute auch dein Geburtstag ist!"

„Herzlichen Glückwunsch, Josef!", schmetterten alle Jungen auf ein von ihm gemachtes Zeichen. Sie hatten es beim letzten Treffen extra noch einmal geübt.

„Der zehnte Juli war schon immer ein bedeutender Tag in der Geschichte der Menschheit", fuhr Günther Hilbig fort.

„Ich will nur einige Beispiele nennen. Mit dir feiert heute nämlich kein geringerer als der große deutsche Unternehmer und Gönner unseres Führers – Friedrich Flick – diesen Ehrentag."

„Herzlichen Glückwunsch!", tönte es wieder laut aus allen Jungenkehlen, und Josef stimmte mit ihnen in ein donnerndes *Heil Hitler* ein.

„Und stellt euch vor, was ich herausgefunden habe – am heutigen Tag im Jahre 1499 fuhr das erste Schiff von Vasco da Gamas Flotte, die nach Indien aufgebrochen war, wieder in den Hafen von Lissabon ein."

„Jawoll!", brüllten die Jungen, trampelten Beifall, und Melzer fragte sich, ob eine fliehende Elefantenherde mehr oder weniger Lärm machen würde.

„Lieber Josef", ergriff danach Wilhelm Reckzügel das Wort, „bist nun auch du bereit, zu neuen Horizonten aufzubrechen, willst du den sicheren Hafen deiner Kindheit verlassen, um mit all den guten Pimpfen hier", sein ausgestreckter Arm deutete auf die ihn gebannt anstarrenden Jungen, „um unserem Führer und deinem Land zu dienen?"

„Ja, ich will!", antwortete Josef laut und deutlich – mit hochrotem Kopf und vor Aufregung ein wenig heiser. Wilhelm hatte ihm während der Fahrt erklärt, dass er ihm diese Fragen stellen würde und wie er sie zu beantworten habe.

„Und wie lautet dein Wahlspruch?" Wilhelm Reckzügel spitzte die Lippen und sah ihn fragend an.

„Mein Herz", begann Josef, schluckte, räusperte sich und fing noch einmal von vorn an. „Mein Herz, mein Verstand und meine Kraft."

„Das Jahr 1935 ist das Jahr der Ertüchtigung", ergriff

nun wieder Günther Hilbig das Wort und überreichte ihm ein kleines, blaues Oktavheft. „Das ist dein Leistungsbuch, lieber Josef, und schreibst hier hinein alles, was du allein oder gemeinsam mit deiner Jungenschaft gemacht hast. Danach, und das ist wichtig, kommst du jedes Mal zu mir, denn nur eine mit Unterschrift und Stempel besiegelte Leistung ist auch eine vollzogene Leistung."

Günther Hilbig wandte sich wieder den Jungen zu.

„Heil Hitler! Heil Jungenschaft!", rief er laut, worauf sich neun Jungen zackig von ihren Plätzen erhoben, nach vorn kamen, und sich, einer nach dem anderen, Josef vorstellten.

„Wir sind deine Kameraden, wir sind deine Jungenschaft", sagten sie anschließend im Chor und huldigten noch einmal brüllend ihrem Führer.

Josef konnte es kaum fassen, wie freundlich diese Jungen auf einmal zu ihm waren. Besonders der Apothekersohn hatte ihm bisher immer zu verstehen gegeben, dass er sich für etwas Besseres hielt. Ostern hatte er Josef noch ziemlich von oben herab behandelt und ihn, als er dessen Mutter ein Kaninchen brachte, als den *Karnickel-Mulka* angekündigt.

Es war ganz genauso, wie Wilhelm es angekündigt hatte. Ab heute würde ihn keiner mehr spöttisch ansehen, ab heute würde ihn keiner mehr wegen der Mütze auf seinem Kopf hänseln oder sich über seine sonst leicht abgewetzte Alltagskleidung lustig machen. Ab heute würde er einer von ihnen sein – in einer schicken Uniform, die perfekter nicht hätte sitzen können.

„Beim Jungvolk und bei der Hitlerjugend gibt es kein Standesdenken", hatte ihm Wilhelm Reckzügel erklärt,

„denn genau das ist es, was dem Führer missfällt. Der Führer liebt die Menschen seines Volkes, und vor allem liebt er seine Jugend. Egal, woher sie kommen und wo sie wohnen. Es ist egal, ob die Eltern reich sind oder nicht, ob sie ein Geschäft haben oder ob der Vater Handwerker ist oder Fabrikarbeiter. In der HJ reicht jeder jedem die Hand – der Sohn des Fabrikbesitzers dem Sohn des Kutschers, der Gymnasiast dem Volksschüler."

„Und handeln sollst du so, als hinge von dir und deinem Tun allein das Schicksal ab", rezitierte Wilhelm Reckzügel mit erhobener Stimme, legte Josef das Koppel um und setzte ihm die Kopfbedeckung auf – ein schmales Schiffchen, farblich abgestimmt zum hellbraunen Hemd. Stolz warf Josef einen Blick auf das glänzende Messingschloss. Eine Rune war hineingearbeitet, ein Blitz, das Symbol des Donnergottes Thor, dessen Macht und Stärke von nun an sein Vorbild sein sollte.

„Trommler, vor!", erhob Günther Hilbig erneut seine Stimme.

‚Der?' Ungläubig staunend sah Josef auf den von Kopf bis Fuß perfekt gekleideten Jungen. Auf ihn, der bei dem Vaupel-Lehrer nichts zu melden hatte und der ihm fast in jeder Unterrichtsstunde zu verstehen gab, dass aus ihm auch nichts Gescheites werden würde. Hilfsknecht nämlich, wie sein Vater. Friedrich Bilse, der in der hintersten Reihe saß und der immer nach Stallmist roch. Friedrich, der Stotterer, der sich jedes Mal, wenn er etwas an die Tafel schreiben sollte, verhaspelte. Waren es Zahlen oder Buchstaben.

Josef starrte gebannt auf den Jungen, starrte auf die große, weißbespannte Trommel mit den schwarzen Flammenzeichen darauf, die er selbstbewusst an seiner linken Seite trug – gehalten von einer dicken weißen Kordel, die er um seinen Nacken geschlungen hatte. Friedrichs Trommelwirbel hieß die Jungen auf die Beine springen und der von ihm perfekt geschlagene Rhythmus zu dem aus 52 Kehlen geschmetterten Lied, ließen Josef und alle anderen erschaudern. ‚Und ja', durchfuhr es Josef, ‚Standesdenken, das gibt es nicht in der HJ. Genau wie Wilhelm gesagt hat.'

Flamme empor, steige mit loderndem Schein, von den Gebirgen der Heimat glühend empor. Stehet vereint, Brüder, und lasst uns mit Blitzen unser Gebirge schützen gegen den Feind. Heilige Glut, rufe die Jugend zusammen, dass bei den lodernden Flammen wachse der Mut.

Während der letzten Strophe hatte Wilhelm Reckzügel eine Fackel angezündet und sie Josef mit einer leichten Verbeugung, verhalten lächelnd, in dessen rechte Hand gelegt. Der letzte Ton war noch nicht verklungen, als ein erneuter Trommelwirbel den Jungen signalisierte, dass sie sich wieder zu setzen hätten.

„Zwei Jahre ist es jetzt her", erhob nun wieder Wilhelm Reckzügel seine Stimme, „dass dieser junge Mann, obwohl er noch nicht einmal zu euch, dem Jungvolk, gehörte, an meiner Seite unermüdlich Bücher aussortierte und bald darauf den Flammen übergab! Bücher, in denen nichts anderes geschrieben stand als geistiger Unflat. Lasst uns ihm dafür danken mit einem dreifachen …"

„Hoch, hoch, hoch!", brüllten die Jungen und „Heil, heil, heil!"

„Und für diese geleistete Arbeit möchte ich ihn heute nachträglich auszeichnen."

Wilhelm Reckzügel machte eine leichte Verbeugung, schloss für einen Moment die Augen und atmete tief durch.

„Lieber Josef, hiermit überreiche ich dir für deinen geleisteten Dienst für Volk und Vaterland das Fahrtenmesser des Jungvolkes und der Hitlerjugend. Wie dein Koppelschloss, so ziert euer Symbol – die Rune des Heils und des Sieges – auch seine Klinge. Möge die Kraft des arischen Symbols für die Reinheit des Blutes, das auch in den Griff des Messers unauslöschlich hineingefräst wurde, immer dann, wenn du es in Händen hältst und du damit arbeitest, auf dich übergehen und dich bemächtigen, Großes und Ehrenhaftes zu vollbringen."

Während die Jungen begeistert klatschten, ohne den geringsten Anflug von Missgunst und Neid, befestigte Wilhelm Reckzügel die Lederhülle an Josefs Koppel und steckte das Fahrtenmesser hinein.

„Nehmt ihn auf in eure Reihen!", schnarrte Gerhard Melzer, worauf sich alle erhoben, Josef umringten und ihm einer nach dem anderen die Hand schüttelte.

Wilhelm Reckzügel war währenddessen zum Auto gegangen und kam kurz darauf mit einer großen, runden Blechdose zurück. Sie war bis zum Rand mit *Mohnkränzla* gefüllt. Seine Mutter hatte sie extra für diesen Anlass gebacken.

„Können wir ein Stückchen gehen?“, fragte Helen. „Ich muss das alles erst mal verdauen. Und eine kleine Pause würde dir sicherlich auch guttun.“

Josse schüttelte den Kopf. „Können wir machen, gleich, sofort. Nur eins noch. Das gehört einfach dazu. Damit du verstehst.“

Helen ließ sich wieder auf die Bank sinken. Sie hatte die Räder ins Rollen gebracht, nicht er.

„Die Inszenierung war perfekt, und ich war mittendrin.“ Als er Helens besorgte Mine sah, hielt er einen Moment inne und nickte ihr beruhigend zu. „Es geht mir gut, Helen. Mach dir keine Sorgen, du hast recht. Manche Dinge muss man aussprechen, um ihnen die Macht zu nehmen.“

Er räusperte sich, war ein wenig heiser geworden, fuhr aber unbeirrt fort.

„Als wir uns auf den Heimweg machten, war es vier. Pünktlich. Darauf wurde immer geachtet in der HJ. Ein schöner Einstieg, nicht wahr? Schön berechnend und schön dick aufgetragen. Wie bei all meinen Nachfolgern. Die aber bekamen ihr Fahrtenmesser erst dann, wenn sie bewiesen hatten, dass sie damit auch umgehen konnten. Denn in Sachen Messer hatte sich Melzer etwas ganz *Besonderes* einfallen lassen. Rucksacklaufen! Obwohl es ja ach-so-gerecht zugehen sollte. Bloß dass es in diesem Fall fast ausschließlich die ärmeren Arbeiterkinder traf. Ich weiß von keinem, der freiwillig daran teilnahm. Ob stark oder schmächtig, groß oder klein, alle bekamen den gleichen auf den Buckel, gefüllt mit derselben Menge Steine. Anderthalb Kilometer hin, anderthalb Kilometer zurück. Und am Ende hatten sie ein lahmes Kreuz und einen Rücken voller blauer Flecke. Melzer konnte richtig gemein sein."

„*Warum* hat dieser Rucksacklauf stattgefunden? Das musst du mir näher erklären."

„Weil in vielen Arbeiterfamilien schon der Kauf der Kluft für ihre Kinder ein Loch in die Haushaltskasse riss. Ein Taschenmesser war da nicht mehr drin. Und auf diese Weise bekamen es die Jungen halt umsonst."

„Und von den Eltern hat keiner nachgefragt?"

„Die hatten meist andere Sorgen. Was weiß ich. Aber irgendwann muss Melzer deswegen mal eins auf die Rübe bekommen haben. Einmal im Jahr kam nämlich der Arzt, und das immer unangemeldet. Gesundheitsappell nannten wir das. Danach war jedenfalls Schluss mit dem Rucksacklaufen, und die Taschenmesser kosteten ab sofort nur noch die Hälfte. Schließlich gab es für uns alle nur ein Ziel: flink werden wie Windhunde, zäh wie Leder und hart wie Kruppstahl, ... um eines Tages für den großen Führer zu leiden und zu sterben ... zum Wohle des deutschen Volkes und zum Erhalt der arischen Rasse."

Eine tiefe Furche hatte sich auf Josses Stirn gebildet und dann brach es aus ihm heraus. Auch etwas, das er nicht vergessen hatte, Worte, die er immer noch aufsagen konnte wie in jungen Jahren, so, als sei die Zeit stehen geblieben, als sei er immer noch mittendrin. Josse spuckte sie aus, die Worte des Reichskanzlers Hitler – gerichtet an seinen Reichsjugendführer Schirach, ausgeschlachtet von seinem Propagandaminister Goebbels.

Die Worte gellten in Helens Ohren, wollten sich nicht

verflüchtigen in der Weite des Tals, schwebten über ihren Köpfen wie ein sich hin- und herbewegender Ballon. Kein Windstoß erfasste ihn und nahm ihn mit sich fort. ‚Wenn er doch wenigstens platzen würde.'

Josse bückte sich nach einem Büschel Gras, umfasste es, riss es mit einem kräftigen Ruck heraus und hielt es Helen entgegen. „Keinem gelang es, dem ein Ende zu machen."

„Könntest du nach all den Jahren die Zeit zurückdrehen und hättest damals gewusst, was du heute weißt … würdest du Widerstand leisten?"

„Ich? Ich hoffe das inständig – aber es wissen?" Josef wich Helens Blick nicht aus. „Helen, ich war Jugendlicher, ich war allein …, fest steht, dass ich, als ich endgültig erkannte, was für ein Wahnsinniger die Welt ins Verderben zu stürzen drohte, nicht den Schneid deiner Urgroßmutter hatte. Letzten Endes bin ich schlicht und einfach davongelaufen."

„Und, hast du dich um Wiedergutmachung bemüht?", fragte Helen.

„Nein, auch das nicht. Ich habe mich hierher verkrochen, mein Schicksal beklagt und mich bemitleidet. Genau in dieser Reihenfolge."

„Wir haben ein Foto von ihr. Von Oma Else, mein ich. Es ist schon ziemlich vergilbt. Es ist ihr Hochzeitsfoto. Sie war eine schöne Braut."

„Was?" Josse senkte den Kopf und verbarg sein Gesicht in den Händen. „Dass sie einen Mann haben könnte, darüber hab ich mir nie Gedanken gemacht."

„Elses Mann ist kurz vor der Geburt meiner Großmutter gestorben. An den Folgen einer Schussverletzung im Ersten Weltkrieg. Er war noch keine 25."

„Ich hab von einem jungen Soldaten gelesen, der in der Wolfsschanze stationiert war. Dreimal, so hieß es, sei er Hitler begegnet, allein, auf einem der dunklen Flure. Er hätte nur seine Waffe ziehen und den Abzug drücken müssen. – Aber zurück zu mir. Das, was ich den Menschen angetan habe, worunter sie gelitten haben, vor allem wegen mir … ich kann's nicht ungeschehen machen, und es gibt keinen Ausdruck, der meinen Abscheulichkeiten gerecht werden würde."

Beharrlich hielt Helen ihr Gesicht in die Sonne. Den kalten Hauch aber, der seine Worte begleitete und ihr unter Kleider und Haut kroch, konnte sie nicht vertreiben. „Waren es viele?", fragte sie, mit nicht weniger Kälte in der Stimme.

Josse sah sie an und überlegte. „Nein, ich bin keiner, der sich vor diesen Nürnberger Prozessen ins Ausland abgesetzt hat. Dafür ist meine Schuld … zu gering."

„Und doch hat sie dich zum Schreiben der Karte veranlasst, die in unserer Familienchronik gelandet ist."

Juli 1935

„Ich bin sehr stolz auf dich, Josef." Wilhelm Reckzügel war bis ans Ende der Dorfstraße von Dorotheenthal gefahren. „Ich werd mich gleich wieder auf den Weg machen. In zwei Tagen hab ich Prüfung und muss unbedingt vorher meine Nase noch in die Bücher stecken."

Wilhelm stellte den Motor ab, rieb seine Hände und sah Josef forschend an.

„Du weißt, was eine Anatomieprüfung ist, ja?"

Josef schüttelte den Kopf.

„Lass uns den Feldweg runtergehen", entschied Wilhelm, „ich brauch vor der Fahrt noch ein wenig Bewegung."

Schweigend liefen sie eine Weile nebeneinander her.

„Anatomie ist die Lehre vom Aufbau des Körpers." Wilhelm tippte Josef lachend gegen die Brust. „Wär doch schlimm, wenn ich zum Beispiel nicht wüsste, dass das Herz auf der linken Seite sitzt und dem Patienten, der genau dort über Schmerzen klagt, was gegen Magenbeschwerden aufschreiben würde."

„Oder wenn du die Knochen verwechseln würdest. Hat doch dieser Tage der Hase-Alfred gesagt, dass der Unterarm aus Speiche und Schienbein besteht."

„Dann tritt ihm doch mal davor, dann wird er es nicht mehr vergessen."

Josef mochte es, wie Wilhelm sich mit ihm unterhielt, blieb stehen und sah lächelnd zu ihm auf. Was er von ihm wohl noch alles lernen würde?

„Ist sie sehr schwer, diese Prüfung?"

„Wenn man genug dafür gelernt hat, nicht. Wie der

menschliche Körper funktioniert, ist eigentlich ganz leicht zu verstehen. Aber das, was sich in seinem Kopf abspielt, ist dagegen viel schwerer. Kann man Gedanken lesen? Nein. Das Einzige, woran man erkennen kann, was der Mensch denkt, womit er verrät, was in ihm vorgeht, sind seine Worte und Taten."

Wilhelm machte einen Schritt nach vorn, blieb vor Josef stehen und legte ihm beide Arme auf die Schultern.

„Ich brauch dich, Josef", sagte er, „willst du mir helfen, Josef? Willst du dem Führer helfen, all das zu erkennen, was den Menschen Falsches durch den Kopf geht? Ich meine, nicht länger nur so, wie du es schon seit einiger Zeit tust, sondern von nun an viel genauer, viel systematischer, viel gezielter!"

„Na ... klar", antwortete Josef – erstaunt und stockend – und ließ ein heiseres „Und wie?" folgen.

„Wer nicht für den Führer ist, der ist gegen ihn. Und wer aus unserem Land kein gutes machen will, der ist schlecht. So einfach ist das. Was glaubst du, in wie vielen Wohnungen noch immer kein Hitlerbild hängt, wie viele noch immer nicht ‚Heil Hitler' sagen, wenn sie grüßen. Ich bin mir sicher, dass gerade hier noch jede Menge minderwertige Bücher in den Schränken stehen und dass viele immer noch nicht ‚Mein Kampf' gelesen haben. Ich möchte, dass du das rausfindest und dafür sorgst, dass ihr in der Schule mit einem Gebet anfangt. Woanders ist das schon lange üblich, nur hier, hier leben sie immer noch hinterm Mond, und das muss aufhören."

Wilhelm zog zwei ordentlich gefaltete Zettel aus seiner Uniformjacke und drückte sie Josef in die Hand.

„Ich möchte, dass du einen dem Vaupel gibst und den anderen zum Ortsgruppenleiter, zu Tenkhoff, bringst. Bestell ihnen einen schönen Gruß von mir und sag ihnen, dass es in allen Schulen aufgesagt werden soll, gleich morgens, gleich zu Beginn, in jeder Klasse. Von allen. Außerdem hab ich im Auto ein Heft für dich liegen. Also, bitte, schau hin und hör zu, und das, was nicht in Ordnung ist, bei wem und wann, das schreib hinein."

Wilhelm hatte den Druck auf Josefs Schultern verstärkt und runzelte die Stirn. „Ich kann mich, ich meine … der Führer, er kann sich doch auf dich verlassen, nicht wahr?"

„Natürlich", entgegnete Josef entrüstet und fügte ein leises „Das weißt du doch" hinzu.

„Du bist einmalig", sagte Wilhelm – sehr zufrieden mit sich, welch gute Vorarbeit er für diesen Augenblick geleistet hatte, welch fruchtbaren Boden er für seine Bitte geschaffen hatte.

„Da ist noch was. Du weißt doch bestimmt noch, dass schon vor zwei Jahren die Leute in Berlin aufgehört haben, bei Juden zu kaufen. Doch hier im Kreis merkt man nichts davon. Ich will, dass du, wann immer du Zeit hast, darauf achtest, wer die Leute sind, die dort einkaufen, und ich will, dass du die Namen von ihnen aufschreibst. Schreib alles genau auf! Josef, ich brauch deine Hilfe! Die Leute hier nehmen es nicht genau mit den Worten unseres Führers. Auch die nicht, die in die Partei eingetreten sind. Wenn alle besser aufpassen würden, wenn alle Anordnungen befolgt würden, dann würde es unserem Land schon viel, viel besser gehen …" Plötzlich machte er ein bekümmertes Gesicht.

„Was dir die Sache allerdings erschwert … es gibt niemanden, mit dem du darüber reden darfst. Es muss absolut unter uns bleiben."

Josef sah Wilhelm vorwurfsvoll an, war fast ein wenig beleidigt. Natürlich war ihm das klar.

„Du darfst auch nichts zu denen vom Jungvolk sagen. Keinem. Auch dem Gerhard Melzer nicht."

Wilhelm überlegte, ob er noch eins drauflegen sollte oder ob er Josef damit überfordern und verunsichern würde. Er schob alle Bedenken beiseite und räusperte sich.

„Ich traue dem Melzer nämlich nicht", sagte Wilhelm in beschwörendem Ton, „er scheint mir zu übertrieben. Ja, manchmal hab ich sogar den Verdacht, dass er in Wirklichkeit ein Gegner unseres Führers ist."

Josef war entsetzt.

„Menschen können so falsch sein, glaub mir. Wenn ich mich irre, umso besser. Dann irre ich mich gern. Doch zurück zur Geheimhaltung. Du darfst auch nichts dem Werner davon erzählen, meiner ganzen Familie nicht, nicht deinem Großvater, deiner Großmutter, deiner Mutter, nie …"

„Niemandem", unterbrach ihn Josef hitzig. „Glaubst du wirklich, ich würde mit meinem Großvater drüber reden? Ausgerechnet mit dem?"

„Nein, natürlich nicht", antwortete Wilhelm, dem der Gefühlsausbruch seines Zöglings ein zufriedenes Lächeln um die Mundwinkel trieb. „Bleibt nur noch zu klären, wohin mit dem Heft und deinen Aufzeichnungen darin? Das Versteck muss genauso sicher sein wie das in deinem Kopf."

„Das passt bestimmt unter die Schublade in meinem Nachtschränkchen", kam Josefs Antwort wie aus der Pistole geschossen.

„Nicht schlecht, mein Freund. Aber ich glaub, ich hab noch eine bessere Idee. Ich glaub, das Versteck, an das ich denke, ist noch sicherer und viel, viel … spannender."

Josef mochte es, wenn Wilhelm ihn seinen *Freund* nannte. Großvater dagegen nannte ihn *Freundchen.*

„Hinten, bei euch im Garten, gibt es einen alten Apfelbaum. Der, der keine Äpfel mehr trägt und ganz mit Efeu überwuchert ist. Weißt du, dass der innen hohl ist?"

Josef schüttelte den Kopf.

„Ich hab's entdeckt, als ich mal über euer Grundstück gegangen bin … als ihr noch nicht hier wohntet, als das Haus noch leer stand. Irgendwie hat der Baum mir gefallen. Wenn ich Zeit gehabt hätte, hätte ich ihn auf der Stelle gemalt." Wilhelm zuckte bedauernd mit den Schultern. „Wie gesagt, der alte Baum hat ein Loch im Stamm. Ein herrliches Versteck. Es müsste ungefähr auf deiner Augenhöhe sein, nicht zu groß und nicht zu tief … auf der vom Haus abgewandten Seite."

„Und was ist, wenn es regnet?"

„Alle Achtung! Du solltest Geheimagent werden, du denkst wirklich an alles. Dafür hab ich eine wasserdichte Hülle mitgebracht, eine aus Wachsleinen, wie die Soldaten sie haben."

Juli 1935

Josef hatte seine Jacke hängen lassen und war noch einmal zurückgekehrt. Die ungewohnte Stille im Schulhaus faszinierte und verwirrte ihn gleichermaßen. Als er die Strickjacke vom Haken nahm, kam er sich vor wie ein Dieb. Er war schon fast wieder an der großen Eingangstür, als er Stimmen aus dem Lehrerzimmer hörte.

„Das kann doch nicht Ihr Ernst sein“, hörte er Ritter, den Junglehrer, sagen – entrüstet und ungewöhnlich laut.

„Aber natürlich“, entgegnete ihm Vaupel. „Glauben Sie, dass ich auf meine alten Tage noch Lust habe, mich in die Nesseln zu setzen?“

„Wir können doch nicht einfach so tun, als ob das in Ordnung ist, verdammt noch mal“, hörte Josef Ritter weiterschimpfen und blieb stehen.

„Was bin ich froh, dass Wände keine Ohren haben, Ritter. Sie sind so ein ausgezeichneter Lehrer. Geben Sie den Kindern mit auf den Weg, was Sie können … und das, was im Rahmen des Erlaubten ist. Uns sind doch die Hände gebunden.“

„Aber nicht unser Verstand, Herr Kollege. Nicht unser Verstand.“

Josef drehte sich um und schlich auf Zehenspitzen zurück. Nahe genug, um mühelos alles mithören zu können. Sollten die Lehrer herauskommen, würde er so tun, als habe er sich gerade seine Jacke geschnappt, würde freundlich grüßen und verschwinden.

„Erst verbrennen sie die Bücher, jetzt dürfen wir keine von Juden geschriebene Lieder mehr singen, sollen nicht mehr bei ihnen einkaufen, ganz zu schweigen davon, dass wir den Umgang mit ihnen meiden sollen. Ich mach da nicht mehr mit!"

„Seien Sie doch vernünftig, Ritter. Lehrer sind nun mal Diener des Staates, und als solche haben wir uns den Richtlinien, die man uns gibt, zu beugen."

„Mein lieber Herr Vaupel. Dann werde ich als treuer Staatsdiener Folgendes tun und ganz im Sinne des Führers mal was aus seinem *Mein Kampf* vorlesen."

Josef hörte Ritter leise lachen.

„Wird was von der Seite 67 sein. Also von ziemlich vorn, da geht es nämlich schon los. Da, wo der große Führer zum Besten gibt, dass er die Juden zu hassen begann. Damals in Wien – der verkrachte Student und Nichtstuer. Und dann werde ich die jungen Leute auffordern, zu Hause weiter nach solchen Aussagen zu forschen und darüber einen Aufsatz zu schreiben. Dürfte ja nicht schwer sein. Wo doch jeder Haushalt ein Exemplar davon besitzen muss!"

„Ritter, beruhigen sie sich, stürzen sie sich nicht ins Unglück!"

„Was für eine Art Lehrer bin ich eigentlich, wenn ich den Schülern im Religionsunterricht beibringe, alle Menschen zu lieben, Gutes zu tun, den Leidtragenden, Unterdrückten und Bedrängten beizustehen, und dann meine eigenen Augen und Ohren vor diesen Auswüchsen verschließe, und vor allem, nichts dagegen unternehme? Das passt doch nicht, das ist doch der reinste Hohn."

„Nehmen Sie sich ein Beispiel an den Pastoren. Die tun auch, was man ihnen sagt."

„Schämen sollten sie sich. Seit wann wird für Tyrannen

gebetet? Mir kommt jetzt noch die Galle hoch. Können sie es nicht einfach beim Vaterunser belassen?! Ich wäre am liebsten rausgegangen."

„Gott sei Dank, dass Sie es nicht getan haben." Der Vaupel-Lehrer klang ernsthaft besorgt. „Sie sind Lehrer, ein Vorbild. Wer weiß, wie viele Ihnen gefolgt wären. Nicht auszudenken, was Sie damit angerichtet hätten. Wenn Sie sich schon ins Unglück stürzen wollen, dann reißen Sie gefälligst nicht noch andere mit rein."

„Vorbild, dass ich nicht lache. Ich überlege allen Ernstes, aus der Kirche auszutreten."

„Dann tun Sie das, Ritter. Ein Kirchenaustritt zu diesem Zeitpunkt ist gar keine schlechte Idee. Die Kirchen sind den Nazis eh ein Dorn im Auge. Eine entsprechende schriftliche Begründung, und Sie wären aus dem Schnei…"

„Die schriftliche Begründung meines Kirchenaustrittes", fiel Ritter seinem Kollegen ins Wort, „würde sinngemäß beinhalten, wovon ich von Herzen überzeugt bin, nämlich, dass die Nazis, und allen voran Adolf Hitler, hinter Gitter gehören."

Josef hörte eine Faust auf den Tisch schlagen.

„Wie können sie sich, wie kann sich eine Kirche, auf den Römerbrief berufen!", wetterte Ritter weiter. „Wie können sie von der Kanzel die Leute auffordern, der rechtmäßigen Obrigkeit schuldig zu sein? Wie können sie es wagen, die Autorität dieses Staates zu … begrüßen!"

„Es sind nicht die ersten Kirchenfürsten, die falsche Entscheidungen treffen, und nicht die ersten Machthaber, die die Grundsätze der christlichen Lehre für ihre Ziele ausschlachten."

„Dieses Gebet ist reine Blasphemie."

„Ich weiß, und trotzdem werden wir es die Kinder aufsagen lassen. Ich werde es in beiden Klassenzimmern an die Tafel schreiben, werde es die Kinder abschreiben lassen, damit sie es auswendig lernen können, und dann haben wir unsere Ruhe. Je mehr wir den Schein wahren, desto besser. Ich möchte nicht, dass in unserer Schule ständig irgendwelche Parteileute meinen, nach dem Rechten sehen zu müssen. Lassen wir sie hier auf neutralem Boden Schreiben und Rechnen lernen. Nicht mehr und nicht weniger."

„Mit diesem Morgengebet ist der Boden nicht mehr neutral, Vaupel!"

„Ritter. Noch einmal, während der langen restlichen Unterrichtszeit lehren Sie das, was in den Büchern steht und ansonsten …"

„Ansonsten was?"

„Ich will offen mit Ihnen sein. Sie wissen nur allzu gut, dass ich anfangs vieles von dem, was die NSDAP in ihrem Programm hatte, für gut befunden und unterstützt habe. Inzwischen muss ich eingestehen, dass mir nicht nur die HJ-Treffen immer unheimlicher werden. Ihre sogenannte Kluft ist nichts anderes als die Vorstufe einer militärischen Uniform, die Wiedereinführung der Wehrpflicht vor zwei Monaten, dieses ständige Hetzen und Geifern …"

„Und dennoch wollen sie jeden Morgen für Hitler und seine Propagandamaschinerie beten lassen? Zulassen, dass sich solch ein perfides Machwerk in den Köpfen der jungen Leute festsetzen kann? Überhaupt, wer will das eigentlich kontrollieren?"

„Kontrollieren?", antworte Vaupel gedehnt und räusperte

sich. „Josef hat mir das Gebet im Auftrag von unserem Candidatus der Medizin gegeben. Nun ... weitersagen kann und wird er es ihm schon.“

„Das darf doch nicht wahr sein.“ Ritter stieß einen schrillen Pfiff aus. „Dieser Reckzügel ist mir schon lange suspekt. Die Art und Weise, wie er mit Josef umgeht, gefällt mir ganz und gar nicht. Von Anfang an nicht. Da ist doch irgendetwas faul. So viel Zuwendung ist doch nicht normal, oder?“

„Ach, Ritter, lassen Sie's gut sein. Zugegeben, unser Wilhelm ist ein richtiger Stenz geworden und auch für mich schwer durchschaubar, aber für den Josef ist er ein Glücksfall. Wahrscheinlich Vaterersatz und Freund zugleich. Außerdem, die Reckzügels sind eine feine Familie.“

Josef hörte das leise Klicken von Vaupels Aktentaschenverschluss, machte kehrt und schlich zurück zum Haupteingang. Als er sah, dass die Klinke der Lehrerzimmertür heruntergedrückt wurde, rannte er davon, ohne sich noch einmal umzusehen.

Am Abend, nachdem er seine Kaninchen versorgt hatte, stattete er dem alten Apfelbaum einen ersten Besuch ab. Wilhelm Reckzügel hatte ihm für die Eintragungen einen Kopierstift gegeben. „Der ist urkundenecht. Sollte das Heft doch wider Erwarten einmal feucht werden, dann kann die Schrift höchstens ein bisschen verlaufen, mehr nicht“, hatte er ihm erklärt. ‚Vor allem aber kannst du nichts ausradieren‘, hatte er in Gedanken fortgesetzt und den Motor angelassen.

Als Josef am nächsten Tag sein Klassenzimmer betrat, schloss er sich der allgemeinen Verwunderung über das an die Tafel geschriebene Schulgebet an. Inzwischen war aus dem ‚Guten Morgen, Herr Lehrer' ein ‚Heil Hitler' geworden, und über der Tafel hing ein Bild des Führers – in einem schwarzen Rahmen, und so groß, dass man seine Augen noch in der hintersten Reihe auf sich gerichtet fühlte.

„Setzen", schnarrte Vaupel, nahm den Zeigestock und klopfte einige Male damit an die Tafel. „Josef, sei doch bitte so gut und lies uns das einmal vor, denn schließlich bist du es ja gewesen, der es mir von unserem Wilhelm Reckzügel hat zukommen lassen ..., damit auch wir hier fortan jeden Schultag auf die richtige Art und Weise beginnen. So, wie es die Kinder in der Hauptstadt tun."

Josef stand auf, der Lehrer lächelte ihn freundlich an, doch es gab kaum einen unter ihnen, der nicht spürte, dass irgendetwas in der Luft lag. Wenn der Vaupel-Lehrer derart liebenswürdig klang, war es besser, auf der Hut zu sein. Doch außer Josef hatte niemand die geringste Ahnung, was in ihm brodelte.

„Trag unseren Führer auf deinen Händen", Josef hob sein Kinn und stellte sich vor, er trüge seine Uniform, „lieber Gott, ich bitte dich – für Volk und Führer und für mich. Arbeit gib uns, gib uns Brot, führ uns aus Knechtschaft und aus Not. Die Partei und Hitler schütze – unseres Volkes starke Stütze. Will ein rechter Deutscher sein – mach mich fromm und stark und rein. Nach der Erde Freud und Leid schenk mir deine Seligkeit. Amen."

„Setzen und das Ganze abschreiben", blaffte Vaupel. „Josef, Herbert, Alfred und Hilde, ihr macht das gleich zweimal. Für die Schulanfänger. Und egal, was ihr heute zu tun habt, egal, wie schön das Wetter draußen ist, dieses Gebet lernt ihr mir bis morgen auswendig. Alle."

„Trag unseren Führer auf deinen Händen …“, drang es von den älteren Schülern nebenan zu ihnen herüber und Josef, der kurz seinen Kopf hob, sah wie Vaupel seine Schultern hochzog und mit unbeweglicher Miene die Augen schloss.

September 1935

Josef hatte ein Geheimnis. Josef wusste Bescheid. Doch keiner der Bewohner aus Dorotheenthal, Peterswaldau, Reichenbach oder Langenbielau hegte einen Verdacht, wenn er mit Sammelbüchse und Liste von Haus zu Haus ging, um für den Autobahnbau oder für die olympischen Spiele zu sammeln. Natürlich durfte er hereinkommen, wo er doch so freundlich fragte und ein so aufmerksamer Junge war und einer, der sich sogar für die Blumen auf dem Fensterbrett im Wohnzimmer interessierte. Hin und wieder durfte er sich auch mit an den Kaffeetisch setzen, und man plauderte zwanglos in seiner Gegenwart über Gott und die Welt.

So ging Josef mal hier, mal dorthin und sperrte Ohren und Augen auf. Unterwegs passte er auf, wer wann bei welchem Juden einkaufte, bei wem der jüdische Arzt seine Hausbesuche machte oder wer in der Praxis aus- und einging. Er hörte, was für Lieder aus den Radios tönten oder gesungen wurden, und er war sehr glücklich darüber, dem Führer einen großen Dienst erweisen zu können. Am meisten aber freute er sich darauf, was wohl Wilhelm sagen würde, wenn er all das erst lesen würde.

An dem Tag, als Wilhelm Reckzügel wieder nach Dorotheenthal gekommen war, holte Josef das Heft aus seinem Versteck und sah voller Stolz sein anerkennendes Nicken. Sie hatten es sich dabei am Waldrand gemütlich gemacht. Es war Anfang September und noch warm genug für ein abendliches Picknick. Wilhelm hatte frischgebackenen Streuselkuchen mitgebracht. Bei Reckzügels gab es immer frischen Streuselkuchen, wenn er angemeldet nach Hause kam.

„Alle Achtung", sagte Wilhelm mit vollem Mund und schluckte, „das hätt ich wirklich nicht gedacht.

„Vaupel und Ritter mögen das Gebet nicht", las er vor. „Haben sie euch das etwa gesagt?"

„Nein. Ich hab sie zufällig darüber streiten hören. Gebete gehörten in die Kirche."

„Sonst nichts."

„Sonst nichts", log Josef. Ihm war nicht wohl dabei, aber das, was die beiden Lehrer über Hitler und vor allem über Wilhelm und ihn gesagt hatten ... das wollte er lieber für sich behalten.

„Deine Eintragungen haben ja sogar System", lobte Wilhelm und begann, Zeile für Zeile das vorzulesen, was sein Zögling in nur knapp acht Wochen zusammengetragen hatte.

Auf die ersten beiden Seiten hatte Josef all jene aufgeschrieben, die kein Hitlerbild zu Hause hängen hatten – Name, Ort und Datum: Klinke, Dorotheenthal, 13. Juli. Freimann, Dorotheenthal, 13. Juli. Steiner, Dorotheenthal, 14. Juli ...

Die nächsten Seiten hatte er frei gelassen, es ging erst weiter mit Seite fünf: Aaron Stein, Schneidermeister, Jude, Peterswaldau. So ging es weiter. Seite für Seite. Jeder bekam seine eigene, damit genug Platz für die Namen der Kunden, Patienten oder Schüler war.

Dr. Bornstein, Arzt, Jude, Peterswaldau
Dr. Nusser, Jude, Arzt, Reichenbach
Samuel Reife, Uhrmacher, Jude, Reichenbach
Rahel Neustein, Musiklehrerin, Jüdin, Reichenbach
Julius Ehrenstein, Gemischtwaren, Jude, Reichenbach
Bankhaus Rosenzweig, Jude, Reichenbach

Paul Adler, Textilgeschäft, Jude, Reichenbach
Jakob Stachowiak, Handwerker, Pole, Peterswaldau
Olga Gorniak, Putzmacherin, Polin, Peterswaldau …

Wilhelm Reckzügel zog die Beine an, setzte sich gerade hin und sah Josef stirnrunzelnd an.

„Hab ich was falsch gemacht?“, fragte Josef beklommen.

„Nein, überhaupt nicht, ganz im Gegenteil“, sagte Wilhelm Reckzügel. „Ich hab mich nur gerade gefragt, ob du überhaupt noch dazu kommst, Schularbeiten zu machen. Bis Reichenbach sind es immerhin sechs Kilometer.“

Josef nahm seine Mütze vom Kopf und sah grinsend zu Boden. „Ich hab mir ein Fahrrad gekauft“, sagte er stolz, „bezahlt mit meinem Kaninchengeld.“

„Du hast dir ein Fahrrad gekauft?“

„Da staunst du, was?“

„Josef, du sollst das Geld sparen, damit du …“

„Damit ich mal mein Studium finanzieren kann“, platzte Josef ihm ins Wort. „Aber das Fahrrad war nicht teuer. Ich hab es der Neustein abgekauft. Die fährt nicht mehr damit. Sie sagte, sie sei zu alt dafür.“ Er verdrehte lachend die Augen. „Sie wollte 25 Mark dafür, aber ich hab es dann für zwanzig bekommen.“

Wilhelm kratzte sich am Kinn. „Du hast es der Neustein abgekauft?“

„Warum nicht“, antwortete Josef. „Wenn man gute Geschäfte machen kann. Außerdem hat sie mir nebenbei erzählt, wem sie alles Klavierunterricht gibt. Gut, was? Was glaubst du denn, woher ich sonst schon all die Namen weiß. Mein Sparbuch, das hab ich doch auch beim Rosenzweig. Und sieh mal, wen ich da so alles getroffen habe.“

„Bloß gut, dass ich das jetzt weiß. Es ist wichtig, Josef, wirklich. Gehst du etwa auch bei Ehrenstein einkaufen?"

Josef nickte und grinste. „Seine Bonbons sind die besten."

„Mensch, Josef, darüber muss ich morgen gleich mit Melzer sprechen, damit der das ja nicht in den falschen Hals kriegt." Wilhelm schüttelte kaum merklich den Kopf.

„Ich denke, du traust dem Melzer nicht über den Weg?"

„Das hat sich erledigt. Auf den ist Verlass."

„Und woher weißt du das?"

„Wieso bist du eigentlich immer noch in der Klasse von dem Vaupel und nicht beim Ritter?", wechselte Wilhelm das Thema.

„Wir haben nur vier Neue in diesem Jahr dazubekommen und weil von den Großen keiner abgegangen ist, ist das besser so wegen der Platzverteilung."

„Na gut. Nächstes Jahr, dafür werde ich sorgen, gehst du nach Reichenbach aufs Gymnasium. Zu blöd, dass die dich nicht schon in diesem Jahr genommen haben. Nur, weil du am Stichtag noch keine zehn warst."

„Gesetz ist Gesetz", sagte Josef trocken.

Hilde Denker, Peiskersdorf, hat Kaninchen bestellt, las Wilhelm weiter. Soll schön mager sein und nicht so vollgefressen wie der Hermann Göring. Bei Schuberts, Peterswaldau, Eulengasse fünf, hängt ein Hitlerbild. Herr Schubert lacht, einer muss den Kerl ja aufhängen. Tietze, Langenbielau, rechts neben dem Wohnzimmerschrank hängt ein Bild vom alten Fritzen, links davon ein Bild vom Führer. Frau Tietze sagt, damit der *Alte Fritz* von seinem Anblick verschont bleibt. Bei Glatzel in Reichenbach, Sadebeckstraße, stehen verbotene Bücher. Bibelstunde, Sankt

Josefs Gemeinde, sie singen am Anfang ‚Wohlauf in Gottes schöne Welt'.

Es folgten noch neun ähnliche Einträge.

„Ich werde dir morgen ein neues Heft geben, und wenn ich wieder in Berlin bin, werde ich Bericht erstatten von dem, was du hier für den Führer tust."

Wilhelm trommelte mit den Fingerspitzen auf sein Kinn und lächelte geheimnisvoll. „Mal sehen, mein lieber Josef, ob ich in Berlin nicht eine ganz große Überraschung für dich habe."

November 1935

Josef, der neben seinem Großvater im Klassenzimmer stand, sah erstaunt an ihm hoch und hörte mit offenem Mund zu, wie ausgerechnet er, der zu jeder Gelegenheit was gegen den Führer ins Feld zu führen wusste, wie selbstverständlich nun dessen Ansichten über Schulausbildung und Möglichkeiten der Jugend zum Besten gab.

Josef hatte nicht vergessen, wie sehr er sich über das Bild des Führers aufgeregt hatte, das er von einem der Heimabende mit nach Hause gebracht und in der guten Stube mitten über das Sofa gehängt hatte.

„Wegen unserm braunen Enkel können wir gar nicht anders, als es dort zu lassen, wo es ist", hatte Josef seinen Großvater reden hören.

Josef hatte allerdings nicht vor, Wilhelm Reckzügel davon in Kenntnis zu setzen. Jemanden aus der eigenen Familie verraten, trotz der Tatsache, dass sie ihn schlecht behandelten, das wollte er nicht.

Fritz Tomulka wehrte sich, wehrte sich mit hochrotem Kopf. Seinen Enkel in die höhere Schule schicken, das war nicht in seinem Sinne, mochten die Lehrer darüber denken, was sie wollten. „Ich muss doch wohl nicht darauf hinweisen, dass der Führer gegen eine übermäßige Betonung der geistigen Ausbildung ist", verteidigte er seinen Standpunkt, stemmte die Hände in seine Hüften und sah die Lehrer herausfordernd an, „weil nämlich, so hat der Führer es selbst gesagt, sich die gefügigen Vielwisser vor dem Ersten Weltkrieg als der Schwachpunkt der Deutschen herausgestellt haben."

Es war ausgerechnet Ritter, der den Fehdehandschuh ergriff. Das leicht spöttische Lächeln, das Ritters Mund umspielte, aber entging Josef nicht.

„Damit meinte der Führer doch nur, dass man Obacht geben muss, in welchen Bahnen sich die Ausbildung, die Vermittlung von Wissen bewegt und … dass sich geistige und körperliche Ertüchtigung die Waage halten müssen."

„Und was sagte er noch?", konterte Fritz Tomulka aufgebracht, „dass man das *jugendliche* Gehirn nicht mit Dingen belasten soll, die es zu 95 Prozent nicht braucht und daher wieder vergisst."

Für einen Moment sah es so aus, als wolle sich Ritter geschlagen geben. Hilflos drehte er sich zu seinem älteren Kollegen um, der zur Vorbereitung für den morgigen Unterricht Bruchrechnungsaufgaben an die Tafel zu schreiben begann. Vaupels Enthusiasmus war in den letzten Monaten kontinuierlich geringer geworden, er war ausgelaugt und liebäugelte mit dem bevorstehenden Ruhestand. Er hatte keine Lust und keine Kraft mehr, sich mit uneinsichtigen Eltern herumzuschlagen.

„Herr Tomulka", fuhr Ritter schließlich fort, „Sie dürfen das nicht einfach so aus dem Zusammenhang reißen. Josef hörte deutlich, wie schwer ihm die Worte über die Lippen gingen. „Der Führer", Ritter atmete geräuschvoll durch die Nase ein, „er will nur verdeutlichen, wie notwendig es ist, der Bildung die richtige Gewichtigkeit zu geben."

Letzten Endes hatte Fritz Tomulka die Segel gestrichen und die Einwilligungserklärung für Josefs Aufstieg in die Sexta des Gymnasiums zu Reichenbach unterschrieben.

„Mach, dass du fortkommst", blaffte er seinen Enkelsohn, kaum dass sie das Schulgelände verlassen hatten, an, schubste ihn in Richtung Dorotheenthal, drehte sich um und ging wütend davon.

„Wo biste gewesen?“, hörte Josef seine Großmutter ihn bei seiner Rückkehr greinend fragen, „jetzt kann ich die Suppe noch mal aufwärmen. Josef ist schon lange zurück.“

Josef saß neben dem Haus auf der Gartenbank und schnitzte an einem neuen Futternapf für seine Kaninchen.

„Hör mir auf mit dem. Kinder, so hat zum Schluss der alte Vaupel erklärt, Kinder mit derart herausragenden Schulnoten und einem nicht minder rühmenswerten Eifer im Jungvolk werden selbstverständlich vom Führer gefördert. Schulgeld muss ich für unseren braunen Enkel demnach nicht abknapsen.“

„Dann ist doch alles gut.“

Der alte Tomulka griff sich an die Stirn.

„Aber reinbringen wird er nichts. Keine Lehre heißt – nichts abgeben.“

„Abgesehen von den Kaninchen“, sagte seine Großmutter gedehnt und ging zum Haus, um den Eintopf wieder aufs Feuer zu stellen. „Fleisch von den Viechern ist heute nämlich auch drin.“

Liebevoll sah Josef zu den Ställen. „Ihr seid keine Viecher“, flüsterte er und schickte seiner Großmutter einen vernichtenden Blick in Richtung Küche.

Mai 1936

Josefs schulische Leistungen waren wie erwartet. Niemand war darüber verwundert, dass er zu den Besten seiner Klasse gehörte. Dass er ausgerechnet neben Melzers Sohn sitzen musste, passte ihm zwar nicht, doch er bekam schnell spitz, dass es nicht zu seinem Nachteil war.

Für Adolf Melzer, der stolz auf seinen Vornamen war und der lediglich im Sportunterunterricht glänzen konnte, wäre es wirklich besser gewesen, wenn er in der Volksschule geblieben wäre. Nicht nur dort war jedem klar, dass seine Zulassung zum Gymnasium einzig und allein dem väterlichen Einfluss zu verdanken war.

Es dauerte nicht lange, bis er und Josef eine besondere Art von Symbiose eingegangen waren. Adolf, der nichts dagegen hatte, sich die Finger schmutzig zu machen, sorgte dafür, dass Josefs Fahrrad in Schuss blieb. Josef, der sein Fahrrad nicht schonte, der immer voll in die Pedale trat, ob auf Feld- und Schotterwegen oder auf Kopfsteinpflaster, ließ Adolf von nun an geplatzte Schläuche oder Reifen auswechseln und vor allem die Kette schmieren. Als Gegenleistung half er ihm bei den Hausaufgaben oder ließ ihn einfach abschreiben. Während der Klassenarbeiten beobachteten die Lehrer beide Jungen gerade nur so genau, dass es für Adolf ausreichte, keine schlechtere Note als ein *Ausreichend* zu bekommen.

„Pass auf, Freundchen." Rollke, der Mathematiklehrer, hatte Josef kurz vor der Zurückgabe einer Klassenarbeit zur Seite genommen. „Es ist nicht nur mir aufgefallen, dass Adolf immer die gleichen Fehler macht wie du. Zusätzlich zu all denen, die er selber verzapft. Nun, da wir alle keine Lust haben, uns mit seinem Vater anzulegen, werden wir ihn durchziehen für … Volk und Führer … für diese ganze braune Brut."

Josef hielt die Luft an. Eine verflixt gewagte Aussage, die Rollke da gerade gemacht hatte. Josef biss sich auf die Zunge. Kräftig. Der Schmerz hielt ihn davon ab, zu grinsen oder gar in schallendes Gelächter auszubrechen. Großartig. Niemand hegte auch nur den geringsten Verdacht gegen ihn. Niemand wusste, dass er derjenige war, der die Leute verpfiff, dass etliche der nächtlichen Razzien und Räumungsaktionen auf sein Konto gingen, dass es einen toten Briefkasten gab hinter seinem Haus und dass …

„Hast du mich verstanden?", riss Rollke ihn aus seinen Gedanken. „Und nur zur Erinnerung. Das, was Adolf mit deiner Unterstützung macht, ist nichts anderes als Betrug und, sag das deinem Sitznachbarn, wenn es zu bunt wird: Betrug wird mit Schulverweis bestraft, da hilft ihm auch sein Vater nicht."

Josef nickte, gab sich zerknirscht und machte auf dem Absatz kehrt. Leichtfüßig verließ er das Schulgebäude. Er war sehr mit sich zufrieden. Der Apfelbaum. Nicht einmal Wilhelm wusste, dass er noch ein zweites Versteck barg, dass es noch ein anderes Oktavheft mit Aufzeichnungen gab – mit Wissen, das er vorerst auf keinen Fall preisgeben wollte.

Auf das zweite Versteck war Josef gestoßen, als er eines Abends mit seiner Fußspitze unter einer der kräftigen Efeuwurzeln hängengeblieben war. Der Gedanke, dass er den Hohlraum vergrößern könnte, war ihm später, kurz vor dem Einschlafen, gekommen. Ausgekleidet mit gewachstem Armeestoff – das Jungvolk hatte daraus Brustbeutel für die Soldaten gemacht – war die Stelle, bedeckt mit einem großen Stein, ein ideales Nest für besonders *faule Eier*. Der Vorfall mit Lehrer Rollke kam auch hinein.

Es gab Anschwärzer im Kreis Reichenbach. Allmählich sprach es sich herum. Niemand glaubte, dass ein Einzelner am Werk war. Hinter all den Übergriffen mussten mehrere stecken. Das Misstrauen ging um, aber niemand misstraute Josef. Nicht ihm, der gute Kaninchen zu einem guten Preis anbot, der hilfsbereit Taschen nach Hause trug oder sie auf seinem Fahrrad von A nach B brachte. Nicht ihm, der dem Kantor vorgesungen hatte, um in den Kirchenchor aufgenommen zu werden. Dass er ihn ablehnen würde, entsprach Josefs Plan. Die ersten Anzeichen des Stimmbruchs waren unüberhörbar gewesen. Aber niemand sollte an seinem guten Willen zweifeln. Außerdem, dem zweiten Dorotheenthaler, dem der Sprung aufs Gymnasium gelungen war, solch einem fleißigen Jungen galt alle Bewunderung. So jemand geriet nicht in Verdacht.

Schließlich waren die *Kontrollgänge* unter der Leitung der Kreisparteileitung mit den damit verbunden Ermahnungen, Bußgeldforderungen oder Strafmaßnahmen nie unmittelbar nach Josefs Besuchen erfolgt. Niemand von der Bevölkerung wusste, von wem die Informationen stammten und woher die SA-Männer kamen, die sich überwiegend nachts *anmeldeten*: Die Bücherschränke durchwühlten, das, was sie für entartete Kunst hielten, von den Wänden rissen, die Skulpturen zerschmetterten und Schellackplatten mit undeutscher Musik zerbrachen. Es war den Männern egal, was dadurch zu Bruch ging, ob es Fensterscheiben waren, durch die ihre Fundstücke flogen oder ob sie auf dem Fußboden zerschellten.

„In Auftrag gegebener Vandalismus", hörte Josef auf dem Weg zur Schule einmal einen der Betroffenen schimpfen, der gerade dabei war, die Scherben in seinem Vorgarten aufzusammeln.

Immer häufiger geschah es, dass nachts Fenster von jüdischen Bewohnern beschmiert und ihre Vorgärten zertrampelt wurden. Gartenzäune wurden zerschlagen und Tore aus ihren Angeln gerissen. Anfangs half man noch bei Aufräumarbeiten oder Reparaturen, galt doch das Gesetz der Nachbarschaftshilfe, aber nach den ersten Übergriffen auf das Eigentum der Helfer ließ man davon ab.

Die von den SA-Horden zurückgelassenen Plakate, ihre Hinweise darauf waren eindeutig: *Wegen unterlassener Solidarität gegenüber Volk und Führer. Mit bestem Gruß dem Juden-Freund. Sage mir, wem du hilfst und wir sagen dir, wem du folgst.*

Es waren nur wenige, die dazu Stellung nahmen, und wenn sie es taten, dann mehr und mehr hinter vorgehaltener Hand.

„Wir können uns Zeit lassen", hatte Wilhelm Reckzügel gesagt, „so groß ist unser Kreis nicht, bis zu Beginn der Olympiade werden wir ihn gesäubert haben."

Josef sah nichts Verwerfliches darin, dass man solchen, die sich den Anordnungen des Führers widersetzten, Ordnungs- oder Geldstrafen aufbrummte. Dass man gleich an Ort und Stelle Schläge austeilte, das allerdings gefiel ihm nicht. Einige waren regelrecht misshandelt worden. Schläge waren

Josef zuwider. Dass auch Fabrikbesitzer und andere angesehene Leute samstags den Marktplatz fegten, dass sie den Rasen des Sportplatzes mähten oder öffentliche Toiletten putzten, war besonders für die ein gefundenes Fressen, die schon immer was gegen *Bessergestellte* hatten. Familienväter, die für einen Monat ohne Bezahlung zu Aufbaumaßnahmen abkommandiert wurden, konnten von Glück reden, wenn ihre Arbeitgeber nicht gezwungen worden waren, sie umgehend zu entlassen. Es gab genug zu tun im Großdeutschen Reich: Deiche mussten saniert oder erhöht werden, neue Straßen wurden gebaut, Feld- und Waldwege angelegt. Inzwischen war auch das Freizeitwerk *Kraft durch Freude* ins Rollen gekommen: ausreichend Urlaub für alle, vom höchsten Beamten bis zum einfachsten Arbeiter, für jeden guten Bürger im Großdeutschen Reich. Von einer Zeit der wahren Erholung hatte der Führer gesprochen, weil er ein nervenstarkes Volk wollte, weil man nur mit einem solchen wahrhaft große Politik machen kann. So gab es etliche Frauen und Männer, die auch im Dienst für *KdF* ihre Strafe abarbeiteten – die Baugruben aushuben, Häuser hochzogen und die Sport- und Freizeitanlagen aus dem Boden stampften.

Im Gegenzug für die bösen Überraschungen, die Josef seinen Mitmenschen bescherte, hatte Wilhelm für seinen Zögling eine ganz besondere bereit. „Dank, wem Dank gebührt“, hatte er hinterher dazu gesagt, „Ehre, wem Ehre gebührt.“

Juli 1936

Es war Mittwoch, der 29. Juli, als Josef, der inzwischen zum Jungenschaftsführer aufgestiegen war, zusammen mit zwei Jungen aus Dorotheenthal vom Heimabend auf dem Weg nach Hause war. Zwölf Pimpfe waren ihm unterstellt, die er zu begeistern und zu befehligen hatte. Gerhard Melzer, der eine Woche zuvor seine kleine Truppe inspiziert hatte, war äußerst angetan, dass Josef zu Beginn der Versammlung einen Text aus den Hymnen der jungen Nation vortragen ließ.

„Wir sind die Jugend, wir tragen das Schicksal der Nation und müssen die Zukunft gestalten, uns und denen, die nach uns kommen. – So gehen wir den harten Weg und schaffen die deutsche Zukunft. Wir sind stolz, dass wir als Deutsche geboren wurden!"

Josef war stolz, wenn Melzer ihn lobte, war glücklich darüber, dass andere Jungen ihn bewunderten und respektierten, vor allem aber, dass sie ihn ihren Freund nannten. Doch wer sein bester Freund war, das wusste jeder, und jeder der 276 Jungen der Fähnlein aus Peterswaldau beneidete ihn um *seinen* Wilhelm.

Josef war sofort klar, wer das Auto lenkte, das staubaufwirbelnd auf sie zukam.

„Komm, steig ein." Wilhelm bremste scharf und amüsierte sich über die prustenden Jungen.

„Schau mal auf den Rücksitz", sagte er zu Josef – sah nur ihn allein an und würdigte die anderen Jungen keines Blickes. Auf dem Rücksitz lag Josefs kleiner Koffer.

„Du holst mich nach Berlin?"

„Jawoll, junger Mann, und um deine Kaninchen kümmert sich Werner."

Josef lächelte und nickte. Wilhelm dachte an alles, Wilhelm machte keine halben Sachen.

„Ich hätte euch ja zu gerne alle mitgenommen", log Wilhelm, schaute in die Runde und machte ein bekümmertes Gesicht, „aber in meiner Studentenbude ist für so viele einfach kein Platz und außerdem ...", Wilhelm sah vielsagend von einem zum anderen, er genoss es, wenn möglichst viele Augenpaare möglichst ungeduldig, vor Neugier platzend, auf ihm ruhten, „außerdem hab ich leider nur für Josef eine Karte zur Eröffnungsfeier bekommen." Lachend wandte er sich an Josef. „Betrachte die kommenden Tage als mein nachträgliches Geburtstagsgeschenk."

Die Pimpfe sorgten dafür, dass die Neuigkeit schnellstens ihre Runde machte: Wilhelm Reckzügel ist mit Josef Tomulka nach Berlin unterwegs und wird ihn mit zur Eröffnungsfeier der Olympischen Spiele nehmen!

Wilhelm deutete eine Verbeugung nur an. „Nun guck nicht so. Heraus aus dem Bett. Heraus und das prächtige Berlin anschauen."

„Seit wann?" Josefs Augen waren untertellergroß, und er war mit einem Satz aus dem Bett.

„Seit wann was?", fragte Wilhelm zurück und drückte seinen Zeigefinger gegen Josefs Brust.

„Mann, du weißt genau, was ich meine", antwortete Josef und stieß einen lauten Pfiff aus. „Du siehst richtig gut aus, verteufelt gut."

„Den lass aus dem Spiel, mit dem haben wir nichts

im Sinn", konterte Wilhelm lachend und fuhr mit seiner rechten Hand über die Knöpfe seiner Uniform.

„Seit wann bist du bei der SS?! Du warst die letzten Male immer ohne Uniform gekommen. Hab schon gedacht, dass du als Arzt mit all dem nichts mehr zu tun hast."

„Nun ja. Aus den SA-Flegeljahren bin ich raus. Du weißt doch, wie die sich benehmen."

„Wissen es deine Eltern schon?"

„Nein, die sehen es noch früh genug."

„Sie werden auch diese Uniform nicht mögen."

„So wird's wohl sein."

„Ich glaube, ganz Reichenbach wird sich nicht wieder einkriegen."

„Sie werden es mit aufgerissenen Augen zur Kenntnis nehmen und …"

„Und noch mehr Respekt vor dir haben", schnitt ihm Josef das Wort ab. „Bist du denen jetzt allen … *vorgesetzt*?"

„Wehrmacht, Marine, SA, SS … wir haben alle verschiedene Aufgaben und Kompetenzen, junger Mann", antwortete Wilhelm ausweichend, „genau wie du deine in der HJ hast. Der Führer hat alles gut geregelt."

Wie gut der alles geregelt hatte, zur Olympiade hatte regeln lassen – auch das versetzte Josef ins Staunen. Allein schon die vielen roten Flaggen, auf denen große, schwarze Hakenkreuz prangten, die in den Häusern der Hauptstraßen vom obersten Stockwerk hinab in fast greifbare Höhe hingen.

Während Wilhelm mit ihm durch die Straßen zog, von einer neu erbauten Wettkampfstätte zur anderen, wurden die Straßen gefegt, als wolle man davon essen. Josef sah keinen Balkon ohne Blumen- oder Papierfähnchenschmuck. Selbst in den Nebenstraßen und einigen Hinterhöfen ging es bunt zu. Die Schaufenster waren blitzblank geputzt, die Auslagen mit Hakenkreuzfahnen und Hitlerbildern dekoriert, egal, ob es sich um Lebensmittelläden, Haushaltswaren- oder Textilgeschäfte handelte. Es gab keinen, der nicht mitmachte, sei es der Bäcker, der Juwelier, der Fleischer oder der Fischhändler. Sogar von den Schaufenstern der jüdischen Geschäftsleute waren die antisemitischen Parolen und Schmierereien verschwunden – im Musikalienladen Abramsohn, der Fleischerei Ignaz Weißstein, dem Warenhaus Daniel Weintraub …

„Darf man bei denen jetzt wieder einkaufen?“

„Wenn die sich benehmen.“

„In Reichenbach, die haben sich immer benommen und trotzdem …“

„Morgen werden wir raus zur Regattastrecke nach Grünau fahren“, schnitt ihm Wilhelm das Wort ab, „und den Ruderern beim Training zugucken. Wird dir bestimmt gefallen.“

Doch daraus wurde nichts. Wurde nichts, weil Josef während der Nacht Fieber bekommen hatte und am nächsten Tag das Bett hüten musste. Frau Krause hatte Wilhelm, der umdisponiert hatte und in die Charité gegangen war, am Morgen versprochen, Josef mit Wadenwickeln und Lindenblütentee zu versorgen und ihn nicht aus den Augen zu lassen.

„Wie? Das ich ja nicht zu fassen, nicht einmal krank biste bisher gewesen? Dann is morgen bestimmt alles wieder vorbei und du kannst dabei sein im Olympiastadion", beruhigte sie Josef und wich kaum von seiner Seite.

Aber auch daraus wurde nichts. Am Samstagmorgen hatte Josef noch immer Fieber, zwar niedriger als am Tag davor, aber Wilhelm ließ sich nicht erweichen, sprach von Unverantwortlichkeit und drohender Lungenentzündung und machte sich ohne seinen Schützling auf den Weg.

Irgendwann im Laufe des Vormittags stellte Frau Krause ihm ein Radio ans Bett. Damit er sie wenigstens singen hören konnte – die zwanzigtausend Hitlerjungen, die am Berliner Stadtschloss angetreten waren, um den Zwischenstopp der Fackelträger gebührend anzukündigen. Ach, und er hätte sie so gerne gesehen, all die, die Rang und Namen hatten: den Reichsjugendführer, den Sportführer, den Erziehungsminister, Goebbels und Mitglieder der olympischen Komitees …

Als der Führer um 16 Uhr das Olympiastadion betrat, lag Josef gebadet in einem frisch bezogenen Bett. Wie sehr hatte er sich auf den Einzug des Führers gefreut. Wilhelm hatte Karten für die Haupttribüne bekommen und die Plätze wären in Sichtweite des Führers gewesen.

Seine Schwitzkur war beendet und er war allein, denn entgegen der Abmachung mit Wilhelm war Frau Krause doch in eine der einundzwanzig Fernsehstuben gegangen. Wer keine Karte zur Eröffnungsfeier bekommen hatte, konnte sie wenigstens dort erleben. Sie war nur äußerst ungern gegangen, aber schließlich hatte Josef sie überzeugen können und ihr obendrein hoch und heilig versprochen, sie nicht zu verraten.

Dafür aber sah Josef an diesem Tag etwas anderes. Etwas, das, je älter er wurde, ihn mehr und mehr zu beschäftigen begann. Josef war es langweilig geworden und sein Blick wurde immer wieder von den Büchern auf Wilhelms Schreibtisch angezogen, bis er es schließlich nicht mehr aushielt und hinübertappte.

Aber auch da hatte er den richtigen Zeitpunkt verpasst, denn kaum, dass er nach dem obersten Buch gegriffen hatte, hörte er auch schon Frau Krause nach Hause kommen und legte es schnell – hastig, viel zu hastig – zurück an seinen Platz und stieß dabei einen Stapel Hefte um. Josef hielt erschrocken die Luft an. Doch Frau Krause war zu seiner großen Erleichterung erst zur Toilette und nicht gleich zu ihm ins Zimmer gelaufen. So hatte er genügend Zeit, die Hefte wieder ordentlich aufeinanderzulegen und … in das oberste einen kurzen Blick hineinzuwerfen. Dort stand nämlich sein Name drauf.

Es war irgendwo mittendrin, nur ein paar Zeilen, und Josef konnte sich darauf keinen Reim machen: *Josef hat sich zum Alleingänger entwickelt … gegen sein eigenes Blut … meine Anleitungen braucht er nicht mehr … und lebt nun, wie der Führer es beschreibt … von meiner Kraft.*

Als Frau Krause das Zimmer betrat, lag er im Bett, hatte sich zur Wand gedreht und stellte sich schlafend. Einschlafen konnte er erst, als Wilhelm heimgekommen war. Wilhelm, der Zauberer, legte sanft eine Hand auf seine Stirn, seufzte erleichtert und brachte all seine Fragen zum Schweigen.

Als Josef daheim wieder vor seinen Pimpfen stand, wurde er regelrecht euphorisch. ‚Warum sollte Wilhelm seine, und vor allem meine, Erfolge nicht in einem Tagebuch festhalten? Warum nicht darin festhalten, dass ich mit meinem eigenen *Blut,* meinem Zuhause auf Kriegsfuß stehe? Wenn Wilhelms Kraft auf mich übergegangen ist, ja, warum denn nicht, was Besseres hätte mir doch gar nicht passieren können.‘

August 1936

„Pimpfe“, leitete Josef seine Vorlesung aus *Mein Kampf* ein, „noch immer geht es um die *Aufopferungsfähigkeit für die Gesamtheit.* Hört genau zu, denn wenn ich fertig bin, wollen wir die Worte des Führers in die Tat umsetzen und beweisen, dass man seinem Körper Opfer abverlangen kann. Denkt an die Sportler in Berlin. Denkt daran, wie sie alle ihr Bestes gegeben haben. Ich möchte, dass auch ihr das tut ... auch, wenn es wehtut, denn nur so werdet ihr die Fahne finden. Ihr werdet sie euch nicht abjagen lassen und damit durchs Ziel stürmen. Haltet zusammen. Einer für alle, alle für einen. Ist das klar?“

„Jawoll!“, brüllten die Jungen einstimmig und rissen ihren Arm hoch. Das lag ihnen inzwischen im Blut, das musste man ihnen nicht mehr beibringen.

„Also, dann hört mir zu“, sagte Josef und begann zu lesen. Er wusste, je leiser er sprach, desto aufmerksamer würden die Jungen sein. Wilhelm hatte Melzer mal einen Brüllhasen genannt und Josef erklärt, dass man sich auch anders Gehör verschaffen kann.

„Goebbels ist aber auch nicht leise, wenn er spricht“, war Josefs Einwand gewesen.

„Wenn Massen zuhören, dann ist das etwas anderes, aber Einzelne oder eine kleine Gruppe führt man viel besser mit gedämpfter Stimme. Jedenfalls im Unterricht und nicht ...“, Wilhelm hatte Josef einen Knuff verpasst, „wenn du mit ihnen im Gelände bist und ... Krieg spielst.“

„Pflichterfüllung ...“, las Josef, *„das heißt, nicht sich selbst genügen, sondern der Allgemeinheit dienen. Ohne seine ideale*

Gesinnung wären alle, auch die blendendsten Fähigkeiten des Geistes nur äußerer Schein ohne inneren Wert, jedoch niemals schöpferische Kraft.“

An diesem Mittwoch bewiesen Josefs Pimpfe, welche Kraft in ihnen lag, sie schonten sich nicht und stürmten vereint mit der Fahne ins Ziel.

„Einer für alle, alle für einen!“ Sie umringten Josef und ließen ihn hochleben. Diesen Satz hatten sie verstanden. Zusammenhalten, sich anpirschen, den Gegner in die Irre führen. Heute hatten sie ihn nicht einmal überwältigen müssen. Heute waren sie es gewesen, die die Fahne zuerst entdeckt hatten, und sie war bis zum Ziel in den eigenen Reihen geblieben. Heute waren sie losgestürmt und unaufhaltsam gewesen. Und Josef war immer an ihrer Seite gewesen, hatte sich selbst nicht geschont. Das war wirklich ein richtiger Führer! Was für ein großartiges Spiel!

„Verdammt gut, wie du deine Sache machst“, sagte Wilhelm und schlug Josef anerkennend auf die Knie, als er nach der Verabschiedung seiner Jungen zu ihm ins Auto gestiegen war. „Das mit deinen Jungen, und das hier.“ Wilhelm wedelte mit dem Oktavheft, das Josef gleich nach der Rückkehr aus Berlin für ihn aus dem Versteck geholt hatte. „Ich mach mich gleich wieder auf den Weg. Hast du noch irgendeinen Wunsch, den ich dir erfüllen könnte?“

„Du erfüllst mir schon genug“, antwortete Josef leise. „Aber, wo du schon fragst“, fuhr er zögerlich fort, „einen hätt ich schon. Aber es ist nichts für mich“, fügte er schnell hinzu, „sondern für die Jungen. Die großen, meine ich. Nichts für meine Pimpfe.“

„Also raus damit", sagte Wilhelm und nickte ihm aufmunternd zu.

„Kannst du dafür sorgen, dass wir Boxhandschuhe bekommen? Du weißt doch, im Juni, der Kampf zwischen diesem Joe Louis und unserem Max Schmeling. Melzer war ganz aus dem Häuschen deswegen und hat auch heute wieder damit angefangen. Dass es mit Schmelings Sieg über diesen *Schwarzen Bomber* keinen handfesteren Beweis für die Überlegenheit der weißen Rasse gibt. Außerdem, selbst der Führer findet Boxsport gut." Josef stieß mit seiner Linken einen Aufwärtshaken in die Luft. „Ein Sport der Angriffsgeist, blitzschnelle Entschlusskraft und stählerne Geschmeidigkeit fördert!"

Wilhelm drückte seine geballte Faust an Josefs Kopf und lachte laut auf. „Tja, und jetzt wollen alle Weltmeister werden. Du etwa auch? Dich würden sie doch gar nicht zulassen."

„Wieso denn das nicht?"

Wilhelm antwortete nicht, er hustete und machte eine abwehrende Handbewegung.

„Da hab ich mich doch gerade glatt an meiner eigenen Spucke verschluckt … Meine Güte, NEIN, ich mein doch nur, das würde ICH niemals zulassen. Was du in deinem Kopf hast, ist viel zu wertvoll."

„Willst du etwa damit sagen, dass Boxer blöd sind?"

„Nein, verflixt noch mal. Aber jeder hat seinen Platz im Leben und *dafür* bist du nicht geboren, für dich hab ich anderes im Sinn."

„So, so." Josef lächelte und zeigte auf das Oktavheft. „Wär für mich doch mal wieder ein guter Grund, mit der

Sammelbüchse rumzugehen, nicht wahr. Sammeln für den neuen Boxverein …"

„Kannst du mir mal sagen, wie unser Vaterland bei so viel Uneinsichtigkeit vorwärtskommen soll? Ich habe wirklich gedacht, dass es eines Tages keine Eintragungen mehr von dir geben wird, dass die Worte des Führers Wirkung gezeigt haben, dass die Leute ihn verstehen und hier ein ihm treu ergebener Kreis entstanden ist."

Kopfschüttelnd schlug Wilhelm das Oktavheft auf den Lenker, steckte es in seine Jackentasche, tauschte es gegen ein neues aus und schloss für einen Moment die Augen. ‚In Berlin wird man Josefs Eintragungen aufmerksam studieren, der Sache akribisch auf den Grund gehen und für eine *angemessene* Reinigungsaktion sorgen. Man wird sich herzlichst bei mir bedanken. Wie immer. Leider. Was für ein Dankeschön es dagegen gäbe, wenn ich sagen könnte: Mein Geburtsort, der Kreis, aus dem ich komme ist *rein*. Rein arisch, geeint hinter dem Führer stehend … aber, nein …'

Kartoffelkäfer sind genauso eine Landplage wie die Nazis, hatte einer der Großbauern von sich gegeben – in Hörweite Josefs, als er vor einigen Wochen mit dem Jungvolk dabei war, die Plagegeister von den Stauden zu klauben.

Und so geschah es, dass keinen Monat nach Wilhelms Abreise eine Horde junger Männer eines Nachts auf seinen Hof stürmte, sich Zugang zu seinem Haus verschaffte, ihn aus seinem Bett riss und zusammenschlug.

Ein Arbeiter bekam seine Abreibung, weil er seinen Spott mit dem Horst-Wessel-Lied getrieben hatte: laut schmetternd, ohne Hemmungen, ohne Angst vor Repressalien.

„Die Preise hoch, die Schnauze fest geschlossen, Hunger marschiert in ruhig festem Schritt …“

Josef spitzte weiter die Ohren und – schrieb auf. Josef, der überall auf lieb Kind machte, der seine Kaninchen verkaufte, Felle verschenkte und dafür sorgte, dass man den Schandmäulern die ihren über die Ohren zog. Er hatte kein schlechtes Gewissen dabei. Alles, was er tat, tat er für seinen Wilhelm, und auch ein bisschen für den Führer.

Anfang September traf ein Paket aus der Reichshauptstadt ein. Adressiert *An den künftigen Jungzugführer Josef Tomulka.*

Josef gefiel das nicht, ganz und gar nicht. Für einen kurzen Augenblick musste er kurz an dieses Heft denken – an diese Einträge, die Wilhelm über ihn gemacht hatte. Dieser Hinweis auf seine künftige Laufbahn war völlig überflüssig.

‚Ich lebe aus meiner Kraft heraus und nicht aus *deiner*!‘

Trotzig griff er sich ein Paar Boxhandschuhe, hielt sie sich vor die Nase und atmete tief ein. Nichts liebte er so sehr wie den Geruch von frischem Leder. Er zog sie an und stellte sich vor, wie er dem Steiner-August damit einen Haken verpassen würde.

Wilhelm hatte zehn Paar geschickt, von jeder Größe zwei. Als Josef am Abend Werner davon erzählte, zuckte der nur mit den Schultern, murmelte etwas wie *mein verrückter Bruder* und … dass er ihn darauf vorbereiten wolle, seine Kaninchen im kommenden Jahr selbst zu schlachten.

„Das hat jetzt nichts damit zu tun, dass du unter die Boxer gehen willst“, beeilte er sich zu sagen, „ich denke schon eine ganze Weile darüber nach und meine, dass du dann körperlich und seelisch dazu in der Lage sein wirst. Was meinst du, soll ich deinem Großvater Bescheid geben?"

„Meinem Großvater, wie kommst du denn da drauf? Je weniger der sich um mich kümmern muss, desto besser. Seitdem ich auf dem Gymnasium bin, redet er sowieso kaum noch mit mir. Es wurmt ihn noch immer, dass Vaupel und Ritter ihn deswegen angesprochen haben. Und das auch noch in meinem Beisein."

„Gut, wunderbar, hervorragend!"

Mehr Worte wollten Oberleutnant Melzer auf die Schnelle nicht einfallen. So beließ er es dabei, Wilhelm Reckzügel in höchsten Tönen zu loben und schloss mit den Worten, dass die HJ des Kreises solch ein Geschenk nicht hoch genug wertschätzen könne.

„Josef", so beschloss er kurzerhand, „wird eine Liste vorbereiten, in die sich alle Sportbegeisterten eintragen können, danach wird er mit den anderen Jungenschaftsführern eine entsprechende Einteilung vornehmen, damit jeder, der am Samstag nach dem offiziellen Beisammensein noch Zeit und Lust hat, sich im Boxsport üben kann."

„Unverantwortlich, wie konnte er nur." Kopfschüttelnd legte Werner ein nasses Tuch auf Josefs Stirn. „Keine Gewichtsklasse, keine Regeln. Der hat euch einfach aufeinander losschlagen lassen? Das darf doch nicht wahr sein!"

„Konnte sich der Steiner-August halt mal ganz legal an mir rächen." Josef zog eine Grimasse und kniff seine Augen zusammen. „Und weißt du was, ich hab wirklich Sterne gesehen."

Zwei Stunden später war Dr. Bornstein gekommen. Werner hatte sich nicht umstimmen lassen.

„Es ist gut, dass Werner mich geholt hat", begann er. „Das hat er klar erkannt. Das, was du hast, ist eindeutig eine Gehirnerschütterung, und das bedeutet, du gehörst nach Hause. Also, drei Tage Bettruhe. Vorausgesetzt, dass die Tropfen helfen und du ab sofort nicht mehr brechen musst."

Dr. Bornstein zog ein Oktavheft aus seiner Tasche. Josef wurde bei dem Anblick für einen Moment speiübel, atmete tief ein und aus und schluckte und schluckte. Das Heft war äußerlich vollkommen identisch mit denen, in die er seine Beobachtungen schrieb.

„Hier, mein Junge", sagte Dr. Bornstein, als er mit seinem Eintrag fertig war und das Blatt fein säuberlich mit einem Skalpell herausgetrennt hatte. „Das gib bitte deinem Freund, dem Herrn Doktoranden", erklärte er, „und sag Oberleutnant Melzer, dass du erst einmal pausieren musst. Wenn ich du wäre, würde ich mit der Boxerei auch nicht mehr anfangen. Und überhaupt, Boxsport hat nichts mit Drauflosdreschen zu tun."

Zu Werner gewandt sagte er: „Die Jungen brauchen dringend einen Trainer."

Josef war kurz nachdem Dr. Bornstein aufgebrochen war, nach Hause gegangen. Nein, von ihm stützen lassen wollte er sich nicht. Auch nicht von Werner. Das kleine Stückchen würde er schon alleine schaffen.

„Was ist los? Du siehst käsig aus", sagte seine Mutter, als er den Kopf zur Küche hineinsteckte und sagte, dass er sich ins Bett legen würde.

„Hab Kopfschmerzen“, antwortete Josef und zog die Tür hinter sich zu.

„Was ist los?“, fragte Helene Tomulka, als Werner am Abend an die Tür klopfte und sagte, dass er gekommen sei, um die Kaninchen zu füttern.

„Hat Ihnen Josef nichts erzählt?“

„Nein.“

„Wie geht’s ihm denn?“

„Ich nehme an, er schläft.“

„Is was?“, fuhr der alte Tomulka dazwischen, der sich inzwischen hinter seiner Tochter im Türrahmen aufgebaut hatte.

„Josef hat eine Gehirnerschütterung und braucht Bettruhe.“

„Wie, hat er nen Unfall gehabt?“

„Ja“, sagte Werner nur. „Ich geb den Tieren jetzt was zu fressen und die nächsten Tage auch. Das übernehm ich gern“, fügte er hinzu, drehte sich um, versorgte die Kaninchen und machte sich nach getaner Arbeit auf den Heimweg.

„Das, was man Josefs Zuhause nennt, hat den Namen nicht verdient“, begann er, noch bevor seine Eltern ihn danach fragen konnten. „Was für eine Kälte. Ich hatte den Eindruck, dass es sie einfach nicht interessiert, was mit ihm ist.“

„Hast du erzählt, was passiert ist?“

„Nein, ich hatte den Eindruck, dass ich Josef keinen Gefallen damit getan hätte, dass ich damit nur noch Wasser auf die Mühle von seinem Großvater gegossen hätte.“

Am Montag war Josef wieder zur Schule gegangen. Die Medizin von Dr. Bornstein hatte ihre Wirkung nicht verfehlt. Die Übelkeit war schon am Sonntagabend verschwunden. Hin und wieder spürte er noch ein leichtes Ziehen im Hinterkopf und jagte in dieser Woche sein Fahrrad ein wenig langsamer durch die Straßen.

Juli 1937

„Der Teufel soll dich holen“, knurrte Fritz Tomulka, als er Wilhelm Reckzügel am Gartentor stehen sah, der in schwarzer SS-Uniform auf Josef wartete und mit einem lauten ‚Heil Hitler‘ gegrüßt hatte. Die arrogante Lässigkeit, mit der dieser Mann auftrat, reizte ihn ebenso sehr wie der selbstgefällige Blick, der trotz des Schattens, den die Bäume auf sein Gesicht warfen, nicht zu übersehen war.

„Wen meinst du?“ Josef suchte vergeblich nach einer Regung in seinem Gesicht. Sein Großvater sah ihn an wie immer – gleichgültig, distanziert, desinteressiert – als sei er Luft.

„Wenn du's genau wissen willst. Den da draußen und …“, Fritz Tomulka deutete erst mit dem Kopf auf Wilhelm Reckzügel und dann in Richtung Wohnstube, „und den, der da über unserem Sofa hängt, kann er gleich mitnehmen!“

„Wie kannst du dich nur dermaßen hinreißen lassen“, zischte Frieda Tomulka, „du wirst uns noch in Teufels Küche bringen.“

„Da sind wir schon mitten drin. Nur er, der feine Herr Enkelsohn und dieser Lackaffe da draußen, diese ganze braune Mischpoke, die scheint das nicht zu begreifen.“

„Bitte, Vater, sei ruhig“, schaltete sich Helene Tomulka ein und versuchte, ihren Sohn aus der Tür zu schieben.

„Ich wüsste nicht, dass ich dich um deine Meinung gebeten hätte“, fauchte Fritz Tomulka. „Mach, dass du …“

„Das reicht“, fuhr Josef mit einer Bestimmtheit dazwischen, dass es seinem Großvater die Sprache verschlug.

Erschrocken ließ Helene Tomulka ihren Sohn los, bestürzt über die flammende Wut in seinen Augen.

„Deutscher Knabe, vergiss nicht, dass du ein Deutscher bist“, sagte Josef kalt und ließ seinen Großvater dabei nicht aus den Augen. Langsam drehte er sich seiner Mutter zu. „Und du Mädchen … gedenke, dass du eine deutsche Mutter werden sollst.“ Josef war mit jedem Wort ein wenig lauter geworden. „Ach nein. Du bist ja schon eine. Herzlichen Glückwunsch. Das hast du ja wenigstens geschafft!“ fuhr er gehässig fort, „und herzlichen Dank für deine“, Josef presste seine Lippen aufeinander und blickte kalt von einem zum andern, „danke für eure aufrichtigen Glückwünsche zu meinem heutigen Geburtstag.“

Seine Worte waren für Frieda und Helene wie Peitschenhiebe, sie zuckten zusammen, wagten nicht einmal, ihn anzusehen und starrten mit hochrotem Kopf zu Boden. Josef glaubte, in den Augen seines Großvaters ein kurzes Aufflackern von Bestürzung gesehen zu haben, aber wirklich erkennbar zuckte der lediglich mit den Schultern und sah mit versteinertem Gesicht zur Tür hinaus. Er war weder rot noch blass geworden. „Eines Tages werde ich hier rausgehen und nie wiederkommen.“ Zitternd sah Josef von einem zum andern. „Und möge dieser Tag euch nie, nie, nie aus dem Kopf gehen. Doch bis dahin …“, Josef ballte seine Hände zu Fäusten, drückte sie vor seinen Mund und schloss für einen Moment die Augen, „nimm dich in Acht mit deinen Äußerungen über Volk und Führer. Ich weiß genau, was du treibst. Was alle von euch hier treiben.“

Josef ging hoch erhobenen Hauptes hinaus und mit forschen Schritten auf Wilhelm Reckzügel zu, der lachend die Arme ausgebreitet hielt, der nicht wissen konnte, was sich soeben im Hauseingang abgespielt hatte, der nicht im Geringsten wahrnahm, was in Josef vorging und welcher Kampf in ihm tobte. Lauthals gratulierte er Josef zum zwölften Geburtstag.

„Sie haben ihn einfach vergessen", sagte Josef tonlos und blieb zwei Schrittlängen vor Wilhelm stehen.

Betroffen ließ Wilhelm die Arme sinken.

„Lass uns gehen, einfach weg hier." Josef schluckte die aufkommenden Tränen hinunter. Er ließ nicht zu, dass sich dieses Ventil öffnete und die kalte Woge von Lieblosigkeit, Enttäuschung und Ablehnung, die sich über ihn ergossen hatte, abfließen konnte. Stattdessen biss er sich auf die Zunge, so lange, bis sie weh tat und sein innerer Schmerz davon überdeckt wurde.

„Gehen? Nicht fahren?" Ungläubig und ein wenig enttäuscht betrachtete Wilhelm den auf Hochglanz polierten Wanderer. Er hatte den Motor nicht ausgeschaltet. „Willst du dir deswegen etwa die Schau stehlen lassen?"

„Ja", sagte Josef derart schroff, dass Wilhelm beschwichtigend die Arme hob. Er stellte den Motor ab und warf einen kurzen Blick auf den Rücksitz.

Nun gut, dann würde er ihm sein Geschenk erst nachher geben. Denn dafür brauchte er einen entspannten Josef, der offen war für die Dinge, die er damit bezwecken wollte. Also hielt er den Mund und verkniff sich jede weitere Frage. Schweigend liefen sie nebeneinander her, so lange, bis Josef sich wieder gefasst hatte, seine Schritte leichter wurden und er von sich aus zu reden begann.

„Ich bin ein richtiger Glückspilz. Meinst du nicht auch?"

„Schon“, antwortete Wilhelm gedehnt, nicht ahnend, worauf Josef hinauswollte.

„Weil meine wichtigen Geburtstage immer auf einen Heimabendtag fallen. Vor zwei Jahren war's meine Aufnahme ins Jungvolk. Und heute werd ich Jungzugführer. Das ist doch was, oder?“

Josefs Stimme war von Wort zu Wort fester geworden. „Tut mir leid, wenn ich dir gerade den Spaß verdorben hab.“

„Unsinn.“ Wilhelm klopfte Josef auf die Schulter. „Haben sie wirklich deinen Geburtstag vergessen?“

„Ja. Haben sie.“ Josef schob seine Unterlippe nach vorn und kickte gegen einen Stein, der vor ihm auf dem Weg lag.

„Und was war noch?“

„Das reicht doch, oder?“ Josef hatte nicht vor, Wilhelm von den Ansichten seines Großvaters über ihn und den Führer zu berichten. „Anstatt mir zum Geburtstag zu gratulieren, hat er auch noch rumgemeckert – dass ich weggehe und nicht im Garten helfe.“ Er wunderte sich, wie leicht ihm die Lüge über die Lippen gegangen war, und lachte. „Soll er seinen Scheiß doch alleine machen.“

„Na, na, redet so ein künftiger Jungzugführer? Wo bleibt denn deine gute Kinderstube?“, gab sich Wilhelm schulmeisterlich und knuffte Josef lachend in die Seite.

„Gute Kinderstube, dass ich nicht lache. Lass uns von was anderem reden.“

„Wäre dir das Thema Schule lieber?“

„In meinem Fall wäre es auf jeden Fall nicht schlecht. Obwohl …“ Josef zuckte mit den Schultern. „Vielleicht kommt doch alles anders. Bis jetzt ist ja immer alles anders gekommen, als er gesagt hat.“

„Wer hat was gesagt?“

„Mein Großvater. Wer sonst? Dass ich mir nicht einbilden solle, so was wie du zu werden.“ Josef tippte sich vor die Stirn. „Letzte Woche hat er's wieder gesagt. An einer Universität nehmen sie dich sowieso nicht an. Da kannste Einsen schreiben, so viel du willst. Für eine Universität ist dein Stammbaum nicht gut genug.“

Wilhelm wäre fast über die eigenen Füße gestolpert. „Wie bitte?“ Mehr brachte er nicht heraus.

Josef nahm einen weiteren Stein ins Visier. Aber er war nicht bei der Sache, sein Fuß sauste an ihm vorbei.

„Stimmt es, dass Uneheliche nicht studieren dürfen und keine Beamten werden können?“

Wilhelm hatte sichtlich Schwierigkeiten, sich wieder zu fassen. „So ein Quatsch! Außerdem, was kannst du dafür …, dass dein Vater vor deiner Geburt ums Leben gekommen ist.“

Josef blieb stehen und grinste säuerlich. „Denken die wirklich, ich bin dumm? Warum sagen sie nicht, wie's war? Dass er abgehauen ist! Dass er sie hat sitzen lassen!“

Wilhelm legte seine Hände auf den Rücken und musterte Josef stumm. „Wie kommst du denn darauf?“

„Wenn Menschen sterben, dann hat man doch ein Bild von ihnen, oder? Ich meine von denen, die man gernhatte, die man vermisst, um die man trauert. Meine Mutter hat nicht eins von ihm. Und kommt mal die Sprache auf ihn, dann reden die Großeltern von meinem *Erzeuger* – abfällig und wütend.“

„Wie recht du hast“, murmelte Wilhelm und legte ihm einen Arm auf die Schulter. „Ich meine das mit dem Bild.“

Schweigend liefen sie eine Weile nebeneinander her. „Mensch, Junge!“, Wilhelm machte zwei große Schritte nach vorn und blieb vor Josef stehen, sie waren vom Vereinshaus nur noch wenige Meter entfernt, „woher du auch kommst, was immer du bist, heute wirst du Jungzugführer. Und das ist doch wirklich ein Grund zum Feiern, oder?“

Josefs *Amtseinführung* ging zwar längst nicht so zackig vonstatten wie seine Aufnahme ins Jungvolk zwei Jahre zuvor, doch eine bessere Inszenierung hätten die 125 Jungen, die dem Fähnlein Peterswaldau-Süd angehörten, nicht vorbereiten können.

„Kamerad Tomulka, Kamerad Josef“, begann Paul Schubert. Der siebzehnjährige Fähnleinführer schielte mit unverhohlener Ergebenheit auf Wilhelm Reckzügel. SS-Uniformierte sah man selten im Kreis Reichenbach. „Ich freue mich, dich als neuen Jungzugführer willkommen heißen zu dürfen. Wir alle sind uns einig. Einen besseren Nachfolger für unseren Heinrich Klinke hätte es nicht geben können. Trotzdem schade, dass er weggezogen ist. Aber, wer Josef kennt, weiß …“, Paul Schubert warf Wilhelm Reckzügel einen verstohlenen Blick zu, „weiß, dass er nicht nur was im Kopf hat.“

„In einem gesunden Körper steckt halt auch ein gesunder Geist“, fügte Wilhelm schnell hinzu, der sicherlich nicht der Einzige in dieser Runde war, dem klar war, dass mit dem NUR er selbst gemeint war. „Und dass mein Freund Josef ein so gutes Beispiel dafür ist, was es bedeutet, wenn Körper und Geist gesund sind, habe ich sogar in eine meiner letzten Studien einfließen lassen.“

Wilhelm entging nicht, dass Josef leicht zusammengezuckt war und sich seine Augen für einen winzigen Augenblick verengten.

‚Diese Hefte – auf deinem Schreibtisch – in Berlin. Das sind also *Studien* über *mich*', durchfuhr es Josef. Er lächelte Wilhelm an und hoffte, dass es echt aussah. ‚Darf man das überhaupt? Etwas über jemanden aufschreiben, ohne ihn vorher zu fragen?'

„Lasst uns singen", riss ihn Paul Schubert aus seinen Gedanken. Paul gab den Ton an und der Trommler den Rhythmus, und dann sangen sie alle mit leuchtenden Augen *ihr* Lied.

„Hört ihr die Trommel schlagen? Sie ruft euch allzumal! … Tritt ein in unsre Reihen! Was säumst du, Kamerad? Alldeutschland sich zu weihen, ist keiner je zu schad."

Die Jungen ließen Josef hochleben und gratulierten ihm zum Geburtstag: mit einem dreifachen, laut herausgebrüllten „Sieg, Heil!"

Sieg, Heil. Das Echo ihres Gebrülls hallte tief in ihrem Inneren nach. In einer Kirche hätte es nicht stiller sein können und sie vergaßen für einen Moment zu atmen.

„Und … deine Antwort darauf lautet?" Gebannt sahen die Jungen von Paul Schubert zu Josef, der nicht der Einzige war, der eine Gänsehaut bekommen hatte.

Paul hatte ihn ein paar Tage zuvor in der Schule beiseite genommen, hatte ihm ein wenig davon erzählt, was ihn bei seiner Einführung erwarten würde, was man von ihm erwarten würde, dass es auf diese Frage zwar keine vorgefasste Antwort gäbe und dass es ganz allein ihm überlassen sei, was er ihnen allen an diesem Tag mit auf den Weg geben würde.

Josef zog die Augenbrauen hoch und nickte zufrieden. Das, worauf er sich vorbereitet hatte, das, was er vortragen wollte, passte ausgezeichnet zu Wilhelms Bemerkung über einen gesunden Körper und einen gesunden Geist.

„Jungvolk“, begann Josef, machte sich gerade und lächelte, „natürlich ist es gut, wenn man gelehrt ist. Aber wenn der Führer etwas braucht, dann ist es beides. Ein kluges und ein starkes Volk. Hier ist der Platz, wo wir beides lernen!“ Josef hob seinen rechten Arm, ballte die Hand zur Faust, stieß sie nach vorn und rief voller Begeisterung: „Lasst uns den Himmel erobern. Lasst die Schwächlinge spüren, was ein Haken ist!“

„Lasst uns den Himmel erobern!“, kam es lauthals zurück. Auf das Zeichen ihres Scharführers mussten sie gar nicht erst warten. Sie schmetterten es auch so aus sich heraus – ein donnerndes, kehliges *Heil* auf ihren Führer.

„Nimmer wird das Reich zerstört, wenn wir einig sind und treu!“, brüllten sie im Chor und fingen lauthals zu singen an: *„Jetzt müssen wir marschieren, ich und mein Kamerad, in langen Reihen zu vieren, denn ich bin ein Soldat. Wissen wir auch nicht, wohin es geht, wenn nur die Fahne vor uns weht. Jetzt müssen wir marschieren, ich und mein Kamerad.“*

Fasziniert hatte Josef zugehört. Das Lied war ihm neu, und er war stolz – so ungeheuer stolz – zu dieser Truppe zu gehören. Voller Abscheu musste er an seinen Großvater denken. Wie konnte er es wagen, all das hier in den Dreck zu ziehen und von bitteren Wegen faseln, von einem Deutschland, mit dem es bergab gehen würde.

„Achtung!“, brüllte Paul Schubert. Er zögerte, sah mit leichtem Grinsen zu Boden, und hob, mit inzwischen wieder todernster Miene, seinen Kopf. „Der Jungzug *Josephs Lust* – Joseph mit P. H. – erhebe sich!"

43 Jungen sprangen auf die Beine. Gleichzeitig. Wie ein Mann. Wie aus einem Guss.

„Das sind deine Mannen!", schmetterte Paul Schubert. „Führe sie! Führe sie so wie der Führer sein Volk! Dann ist ihre Ergebenheit dir gewiss!"

Josef schloss für einen Moment die Augen. Es war so still, dass man eine Stecknadel hätte fallen hören. Gebannt warteten sie auf seine Erwiderung.

‚Es hat einen Namen, das Kind, es hat unser aller Aufmerksamkeit verdient und keine Schläge.' Josef hatte diesen Satz nicht vergessen. Worte, die Wilhelm vor gut sieben Jahren am Abend der Ankunft in Dorotheenthal aufgebracht seiner Mutter entgegengeschleudert hatte. ‚Außerdem, Josef ist ein Prachtkind. Und die Partei wird ihn noch um einiges prächtiger machen.'

Josef sah dankbar zu Wilhelm hinüber, dankbar für das, was dieser bisher für ihn getan hatte, dass er ihn für voll nahm, dass er … Josef atmete tief durch. ‚Ich hoffe, dass ich dir nie Schande bereiten werde und dass du immer nur Gutes über mich aufschreiben kannst … in diese Hefte.'

„Was für ein prächtiger Tag." Josefs Stimme zitterte ein wenig, doch von Wort zu Wort gewann sie mehr Kraft. „Es ehrt mich … es ehrt mich, einen Zug zu führen, der den Vornamen unseres großen Reichsministers trägt. Möge ich es ihm gleichtun, mögen wir alle seinem Namen Ehre machen."

„Jawoll!", brüllten die Jungen.

„Damit es keine Missverständnisse gibt", fuhr er nun

ein wenig leiser fort – wollte damit seine Bescheidenheit und Ergebenheit ausdrücken, „ich ...“ Um den Worten die gewollte Wirkung zu verleihen, hob er den Kopf und grinste. „Ich schreibe mich nämlich nur mit F und nicht mit PH. Doch nun – Jungzug, rührt euch.“

Zum ‚Rührt euch‘ gab es heute nichts Selbstgebackenes aus Wilhelms Auto. Heute gab es reichlich Himbeersaft für die Jungen. Gerhard Melzer hatte ihn mitgebracht. „Damit mir nicht euer Verstand austrocknet.“ Melzer machte gern solche Witze, über die meistens nur er selbst lachte. Er gehörte nicht zu jenen, die es lange ertragen konnten, nicht im Mittelpunkt zu stehen.

„Einen neuen Jungzugführer habt ihr also“, sagte Melzer gönnerhaft, winkte Josef zu sich heran, dem Wilhelm Reckzügel wie ein Schatten folgte und der seinerseits durch seine Körperhaltung deutlich zu verstehen gab, wer hier der Ranghöhere war.

„Reckzügel, welch eine Freude, Sie zu sehen. Hat es Sie wieder einmal zu uns getrieben?“, begrüßte Melzer ihn auch diesmal übertrieben freundlich. „Großartig, nicht wahr“, fuhr er fort, ließ sein Blick über die Jungen schweifen, legte eine Hand auf Josefs Schulter und gab Wilhelm damit ein ganz klein wenig zu verstehen, wer hier das Sagen hatte.

„Josef, auch von meiner Seite: Meine allerherzlichsten Glückwünsche zu deiner neuen Aufgabe und natürlich auch zum Geburtstag. Und das mit der Boxstaffel hast du dir doch sicherlich noch einmal überlegt, nicht wahr. Du wirst doch mitmachen, nicht wahr?“

Melzer sagte oft ‚nicht wahr‘, und besonders dann, wenn er aufgeregt oder unsicher war.

„Nein“, antwortete Josef knapp.

„Nein?“ Melzer sah konsterniert zwischen ihm und Reckzügel hin und her.

„Nein“, antwortete Wilhelm Reckzügel genau so kurz angebunden. Josef sah ihm an, dass er mit Melzer allein sein wollte, und ging lächelnd davon.

„Um es kurz zu machen“, begann Reckzügel, „Josef ist gerne bereit, an Werners Seite beim Training der Jungen zu helfen, aber selbst boxen wird er nicht mehr. Es gibt andere, bessere Plätze, an denen er kämpfen kann, und das ist ganz im Sinne Berlins. Seine Ausbildung im Bereich Nachrichtenübermittlung hat oberste Priorität. Lassen wir ihn also seinen Kopf *dafür* benutzen.“ Reckzügel machte eine Pause. „Ich denke doch, dass wir uns auf Sie verlassen können.“

Melzer schlug die Hacken zusammen und hob den Arm.

„Selbstverständlich.“ Er hatte es ganz bewusst ein bisschen entrüstet gesagt. Natürlich war auf ihn Verlass. Was für eine Frage. Wichtige Aufgaben in seinem Kreis. Ganz im Sinne Berlins. Zu gerne hätte er nach Einzelheiten gefragt, aber Reckzügel nickte nur, drehte sich um und ließ ihn stehen.

„Du magst Melzer nicht besonders“, sagte Josef – später, als sie kurz davor waren, nach Dorotheenthal einzubiegen.

„Hat man mir das angesehen?“

„Man kann dir immer ansehen, wenn du jemanden nicht magst!“

Eins, zwei, drei, vier. Wilhelm Reckzügel und Josef gingen im Gleichschritt.

„In-te-res-sant. Und du meinst, dich mag ich?“

„Aber klar.“

„Bist du dir da so sicher?“

Josef machte zwei schnelle Schritte nach vorn und stellte sich Wilhelm in den Weg.

„Ich war mir noch nie so sicher wie heute“, sagte er ernst. „Danke. Danke, für heute und dafür, dass du extra wegen mir gekommen bist.“

„Du hast wirklich an dem, was ich denk und tu, nicht den geringsten Zweifel?“

„Nein“, antwortete Josef und schob die wieder aufkeimende Erinnerung an das Unbehagen, das ihn beim Lesen von Wilhelms Notizen beschlichen hatte, beiseite.

„Was ich leider von meiner Familie nicht behaupten kann.“

„Vielleicht hast du es ihnen nur nicht richtig erklärt. Sie sind doch alle so stolz auf dich.“

Wilhelm legte beide Hände auf Josefs Schultern und sah ihn durchdringend an.

„Da kann man mal sehen, was für eine gute Menschenkenntnis du hast.“ Er drehte ihn wieder in Laufrichtung. „Und jetzt bin ich neugierig, ob dir auch mein Geschenk zu deinem Geburtstag gefällt.“

„Ach ja, das Paket hinten im Auto.“ Josef gab sich gelassen, doch seine Schritte beschleunigten sich.

„Ach, übrigens, Melzer. Ich hab ihm eigentlich nur erklärt, dass du Werner beim Training helfen, aber nicht mehr boxen wirst.“

Josef grinste breit. „Da kann ich dem Steiner-August bestimmt hin und wieder mal eins in die Fresse hauen. Nur, um zu zeigen, wie man das macht ... einen Aufwärtshaken oder ...“

„Hat der dich etwa noch immer auf dem Kieker?“, Wilhelm überlegte kurz, „der muss doch schon bald mit der Lehre fertig sein."

„Lehre? Dumm, wie der ist? Hast du nicht mitbekommen, dass er zweimal sitzen geblieben und im ersten Lehrjahr rausgeflogen ist?"

„Sieh an, sieh an." Wilhelm grinste. „Und was macht er jetzt?"

„Na, was wohl?", feixte Josef. „Auf dem Dominium Schweine hüten. Hilfsknecht ist er – beim Scholz-Bauer in Langenbielau."

„Und was macht er in der HJ?"

„Da gehört er zum Fußvolk. Dass er gerne boxen würde, hat er dem Werner aber schon gesteckt."

„Na denn", sagte Wilhelm, ging um das Auto herum, öffnete Josef die Beifahrertür – wie ein Chauffeur seinem Dienstherrn –, legte den Rückwärtsgang ein und preschte bis vor die Haustür seines Elternhauses.

„Du verrückter Kerl", schimpfte seine Mutter halbherzig, als er mit quietschenden Bremsen den Wagen zum Stehen brachte.

„Und der Kerl hier, was sagst du zu dem?", Wilhelm zeigte in gespielter Entrüstung auf Josef, machte eine Pause und fuhr ein wenig leiser, aber bestimmt fort, „für den hier gibt's jetzt erst mal ne richtige Geburtstagsfeier! Eine im Familienkreise. Bei ihm zu Hause haben sie nicht mal dran gedacht."

Es war Anfang Juli.

„Wird es zappeln?“, fragte Josef, als er die Stalltür öffnete, das Kaninchen herausholte und auf den Arm nahm.

„Nein, wenn du es so machst, wie wir es die ganzen letzten Wochen geübt haben, dann nicht. Das Einzige, was es jetzt spürt, ist, dass du aufgeregt bist. Drum setz dich noch ein bisschen mit ihm auf die Bank und streichle es. Das tut euch beiden gut.“

Werner hatte ihn optimal auf diesen Moment vorbereitet.

Im Juli wurde stets nur ein einziges Kaninchen geschlachtet, nämlich das, was Werner der alten Frau Hergesell jedes Jahr zum Geburtstag schenkte. Frau Hergesell wohnte in Peiskersdorf, zwei Häuser neben der Schule. Sie hatte, als Werner noch zur Schule gegangen war, Tag für Tag, bei Wind und Wetter, am Gartenzaun gestanden und auf ihn gewartet, damit er sein tägliches Trostpflaster, ein Zuckerstickla bekam. Sie hatte Mitleid mit dem hinkenden Jungen. Ihr war nicht entgangen, wie sehr er unter den Hänseleien der Kinder litt. Irgendwann hatten sie damit aufgehört. Vielleicht aus Einsicht oder weil sie gemerkt hatten, dass die Sticheleien an Werner abprallten? Frau Hergesell aber hatte nicht aufgehört, ihm den Schulweg zu versüßen, und so hatte sich im Laufe der Jahre eine tiefe Freundschaft zwischen ihr und allen Reckzügels entwickelt. Frau Hergesell, die nur eine kleine Witwenrente bezog und für die das Kaninchen eine willkommene Entlastung ihrer kargen Haushaltskasse war, schämte sich jedes Mal ein wenig mehr dafür, dass die paar Zuckerstücke derart aufgewogen wurden.

„Leg mal alle von ihnen zusammen. Die ganzen acht Schuljahre! Was glaubst du, wie groß der Haufen ist. Da ist dieser kleine Kerl hier nichts dagegen“, hatte Werner sie im letzten Jahr beschwichtigt und seine *Oma* in den Arm genommen.

Josef hatte ihn an diesem Tag begleitet und der alten Frau ein Hitlerbild geschenkt.

„Ach, Junge“, sie hatte Josef traurig angesehen, „mein Adolf war bestimmt ein besserer Mensch als der da, aber vielleicht bin ich auch nur zu alt, um das alles zu begreifen.“

Sie hatte Josef eine Holzkiste mit Werkzeug und Nägeln in die Hand gedrückt und auf die Wand neben dem Schrank gezeigt.

„Aber wenn das jetzt so Mode ist, dann häng ihn halt da vorne hin.“

Während das Kaninchen friedlich auf Josefs Beinen hockte, sein letztes Bündel Majoran mümmelte, ging Josef in Gedanken noch einmal all die Handgriffe durch, die Werner ihm beigebracht hatte.

Sein Versuchskaninchen war ein ausgestopftes Tier gewesen, knapp fünf Pfund schwer, das nach den vielen Schlägen, die längst keine Fehlschläge mehr waren, recht ramponiert aussah. Werner wollte nicht, dass Josef die Tiere mit einem Handkantenschlag betäubte. Solche, die übel aussehende Blutergüsse hinterlassen könnten.

Josef sollte, wie er selbst, einen Schlagstock dafür benutzen – einen Totschläger, der aussah wie ein zu kurz geratenes, zusammengestauchtes Paddel mit Rändern noch schmaler als ein Bleistift. Josef hatte den Stock aus Fichtenholz selbst geschnitzt, und nach dem Schmirgeln lackiert, damit er leichter zu reinigen war.

„Kommst du?", bat Josef, dem nun doch ein wenig mulmig geworden war.

Auf dem Schlachttisch, einige Schritte hinter den Ställen, lag alles bereit – der Schläger, das schlanke, scharfe Messer, mit dem er die Kehle des Kaninchens durchtrennen würde, und ein kleines Küchenmesser, geschliffen und poliert. Pfeifend atmete Josef aus.

„Nun denn", sagte er leise, und dann ging alles so reibungslos vonstatten, wie er es unzählige Male zuvor geübt hatte. Josefs Schlag kam schnell, kurz, hart und sicher. Er war erstaunt, wie wenig Kraft er bei allem hatte aufwenden müssen und auch diesmal wieder darüber, wie wenig Blut aus so einem Kaninchen floss. Er ließ es in die Wiese tröpfeln. Aufgefangen wäre es nicht mal eine Kaffeetasse voll gewesen.

„Soll ich weitermachen? Ist alles in Ordnung?" Werner war ihm nicht von der Seite gewichen.

„Nein, nein, ist schon gut", antwortete Josef, dem es für einen Moment so schien, als würde er sich bei der Arbeit zusehen. Er hängte die Hinterpfoten in die dafür angebrachten Schlaufen, die von einem Ast baumelten, und zog mit ruhigen Händen dem Kaninchen das Fell ab. Als er es ihm am Ende über die Ohren zog, nahm er erleichtert wahr, wie gut sein Schlag gesessen hatte. Schnelligkeit und Wucht hatten nichts weiter als einen schmalen, dunkelblauen Strich hinterlassen.

Werner klopfte ihm aufmunternd auf die Schultern. Jetzt würde der unangenehmste Teil kommen. Auch Werner hatte seine Probleme damit. Jedes Mal aufs Neue.

‚Unsinn, es kann dich gar nicht mehr angucken, weder schmerzvoll noch sonst wie', sagte sich Josef und begann erst den einen und dann den anderen Augapfel aus seiner Höhle zu schälen. ‚Es ist kein Leben mehr in dir drin … also macht's dir auch nichts aus.'

Als er die Augen den Hühnern zum Fraß vorwarf, sah er kurz weg.

November 1937

Josef brummte der Kopf. Das war schon die dritte Nacht, in der er keine Ruhe bekommen hatte. Er lag mit dem Gesicht zur Wand, die Decke über die Ohren gezogen. Hören wollte er nichts und sehen schon gar nichts von dem, was sich hinter seinem Rücken abspielte.

Es hatte vor einigen Tagen wie eine harmlose Erkältung begonnen. Niemand hatte sich etwas dabei gedacht. Bei dem feuchtkalten Novemberwetter bekamen viele Schnupfen oder klagten über Gliederschmerzen und Müdigkeit. Gegen die anfangs leichten, noch harmlosen Schluckbeschwerden hatte seine Mutter mit Salbei gegurgelt. Doch trotz Halswickel und Kamillendampfbäder hatte sie Fieber bekommen und lag seit zwei Tagen im Bett.

Josef hielt sich ein Leinensäckchen vor die Nase. Seine Großmutter hatte es mit getrocknetem Lavendel und Heu gestopft. Würgen musste er trotzdem. Der immer stärker werdende süßlich-modrige Geruch, der seit den frühen Abendstunden in ihrem gemeinsamen Schlafzimmer hing, war durch nichts zu übertünchen.

Bitte und *Danke* hatte seine Mutter die letzten Male gesagt, wenn er ihre vollgeschnupften Taschentücher durch saubere ersetzt hatte, den Nachttopf geleert und ihr Kopfkissen aufgeschüttelt hatte, oder einfach nur dafür, dass er bei ihr geblieben war, auf ihrer Bettkante gesessen und ihr zugehört hatte. Von diesem Priester in Oberschlesien hatte sie erzählt und dabei nach seiner Hand gegriffen. Sie wollte ihm von seinem Vater erzählen, aber da hatte er seine Hand weggezogen und war aus dem Zimmer gegangen.

Josef drehte sich um und schielte zum Fenster. Noch war es stockfinster draußen, und niemand rührte sich im Haus. Aber es war ihm egal, wie früh es war. Ohne einen Blick auf seine Mutter zu werfen, schlich er sich aus dem Zimmer, zog sich in der Küche an, stopfte einen Kanten Brot in seine Hosentasche und pumpte sich hinterm Haus ein wenig Wasser übers Gesicht. Die frische Luft tat ihm gut, der lange Schulweg tat ihm gut und auch das Alleinsein. Heute ließ er das Fahrrad stehen und ging zu Fuß.

Als er gegen eins aus dem Schulgebäude trat, stand Werner vor dem Tor. Werner hatte ihn noch nie von der Schule abgeholt. Auch er war zu Fuß gekommen, fünf Kilometer hin, fünf Kilometer zurück. Eine verdammt lange Strecke für sein steifes Fußgelenk, zumal es an diesem Tag eiskalt war. Es lag Schnee in der Luft. In den höheren Lagen trugen die Berge schon seit Tagen weiße Kappen. Josef ahnte, warum Werner gekommen war, dass es nicht gut stand um seine Mutter. Aber darüber sprechen wollte er nicht. Stattdessen berichtete er Werner von einem belanglosen Vorkommnis in der Schule nach dem anderen – ohne Punkt und ohne Komma.

„Josef“, unterbrach ihn Werner schließlich und stellte sich ihm in den Weg. „Es nutzt nichts, wir müssen darüber reden. Über deine Mutter.“

„Warum?“, wehrte sich Josef, „bloß, weil sie im Sterben liegt? Weil ich auf einmal keine Luft mehr für sie bin?“ Josef stieß einen schrillen, lang gezogenen Pfiff aus. „Und wenn sie sich dann in Luft auflöst, dann sind wir nur noch zu dritt im Hause. Für mich macht das keinen Unterschied.“

Werner schüttelte betreten den Kopf, erschrocken über

die schroffe, kalte Reaktion dieses zwölfjährigen Jungen, der so ein großes Herz für seine Kaninchen hatte und der so herzhaft lachen konnte, wenn er bei Reckzügels war.

„Nun guck nicht so“, fuhr Josef kaltschnäuzig fort. „Es ist nu mal so, wie's ist. Sogar die Jungen im Waisenhaus haben es besser als ich. Was meinst du, wie viel Spaß sie mit den Nonnen haben? Mann, diese Frauen sind bessere Mütter als meine. Die spielen sogar Fußball mit ihnen. Ob sie dabei über ihre langen Kleider stolpern oder nicht, ob ihre weißen Hauben dabei in Schieflage geraten oder nicht. Was wollen die Jungen noch mehr? Sie waschen ihnen die Wäsche, machen gutes Essen, machen mit ihnen Hausaufgaben und … nehmen sie in den Arm.“ Er zog eine Grimasse. „Richtige Glucken sind sie. Doch dass sie sich weigern, die Jungs zur HJ zu schicken, das werden wir ihnen noch austreiben.“

„Sie sind fleißig, willensstark und sehr mutig, Josef.“

Josef lag die Frage, wieso es mutig sei, sich gegen den Führer zu stellen, auf der Zunge. Aber er schluckte sie herunter.

„Und sie sind gute Krankenschwestern.“ Werner legte eine Hand auf seine Schulter. „Josef“, sagte er leise, „sieh mich an, bitte. Schwester Tabea wird bei euch alles tun, was sie kann. Doktor Bornstein hat eingewilligt. Eigentlich gehört deine Mutter nämlich ins Spital.“

„Doktor Bornstein?“ Josefs Entrüstung war unüberhörbar.

„Ja, Josef, Doktor Bornstein, einen besseren haben wir nicht. Bei deiner Gehirnerschütterung hat er dir doch auch geholfen, oder?“

„Wilhelm hat gesagt …“

„Wilhelms Ansichten stehen hier nicht zur Debatte", unterbrach ihn Werner schroff. „Was haben wir zwei mit der großen Politik zu tun? Josef, deine Mutter hat Diphtherie. Die Krankheit ist erstens hochgradig ansteckend, zweitens meldepflichtig, und deine Mutter gehört eigentlich auf eine Isolierstation. Aber Doktor Bornstein hat es durchgesetzt, dass sie zu Hause bleiben kann. Die Bazillen sind sowieso schon im ganzen Hause verteilt."

„So, hat er das?", erwiderte Josef trotzig. „Und was hat das mit mir zu tun?"

„Dass du so lange bei uns bleiben wirst. Bis sie es überstanden hat. Doktor Bornstein hat gesagt, dass die Krankheit inzwischen ihre Nieren angegriffen hat. Wenn die in den nächsten Stunden nicht wieder zu arbeiten anfangen, wird ihr Körper bald vergiftet sein."

Josef zuckte mit den Schultern. „Fein, dann kann ich also in Wilhelms Bett schlafen?"

Ein Anflug von Unsicherheit huschte über sein trotziges Gesicht.

„Habt ihr keine Angst, dass ich mich angesteckt hab und ihr euch auch was holt?"

„Nein. In Anbetracht dessen, dass es dem Rest der Familie gut geht, besteht kein Grund dazu."

Josef vergrub seine Hände tief in den Hosentaschen und begann leise zu pfeifen. ‚Hänschen klein …' Die ersten zwei Zeilen. Den Rest des Weges gab er keinen einzigen Mucks mehr von sich.

Werner ließ ihn vorgehen, genau anderthalb Schritt.

Als sie eine gute Stunde später nach Dorotheenthal einbogen, stand Josefs Großvater am Gartentor – mit roter

Nase und roten Wangen. Er musste schon eine ganze Weile dort gewartet haben. Man konnte ihm deutlich ansehen, dass er fror.

„Ich wollte nur sagen …“, Fritz Tomulka blickte seinen Enkel ohne sichtbare Gefühlsregung an, nur seine Stimme, die hatte leicht gezittert, als er zu sprechen begann. „Deine Mutter will dich sehen“, schloss er hastig.

„Ich aber sie nicht“, platzte Josef heraus.

Werner tätschelte beruhigend seinen Nacken.

„Wenn's recht ist, Herr Tomulka, dann kriegt der Josef jetzt was zu essen bei uns und dann … dann wird er kommen.“

Der alte Tomulka nickte kurz, zu mehr war er nicht fähig, blieb wie angewurzelt stehen und sah so lange hinter ihnen her, bis sie um die Ecke gebogen waren und Reckzügels Grundstück betreten hatten.

Josef legte keine Eile an den Tag. Als er zwei Stunden später das Haus betrat und zu seiner Mutter ins Zimmer gehen wollte, schlug ihm wider Erwarten ein angenehm würziger Duft entgegen. Unsicher blieb er auf der Schwelle stehen. Irritiert sah er auf die im heißen Wasser schwimmenden Tannenspitzen. Er wusste nicht, was er davon halten sollte. Normalerweise standen Stövchen und Schale in der Glasvitrine. Bis jetzt hatte er noch nie erlebt, dass seine Großmutter es einmal benutzt hatte – dieses Familienerbstück – nicht weniger wertvoll als die Porzellanvase, die ihm damals beim Umzug zu Bruch gegangen war.

‚So ist das also am Ende des Lebens.‘ Josef hielt sich die Hand vor den Mund, er wollte nicht, dass Schwester Tabea sah, dass seine Unterlippe zu zucken begonnen hatte. ‚Dann ist das Beste also gut genug.‘

„Das ist doch bekloppt“, entfuhr es ihm – leise, aber doch laut genug, dass ihn die Nonne verstehen konnte.

„Komm doch rein, mein Junge“, flüsterte Schwester Tabea freundlich und tat, als habe sie seine Bemerkung nicht gehört. Ohne die große Flügelhaube kam sie ihm fremd vor. Sie hatte sie auf Josefs Bett gelegt.

„Wie ein *sterbender Schwan*“, murmelte Josef, biss sich auf die Unterlippe und ging zögernd einen Schritt nach vorn.

„Nun geh schon hin zu ihr. Sie möchte dir so gern noch was sagen. Hör ihr einfach zu“, flüsterte sie, nickte ihm aufmunternd zu, huschte an ihm vorbei und schloss leise die Tür.

„Bist du's, Josef?“

Helene Tomulka fiel das Sprechen hörbar schwer. Sie hatte die Augen geschlossen und streckte ihrem Sohn die Hand entgegen.

Josef räusperte sich. „Ja.“

„Gib mir deine Hand. Bitte.“

Josef blieb unschlüssig stehen und bemühte sich, so sachlich und kühl wie möglich zu bleiben. Er verschränkte seine Arme vor der Brust, legte seinen Kopf schief und musterte sie. Ohne jegliche Gefühlsregung – die hatte er zuvor bereits tief in sich weggeschlossen – stellte er fest, dass Mutters Haare ihren Glanz verloren hatten, dass sie in den wenigen Tagen ganz dürr geworden war – die Wangen eingefallen, die Nase spitz – und ihre Haut aussah wie gelbliches Wachspapier.

„Setz dich. Bitte.“

Josef setzte sich auf den Stuhl und legte widerwillig seine Hand in die ihre. Sie fühlte sich kalt und feucht an. Er wollte es nicht.

„Es war alles falsch“, keuchte sie. „Alles.“ Als sie Luft holte, hörte es sich an, als zerplatzten unzählige winzige Blasen. „Es tut mir so leid. Wenn auch nicht jetzt, so hoffe ich doch, dass du später vielleicht einmal verstehen wirst und … verzeihen.“

Josef drehte den Kopf zur Seite und hielt sich die freie Hand vors Gesicht.

Gegen den fauligen Geruch, der aus dem Mund seiner Mutter strömte – mit jedem Wort, das sie aus sich herauspresste – konnten die Tannennadeldämpfe nichts, aber auch rein gar nichts, ausrichten.

„Dein Vater“, Helene Tomulka stöhnte leise. „Er war ein guter Mann.“

Josef zog ruckartig seine Hand zurück und sah missbilligend auf seine Mutter herab.

„Wieso? Wer …?“ Mühsam schluckte er den Kloß in seinem Hals herunter.

Wie oft hatten ihn die Kinder damit aufgezogen, dass er keinen Vater hatte, dass er nicht einmal wusste, wer dieser war, wie er hieß und wo er wohnte. Immer wieder war es der Steiner-August gewesen, der sein Mundwerk am weitesten aufgerissen hatte: dass ihn der Deibel im Galopp verloren habe, dass sein Vater entweder ein Tunichtgut, ein Trunkenbold, ein Schweinehirt oder vielleicht sogar ein Zigeuner sei. Josef hatte es hingenommen, wehrlos ertragen und scheinbar weggesteckt. Bis zu dem Tag, als er August sehr leise, aber unmissverständlich gedroht hatte, sein Gehetze Melzer zu melden. Seitdem war Schluss damit. Hetzerei wurde bei der HJ hart bestraft. Das wusste auch August. Damit war nicht zu spaßen.

Helene Tomulka war nicht entgangen, dass sich Josef vor ihrem Atem ekelte, und sie drehte den Kopf zur Wand. Stockend, immer wieder nach Luft ringend, fuhr sie schließlich fort.

„Dein Vater heißt David. Seine Eltern hatten ein großes Geschäft. In Breslau. Er ist weg mit ihnen. Nach Amerika. Noch vor deiner Geburt. Hatten Angst vor dem, was kommen wird. Es waren gute Menschen."

Langsam drehte sie ihr Gesicht wieder Josef zu. Zögernd zog sie ihren linken Arm unter der Bettdecke hervor. In der Hand hielt sie ein Foto. Eine kleine, zerknitterte Schwarz-Weiß-Fotografie.

„Da, bitte, nimm es", flüsterte sie und sah ihren Sohn ängstlich an.

Der Mann auf dem Foto, der, der sein Vater sein sollte, lächelte. Er hatte genauso dunkle Augen wie er.

Josefs Augen weiteten sich, er wurde blass und sah seine Mutter entsetzt an.

„Er ..."

„Er heißt David Silberborn", sagte seine Mutter mit erstaunlich fester Stimme.

„Hat der eine Kippa auf dem Kopf?", stammelte Josef. „Der ist doch nicht etwa Jude?" Entsetzt ließ er das Bild fallen und schlug sich mit der Hand auf den Mund.

„Doch", sagte Helene Tomulka leise und schloss die Augen.

Josef schoss von seinem Stuhl hoch, packte die Lehne und schmiss ihn krachend auf den Boden.

„Du, du – Judenhu..." Er biss sich auf die Zunge, schrie auf und schluckte. Sein Blut, es war ihm widerlich.

„Josef, bitte." Flehend streckte ihm seine Mutter ihre Arme entgegen. „Er war ein guter Mann, er …"

Josef riss die Tür auf und stürmte hinaus – vorbei an einer kreidebleich gewordenen Schwester Tabea und vorbei an seinen Großeltern, die mit hängenden Schultern im Flur standen. Kurz vor der Haustür machte er Halt, drehte sich um, sah wütend von einem zum anderen und stierte seinen Großvater mit hasserfüllten Augen an.

„Ist es deswegen, dass du mich ständig verprügelt hast? Ist es deswegen, dass du mich verachtest – mich dermaßen hasst?" Er brüllte so laut, dass sich seine Stimme überschlug. „Ist es deswegen, weil mein Vater JUDE ist!?"

Der alte Tomulka zuckte zusammen, als habe man ihn mit der Peitsche geschlagen.

Entsetzen stand im Gesicht seiner Großmutter, die sich hastig an ihm vorbeizwängte, breitbeinig die Haustür versperrte und versuchte, ihn zurückzudrängen. „Mein Gott, mach dich nicht unglücklich!"

Sie hatte nicht damit gerechnet, dass er sie mit derartiger Wucht nach vorne reißen und zurück in den Flur stoßen würde. Taumelnd kam sie zum Stehen und starrte ihm mit zitternden Beinen hinterher.

„Ein guter Mann", zischte Josef. „Na klar doch! Aber sicher doch", knurrte er und stob um die Hausecke. Seine Augen, weit aufgerissen und voller Wut, flatterten hin und her und blieben an dem sonst so sorgsam vom Großvater gehüteten Spaten hängen. Der alte Tomulka hatte ihn vor Jahren selbst geschmiedet und niemals hatte er ihn nach getaner Arbeit draußen stehen lassen, unabgeputzt und verdreckt. ‚Muss heute wohl was passiert sein.'

„Komm her du“, schrie er den Spaten an, riss ihn aus der Erde, schlug um sich, ging Schritt für Schritt vorwärts und drosch auf alles ein, was vor ihm, was rechts und links neben ihm wuchs oder stand … und ließ den Spaten krachend auf seinen Kaninchenstall sausen.

Speichel tropfte Josef aus den Mundwinkeln, doch er merkte es nicht, schlug ein weiteres Mal auf den Stall ein und warf den Spaten, am ganzen Körper bebend, im hohen Bogen hinter sich und wirbelte herum. Der Spaten war mitten in die Frühbeetkästen, durch ihre gläserne Abdeckung, gekracht. Unruhig wanderten seine Augen zwischen dem von ihm angerichteten Schaden hin und her, sah das von ihm angerichtete Chaos, sah wie zwei seiner Kaninchen in der dahinter liegenden Hecke verschwanden, in sein Bewusstsein aber drang es nicht.

„Das teure Glas, die schöne Umrandung!“, hörte er seine Großmutter jammern und zuckte zusammen.

„Ist das alles, was euch interessiert?“, brüllte er in Richtung Hauseingang und hämmerte mit der Faust gegen seine Stirn, stürmte hinaus auf die Straße, stürmte bis ans Ende von Dorotheenthal, rannte hinein in den Wald und rannte so lange, bis er nach Luft rang, bis sein Hals brannte und seine Lungen rebellierten.

Als er schließlich zum Stillstand kam, atemlos, erschöpft und ausgelaugt, wusste er nicht, wo er war. Es war ihm egal. Er rollte sich zusammen und blieb keuchend liegen, lag da, wie ein Ungeborenes im Leib der Mutter. Und dann begann er zu weinen, erst leise und dann immer lauter, und heulte am Ende auf wie ein Hund, der getreten wurde.

‚Mein Vater. Jude.‘ Josef drosch mit einer Faust auf den

Waldboden ein. ‚Elender Parasit, Frauenschänder und Sitzenlasser. Genau wie Hitler es gesagt hat.'

Josef hob kurz seinen Kopf, ließ ihn wieder sinken und schlug sich mit dem Handballen gegen die Stirn. In seinem Kopf summte es, als habe sich ein Bienenschwarm darin verfangen. Er wagte nicht, seine Augen zu öffnen, geschweige denn hochzusehen. Ihm war speiübel und alles um ihn herum schien sich zu drehen.

„Ein guter Mann", murmelte er im Schlaf. Josef träumte von einem freundlich lächelnden Mann, der mit ausgebreiteten Armen auf ihn zukam, der aussah wie der auf dem Foto, das ihm seine Mutter gezeigt hatte, träumte von einer warmen Decke, die sie liebevoll um ihn legte und ihn sanft hin- und herwiegte.

„Josef. Komm. Wach auf. Komm nach Hause."

„Nach Hause?", murmelte er und schlug die Augen auf. Es war stockfinster. „Was is?", nuschelte er, griff nach der Decke und zog sie über seinen Kopf.

„Josef, du musst aufstehen."

„Hör auf … nich rütteln … mitten in der Nacht", stöhnte er, völlig orientierungslos.

„Josef."

„Werner?"

„Ja, mein Junge. Komm mit nach Hause. Du bist ja eiskalt. Komm, alles wird gut", hörte er Werner sagen und spürte, wie er von ihm nach oben gezogen wurde.

Die Erinnerung an das, was vor einigen Stunden geschehen war, schwappte plötzlich über ihm zusammen wie eine Riesenwelle und nahm ihm die Luft.

„Atme, Josef. Tief ein und aus“, sagte Werner sanft, während er ihm mit der flachen Hand auf seinen Rücken schlug, ihn fest umklammert hielt und nicht zuließ, dass er wieder zu Boden sank.

Trotz des warmen Wassers, das Josef bis zum Hals reichte: Scham und Verzweiflung trieben noch lange einen Kältestrom nach dem anderen durch seinen Körper.

Vater und Mutter Reckzügel hatten die Wanne in die Küche gestellt und sich danach zurückgezogen. Der Kohleofen bullerte, und Werner saß stumm neben ihm.

„Wie hast du mich gefunden?“ Josef rieb seine Arme und wagte nicht aufzusehen.

„Du hast Spuren hinterlassen, zertrampeltes Gras, zerbrochene Zweige. Und so groß ist das Waldstück ja nicht.“

„Darf ich hierbleiben? Ich will nicht mehr zurück.“

„Wir haben schon alles vorbereitet. Wilhelm hat bestimmt nichts dagegen, dass du in seinem Bett schläfst.“

„Wilhelm?“ Josef hob erschrocken seinen Kopf. „Ich will nicht, dass er etwas davon erfährt. Bitte.“

„Ganz vermeiden lässt sich das bestimmt nicht“, sagte Werner, sah ihn stirnrunzelnd an und fragte sich, warum er ausgerechnet das *nicht* wissen sollte, wo sie doch so viele Dinge miteinander erlebt, verzapft hatten. „Aber, ganz wie du meinst“, fuhr er beschwichtigend fort, „wir werden ihm einfach sagen, dass er dich selbst fragen soll. Du wirst schon wissen, wie du's machst.“

Schwester Tabea war Josefs Mutter nicht mehr von der Seite gewichen und versuchte ihr Möglichstes, sie wieder zu beruhigen. Sie selbst war hin- und hergerissen zwischen Verurteilung und Verständnis – für Helene, ihre Eltern und Josef. Trotz allem, was er gesagt und getan hatte, verurteilen konnte sie ihn nicht, ihr Mitleid überwog und sie konnte nicht anders, als ihn zu bedauern.

Auch, dass Helene Tomulka nicht nach einem Priester verlangte, konnte sie verstehen – ohne Wenn und Aber, und sie konnte sich nicht verkneifen, diesem Pfarrer aus Ostroppa einige Verwünschungen in die Ewigkeit zu schicken. Dass Helene in den letzten Minuten ihres Lebens dennoch signalisierte, dass sie die Sterbesakramente empfangen wolle, wunderte die Ordensschwester wiederum nicht.

Schwester Tabea hatte den Priestern oft genug dabei zugesehen. Sie sprach die Gebete so, wie sie ihr in Erinnerung waren, und *salbte* ihr Stirn und Hände. Sie hatte dafür nicht einmal Öl. Sie nahm einfach das warme Wasser, in dem die Tannenzweige lagen und verrichtete ohne den geringsten Skrupel ihren Dienst. Dass sich Helenes Gesichtszüge entspannten, ihr Atem ruhiger ging, war ihr Rechtfertigung genug. 33 war kein Alter zum Sterben. Das Schicksal hatte ihr übel mitgespielt und sie zu einem Spielball der Zeiten und Umstände gemacht.

Josef, der weder dazu zu bewegen war, sich seine aufgebahrte Mutter noch einmal anzusehen, noch zu ihrer Beerdigung zu gehen, war heilfroh, dass Wilhelm – wie er telegrafiert hatte – in Berlin leider nicht abkömmlich war. Auf jeden Fall, das wusste er: Wilhelm würde Fragen stellen, die er ihm nicht beantworten konnte ... und nicht durfte.

Weil Reckzügels nicht wollten, dass Josef allein zu

Hause blieb, war ihre Tochter Waltraud gekommen, die in Schweidnitz seit einigen Jahren einem jungen, verwitweten Tuchmacher den Haushalt führte. Man sprach davon, dass sie heiraten würden. Waltraud hatte Josef einen der Abenteuerromane Karl Mays mitgebracht. *Der Schatz im Silbersee.* Sie hoffte, dass es ihm gefallen würde – wo doch selbst der Führer es *verschlungen* haben soll. Josef hatte sich gleich damit auf sein Bett geworfen und es erst zur Seite gelegt, als Reckzügels von der Trauerfeier nach Hause gekommen waren. Ausgerechnet an diesem Tag wirkte Josef ein wenig entspannter. Es schien ihnen, dass er endlich wieder zu ein bisschen Normalität fand.

Zurückgekehrt in das Haus seiner Großeltern war er jedoch nie. Auch dazu wurden keine Fragen gestellt, weder in Dorotheenthal noch in der Schule. Seine wenigen Habseligkeiten, die Werner noch vor der Beerdigung abgeholt hatte, nahmen kaum Platz weg in dem großen Eichenschrank – in dem Zimmer, das seit Waltrauds Wegzug für Wilhelm frei geworden war. Dass Josef darin einziehen würde, war für die Familie selbstverständlich. Warum es freihalten für jemanden, der sowieso immer seltener kam?

Nur wenige Tage später sorgte Werner für den Umzug von Josefs Kaninchen. Der Schaden an den Ställen war wesentlich geringer ausgefallen als gedacht. Werner hatte lediglich das Dach reparieren müssen, und von zwei Türen mussten die Scharniere erneuert werden.

Zwei Häsinnen und ausgerechnet sein Oskar waren auf und davon. Zwei Tage hatte Josef nach ihnen Ausschau gehalten, sie gesucht, sie aber dann aus seinen Gedanken verbannt. Es gab genug Füchse in den Wäldern ringsum.

Die Kaninchen waren sicherlich ein gefundenes Fressen für sie gewesen.

So war eine der Boxen leergeblieben, Werner aber hatte sie mit frischem Stroh ausgelegt. Als Josef im Frühjahr eines Nachmittags aus der Schule kam, fand er einen neuen Rammler darin vor – auf den ersten Blick seinem alten Oskar zum Verwechseln ähnlich. Josef klopfte kurz an die Stalltür, sagte schlicht *Hallo* und ging ins Haus.

Wenn auch niemand Fragen stellte, so gab es in Dorotheenthal nicht einen, der sich nicht über die Ereignisse im Hause Tomulka Gedanken machte. Ein jeder wusste, was für ein Hundeleben Josef dort geführt hatte. Die Kammer, in der Josefs Mutter gestorben war, war einige Tage nach ihrem Tod ausgeräuchert worden – sicherheitshalber, und es war kein Gerücht, dass der alte Tomulka die Tür danach zugenagelt hatte. Der Raum blieb für ihn und seine Frau für immer tabu.

Niemand wunderte sich, dass Josef fortan stiller und verschlossener wurde und dass er sich, als er vor Weihnachten die bestellten Kaninchen auslieferte, ungewöhnlich schnell wieder auf den Weg machte.

„Der Junge wird halt doch an seiner Mutter gehangen haben“, sagten die Leute. „Seht ihn euch doch an, wie er seitdem rumläuft, immer mit hängendem Kopf.“

„Für mich sieht das so aus, als sei er seitdem immer irgendwie auf der Flucht, als habe er vor irgendwas Angst.“

„Na, schlaft ihr mal ein paar Nächte neben einem Sterbenden. Sie hätten ihn in der Zeit ja wenigstens aufs Sofa lassen können.“

In diesem Jahr brachte Josef seine Einnahmen nicht wie üblich zum Bankhaus Rosenzweig. Obwohl es da nach wie vor die meisten Zinsen gab, hob er seine gesamten Ersparnisse eines Tages ab und brachte sie zur Kreissparkasse. Sie lag dem Bankhaus genau gegenüber. Rosenzweig stand mit auf dem Rücken verschränkten Armen hinter seinem Schaufenster und sah ihm beklommen hinterher. Josef hatte ihn kaum angesehen.

Von der Sparkasse ging Josef geradewegs zu Doktor Bornstein. Um seine Schulden zu begleichen, wie er es nannte.

„Du bist mir doch nichts schuldig, Junge." Doktor Bornstein wollte ihm auf die Schulter klopfen, aber Josef machte rasch einen Schritt zur Seite und sah an ihm vorbei.

„Hat mein Großvater Sie bezahlt?", fragte er kühl.

‚Zu kühl für einen Knaben seines Alters.' Bornstein nahm seine Brille ab und begann, sie umständlich zu putzen. „Nein. Ich hab ihm gesagt, dass ich das gern für deine Mutter getan hab. Man muss nicht für jeden Dienst, den man tut, etwas verlangen, Josef."

„Dann frage ich mich, wovon Sie sich dieses Leben leisten können", giftete Josef, legte zwei Zwanziger auf seinen Schreibtisch, drehte sich um und verließ fluchtartig die Praxis.

„Ich würd dir so gerne helfen", murmelte Bornstein. Seine Hände hatte er tief in den Taschen seines Kittels vergraben. ‚Da muss noch was anderes gewesen sein. Das kann nicht nur am Tod seiner Mutter liegen. Er kommt ja jeden Tag hier vorbei. Vielleicht ist er in ein, zwei Wochen wieder ein wenig zugänglicher.'

„Kann mir mal einer sagen, was wir mit dem Josef machen sollen?“

Rollke ließ sich seufzend in seinen Sessel fallen und warf einen fragenden Blick in die Runde. Das Lehrerzimmer war voll besetzt.

„Seine Beteiligung am Unterricht ist korrekt, seine Hausaufgaben sind sauberer und besser als je zuvor, bei mir im Mathematikunterricht mausert er sich inzwischen zum Klassenbesten, aber so wie der Junge sich seit dem Tod seiner Mutter verhält … das ist einfach nicht normal.“

Josef mied den Kontakt zu seinen Mitschülern, und wenn er sich mit ihnen unterhielt, war es im Klassenzimmer oder draußen auf dem Hof, verzog er dabei kaum eine Miene.

„Wenn Sie mich fragen, meine Herren, ich habe den Eindruck, als würde er seitdem ständig … irgendwie auf der Lauer liegen.“ Kugler, der Lateinlehrer, machte ein nachdenkliches Gesicht. „Ist Ihnen auch schon aufgefallen, dass er jedes Mal zusammenzuckt, wenn ihn jemand von hinten anspricht oder ihm auf die Schultern klopft?“

„Ein sehr traumatisches Erlebnis. Sehr, sehr einschneidend, dieses Erlebnis – der Tod einer Frau Mutter“, schwafelte Oberstudiendirektor Gröhnke. „Wir werden ihn beobachten, meine Herren. Mal sehen, was draus wird. Im Moment jedenfalls ist er gut beschäftigt. Man muss die jungen Menschen halt nur beschäftigen, körperlich mein ich. Das beruhigt das Blut.“

Josefs Klasse war beauftragt worden, die Aula für die bevorstehende Weihnachtsfeier vorzubereiten. Seit gut einer halben Stunde schleppten die Jungen aus allen Klassenzimmern

Stühle heran. Josef, mit ihnen in stillem Wettstreit, sauste wortlos von einem Raum in den anderen, das Treppenhaus hinauf und hinunter.

„Mensch, Josef, du tust ja gerade so, als ob wir dafür bezahlt werden", keuchte Adolf Melzer, der versuchte, mit ihm ins Gespräch zu kommen, und sich deshalb seinem Tempo anpasste. Seit dem Tod der Mutter hatte er noch keine zehn vollständigen Sätze mit Josef gewechselt. Was für ihn aber wesentlich schlimmer war: während des letzten Diktats hatte er ihm keine Chance zum Abschreiben gegeben. Natürlich hatte Adolf es in den Sand gesetzt und es war nicht zu übersehen, mit welcher Genugtuung ihm der Weigelt das Heft aufs Pult geworfen hatte.

„Mann, Josef, ras' doch nicht so. Siehst ja so aus, als wärst du auf der Flucht. Andauernd schielst du nach rechts und links. Du glaubst doch nicht etwa an Gespenster, oder?" Adolf Melzer gehörte zu denjenigen, die selten nachdachten, bevor sie den Mund aufmachten. „Du glaubst doch nicht etwa, dass der Geist deiner Mutter um dich herumschwebt und dich holen will, hä?"

Josef setzte die Stühle hart auf den Boden und nahm Adolf scharf ins Visier.

‚Mach ich solch einen Eindruck? Benehm ich mich wirklich so … auffällig?'

„Entschuldige", stammelte Adolf, „hab's nicht so gemeint."

Josef sah an Adolf vorbei, hinüber zum Eingang der Aula. Er stutzte und deutete mit seinem Kopf auf das Schild, das über der breiten Flügeltür der Aula hing.

„Hing das schon immer da?"

„Ja, wieso?" Adolf ließ dümmlich seine Unterlippe hängen.

‚Nimm dich der Wahrheit an, wenn du kannst, und lass dich gerne ihretwegen hassen.‘

Der Spruch überspannte die gesamte Breite der Tür. Druckbuchstaben in Fraktur auf unbehandeltem, hellem Holz.

Josef schnappte sich wortlos die Stühle und trug sie in die Aula.

Weihnachten 1937

Wilhelm Reckzügel kam einen Tag vor Heilig Abend nach Hause – er stand kurz vor der Promotion und konnte nicht lange bleiben. Diesmal hatte er den Zug genommen, und Josef war mit dem Rad zum Bahnhof gefahren, um ihn abzuholen. Er war erleichtert, dass Wilhelms Begrüßung wider Erwarten nicht so bühnenreif war, dass die anderen Passanten und Reisenden direkt auf sie aufmerksam wurden. Wilhelm hatte ihn ganz einfach – ohne ein Wort zu sagen – in seine Arme geschlossen.

„Du machst vielleicht Sachen", sagte er, als sie schon einige Minuten auf dem Heimweg waren, und es passte Wilhelm ganz und gar nicht, dass er Josef dabei nicht ins Gesicht sehen konnte. Wenn sein Koffer auch klein war, bis nach Hause wollte er ihn trotzdem nicht tragen und hatte ihn wohl oder übel hinten auf den Gepäckträger stellen müssen.

„Tut mir wirklich leid, dass du ihn halten musst", log Josef. „Hat doch der Halter gestern einfach seinen Geist aufgegeben."

Leid tat es Josef nicht, ganz im Gegenteil, er war froh darüber, dass ihm Wilhelm nicht jede Gefühlsregung vom Gesicht ablesen konnte, und dass er sich nur bemühen musste, seine Stimme im Griff zu haben. Ihm war klar, Wilhelm würde so schnell wie möglich zur Sache kommen.

Josef hatte sich gut vorbereitet auf dieses Gespräch und hoffte, dass ihm die zurechtgelegten Erklärungen und Antworten genauso mühelos über die Lippen gehen würden wie diese erste Lüge, auf die Wilhelm arglos, wenn auch ein klein wenig verstimmt, mit einem „Ach, macht nichts" reagierte.

Josef hatte sich vorgenommen, in die Offensive zu gehen, von sich aus zu erzählen und Wilhelm das Gefühl zu geben, dass er nur auf ihn und diesen Moment gewartet hätte, um sich endlich alles von der Seele reden zu können.

So schob Josef nicht nur das Fahrrad, sondern lenkte auch die Unterhaltung genau in die Richtung, die er im Sinn hatte, und war dabei auf der Hut. Wenn es ihm gelingen würde, Wilhelm glaubhaft zu schildern, warum er in Wut geraten war und der Kaninchenstall daran glauben musste, dann würde er sicherlich aufhören, sich *Sorgen* zu machen. Wenn Wilhelm Reckzügel diese Version schluckte, dann würden es andere erst recht tun.

„Sie hätte einfach nicht davon anfangen sollen", sagte Josef, die Bitterkeit in seiner Stimme war aufrichtig.

„Von was?"

„Du solltest besser fragen – von wem."

„Nun gut, von wem?"

‚Argwöhnisch klingt er jedenfalls nicht.' Josef fühlte sich mit jedem Schritt ein wenig sicherer.

„Nichts Aufregendes", erwiderte er, „eigentlich ist es die natürlichste Sache der Welt."

Er zog den Lenker mit leichtem Ruck auf sich zu, tat so, als habe er verhindert, dass das Vorderrad wegrutschte.

„Dieses Kopfsteinpflaster, dieser Schnee", brummelte er und blickte kurz über seine Schulter.

„Jedenfalls hätte sie schon früher damit anfangen sollen und nicht erst ein paar Stunden vor ihrem Tod."

„Mit was, Josef?"

Wilhelms unverhohlene Neugier war nicht zu überhören, und Josef kam sich schlecht vor. Es widerstrebte ihm, so mit dem Mann umzugehen, dem er so viel zu verdanken hatte. Aber blieb ihm eine andere Wahl? Er kannte dessen Einstellung all dem gegenüber, was auch nur ein Hauch jüdisch war.

„Mir von meinem Vater zu erzählen", bellte Josef und schlug mit der Hand auf den Lenker.

Wilhelm Reckzügel musste sich zusammenreißen, dass er nicht stehen blieb.

„Wollte mir doch wirklich weismachen, dass er ein guter Mann war." Josefs Entrüstung war in diesem Augenblick nicht gespielt. „Wie kann er gut gewesen sein, wenn er sie hat sitzen lassen? Meine ganze vermurkste Kindheit habe ich ihm zu verdanken. Oder wie siehst du das?"

„Ich? Genauso", sagte Wilhelm gedehnt. „Aber musstest du deswegen so ein Chaos hinterlassen?"

„Ich weiß", sagte Josef kleinlaut. Er blieb stehen, drehte sich kurz zu Wilhelm um und sah ihn wütend an. „Aber dass sich dieser Bock aus dem Staub gemacht hat, war genauso falsch."

Wilhelm Reckzügel sagte kein Wort.

„Kannst du mir mal sagen", sprudelte es aus Josef heraus, „mit welchem Recht meine Großeltern und meine Mutter mich deswegen dermaßen mies behandelt haben? Hab ich etwa Schuld an der ganzen Sache? Scheiße, nein, überhaupt nicht."

Josef umklammerte fest die Lenkstange, hob kurz das Vorderrad hoch und setzte es hart auf den Boden.

Wilhelm hatte Mühe, den Koffer festzuhalten.

„Und hat sie dir gesagt, wer es war?"

„Nein", antwortete Josef schroff, erschrocken darüber, wie mächtig es wieder in ihm zu brodeln begonnen hatte und wie heikel es für ihn war, darüber zu sprechen. ‚Pass auf, jetzt red dich nicht um Kopf und Kragen.'

Erst letzte Woche hatte Melzer verkündet, dass die Juden die Chance des friedlichen Miteinanders während der Olympischen Spiele nicht genutzt und aus den Vorkommnissen davor keine Lehre gezogen hätten.

„Und wieder trumpfen sie auf, wagen schon wieder, den Führer zu kritisieren, lauthals und hinter vorgehaltener Hand, und hecken in ihren Synagogen Pläne gegen ihn aus. Kampf dem Juden!", hatte er gebrüllt und die Jungen hatten es ihm nachgemacht.

‚Zur Hälfte Jude.' Josef starrte auf das Vorderrad und schüttelte sich.

„Wenn ich wüsste, wer es ist … dann wär ich schon längst bei dem aufgetaucht und hätte ihn zur Sau gemacht." Josefs Stimme zitterte ein wenig. Doch warum nicht – in Anbetracht der Situation, der Wut, die er im Bauch hatte?

‚Zur Sau gemacht', echote es in seinem Kopf. ‚Das passt doch genau. Genau richtig für Wilhelm.'

‚Zur Sau gemacht', rumpelte das Fahrrad, ruckelte der Koffer und knirschte der Schnee unter ihren Füßen. Je näher die beiden Dorotheenthal kamen, desto tiefer wurde er.

Wilhelm und Josef hüllten sich danach in Schweigen und hingen bis zu ihrer Ankunft in Reckzügels Heim ihren Gedanken nach. Als sie bei Tomulkas vorbeigingen, erhöhte Josef das Tempo. Wilhelm entging nicht, dass er kurz vorher seinen Kopf nach links drehte und jeden Blickkontakt mit seinem alten Zuhause mied.

Januar 1938

„Dieser Junge fällt von einem Extrem ins nächste." Rollke deutete mit seinem Kopf auf Josef und biss in sein Butterbrot.

„Wie, hat er jetzt etwa das Rechnen verlernt?", fragte Weigelt mit vollem Mund.

Es war der erste Schultag nach den Weihnachtsferien und die beiden Lehrer hatten in der großen Pause Hofaufsicht. Es war kalt, sie hatten ihre Mantelkragen hochgeschlagen und drehten langsam ihre Runden. Zu bemängeln gab es nichts. Einige Jungen waren damit beschäftigt, den Weg zur Turnhalle breiter zu schaufeln, und der Rest baute eine Schneemannfamilie an der rückwärtigen Mauer des Pausenhofs.

„Machen Sie keine Witze, Herr Kollege", antwortete Rollke. „Sehen Sie sich ihn doch an. Das ist doch nicht normal."

„Er baut einen Schneemann. Na und? Er verhält sich vollkommen altersgemäß und wie es aussieht, hat er sein Stimmungstief endlich überwunden. Was soll daran extrem sein?"

„Erst geht er allen und allem aus dem Weg und nun ... sehen Sie doch mal richtig hin!" Rollke stieß seinen Kollegen in die Seite. „Josef baut nicht, er lässt bauen. Führt sich auf wie auf Melzers Kasernenhof."

Weigelt sah Rollke fragend an.

„Auf dem Gelände, wo sich Jungvolk und HJ treffen. Dort haben sie nicht mal in den Ferien Pause gemacht."

Weigelt verdrehte die Augen. „Der Führer kennt doch

auch keine." Er mimte weiter den Entrüsteten, griff in den Schnee, formte ihn bedächtig zu einer Kugel und warf sie von einer Hand in die andere.

Rollke drehte sich einmal um die eigene Achse. Es war niemand in ihrer Nähe.

„Wir können aufhören mit dem Katz-und-Maus-Spiel", sagte er, diesmal allerdings ein bisschen leiser. „Keiner muss uns beiden erklären, mit welchen Hintergedanken Hitler und seine Vasallen die Arbeitslosen von den Straßen holen und ...", er zeigte mit dem Kopf wieder in Richtung der Jungen, „dass auch diese dafür ihn eines Tages nichts anderes als Kanonenfutter sein werden. Um die sogenannte Raumfrage zu klären! Was nichts anderes als Krieg bedeutet, einmarschieren in andere Länder, um dort die arische Rasse anzusiedeln und Bodenschätze auszubeuten."

„Und so wächst eine neue Jugend in diesem Geiste heran", zitierte Weigelt grimmig aus ihrer neuesten Unterrichtslektüre *Hitlerjugend – Neue Jugend.* Die Kreisleitung hatte sie zu Beginn der Weihnachtsferien allen Deutsch- und Geschichtslehrern mit dem Auftrag übergeben, diese *hervorragenden* Gedanken unbedingt mit in den Unterricht einfließen zu lassen.

Weigelt seufzte. „Was meinen Sie, wie sehr ich Sie darum beneide, dass Sie Mathematik und Naturkunde unterrichten. Ab sofort soll zu Beginn jeder Deutsch- und Geschichtsstunde auch noch die Hymne aufgesagt werden. *Wir sind die Jugend, wir tragen das Schicksal der Nation und müssen die Zukunft gestalten.* Und so weiter und so fort."

„Das Schlimme daran ist, dass sich diese Verse eines Tages bitter bewahrheiten werden. Wie ich schon sagte –

Kanonenfutter. *Dargebrachte Opfer* nennt Maßmann das und Freude an erfüllter Pflicht *und dass nur ein harter Weg die deutsche Zukunft schafft.*"

Die Lehrer waren stehen geblieben und lehnten sich mit dem Rücken an den Teil des Schulhauses, in dessen unmittelbarer Nähe es keine Fenster gab. Hier konnten sie sicher sein, dass niemand ihr Gespräch mithören würde.

„Es ist ein Jammer mit diesem Josef." Rollke rieb sich die kalten Hände. „Vor einigen Tagen hab ich seinen Grundschullehrer getroffen. Dieser Ritter hat mich ein wenig über die Verhältnisse bei ihm zu Hause aufgeklärt. Seitdem kann ich sehr gut nachvollziehen, dass Hitlers Ideen bei ihm auf fruchtbaren Boden gefallen sind."

„Und unser Ehemaliger, der saubere Herr Reckzügel, sorgt für den Rest."

„Schon erschreckend, wie viele Kollegen, wie viele Akademiker, diesem Kerl verfallen sind und ihm den Rücken stärken."

Weigelt bückte sich und ließ den Schnee durch seine Finger rieseln. „Aber von einem Hu-man-me-di-zi-ner", er ließ das Wort wie zähen Teig aus seinem Mund tropfen, „hätte ich es am wenigsten erwartet. Auf diesen Reckzügel müssen wir jedenfalls nicht stolz sein … nicht bei dem, was er tut, und dem Schwachsinn, den er bei seinem letzten Besuch hier wieder von sich gegeben hat: *Das Gesetz gegen die Überfüllung an deutschen Hochschulen und die damit verbundene Zulassungssperre für jüdische Studenten hat endlich dazu geführt, dass man in Ruhe studieren kann.* Aus was für einem Pamphlet er das wohl wieder hatte?"

„Ein Vasall zieht den nächsten heran. Reckzügel hat Josef

– und Josef den Adolf.“ Rollke rückte umständlich seine Brille zurecht. „Wirklich interessant, wie der nach seiner Pfeife tanzt. Jetzt baut er schon den zweiten Schneemann unter Josefs Kommando.“

„Und wir Lehrer tanzen nach Melzers. Können nur hoffen, dass das tausendjährige Reich recht bald zusammenbricht.“ Weigelt schüttelte lachend den Kopf. „Ist mir schleierhaft, wie wir seinen Dümmling durchs Abitur kriegen.“

„Ganz einfach, Herr Kollege. Indem sein Vater zur Ortsgruppenleitung geht und die Prüfungsordnung ändern lässt, die dann nämlich besagen wird, dass hinfort die strikte Trennung der Prüflinge aufgehoben ist. So dürfen die beiden dann fein nebeneinandersitzen und Melzer kann bei Tomulka abschreiben.“

Weigelt warf seinem Kollegen einen langen, nachdenklichen Blick zu.

„Wobei das noch eine der harmlosen Kapriolen dieses Regimes sein würde.“

Die Kälte des Schnees war ihnen weit über die Fußknöchel gekrochen.

Mai 1938

„Was fällt dir eigentlich ein, hier so schlampig aufzukreuzen?“, fing Josef einen der frischgebackenen Pimpfe ab, der mit hochrotem Kopf auf den Platz gerannt kam.

„Ich hab keine schwarzen Schuhe“, verteidigte sich der Junge, „meine Eltern haben kein Geld dafür.“

„Mann, die Farbe ist doch völlig egal“, legte Josef nach, „die sind dreckig. Und mit Dreckschuhen trittst du nicht an und schon gar nicht, wenn wir in die Kirche marschieren. Geld für Schuhcreme werdet ihr doch wohl haben, oder?“

„Was kann ich dafür, dass es die letzten Tage so geregnet hat und die Felder matschig sind?“

‚Weißt du eigentlich, wen du vor dir hast?‘, lag es Josef auf der Zunge, heraus aber kam es äußerst freundlich: „Und warum benutzt du dann nicht genau wie alle anderen die Straße?“

„Weil eine von unseren Kühen krank ist und ich im Stall helfen musste. Wenn ich nicht übers Feld gerannt wäre, wär ich noch nicht mal hier.“

Josef beugte sich auf Augenhöhe zu dem Zehnjährigen hinab. „Das nächste Mal redest du mich gefälligst mit Kamerad Jungzugführer an, verstanden“, lächelte er gnädig in Wilhelm-Manier, richtete sich wieder auf und gab sich eine Spur verständnisvoller. „Na gut, dann stopf dir jetzt das Hemd ordentlich in die Hose und mach die Schuhe sauber. Bevor wir losgehen, wirst du sie mir unaufgefordert vorführen, kapiert.“

Es war kurz vor neun, als Josef mit aufgesetztem Wohlwollen den in Zweierreihe angetretenen Jungzug abschritt: seine Jungen, alle wie aus dem Ei gepellt.

Während Josefs Vorgänger großen Wert auf sportliche Höchstleistungen gelegt hatten, war sein Steckenpferd der perfekte Sitz der Uniform und absolute Sauberkeit. Nicht mal in der Woche hätten sie es gewagt, mit ungebügeltem Hemd und Hose zu erscheinen, geschweige denn mit ungeputzten Schuhen.

Es war Josefs einzige Marotte, und der Uniform-Liebhaber Melzer hatte ihn gewähren lassen. Eigentlich trugen die Jungen ihre Kluft nur zu besonderen Anlässen – wie Aufmärschen an Hitlers Geburtstag, am Muttertag oder bei anderen *wichtigen* Ereignissen.

Einer Mutter war wegen der Uniformtragerei der Kragen geplatzt, und sie hatte sich Josef keine drei Wochen nach seiner Einführung zum Jungzugführer auf dem Nachhauseweg von der Schule in den Weg gestellt.

„Josef Tomulka", hatte sie losgelegt, „weißt du eigentlich, was es heißt, acht Kinder großzuziehen? Das Haus putzen, den Garten machen, Essen kochen, Wäsche waschen, von den Windeln ganz zu schweigen?" Sie hatte ihr Jüngstes auf dem Arm, einen fünf Monate alten Säugling. „Und nun kommst du auch noch damit, dass die Jungen mittwochs und samstags lupenrein bei dir antanzen sollen. Kannst du mir mal sagen, was das soll, du Herr Möchtegernführer?"

Zum Antworten ließ sie ihm keine Zeit – nur für ein säuerliches Lächeln. „Du brauchst gar nicht so zu grinsen, du kleiner Herr Gernegroß", polterte sie weiter, „und wenn du zehnmal einer der Herren Jungvolkführer bist. Glaubst du etwa, ich hätte nichts anderes zu tun, als mich um euren Dreck zu kümmern?"

Wenn dich jemand mit Worten angreift, hatte Wilhelm Reckzügel ihm geraten, dann immer tief ein- und ausatmen, bevor du antwortest. Erstens lässt du dich so nicht zu einer unüberlegten Antwort hinreißen, und zweitens macht das einen ungeheuer guten Eindruck.

Und wie es das tat. Josef war immer wieder aufs Neue verblüfft, welch eine Wirkung aufrechte Körperhaltung und nachdenkliches Nicken haben konnten.

„Darf ich fragen, wer Sie sind?", Josef schenkte der Frau ein respektvolles Lächeln, „ich meine, wer von Ihren Kindern in meinem Zug dient?"

„Meine Zwillinge, Bert und Kurt … Artelt", antwortete die Frau barsch, wenn auch ein wenig irritiert und um einiges leiser.

‚Einatmen, ausatmen, lächeln', ermahnte sich Josef.

„Darüber wird sich der Führer aber sehr freuen."

„Mag ja sein", knurrte Frau Artelt, „aber davon wird noch lange nicht meine Wäsche gewaschen. Und ich kann mir nicht vorstellen, dass es im Sinne des Führers ist, dass wegen deines Reinlichkeitsfimmels eine viel beschäftigte Mutter die Nerven verliert, weil sie wegen so einer Anordnung noch weniger zur Ruhe kommt."

„Danke, dass Sie mich drauf angesprochen haben." Josef machte, ohne den Blickkontakt zu unterbrechen, eine leichte Verbeugung. „Das habe ich nicht bedacht." Er hob seine Prinz-Heinrich-Mütze zum Gruß und rührte sich erst, als die Frau in einem der Seitenwege verschwunden war.

„Alle Achtung", hörte er Doktor Bornstein sagen, der die

patientenfreie Zeit nutzte, um die Hecke vor seinem Haus zu schneiden. Das Gespräch hatte unmittelbar vor seinem Grundstück stattgefunden. „Du solltest wirklich die Diplomatenlaufbahn einschlagen, junger Mann."

„So, sollte ich das?", erwiderte Josef kühl, schwang sich auf sein Rad und preschte davon.

‚Wenn ich eins nicht brauch, dann das Lob von einem Juden.'

‚Ach nee', höhnte eine leise Stimme in seinem Kopf, ‚und wie ist das mit dir?'

Josef trat hart in die Bremse, sprang vom Rad und ließ es in die Böschung fallen.

„Und was ist, wenn sie es noch mit anderen getrieben hat?", brüllte er hinter einem Hasen her, der in weiten Zick-Zack-Sprüngen das Weite suchte.

Josef hatte ein einziges Mal seine Geburtsurkunde zu Gesicht bekommen. Sie hatte am Anmeldetag fürs Gymnasium auf dem Küchentisch gelegen. ‚Vater unbekannt' hatte dort gestanden – da, wo normalerweise ein Name eingetragen war. Der Standesbeamte in Ostroppa hatte einen dicken, geraden Strich darunter gemacht – damit es auch ja ins Auge fiel.

Josef atmete tief durch und sah in Richtung Breslau. ‚Es gibt keinen Beweis für einen jüdischen Vater. Und die Fotografie? Wenn die Großeltern eines nicht sind, dann blöd. Sie werden sie weggeworfen, nein, sie werden sie verbrannt haben.' Er presste Ober- und Unterkiefer zusammen, hob sein Fahrrad auf, und fuhr mit schweren Gedanken langsam nach Hause.

Die nächste Aktivität der Pimpfe begann damit, dass sie

50 lange Nägel in die noch freie Wand im Flur des Jugendheims schlugen, woran sie künftig nach Eröffnung und Formalausbildung ihre Kluft zu hängen hatten. Seitdem hatte Josef auch bei den Müttern einen Stein im Brett.

„Wie ihr wisst, sind wir heute angetreten, um an einem besonderen Gottesdienst in der evangelischen Kirche in Reichenbach teilzunehmen."

Josef sprach nicht lauter als nötig. Das kasernenhofähnliche Gebrüll Melzers und vieler Kameraden war ihm zuwider.

„Die Predigt wird heute auf Anordnung unserer Kreisleitung von einem anderen Pfarrer gehalten. Auf dem Weg dorthin werdet ihr schweigen. Genauso wie die Trommeln. Alles, was ich hören will, ist euren Gleichschritt."

Hermann Winkler, der Trommler, verzog enttäuscht sein Gesicht.

„Keine Sorge, wenn wir uns vor der Kirche aufgestellt haben, kannst du richtig loslegen und die Kirchgänger vorab schon mal so richtig wachrütteln."

Die Jungen grinsten. Grinsen war bei Josef erlaubt. Es gab Jungzugführer, die auf solche Art von Meinungsäußerung mit Wutausbrüchen und Strafexerzieren reagierten.

„Also, nach der Aufstellung vor der Kirche … ich habe das für unseren Zug genehmigt bekommen … werden wir als Erstes die erste Strophe des Horst-Wessel-Liedes singen." Josef nickte dem Trommler zu. „Und du, Hermann, kannst dich dabei nach Strich und Faden auslassen und deinem Namensvetter Göring alle Ehre machen. Und wenn wir anschließend den ersten Vers von ‚Ein feste Burg ist unser

Gott‘ singen, trommelst du natürlich nicht mehr. Anschließend geht ihr leise in die Kirche. Die hinteren drei Bankreihen sind für uns freigehalten. Ihr fangt bei der vordersten rechts an, immer sieben Mann in eine. Hinten rückt ihr ein bisschen zusammen. Schließlich will ich ja nicht die ganze Zeit stehen. Wenn die Kirchzeit zu Ende ist, wird jeder von euch auf direktem Weg nach Hause gehen.“

Josef war angespannt. Seine Aufgabe, zu hören und zu sehen und sich besondere Vorkommnisse zu merken, nahm ihn voll in Anspruch. Den Notizblock musste er in seiner Jackentasche lassen. Aber er war nicht der Einzige, der wachsame Augen und Ohren hatte. Wilhelm hatte er sofort ausfindig gemacht, kaum dass er durch die Kirchentür getreten war.

Reckzügels saßen in der fünften Reihe. Wilhelm, der heute keine Uniform, sondern lediglich einen dunklen Anzug trug, hatte sich sofort zu ihm umgedreht und ihm lächelnd zugenickt. Er war seit April ordentlicher Doktor der Medizin, ein Doktor mit ‚magna cum laude‘. Er hatte noch im selben Monat eine Stelle als Assistenzarzt angetreten – an der Berliner Charité, auf derselben Station, auf der er schon zuvor gearbeitet hatte.

Der Pfarrer war ohne lange Vorrede zum eigentlichen Thema gekommen und es gab nicht einen, der wie sonst entspannt auf seinem Platz saß. Sie alle hörten zu – teils mit Entsetzen, teils mit unverhohlener Häme, mal mit offenem Mund oder zusammengebissenen Zähnen, ungläubig den Kopf schüttelnd oder willfährig nickend, dem Pfarrer dabei entweder an den Lippen hängend oder beschämt zu Boden blickend.

Der Protest über das, was er von sich gab, stand einigen deutlich ins Gesicht geschrieben und Josef versuchte, sich so viele wie möglich von ihnen zu merken. Vor allem diejenigen, die demonstrativ die Kirche verließen. Seine Großmutter gehörte auch dazu. Sie, die Katholikin, die lediglich der Aufforderung des Kreisleiters gefolgt war, an dem überkonfessionellen *Ereignis* teilzunehmen, hatte genug von diesem Anti-Gottesdienst. Frieda Tomulka hielt dabei ihren Kopf nicht gesenkt, sondern schritt hoch erhobenen Hauptes den Mittelgang entlang dem Eingangsportal entgegen. Josef tat, als sähe er sie nicht. Als sie kurz neben seiner Bank stehen geblieben war und mit ihrer Hand seine Schulter berühren wollte, beugte er sich nach vorn und machte sich an seinen Schnürsenkeln zu schaffen.

Gerald Heise, nicht im Talar, er trug lediglich einen schwarzen Anzug und eine schwarze Krawatte, war ohne Umschweife – mit gerunzelter Stirn und lautstark – zur Sache gekommen. Dass es an der Zeit sei, den Seelen der Gemeinde Reichenbach endlich das anzuvertrauen, was ihm persönlich schon lange auf der Seele läge, und dass er hoffe, dass sie die Worte in ihren Herzen bewegen, die vorzutragen er sich berufen fühle, um Reich und Führer, Volk und Vaterland zu stärken.

„Liebe Gemeinde", war er fortgefahren, referierte mit anklagendem Tonfall, den er fast die ganze Zeit beibehielt, seine Hände dabei immer wieder krampfhaft den Rand der Kanzel umklammernd. Tat so, als müsse er sich festhalten, als könne ihn das, was er ihnen zu sagen hatte, aus dem Gleichgewicht bringen.

Aus der ‚lieben Gemeinde' wurde erst ‚Brüder und Schwestern‘, später ‚Ihr lieben hier Versammelten‘ und zum Schluss schlicht und einfach ‚Ihr Anwohner von Reichenbach‘.

Dass Luther die Juden liebte, er gar nicht anders konnte, da auch Jesus ein Mann dieses Volkes war, war an die ‚liebe Gemeinde‘ gerichtet. Er hatte dabei beide Arme hoch über seinen Kopf gehoben und sie mit einem lauten Seufzer wieder sinken lassen. Wie der große Reformator ebendiesen Juden von Herzen den Weg in die Reihen der christlichen Gemeinschaft der Heiligen hatte ebnen wollen, richtete er an die ‚lieben Brüder und Schwestern‘. Der gute Luther, der von den Juden so sehr enttäuscht worden war!

Die ‚lieben hier Versammelten‘ erlebten ihn daraufhin schniefend. Den Blick dabei starr auf das vor ihm liegende Blatt Papier gerichtet, las er Zeile für Zeile Luthers Thesen wider den Judenmenschen vor und wurde dabei abwechselnd rot und blass.

Eine halbe Stunde lang spuckte er Gift und Galle und verkündete, dass diese sieben Thesen genauso bedeutungsvoll wie die 95 seien, die der Reformator einst an Wittenbergs Schlosskirche geschlagen hatte.

„Ihr Bewohner von Reichenbach“, geiferte er zum Schluss, „drum weg mit ihnen aus unseren Reihen.“ Heiser war er inzwischen geworden, der kleine Heise, der sich bei seiner Rede immer wieder mal auf die Zehenspitze stellte, um seine mangelnde Körpergröße wettzumachen.

Als er seine Wortattacken mit einem donnernden „Amen“ beendete, zuckten einige zusammen. Hätte er *Sieg Heil* gebrüllt, es wäre ihnen nicht anders ergangen.

Einige betreten, andere blass oder mit hochrotem Kopf, fragend oder zustimmend nickend, verließ einer nach dem anderen schweigend das Gotteshaus. Verließ es unter Josefs wachsamen Augen. Er hatte mit auf dem Rücken gefalteten Händen vor der Kirchentür Stellung bezogen und wartete auf Wilhelm und Familie.

Es war kurz nach dem Mittagessen. Josef war nach draußen gegangen, um nach den Kaninchen zu schauen.

„So ein verdammter Dünnschiss", hörte er Vater Reckzügel sagen. Vater Reckzügel, der nie ausfallend wurde, saß neben seiner Frau auf der Bank unterm Apfelbaum. Dass Josef in der Nähe war, hatten sie nicht wahrgenommen.

„Lass gut sein, Vater", hörte er seine Frau antworten.

„Gut sein. Was soll daran gut gewesen sein?"

„Wie eng Genie und Wahnsinn doch beieinanderliegen."

„Genie?"

„Ehestandsdarlehen, KdF, Autobahnen …"

„Das darf doch wohl nicht wahr sein. Willst du ihn damit etwa in Schutz nehmen? Womit finanziert dieser Dämon das wohl? Indem er die Reichen, die großen Denker, die Juden enteignet und vertreibt!"

„Wenn das stimmt, was dieser Heise uns erzählt hat, dann lagen bei Luther Genie und Wahnsinn auch nicht weit auseinander. Legt sich mit Papst und Kaiser an, übersetzt die Bibel und dann sein Hass auf die Juden."

„Und unser Sohn? Der Wilhelm …", fuhr Mutter Reckzügel nach einer Weile fort. Der Rest versank in Murmeln.

„Und, wie fühlst du dich nach so einer … Rede?", fragte Wilhelm, als Josef ihn am späten Nachmittag zum Bahnhof begleitete.

Josef hielt für einen Moment die Luft an. Fragen durchzuckten ihn wie Wetterleuchten am abendlichen Horizont, reihten sich aneinander, tauchten auf und verschwanden. Zeit zum Antworten ließen sie ihm nicht. ‚Was überhaupt interessieren ihn meine *Gefühle*? Warum nicht das, was ich *denke*? Denk ich was? Fühl ich was? Muss ich das? Meine Mutter. Diese Kippa. Dieses Bild. Hat er von irgendwas Wind bekommen?‘

Josef atmete tief durch. In seinem Kopf kehrte wieder Ruhe ein.

„Hast du das etwa eingefädelt, das mit Heise hier?“, fragte Josef, erstaunt darüber, wie sehr ihm die Schauspielerei in Fleisch und Blut übergegangen war. Er grinste anzüglich und knuffte Wilhelm freundschaftlich in die Rippen.

„Die Kreisleitung hat von mir einen entsprechenden Hinweis bekommen. Wird schließlich Zeit, dass sich hier etwas bewegt.“

Weder auf dem Nachhauseweg noch beim Mittagessen hatten die Reckzügels ein Wort über die *Predigt* verloren. So, als wäre sie ohne Bedeutung. So, als hätte sie keinerlei Eindruck hinterlassen, plauderte man über die gut aufgegangene Saat, dass man mit einer ertragreichen Ernte rechnen könne und dass alles bestens liefe im Kreis.

Wilhelm hatte zum x-ten Mal seine Eltern damit aufgezogen, wie aufgeregt und fassungslos sie ihm 14 Tage zuvor durch die Reichshauptstadt gefolgt waren. So eine große Stadt, so viel Verkehr, so viel Wohlstand. Seitdem allerdings machten sie sich Gedanken, wovon das bezahlt wurde – so weit das Auge reichte nichts als Leuchtreklame, hell erleuchtete Straßen, Schaufenster und Wohnungen. Eine Stunde

Strom kostete schließlich 35 Pfennige. Dafür konnte man sieben Semmeln kaufen oder ein kleines Brot. Selbst bei den reicheren Leuten im Kreis wurde das Licht nur dann eingeschaltet, wenn es nicht mehr anders ging. Die abendliche Dunkelstunde – die Zeit der Dämmerung – war nicht nur bei Reckzügels die gemütlichste des Tages. Da saß man zusammen und redete. Dazu brauchte man kein Licht und, wenn man spielte, dann nur so lange, wie die Spielkarten, die Farben der Spielsteine oder die Punkte der Würfel noch zu erkennen waren.

„Wie soll ich mich fühlen?“

Josef wusste, dass es keinen Zweck hatte, nicht auf Wilhelms Fragen einzugehen, und so hatte er seine Frage naserümpfend gestellt, mit einem lang gezogenen „Ü“ – mit den Fingern seine Fahrradklingel schnippend.

Bedauernd warf er einen Blick nach hinten. Natürlich hatte Adolf Melzer den Gepäckträger längst repariert. Wilhelm hatte diesmal keinen Grund, hinter ihm zu gehen. Sein Koffer stand kerzengerade und ruckte nicht. Josef mochte es gar nicht, wenn Wilhelm ihn fixierte … wie eine Katze die Maus.

„Es interessiert mich einfach“, hakte Wilhelm im Plauderton nach. „Meine letzten Vorlesungen über Psychologie waren wirklich hochinteressant. Ist schon ein Phänomen, wie unterschiedlich selbst eineiige Zwillinge sein können, wie unterschiedlich sie mit anderen umgehen, was sie mögen oder nicht. Einer kann gut rechnen, der andere dafür besser schreiben, der eine ist ständig krank und der andere ist kerngesund, einer wird ein guter Mensch und der andere zum Verbrecher.“

„Gute Zwillinge, schlechte Zwillinge … gute Großeltern und rei-zen-de, gute Mütter und schlechte“, zischte Josef.

Wilhelm pfiff durch die Zähne. Das war zwar keine klare Antwort, aber das Gespräch entwickelte sich nach seinen Wünschen.

„Na gut, Themenwechsel“, sagte er, spann den Faden aber weiter, „gut und schlecht, Wahrheit und Lüge. Dass Verbrecher ins Gefängnis gehören ist klar, oder?“

„Wohin denn sonst?“

Wilhelm Reckzügel lachte leise. „Und wohin kommen unartige Pennäler?“

„In den Karzer.“ Josef grinste. „Vor 14 Tagen hat's endlich den Adolf erwischt. Drei Stunden hat er in der fensterlosen Bude verbracht und ein Blatt nach dem anderen beschrieben: *Tafeln während der Schulzeit nicht ölen.*“

Josefs Lachen kam von Herzen, es war nicht gestellt.

„Man darf halt nicht immer alles glauben, was die Oberprimaner sagen. Aber, alle Achtung, verpetzt hat er sie nicht. Und dass man ‚während‘ mit „h“ schreibt, hat er dabei auch gelernt.“

„Ob man die Leute, die heut während der Predigt rausgegangen sind, auch in einen Karzer stecken sollte?“ Wilhelm zog seine Taschenuhr hervor, ein Erbstück seines Großvaters, das er gerne zur Schau stellte, hielt sie an sein Ohr und begann, sie bedächtig aufzuziehen. „Nicht etwa, um sie irgendwelche Sätze schreiben zu lassen. Auch nicht etwa ‚ora et labora‘, sondern ‚arbeite und … denke‘. In dieser Reihenfolge und nicht anders. Arbeiten schafft nämlich die Grillen aus dem Kopf, arbeiten macht den Kopf frei. Frei, um über schlechtes Verhalten nachzudenken, oder darüber, warum uns der Führer vor den Machenschaften der Juden schützen will."

„Ein Karzer für Erwachsene? Keine schlechte Idee. Wüsste einige, die da hineingehörten. Übrigens, die Namen von … von diesen *Redeflüchtigen* hab ich aufgeschrieben." Josef zog einen fein säuberlich zusammengefalteten Zettel aus seiner linken Hosentasche und hielt ihn Wilhelm unter die Nase. „Der Briefkasten der Kreisleitung wartet schon auf ihn."

Die Oktavhefte im Apfelbaum gab es nicht mehr. Zwei Abende vor der Beerdigung seiner Mutter hatte Josef sie aus dem alten Versteck geholt, unter die Matratze seines Betts bei den Reckzügels geschoben und ein paar Tage später verbrannt. Seitdem wanderten seine Beobachtungen, geschrieben auf ganz normales Schreibpapier, direkt in den Briefkasten der Reichenbacher Ortsgruppenleitung. Wilhelm hatte Josefs Vorschlag wohl oder übel zustimmen müssen. Er war immer seltener nach Hause gekommen und der Nachrichtenumweg über ihn würde nur noch mehr verspätete *Erziehungsmaßnahmen* zur Folge haben. Zudem hatte Josef inzwischen spitzgekriegt, dass nicht alle Vorladungen, Schikanen und Verhaftungen nach Wilhelms Hinweisen erfolgt waren.

„Ich hätte nicht gedacht, dass das so gut klappt." Wilhelm warf Josef einen anerkennenden Blick zu. Die Frage, ob auch der Name seiner Großmutter darauf stand, verkniff er sich, aber anscheinend konnte sein Schützling Gedanken lesen.

„Und an erster Stelle steht der Name von Frieda Tomulka", sagte Josef kalt und sah dabei seinem Förderer lächelnd ins

Gesicht. „Ich sehe nicht ein, warum ich sie schonen sollte. Hat Heise nicht gesagt, dass Gottes Mühlen langsam aber fein mahlen, und dass sich alle Schuld auf Erden rächen wird? Warum soll sie nicht bezahlen für das, was sie mir angetan hat? Skrupel hab ich jedenfalls keine."

Josef blieb stehen und schüttelte den Kopf. „War es das, was du im Sinn hattest, als du mich fragest, wie ich mich fühle?"

Wilhelm gab keine Antwort.

„Wenn schon Zwillinge verschiedener Meinung sein können, warum dann nicht auch Großeltern und Enkel? Sie haben was gegen den Führer und ich nicht. Wie ich mich fühle? Mensch noch mal, wie soll man sich denn fühlen bei so was?"

„Ja, ja, ist ja gut."

Wilhelm Reckzügel sah Josef mit hochgezogenen Augenbrauen an. ‚Wortgewandt und skrupellos. Interessant, sehr interessant.'

„Also, diese Sache mit dem Karzer. Ich will nicht lange um den heißen Brei herumreden und setze bei dem, was ich jetzt sagen werde, dein Stillschweigen voraus. Früher oder später aber werden alle davon wissen und sie zu schätzen lernen – diese Stätten, in denen der Führer Gegnern und Uneinsichtigen Zeit zum Umdenken gibt."

Wilhelm räusperte sich, senkte seine Stimme und sah sich kurz um. Außer ihnen war niemand zu sehen, weder auf der langen Chaussee noch auf den Feldern rechts und links.

„Die neu geschaffenen …", er zögerte einen Augenblick, „Siedlungen, dort, wo am Tage gearbeitet wird und am Abend Schulungen stattfinden, so lange, bis jeder Einzelne begriffen hat, was seine Aufgabe im Staat ist, sind weitläufig. Gut, sie sind eingezäunt, aber es geht dort so munter zu wie in jedem x-beliebigen kleinen Dorf … mit einem Angebot an Kurzweil, Unterhaltung und Weiterbildung, von dem mancherorts nur geträumt werden kann. Kon-zen-tra-tions-la-ger nennt der Führer sie."

Wilhelm ließ die Silben über seine Zunge rutschen, als schlitterten sie über Glatteis. In Berlin, in seinem Umfeld, in Parteikreisen, sprach man wie selbstverständlich darüber, aber hier in dieser heimatlichen Idylle ging ihm das Wort nicht so leicht über die Lippen. „Dort lernt man arbeiten und sich aufs Wesentliche zu konzentrieren."

„Nicht schlecht." Josef schob seine Unterlippe nach vorn. „Und woher weiß man, dass sie es begriffen haben? Müssen die am Ende eine Prüfung ablegen?"

„Wie kommst du denn da drauf? Nein, das sind Erfahrungswerte, außerdem werden sie sehr gut beaufsichtigt …"

„Überwacht und kontrolliert", fiel ihm Josef ins Wort.

„Woher in Teufels Namen …?" Wilhelm wurde steif und kniff seine Augen zusammen. „Hat euch Melzer etwa schon davon erzählt?"

Josef schüttelte den Kopf, sah stur geradeaus und fragte sich, warum Wilhelm seine letzte Bemerkung so in Rage gebracht hatte. Überwachen, kontrollieren, ganz weit Augen und Ohren aufsperren, das war doch an der Tagesordnung.

„Tu mir einen Gefallen, Josef, und rede auch nicht mit meiner Familie darüber. Wenn die Zeit reif ist, dann werd ich das selber tun. Klar?"

„Wenn du meinst. Ich versteh nur diese Heimlichtuerei nicht. Besserungsanstalten sind doch nichts Neues."

„Woher hast du das denn?“

„Geschichtsunterricht. Ich geh zur Schule. Ich lerne was.“

Wilhelm räusperte sich. „Manche Dinge verstehen die Eltern halt nicht. Genauso wenig wie das mit dem Stromverbrauch der Berliner Straßenbahnen. Zeit ist Geld und wenn Räder rollen sollen, muss man dafür Opfer bringen.“

„Was für Opfer?“

Wilhelm runzelte unwillig die Stirn. „Mal ist es Zeit, mal ist es Geld. Wer es in seinem Land schön und bequem haben will, muss jedenfalls bereit sein, etwas dafür zu opfern. Oder von mir aus nenn es *leisten*“, sagte er scharf und blieb stehen. „Außerdem, wem das Fahrgeld zu teuer ist, der muss halt früher aufstehen und laufen. Kein Mensch sagt, dass man mit den Dingern fahren *muss*.“

Plötzlich nahm Wilhelm Josef die Mütze vom Kopf, warf sie in die Luft und setzte sie ihm wieder auf – verkehrt herum – und grinste. „Ach, lass uns von was anderem reden. Was macht eigentlich die Funkerei?“

Josef sah betreten zu Boden.

Diese eine Frage, und alle Zweifel, alle Einwände, auch die der Reckzügels, die er vor wenigen Stunden gehört hatte, waren wie weggeblasen. Wilhelm sorgte sich, kümmerte sich, um ihn und um *seine* Jungen. Um sein Vaterland. Dass es den Menschen darin gut geht, dass … ‚Mein Misstrauen hat er nicht verdient, unser aller nicht!‘, durchfuhr es ihn.

„Entschuldige, Wilhelm“, sagte er kleinlaut und bekam einen roten Kopf. „Nicht mal geschrieben hab ich’s dir.“

„Lass gut sein. Hattest wirklich genug um die Ohren.“

„Trotzdem. Wie konnte ich das nur vergessen? Melzer ist noch immer ganz aus dem Häuschen.“

Was damals an seinem zwölften Geburtstag auf dem Rücksitz von Wilhelms Autos gelegen hatte, war ein kleines, feines, funktionstüchtiges Morsegerät gewesen – für ihn und seine Jungen – eines dieser kleinen Geräte wie sie die Reichsbahn benutzte und Wilhelm hatte damit mal wieder genau den richtigen Nerv bei Josef getroffen.

„Und, *funkt* ihr schon ein bisschen?“

Josef klatschte leise mit den Händen. Dreimal kurz, dreimal lang, dreimal kurz.

„SOS. Hörst du? Wilhelm, wir morsen! Es ist nicht zu fassen. Wir morsen … mit Händedruck, Augenzwinkern und Handzeichen, wir können's mit Trillerpfeifen, Trommeln, Taschenlampen, Handspiegeln und den Füßen. Überall“, diesmal klatschte Josef laut und lachte, „nur in der Schule, da ist es inzwischen verboten.“

„In der Schule?“

„Oh ja! Solange, bis die Lehrer dahinterkamen, warum einige während der Klassenarbeiten nervöse Zuckungen bekamen. Ob Rollke nur der Überbringer der Nachricht war, ich hab's nicht rausbekommen, aber in einer großen Pause hat er mir seine Hand in den Nacken gelegt und mir unmissverständlich klargemacht, dass diese Art der *Verständigung* umgehend aufzuhören habe. *Um-ge-hend!*“

„Gestern war gestern und heute ist heut“, sagte Güttler knapp.

Richard Güttler, der Religionslehrer, war nicht bereit, während seines Unterrichts über die Predigt von Pfarrer Heise auch nur ein einziges Wort zu verlieren.

„Und das kannst du deinem Herrn Vater gerne ausrichten, Adolf. Überhaupt, wer Ohren hat, der höre. Ich werde mir nicht anmaßen, dem noch etwas hinzuzufügen."

Für ihn war die Angelegenheit damit erledigt, und er ließ im Alten Testament das Buch Daniel aufschlagen.

„Wir werden uns heute mit einem besonders tapferen jungen Mann beschäftigen, einem, der seiner Überzeugung und Gesinnung nicht zuwidergehandelt hat – der ein Paradebeispiel an Treue und Ergebenheit war. Josef, fang an zu lesen, ab Vers zwei."

Josef, der sich kaum am Religionsunterricht beteiligte, war von Güttler die Rolle des Vorlesers zuteilgeworden – in der Hoffnung, dass auf diese Weise wenigstens etwas davon in ihm hängen blieb. Güttler war sich zudem bewusst, dass die gestrige Predigt Wasser auf seine Mühle war. Der Triumph in seinen Augen, als er neben Wilhelm Reckzügel aus der Kirche trat, war unübersehbar gewesen. Sein jetzt betont langsames Geblättere begann Güttler auf die Nerven zu gehen, und so ließ er sich zu einem Satz hinreißen, der ihm nicht nur ein recht unangenehmes Verhör auf der Kreisleitung einbrachte, sondern auch die Lehramtsbefähigung hätte kosten können.

„Josef, jetzt beeil dich gefälligst. Bei der Übersetzung der Bibel wird der Herr Reformator seine sieben Sinne wohl noch beisammengehabt haben."

Ortsgruppenleiter Johann Tenkhoff war nicht wohl bei der Sache. Güttler war sein Nachbar, er mochte ihn, mochte seine Frau und seine vier Kinder, und vor allem mochten ihn seine Söhne, die neben dem Religionsunterricht auch Sport bei ihm hatten.

Sollte er die anonyme Nachricht einfach ignorieren? Aber was, wenn man ihn auf die Probe stellen wollte? Ein Gespräch unter vier Augen – von Nachbar zu Nachbar – würde da nicht ausreichen. Seine Sekretärin war eine Hundertfünfzigprozentige, die, seitdem sie in Berlin Hitler und Goebbels aus nächster Nähe gehört und gesehen hatte, völlig vernarrt in alles war, was nationalsozialistisch daherkam. *Mein Kampf* war ihre Bibel geworden. Wenn er morgens das Büro betrat, hatte sie schon ihre Nase hineingesteckt, las, unterstrich und machte Randbemerkungen.

Tenkhoff blieb nur eines: Die Flucht nach vorn antreten. Dass er die Vorladung persönlich vorbeibringen würde, schnarrte er sie an, damit jeder weiß, dass er über den Dingen stehe, sich nicht ducke vor irgendwelchen Titeln, Berufen oder Ämtern und auch keine Rücksicht auf Nachbarn nehmen werde.

Er traf sich mit Güttler am gemeinsamen Komposthaufen noch vor der offiziellen Aushändigung der Vorladung, die gut 30 Minuten später vor dessen Haustür stattfand. Das Verhör war für den morgigen Mittwoch um zehn Uhr angesetzt, während der Unterrichtszeit.

„Anonym?" Güttler runzelte die Stirn. „Eine Schülerhandschrift?"

„Es ist schwer zu sagen."

„Es kann nur einer infrage kommen."

„Und der wäre?"

„Tomulka, wer sonst? Keiner hat auf meine Bemerkung reagiert, nur er. Sein Blick gefiel mir gar nicht."

Tenkhoff griff sich eine Handvoll Humus und hob sie dicht vor seine Nase.

„Die Ida Weller, meine Sekretärin, muss dabei sein, sie muss das Protokoll aufnehmen, es geht nicht anders“, raunte er, er schien sich nicht satt riechen zu können an dem leicht feuchten Boden, „aber ich tu mein Bestes.“

Das *Verhör* dauerte eine gute halbe Stunde. Tenkhoff zog es absichtlich mit Zitaten und langatmigen Ergänzungen zu Hitlers Ausführungen über den politischen Missbrauch der Religionen in die Länge und ließ Ida Weller die entsprechenden Passagen aus *Mein Kampf* vorlesen. Sie war damit mehr als zufriedengestellt. Dann ließ er eine weitschweifige Auslegung über den Langmut des Führers folgen und stellte Vergleiche zu dem des Doktors Luther her. Langmut, den sich die Juden bei beiden verscherzt hatten.

„Das kam doch nicht von ungefähr!“, schloss Tenkhoff seine Ausführungen und machte mit einer Handbewegung Güttler klar, dass es jetzt für *ihn* an der Zeit war, das Wort zu ergreifen.

„Und das ist doch genau das, was wir alle und insbesondere wir Lehrer den Schülern vermitteln müssen und was zu meinen vornehmsten Aufgaben gehört“, gab sich Güttler kämpferisch, hoffend, dass ihm vor allem Ida Weller nicht anmerkte, wie angespannt er innerlich war, und hob selbstbewusst den Kopf.

„Können Sie sich vorstellen, was es in diesen Zeiten bedeutet, wie schwer es ist …“, übernahm er Tenkhoffs dozierenden Tonfall und war für einen Moment erschrocken, wie leicht es ihm fiel, dem Geschwafele Hitlers über Jugend und Erziehung noch eines draufzusetzen.

„Die deutsche Jugend“, begann er, „aufgeweckt, wie sie

ist, kann nicht genug darüber aufgeklärt werden, wie wichtig es ist, sich ihrer Wurzeln zu besinnen. Und ein Teil dieser Wurzeln ist, und der Führer hat daran keinen Zweifel gelassen, eine den Menschen kraftgebende Religion. *Ich suche nicht das Meine, sondern allein des ganzen Deutschlands Glück und Heil.* Dieser Aussage Luthers hat der Führer sich ganz und gar verschrieben und …"

Güttler winkte ab und machte eine Pause, eine mit erhobenem Zeigefinger und fuhr mit gerunzelter Stirn und eine Nuance lauter fort: „Wissen Sie, wir schwer es ist, das in die jungen Menschen einzupflanzen – das Bibelwort, meine ich? Wenn man erkennen muss, dass man als Lehrer für Religion als Unterhalter, wenn nicht gar als Märchenerzähler angesehen wird?" Güttler schlug mit beiden Händen auf seine Beine. „Diese alttestamentarische Geschichte um diesen Josef, an dem es mir an diesem Tag ging, hat gerade für unsere Jungen solch eine immense Bedeutung, ist sie doch so ein Vorbild dafür, welch Segen es mit sich bringt, wenn man um Führung bittet und dieser vertraut." Güttler holte theatralisch Luft. „Da muss ich ob meines Unmuts wohl falsch formuliert haben … wobei … sicher bin ich mir nicht."

Als Güttler durchgeschwitzt das Büro verließ, wusste er selbst nicht mehr, was er da zusammengefaselt hatte, von Ida Weller ganz zu schweigen. Sie war einfach nur selig darüber gewesen, dass der große Gymnasiallehrer sie gebeten hatte, noch einmal den Führer zum Thema *Konfessionelle Zwietracht* zu zitieren.

Ida Weller bekam auch nicht mit, dass Tenkhoff den Zettel mit Josefs Nachricht unauffällig in einer Tasche seiner Uniform verschwinden ließ. Als er sie am nächsten Tag aufforderte, ihn ihr nochmals zwecks Begutachtung der Handschrift vorzulegen, suchte sie ihn vergebens und konnte sich einen langen Vortrag über den sorgfältigen Umgang von Beweismaterial anhören.

Güttler war nicht der Einzige, dem dieser Tag in schlechter Erinnerung blieb und das, obwohl die frostbringenden Eisheiligen dem Gestern angehörten, und sich Flora, Fauna und Mensch allesamt der Sonne entgegenreckten. Doch die Staatsmacht verdrängte Wärme und Wohlwollen, griff kalt und unbarmherzig zu und streute Samen, die Josefs sonst so unerschütterlichen Überzeugungen den Nährboden nahmen.

„Natürlich ist das nur ein Tropfen auf den heißen Stein", hörte Josef, der wieder als einer der Letzten das Schulgelände verließ, und drückte sich eng an den Torbogen.

„Nicht mal richtig verabschieden kann man sich", drang eine Frauenstimme, schrill vom gegenüberliegenden Pfarrhaus zu ihm herüber. Und dann sah er sie auch schon auf den Gehweg zueilen: Eine der Frauen, die auch zu denen gehörte, die während Heises Rede die Kirche verlassen hatten. Josef hatte sich inzwischen schlau gemacht, um wen es sich gehandelt hatte, wie sie hieß und wo sie wohnte: Else Winkler, Baudengasse 17. An der Lenkstange ihres Rades hingen zwei voll beladene Taschen, eine weitere stand schwankend in der Deichsel und eine vierte klemmte im Gepäckträger.

„Wollen Sie nicht doch lieber zweimal fahren?"

Hilflos sah Pfarrer Kamberg zwischen den Taschen und der Frau hin und her.

Rasch wechselte Josef die Straßenseite. Wenn es hier nichts zum Auskundschaften gab, wo dann sonst?

„Kann ich Ihnen helfen?", fragte er und setzte sein einnehmendstes Lächeln auf.

„Ach nee. Was für eine Überraschung. Der Tomulka-Josef. Unser Jungzugführer Nummer eins. Melzers Vorzeigebub, nicht wahr?"

Else Winkler machte keinen Hehl daraus, dass sie ihm nicht wohlgesonnen war und sah ihn mit hochgezogener Augenbraue an.

Wider Willen wurde Josef rot bis unter die Haarspitzen und schluckte.

„Jeden Tag eine gute Tat, steht sogar in unserem Leistungsheft", brachte er betont langsam heraus und hob, ohne ihre Zustimmung abzuwarten, die Taschen von Deichsel und Gepäckträger auf sein Rad.

Den Umweg über die Innenstadt nahm er mit der Gewissheit, dass hier irgendetwas im Gange war, gern in Kauf.

„Gibt's ne Feier?", fragte Josef, als er beim Abladen vor Else Winklers Haus einen Blick in die Taschen warf. Die beiden hatten bis dort nicht ein einziges Wort miteinander gewechselt.

„Nein", erwiderte sie barsch, „das ist Reiseproviant."

Sie sah Josef durchdringend an.

„Kann es sein, dass der Herr Jungzugführer tatsächlich nichts davon mitbekommen hat, dass man heute bei uns mit der Judenverschickung beginnt? Genauso, wie es am Sonntag von diesem heiseren Heise angekündigt wurde? Reiseproviant ist das. Und kein Gramm zu viel. Den werden wir ihnen doch wohl noch mitgeben dürfen, oder?"

Else Winkler hob ächzend eine der Taschen hoch. Hinauf bis vor Josefs Nase.

„Jeden Tag eine gute Tat. Wie wär's denn, wenn du mit deinen Jungs die Sachen verteilen würdest? Wo doch heute sowieso euer Trefftag ist."

Josef kniff die Augen zusammen und überlegte.

„Warum nicht", sagte er gedehnt, „wer reist denn ab?"

„Na, das hast de aber schön gesagt", antwortete Else Winkler sarkastisch, „ganz genau. Die Peterswaldauer. Die Reichenbacher bleiben noch zu Hause. Bis auf die Rosenzweigs und Nussers, die gehen auch schon heute, aber freiwillig. Genau wie Doktor Bornstein."

Josef starrte auf seine Füße. Der Möbelwagen vor dem Haus des Arztes war nicht zu übersehen gewesen.

„Und wann packen die andern, wann ziehen die weg?"

Else Winkler tippte sich an die Stirn. Am liebsten hätte sie ihm auf die blank geputzten Schuhe gespuckt.

„Junge, wo lebst du eigentlich? Die werden ab-ge-holt, zur polnischen Grenze gebracht und da geht's zu Fuß weiter."

„Und ihre Sachen?" Die Frage kam so dümmlich, dass er sie gern zurückgenommen hätte.

„Die bleiben hier. Wo denn sonst? Die nehmen mit, was sie tragen können. Nicht mehr und nicht weniger."

„Und wann soll's losgehen?"

„Wenn Jungvolk, Hitlerjugend und alle Peterswaldauer im tiefen Schlaf liegen. Morgen früh, wenn du zur Schule fährst, ist alles vorbei ... dann sind alle weg, und was in den Wohnungen zurückgeblieben ist, holen sich entweder die Parteibonzen oder es wird unter den kinderreichen Familien verteilt. Der Führer …“, Else Winkler schnaubte verächtlich, „*der Führer,* ha. Mann, der ist ja so verdammt sozial.“

„Jeder kriegt, was er verdient“, sagte Josef schnippisch und schwang sich auf sein Rad.

„Stopp!“ Else Winkler hielt ihn am Gepäckträger fest. „Wird nun was aus eurer Hilfsaktion oder nicht?“

„Reicht das, wenn wir um drei hier sind?“

„Aber gewiss doch, mein Herr“, sagte sie verächtlich und fing unvermittelt zu lachen an. „Eine Nacht- und Nebelaktion sollte das werden. Dass jetzt ausgerechnet der Herr Jungzugführer den Braunen die Suppe versalzen wird … das ist ja zu schön!“

Josef trat in die Pedale. Für so was musste er sich unbedingt die Rückendeckung von Melzer holen, und der würde heute in der Mittagszeit zu Hause sein. Als Angestellter der Gasanstalt war er während der Monatsmitte immer unterwegs, um die Groschen aus den Automaten einzusammeln. Die Umrüstung auf die bargeldlose Gasabgabe war bisher zögerlich verlaufen, zumal die alte Methode für die zahlungsschwächeren Abnehmer nach wie vor die beste war. Wer keinen Groschen in den Automaten einwerfen konnte, bekam kein Gas. So einfach war das. ‚Wer nicht rechnen kann, muss fühlen!‘

Josef hatte es schlau eingefädelt. Einer Kriegerwitwe einen Dienst abschlagen, das tut man nicht. Da war Melzer vollkommen Josefs Meinung. „Außerdem, der Führer sieht das bestimmt genauso.“

Fünf Pimpfe wurden von Melzer für diese Aktion *berufen,* er ließ es sich nicht nehmen, in dieser Angelegenheit persönlich zu Josefs Jungen zu sprechen. Selbstverständlich hatte er die Auswahl vorab mit ihm besprochen.

„Meine jungen Freunde“, donnerte er den angetretenen Jungen entgegen, „die Hitlerjugend, zu der auch ihr … das Jungvolk gehört, hat sich das Recht zur Führung der gesamten deutschen Jugend nicht dadurch erworben, dass sie hinter dem Ofen gesessen hat. Möge Wachsamkeit, Klugheit und Einsatzbereitschaft genauso eine Zier von euch werden wie von eurem Zugführer Kamerad Tomulka.“

Josef war klug genug gewesen, ihm nichts über die bissigen Bemerkungen von Else Winkler zu erzählen. Er würde sie weiter im Auge behalten und sehen, wer noch alles zu dem Kreis der Uneinsichtigen gehörte, wie Wilhelm Reckzügel diese Kategorie Staatsbürger gerne bezeichnete. Wilhelm hatte ihm oft genug erklärt, dass sich bei dieser Art von Schadensbekämpfung das Sprichwort *Gut Ding will Weile haben* stets aufs Beste bewährt hatte. „Oftmals ist es von Vorteil, nicht gleich einzelne Leute zu melden“, hatte er ihm eingeschärft, „beobachte, was sie tun, wo sie hingehen, ob sie sich mit anderen treffen, und dann kann man die ganze Mischpoke zusammen hochgehen lassen.“

„34 Personen werden heute unser Peterswaldau verlassen, in eine neue Heimat ziehen.“ Melzers Worte rissen Josef wieder in die Gegenwart zurück. „Eine großartige Idee der Witwe Winkler, ihnen im Namen unserer Gemeinde ein wenig Wegzehrung mitzugeben. Macht euch also auf und wünscht ihnen für ihr Fortbestehen alles Gute … im Namen der Jugend, der Kreisleitung und im Namen des Führers.“

„Hat er wirklich von *neuer Heimat* und *Fortbestehen* gesprochen?“ Helen legte die Hände über dem Kopf zusammen, so fest ineinander verschränkt, dass ihre Knöchel schmerzten, doch der Schmerz war nichts verglichen mit dem, was Josse fast sachlich einzuleiten begann.

„Sechs jüdische Familien wohnten in Peterswaldau: Dr. Bornstein, ein Schneidermeister, zwei Textilfabrikanten, ein Webermeister und der Hauptbuchhalter einer Spinnerei. Es war Zynismus in Vollendung. Sechs Jungen in makelloser Kluft, bepackt mit Lebensmitteln, die wir vorher bei deiner Urgroßmutter gerecht aufgeteilt hatten. So zogen wir mit einem kleinen Handwagen von Haus zu Haus und überbrachten den Familien Grüße von Führer, Volk und Vaterland. Lebt wohl, sagten sie, und wir schmetterten ihn jedes Mal ein fröhliches, aufrichtiges ‚Heil Hitler‘ entgegen“.

„Und, waren sie in … Reisestimmung?“

„Sie waren … freundlich. Als wir bei Bornsteins eintrafen, verließen gerade einige seiner Patienten und Nachbarn das Haus. Waren zum auf Wiedersehen sagen gekommen. Bornstein hatte drei Kinder. Was wohl aus ihnen geworden ist? Die beiden Mädel, Zwillinge gingen zum Lyzeum und der Sohn ging wie ich aufs Gymnasium.“

Josse stand auf, hob einen Stein hoch und schleuderte ihn gegen einen Baumstamm.

„Es war bei ihnen genauso wie bei allen anderen. Sie nahmen die Sachen dankend an, klopften uns auf die Schultern oder umarmten uns sogar. Meine Pimpfe, mein ich, nicht mich. Sobald sie näherkamen, trat ich immer zwei, drei

Schritte zurück. Das haben sie verstanden, das hat gereicht. Nur bei Bornsteins, da war es ein bisschen anders, da war ich der Letzte, der das Haus verließ, und ich frag mich seitdem immer wieder, was ihm meine Mutter wohl anvertraut hat. *Ach, Junge,* hatte Bornstein gesagt, als ich schon vor der Haustür stand, *bei deiner Geschichte … ich kann's dir nicht mal übel nehmen. Ich wünsch dir nur, dass du nicht noch tiefer reinschlitterst und vor allem, dass du alles so unbeschadet wie nur irgend möglich überstehst.*"

Josse zupfte verlegen an seinen Hemdsärmeln.

„Auf unser markiges ‚Heil Hitler' haben sie mit ‚Schalom' geantwortet. Frieden haben sie uns gewünscht. Was für ein Wahnsinn."

„Habt ihr in Reichenbach den gleichen Zirkus veranstaltet?"

Josse schüttelte den Kopf.

„Als Wilhelm Reckzügel einige Wochen später davon erfuhr, wusste er nicht, ob er lachen oder weinen sollte. Irgendwann hat er mir erzählt, dass sie sich in Berlin köstlich darüber amüsiert hätten."

„Und wann mussten die Juden aus Reichenbach raus?"

„Acht Tage später, an einem Donnerstag. Da war es allerdings ein bisschen anders zugegangen. Am darauffolgenden Tag haben sie in der Schule keinen Hehl daraus gemacht … haben rumposaunt, dass sie *ihren* Juden, im Gegensatz zu den Peterswaldauern, das Abschiednehmen mit Steinen erleichtert hätten."

„Sie haben sie mit Steinen beworfen? Jungen in deinem Alter?"

„Nein, keine vom Jungvolk. Das waren alles die Älteren.

Aus der Unter- und der Oberprima oder welche, die schon in der Lehre waren."

„In Reichenbach war es kurz nach zwei, als die Lastwagen reinrollten. Ich hab Reckzügels gesagt, dass ich bei Melzers schlafen würde, weil ich mit Adolf für eine Klassenarbeit üben müsse. Stattdessen hab ich mich vor einem der Judenhäuser auf die Lauer gelegt und kein Auge zugetan."

„Kanntest du die Leute, die sie geholt haben?"

„Nein, und woher sie kamen, wusste ich auch nicht. Die Lastwagen waren alle ohne Nummernschilder. Autos ohne Identität, da war kein WH für Wehrmacht drauf, kein ‚Pol' für Polizei und auch kein RK für Rotes Kreuz."

„Was hatte denn das Rote Kreuz damit zu schaffen?"

„Auch das hat es gegeben. Abtransporte in Rot-Kreuz-Wagen der Wehrmacht. Drei Planwagen waren es. Rechts und links Bänke. Weil der Platz nicht reichte, nahm man die kleinen Kinder auf den Schoß. Die größeren setzten sich den Erwachsenen vor die Füße oder auf ihre Koffer im Gang. Zu jedem Fahrzeug gehörten zwei Fahrer. SA-Männer, darauf bedacht, dass es schnell und möglichst lautlos zuging."

„Kam es zu Handgreiflichkeiten?"

„Es wurde eher mit Worten um sich geschlagen. Judenschwein und Schickse waren noch die harmloseren."

Josse griff sich an den Hals und legte seine Fingerspitzen auf die Hauptschlagader, wie um seinen Herzschlag zu prüfen.

„Aber das Ende ..., es war unglaublich. Als sich die Wagen in Bewegung setzten, da war es, als habe ein unsichtbarer Dirigent den Taktstock gehoben. Da haben sie zu singen angefangen. Eine jüdische Volksweise ... ein fröhliches Lied. Die Melodie ist mir seitdem nicht aus dem Kopf gegangen. Sie klingt immer noch nach. Jedenfalls, während sie bei der Abfahrt sangen, hielt ihr Rabbi die Thora im Arm, wie eine Mutter ihr Kind. Er hielt sie auf seiner linken Seite, schmiegte seinen Kopf an sie und ...", Josse schluckte, „weißt du was, Helen, er sah richtig glücklich dabei aus. Und ich, ich hab hinter einer Hecke gestanden und gedacht, dass sie es wohl nicht anders verdient haben. Und es scheinbar so wollten, wenn sie noch singen dabei. Obendrein hab ich in allen Männern meinen Vater gesehen, hab gedacht, dass es ihnen recht geschieht, und war froh, bald keinen Juden mehr vor Augen haben zu müssen. Abgesehen von meinem eigenen Spiegelbild. Das war mir genug."

Josse legte den Kopf tief in den Nacken und begann leise zu summen, so leise, dass bei den ersten Takten immer wieder seine Stimme brach. Erst als er alle Hemmungen beiseitegeschoben hatte, begann sich ein Ton sanft an den anderen zu schmiegen während sich seine Augen mit Tränen füllten.

Das chassidische Volkslied *Und wenn der Rebbe* singt war kein Lied der leisen Töne. Es lag so viel Lebensfreude und Dynamik in seinem warmen Auf und Ab. Auch Helen kannte es, hatte es vor Jahren mit ihren Mitschülern während einer Klassenfahrt oft am Lagerfeuer zwischen den Dünen in den Abendhimmel geschmettert. Es war auf Sylt gewesen und es war *das* Lied dieser Fahrt geworden. Es tönte aus den Schlaf- und Waschräumen und durch die Flure. Man konnte so unendlich viele, neue Strophen dazu erfinden – zu dem Lied über den friedlichen Rebbe und seine Gemeinde, die alles tut, was er ihr vormacht, sei es singen, schlafen, essen, schnarchen, trinken, tanzen, gurgeln, klatschen, laufen …

„Wohin hat man sie gebracht?“

„Es ist so schrecklich, was passiert ist“, sagte Josse so leise, dass Helen ihn kaum verstehen konnte.

„Ich weiß es nicht, Helen. Zu Verwandten oder Freunden? Das Getto in Warschau gab es 1938 noch nicht. Was ich darüber gelesen habe – es ist furchtbar. Und ich kann dir nicht sagen, wie oft ich mich schon gefragt haben, was aus ihnen geworden ist. Ob sie auch zu denen gehörten, die am Ende ihres Lebens betend in die … *Duschräume* gegangen sind? Oder zu denen, die sich in den Steinbrüchen und Fabriken kaputt gearbeitet haben? Oder hat man sie ganz einfach verhungern lassen? Starben an Hunger, Kälte und Krankheiten in all den KZs wie im schlesischen *Groß Rosen*?“ Josses Worte kamen nur noch flüsternd über seine Lippen. „Dieses *Groß Rosen* lag nicht mal 40 Kilometer von uns entfernt, Luftlinie noch weniger … ich hab es damals nicht gewusst. 1940 war es eingerichtet worden.“

Helen starrte in die Ferne. „Wann hast du es erfahren?“

„Später, viel später. Als meine norwegischen Freunde mir Bücher über die Zeit zum Lesen gaben.“

Josse stand auf, gab Helen die Hand und zog sie zu sich hoch.

„Komm mit zum Wasser“, murmelte er und zeigte mit dem Kopf auf den Steintrog.

„Du kannst es ohne Bedenken trinken. Es ist rein, so wie das Wasser in den schlesischen Gebirgsbächen. Alles war rein, alles war wohl“, spöttelte er. „Und, weißt du, weil aus unserem Kreis alle Juden weg waren, blieb alles schön ruhig und friedlich. Bei uns gab es keine *Kristallnacht.* Die Synagoge anzünden? Wozu denn? Waren doch ideale Räumlichkeiten für den Herrn Hauptbannführer, wenn er hin und wieder mit seinem Gefolge in der Provinz nach dem Rechten sah. Die Synagoge war ein schönes Gebäude und es dauerte nicht lange, bis ein Möbelwagen vorfuhr. Diesmal holte man nichts. Diesmal brachte man was: schwere, dunkle Eichenmöbel und Ledergarnituren. Man machte keinen Hehl daraus, woher sie stammten. Warum sie nicht weiterverwenden, wo doch offensichtlich den früheren Besitzern so gar nichts daran gelegen hatte? Hätten sie ja mitnehmen können, so wie die Rosenzweigs oder Nussers."

‚Medio tutissimus ibis. In der Mitte wirst du am sichersten gehen.'

Josef lag regungslos auf seinem Bett und starrte hinauf zur Decke. Er wusste, dass er diese Mitte heute verlassen hatte. Dabei war er sich so sicher gewesen, dass es ihm nicht wie diesem Phaethon ergehen würde.

„Frei geboren bin ich!"

Kugler, mit Leib und Seele Lateinlehrer, hatte sich vor Unterrichtsbeginn in eine Toga gehüllt. Im Gegensatz zu seinem Kollegen hielt er diesen Aufzug nicht für Zirkus. Außerdem sprachen die guten Zensuren seiner Schüler für sich. Sie gaben Kugler recht – eine tote Sprache und trockene Grammatikübungen musste man so ansprechend und abwechslungsreich wie nur irgend möglich vermitteln. Dann waren auch die Jungen bereit, sich mehr damit auseinanderzusetzen. Wenn in Deutschland schon so viel marschiert wurde, warum nicht auch beim Konjugieren und Deklinieren? So leise wie möglich natürlich – in Schlangenlinien durch die Bankreihen oder einfach um sie herum – rechtsherum und linksherum, immer schön im Wechsel, dabei den Rhythmus der Sprache erkennend und in sich aufnehmend.

„Ein freier Bürger bin ich, ein sich nicht Fesseln anlegender Dichter und Denker. Ungerechtfertigt von Kaiser Augustus aus Rom verbannt. So werde ich dieses Gewand, ein Zeichen meines bürgerlichen Standes und meiner Rechte, nicht ablegen und werde weiter meine Stimme erheben. Schenkt mir Gehör, ihr jungen Männer, und vernehmt die tragische Geschichte vom Phaethon, dem Strahlenden, dem die Tatsache, dass er endlich seinen Vater gefunden hatte, kein Glück, sondern nur den frühen Tod bescherte."

Kugler ließ seinen Blick fragend über die Jungen schweifen. „Und? Hat einer von euch eine Ahnung, wer dieser freie Bürger ist, in dessen Rolle ich heute hineingeschlüpft bin, und von wem er uns berichten will? Gibt es vielleicht wieder einen oder sogar mehrere, die im Buch ein wenig vorgeblättert haben?"

„Der Führer?", quäkte Adolf Melzer in die Stille, der, wie um seine Antwort zu untermalen, den rechten Arm ausgestreckt hatte und nicht verstand, warum die Klasse in schallendes Gelächter ausgebrochen war. Halb verwirrt, halb beleidigt ließ er ihn sinken und stierte mit hochrotem Kopf auf sein Buch.

Kugler faltete seine Hände und warf einen Blick zur Zimmerdecke.

„Caesar", schlug ein anderer vor und Kugler verharrte weiter in seiner demütig beschwörenden Pose. „Trage ich etwa den Kranz aus Lorbeer um mein kahles Haupt?"

Nichtsdestotrotz, Kugler war zufrieden. Das Interesse der Jungen war geweckt. Nein, heute ging es weder um Caesar oder Aesop, noch um Cicero, Horaz oder Plinius. Sie lagen alle daneben.

„Würden wir bessere Zeiten haben, oh, ihr Söhne Roms", fuhr er fort, „wären unsere Zeiten besser", wiederholte er, und Josef fragte sich, wie ernst gemeint diese Aussage von ihm war, „so würde mein Haupt eine Perücke zieren. Eine Perücke mit weißen Locken trüge ich … wie es sich geziemt für das Haupt eines Dichters … für einen wie mich, den großen Publius Ovidius Naso oder … kurz gesagt Ovid.“

Es war Samstag, ein dreizehnter. Josef war nicht abergläubisch, doch heute war bei ihm der Wurm drin. Beim Anziehen war er mit dem Schienbein vor die Bettkante gestoßen. Es schmerzte immer noch. Seine Schuhe hatte er vor der Haustür stehen lassen, es hatte geregnet über Nacht, und es war ihm mächtig gegen den Strich gegangen, dass er in seinen alten Sandalen zur Schule musste. Unterwegs war ihm die Kette abgesprungen und unter seinen Fingernägeln waren Trauerränder. Von da an ärgerte ihn die Fliege an der Wand.

Die Fliege trug den Namen Adolf und stellte heute ganz besonders dumme Fragen. Auch seine Pimpfe waren zu kleinen Fliegen geworden – sie und ihr ergebenes Grüßen auf dem Schulweg waren ihm mit jedem Mal lästiger geworden.

Und, Himmel noch mal, warum konnte er den Unterricht nicht einfach mal über sich ergehen lassen wie andere auch? Warum musste ihn deshalb gleich jeder Lehrer fragen, ob es ihm nicht gut ginge oder warum er heute so still sei. Die Lehrer hatten damit angefangen und die Mitschüler hatten es ihnen gleichgetan. Dass es der Großteil von ihnen aufrichtig meinte, drang nicht zu ihm durch.

Wenn Kugler geahnt hätte, was er mit seinem Vortrag über den Sohn des Sonnengottes Helios anrichten würde, er hätte eine andere Geschichte aus der griechischen Mythologie gewählt, damit die Jungen die letzten beiden Schulstunden an diesem Samstag in guter Erinnerung behielten. Er war zu sehr in seinem Element, als dass ihm auffiel, wie Josef an einer Stelle zusammenzuckte und von einigen neugierig aufs Korn genommen wurde.

„So lasst mich also über jenen Phaethon berichten, der, als er heranwuchs, schmerzlich zu spüren bekam, was es heißt, keinen Vater zu haben, und deswegen mal bemitleidet oder mal verspottet wurde."

Josef zog seine Mundwinkel nach unten, quittierte die Blicke seiner Mitschüler mit hochgezogenen Augenbrauen und zuckte herablassend mit den Schultern. ‚Bin ich also nicht der Einzige.'

„Bevor wir uns gleich Satz für Satz in die Geschichte hineinlesen und die Grammatik erarbeiten, möchte ich vorab eine kurze Zusammenfassung der Ereignisse geben", fuhr Kugler fort.

„Bedenkt, wäre Phaethon mit dem Sonnenwagen in der Mitte der Bahn geblieben, dort, wo es am sichersten war, hätte er nicht die tägliche Fahrtstrecke zwischen Himmel und Erde verlassen, dann wäre er nicht auf eine Katastrophe zugeschlittert. Zeus *musste* ihn vom Himmel holen! Nur sein Blitzschlag vermochte den rasenden Jüngling zu bremsen! Der Fortbestand der Erde stand auf dem Spiel, und so musste der Heißsporn geopfert werden, musste seinen Ungehorsam mit dem Leben bezahlen."

Während Kugler den Jungen Zeit zum Nachdenken ließ, streifte er langsam die Toga ab, legte sie auf sein Pult und faltete sie sorgfältig zusammen.

„Und, was ist die Moral von der Geschichte?", fragte er schließlich, nun wieder ganz Lehrer – in Anzug, Hemd und Krawatte. „Also, meine Herren! Die ist doch wohl eindeutig, oder?"

„Nun ja", begann Adolf zögerlich, der die Schlappe von vorhin wieder wettmachen wollte, „demnach wäre es wohl besser, wenn sich der Josef nicht auf die Suche nach seinem Vater machen würde. Wer weiß. Ich meine, wär schön blöd, wenn er es mit seinem Leben bezahlen müsste."

„Melzer!", Kugler stöhnte, drehte sich um und schob die Toga in seine Tasche zurück. Dass Josef bei Adolfs Bemerkung zusammengezuckt und blass geworden war, hatte er nicht mehr gesehen. „Nicht die Suche hat er mit seinem Leben bezahlt. Dass er mit dem Geschenk seines Vaters nicht ordentlich umgegangen war, das hat ihn das Leben gekostet! Hätte er sich an seinen Rat gehalten, wäre sein Dasein nicht in Flammen aufgegangen."

‚Medio tutissimus ibis'.

Josef stopfte sich beide Finger in die Ohren. Das laute Gekeife von Frau Steiner, das in der Küche auf Werner niederprasselte, drang trotzdem zu ihm durch. Jedes einzelne Wort. Er sah auf den Wecker. Fünf Minuten ging das schon so. ‚Noch ein bisschen, dann geh ich rein und lass mich von Werner nicht wieder hier rausschicken.'

Gut zwei Stunden war es her, dass zwei Hitlerjungen den Steiner-August nach Hause gebracht hatten – mit aufgeplatzter Lippe, blutender Nase und verquollenen Augen. Josef hatte auf ihn eingedroschen – so lange, bis die anderen Jungen begriffen hatten, dass dies kein normaler Wettkampf mehr war, bis sie aufgehört hatten zu johlen, aufgehört hatten ihn anzufeuern, ihn, ihren Fähnleinführer, zu dem Josef an seinem 14. Geburtstag ernannt worden war.

Josef war ganz bewusst beim Jungvolk geblieben. Anfangs hatte Wilhelm Reckzügel es noch für einen Scherz gehalten, dass sein Zögling nicht in die HJ aufsteigen wollte, und es war deswegen zu einer heftigen Debatte zwischen den beiden gekommen.

„Ich will kein einfacher Untergebener sein, ich will ein Führer sein. Ist das so schwer zu verstehen?"

Auf diese Worte hatte Wilhelm Reckzügel nichts zu erwidern gewusst und sie schließlich als seine eigenen ausgegeben. Nach einem entsprechenden Hinweis hatte Gerhard Melzer Josefs Wunsch mit Begeisterung in die Tat umgesetzt und ihn zum Fähnleinführer ausgerufen.

Dass ein Vierzehnjähriger dem ausgewachsenen Steiner-August eins aufs Maul gab, war eine Sensation. August war ein großer und kräftiger Kerl geworden, der gerne Schläge anbot oder austeilte, wann immer er Gelegenheit dazu hatte. Dem Steiner-August ging man lieber aus dem Weg. Freunde hatte er keine, niemand konnte ihn leiden. Knecht war er geworden, der volle Milchkannen mit weniger Kraftaufwand schleppen konnte als andere einen Zinkeimer mit knapp zehn Liter Wasser. ‚Schade, nun ist der Kampf vorbei', hatten sie gedacht, als August beim Zurückweichen über einen Stein gestolpert war, das Gleichgewicht verloren hatte und unsanft auf den Rücken gefallen war. ‚Hätte ruhig noch ein bisschen weitergehen können.'

Aber es war weitergegangen – doch ein Kampf war das nicht mehr gewesen, denn allen Regeln zum Trotz hatte sich Josef auf ihn gestürzt, hatte sich auf seine Brust gekniet und mit beiden Fäusten auf ihn eingeschlagen – so lange, bis Werner ihn weggerissen und unmissverständlich nach Hause geschickt hatte.

Auch die anderen hatte Werner nach Hause geschickt. Zehn Minuten später hätten sie sowieso den Platz für die Älteren räumen müssen. Er schickte sie weg ohne das übliche Verabschiedungsprozedere mit Aufmarsch, Lied singen und Aufsagen der Schwertworte: *Härte, Tapferkeit, Treue, Haltung, Wahrheit, Kameradschaft und Ehre.* Das, was da gerade geschehen war, hatte nichts damit zu tun. Das, was Josef angetrieben hatte, war nichts als blanker Hass gewesen.

Frau Steiner war schließlich gegangen. Werner kam ins Zimmer und setzte sich zu Josef auf die Bettkante.

„Der fängt nicht mehr von meinem Vater an. Der nicht und kein anderer."

„Musstest du deswegen denn dermaßen auf ihn einprügeln? Es war doch nicht das erste Mal, dass er dich damit aufgezogen hat."

Josef sog hörbar die Luft ein. „Dann wird es jetzt wohl das letzte Mal gewesen sein, dass der Herr Knecht es gewagt hat."

„Der Herr Knecht wird ein paar Tage nicht arbeiten können – so verquollen, wie seine Augen sind. Ich hoffe nur, dass sie keinen Schaden genommen haben."

„Wird schon nicht", sagte Josef eine Spur weniger patzig.

Er war froh, dass er mit Werner allein war, dass die Reckzügels wie jeden zweiten Samstag im Monat zur Bibelstunde nach Peterswaldau gegangen waren. Was geschehen war, erfuhren sie auf dem Nachhauseweg, und waren nach kurzer Rücksprache mit Josef ohne Zögern zu Steiners gegangen. Wie sollte der Junge gelernt haben, sich zu beherrschen? Von seinem Großvater gewiss nicht! Darüber waren sie sich schließlich einig, genau wie darüber, dass August ihn schon oft genug bis aufs Mark getriezt hatte. Dennoch – zwei Tage später hatte sich Josef bei ihm formell entschuldigt. Schaden genommen hatten Augusts Augen nicht. Dass er ein bisschen kleinlauter geworden war, erfüllte Josef mit Genugtuung, und er feixte innerlich, dass er noch eine Weile zwei sehr ausgeprägte Veilchen zur Schau tragen musste.

Natürlich hatte sich die Sache in Windeseile herumgesprochen, und Josef nahm mit leichtem Triumph zur Kenntnis, dass ihm niemand einen Vorwurf machte.

Eine Woche später allerdings fand seine Hochstimmung ein jähes Ende.

„Josef“, hörte er den Pedell rufen, kaum dass er die Schule betreten hatte, „unser Orstgruppenleiter, der Herr Tenkhoff, lässt ausrichten, dass er dich heute noch sprechen will.“

Josef blieb wie angewurzelt stehen und sah ihn fragend an.

„Was er von dir will, hat er nicht gesagt.“

Der Pedell drehte sich um und ging in seinen Werkraum.

„Heil Hitler, Kamerad Tomulka“, erwiderte Johann Tenkhoff Josefs Gruß, der gleich nach Schulschluss zu ihm ins Büro gefahren war.

„Heil Hitler“, ließ auch Ida Weller laut und deutlich vernehmen, die keine Gelegenheit ausließ, ihre Führer-Ergebenheit auf diese Weise kundzutun.

Wider Erwarten lag kein Gewitter in der Luft, und es roch auch nicht nach Standpauke. Josef entspannte sich, lächelte und nahm erst Platz, als ihn Tenkhoff dazu aufgefordert hatte.

„Habe gehört, dass einem unserer Fähnleinführer die Sicherungen durchgebrannt sind."

Josefs Lächeln verrutschte.

„Nach den Regeln des Sports nicht ganz einwandfrei … deine …"

Tenkhoff bemühte sich um ein ernstes Gesicht und machte sich mit Papieren auf seinem Schreibtisch zu schaffen.

„Ein Haken hat für ihn wohl nicht gereicht, was? Nun ja, wie dem auch sei, jedenfalls zeigt uns das, dass du Schneid hast und nicht lange fackelst, wenn man dich angreift."

Josef fragte sich, ob er wirklich nicht wusste, worum es gegangen war, dass er mit Worten angegriffen worden war und nicht mit Fäusten. Gut, August hatte ihm die Faust gezeigt, aber wirklich angegriffen …?

„Hast du mal drüber nachgedacht", riss ihn Tenkhoff aus seinen Gedanken, „auf eines unserer Internate, zur Napola, zu wechseln? Ich nehme an, Reckzügel wird dir davon schon erzählt haben."

Josef hielt sich mit beiden Händen am Stuhl fest.

‚Jetzt bloß keine falsche Antwort geben.'

„Ja, hat er, sehr ausführlich. Aber ich möchte nicht."

Josef bemerkte, dass Ida Weller ihn neugierig anstarrte.

„Dass man wegen mir eine Ausnahme macht, meine ich", fügte er bestimmt hinzu.

„Eine Ausnahme, warum? Die Napola rekrutiert intelligente, junge Männer aus allen Gesellschaftsschichten. Wir nennen sie nicht deshalb Eliteschulen, weil dort nur die Reichen sind oder Söhne, deren Väter einen hohen Dienstgrad haben, sondern weil dort die Besten der Besten sind. Leute wie du: Ein Fähnleinführer, der wegen seiner Jungen gerne seine Laufbahn bei der HJ zurückschraubt, der ein hervorragender Schüler ist, morsen kann und, wie gesagt, auch nicht feige ist."

Josef sah dem Ortsgruppenleiter offen ins Gesicht.

„Ich möchte einfach nicht, dass Sie wegen meiner Bewerbung Scherereien bekommen."

„Scherereien, wieso?"

‚Weiß er es wirklich nicht? Sind ihm die Aufnahmebedingungen so wenig bekannt?'

„Es ist …", Josef senkte erst seinen Kopf und dann seine Stimme, seine Antwort musste niedergeschlagen klingen. Sehr sogar.

„Es ist, weil ich keinen Ariernachweis vorlegen kann, denn wer mein Vater ist, hat meine Mutter nicht angegeben."

Tenkhoff sah ihn mit hochgezogenen Augenbrauen an und Ida Weller hüstelte.

„Du weißt nichts von ihm … rein gar nichts?" Tenkhoff kratzte sich am Kinn.

„Nein …" Josefs Stimme zitterte unüberhörbar.

„Tut mir leid, Kamerad", beeilte sich Tenkhoff, kam um seinen Schreibtisch herum und legte eine Hand auf seine Schulter. „Trotzdem. Werd mal sehen, was sich da machen lässt. Nun sehen Sie sich unseren Josef doch an, Frau Weller", Tenkhoff schüttelte lachend seinen Kopf, „muss der bei seinem Aussehen einen Ariernachweis haben, bei den blonden Haaren, die der hat?"

Josef hatte diesbezüglich nichts mehr von Tenkhoff gehört und atmete wieder durch. Er vermutete, dass er es gar nicht erst versucht hatte. Seine Antipathie vor dem Papierkrieg war bestimmt größer als die mögliche Ehre, einen Napola-Schüler in seinem Ort zu haben. Wenn ihm wirklich was daran gelegen hätte, die Folgen wären nicht auszudenken …

Frühjahr 1939

Josef hatte sein Fähnlein fest im Griff, und es tanzte gern nach seiner Trillerpfeife. Die Neuzugänge taten sich anfangs schwer mit seinen Kommandos – gepfiffen nach dem Morsealphabet. Aber weil er deswegen nicht wie andere seines Ranges in Wut geriet, ging ihre anfängliche Stolperei und Unsicherheit schnell vorüber, und das unumgängliche Exerzieren war bei ihnen bald zu einer gern erfüllten Pflichtübung geworden.

Kurz, lang, kurz – das gepfiffene R – stand für ‚Rechts um'. Kurz, lang, kurz, kurz – das L – für ‚Links um'. Kurz, lang – das A – für ‚Achtung'. Sie hatten es schnell heraus. Und dabei stellten sie sich vor, große Männer zu sein, die vor dem Führer auf- und abmarschieren, so, wie Josef es ihnen zu Beginn immer wieder eintrichterte.

„Was hört sich wohl besser an – 127 rechte Füße, die beim Marschieren klack, klack, klack, machen oder nur einen einzigen, kräftigen Rumms? Und für die linken Füße gilt das Gleiche. Muss sich doch machen lassen, oder?"

„Geh mit den Jungen so um, dass sie das, was sie tun sollen, auch gerne tun", hatte ihm Wilhelm Reckzügel geraten. „Zuckerbrot und Peitsche, du weißt schon." Die Art und Weise wie Wilhelm ihn dabei angesehen hatte, hatte Josef gar nicht gefallen.

„Augen geradeaus. Augen schließen", fuhr Josef fort. „Und jetzt stellt euch vor, nicht ich stehe hier vor euch, sondern der Führer. Also, steht noch aufrechter als aufrecht und hört noch mehr zu als zu."

Es gab nur wenige, die sich das Grinsen verkneifen konnten – Josef inbegriffen. Es sah wirklich zu dämlich aus: Ein mit geschlossenen Augen strammstehendes Fähnlein, das sich das Lachen verbiss.

Als Wilhelm in der Woche vor Ostern – im April 39 – ein Gruppenfoto von den Jungen machte, mussten sie es sich nicht verbeißen, und sie sahen prächtig aus – Josefs unbekümmert lachende Pimpfe, ordentlich gekämmt und akkurat gekleidet.

„Ein Foto für unseren Führer“, hatte Wilhelm gesagt, es vom Jüngsten der Pimpfe auf ein weißes Blatt Papier kleben lassen, und Josef gebeten, dem Ältesten die Ehre zu übertragen, darunter mit roter Tinte *Das Fähnlein Rübezahl wünscht seinem Führer zum 50. Geburtstag von Herzen alles Gute* zu kalligrafieren.

Wer im Namen aller unterschreiben sollte, war für die Jungen keine Frage. Und so unterschrieb Josef mit einem Füller, der ihm von Wilhelm feierlich in die Hand gelegt worden war, einem Füller mit grün marmoriertem Schaft und Goldkappe, tat es mit Rang und Namen, und fragte sich, was der Führer wohl sagen würde, wenn er wüsste, dass es die Unterschrift eines Halbjuden war. Ob er ihn zerreißen und dem Feuer übergeben würde? ‚Wahrscheinlich wird er den Brief nicht einmal zu Gesicht bekommen. Unser Brief wird nur einer unter vielen sein, ob Wilhelm ihn, wie er zwar wortreich versprochen hatte, persönlich abgeben wird oder nicht.‘

Hitlers 50. Geburtstag fiel auf einen Donnerstag und war zum nationalen Feiertag erklärt worden. Auch der Kreis Reichenbach wollte den Führer feiern – ausgeruht, nach einem guten Essen, am Nachmittag. Der Festakt dauerte über zwei Stunden. Es war ein mitreißendes Spektakel und es waren besonders die jungen Leute, die nicht müde wurden, den leidenschaftlichen, schwärmerischen Reden zuzuhören. Jugendliche, die sich geehrt fühlten, Kinder einer so glorreichen Zeit zu sein, geführt zu werden von so einem großen Staatsmann, der ihnen versprach, das Land wie ein Phoenix aus der Asche auferstehen zu lassen.

Mitten auf dem großen Marktplatz hatte sich gleich zu Beginn unter Josefs Leitung ein großes *lebendiges* Hakenkreuz formiert. Nicht nur er und seine Pimpfe waren davon überzeugt, dass es nichts Vergleichbares im ganzen Reich gab, und die Wangen der Jungen glühten vor Stolz.

Die Inszenierung war Wilhelms Idee gewesen. Wilhelm hatte ihm nicht gesagt, dass er schon viele davon zu Gesicht bekommen hatte, ob bei Aufmärschen oder Sportveranstaltungen. Niemand im Kreis Reichenbach wusste das, und so war nicht nur Melzer völlig aus dem Häuschen.

Ida Weller behauptete am anderen Tag steif und fest, dass selbst die aus den Fenstern hängenden Fahnen im Takt zu dem von der Jugend geschmetterten Lied geflattert hätten.

„Nicht nur eure Hände haben heute mitgewirkt, nein, es waren eure Herzen, die unsere Stadt zu Ehren unseres Führers schmückten“, waren die Schlussworte des Bürgermeisters gewesen.

Josef aber erkannte, dass nicht alle seiner Meinung waren, las es an ihren Gesichtern ab und schrieb in Gedanken eine Meldeliste. Tenkhoff würde für die kommenden Tage wieder genug zu tun bekommen.

Jetzt aber trieb es Josef erst einmal nach Langenbielau. Heute war ihm ein Abstecher zu den am Ortsrand liegenden Textilbetrieben ein ganz besonderes Anliegen, denn gerade heute – dessen war er sich sicher – würde er herausfinden, was sich dort hinter verschlossenen Türen abspielte. Wilhelm nannte so was, *Etwas im Urin haben.*

Zweimal schon hatte Josef dort einige der älteren Jungen durch eines der Fenster steigen sehen – rein zufällig, als er nach den Versammlungen mit seinen Pimpfen noch eine Runde mit dem Rad gedreht hatte. Es war offensichtlich, dass diese Kerle kein Interesse an den Treffen ihrer Altersgenossen im Jugendheim hatten und demnach mit zu den HJ-Schwänzern gehörten.

Dass ihn sein Spürsinn zu einem *Falkennest* geführt hatte, nannte selbst Wilhelm den größten Coup, den er bis dahin in seiner *Beobachterlaufbahn* gelandet hatte. Seit 33 war die Jugendgruppe der sozialistischen Arbeiterbewegung verboten. Hier waren also noch immer welche zusammengekommen!

Fünf Jungen waren an diesem Nachmittag in einer der Räume eingestiegen, fühlten sich absolut sicher, machten Witze über den Führer, heckten die Verteilung von Flugblättern aus, redeten über eine drohende Kriegsgefahr und darüber, dass Hitler Deutschland nicht ins Licht führen, sondern es in ein brennendes Land verwandeln würde. Sie zitierten August Bebel, Karl Liebknecht und Rosa Luxemburg – Ideologien, vor denen Drossel erst wieder im letzten Weltanschauungsunterricht gewarnt hatte und die zu der inzwischen erweiterten Liste der verbotenen Bücher gehörten.

Die Jungen hatten nicht einmal die Gardinen vorgezogen und Josef damit regelrecht dazu eingeladen, einen kurzen Blick hineinzuwerfen! Jedes Wort konnte er hören, selbst noch an der Hausecke, gut drei Schritte von den Fenstern entfernt. Es entging ihm kein Lacher, kein Rülpser und kein lauter Atemzug.

Josef hatte genug gehört und gesehen und war im Begriff, sich wieder davonzumachen.

„Höre Rübezahl, was wir dir klagen, Volk und Heimat, die sind nicht mehr frei", hörte er sie aus vollem Halse grölen und blieb wie angewurzelt stehen. Die Art, wie sie sangen, gefiel ihm nicht. Häme klang durch, irgendein unschöner Unterton. „Schwing die Keule wie in alten Tagen …"

‚Schlage Hader und Zwietracht entzwei', eilten Josefs Gedanken voraus und hätten ihn fast verführt mitzusingen.

Was er stattdessen hörte, aber ließ ihn die Luft anhalten: „… schlag Nazis und Gestapo entzwei."

Josef hatte nicht mitgezählt, wie oft sie die Zeile wiederholten. Irgendwann war er auf sein Fahrrad gesprungen und hatte in die Pedale getreten, als würde er verfolgt werden.

Dass Reckzügels noch nicht aus Reichenbach zurück waren, wertete Josef als Wink des Schicksals. So konnte er in Ruhe alles zu Papier bringen. Er kannte sie alle, sie und ihre Familien. Eigentlich waren sie immer nett und freundlich zu ihm gewesen. Hätte er eine Nacht darüber geschlafen, wären ihm vielleicht Skrupel gekommen.

Die Vorladung zur Ortsgruppenleitung wurde Gustav Behrend, Arnold Gerndt, Herbert Schneider, Hans Wiegand und Dietmar Zeitler noch am Freitagnachmittag durch Tenkhoff persönlich überbracht.

Die Anwesenheit der Eltern war während der Vernehmung nicht erwünscht, ob die Jungen volljährig waren oder nicht. Obwohl Tenkhoff vermutete, dass auch die Väter zur verbotenen Linken gehörten, ließ er sie unbehelligt. Nachweisen konnte er es ihnen nicht.

Die Jungen konnten von Glück sagen, dass sich Ida Weller nach den Feierlichkeiten am Donnerstagabend mit einer heftigen Migräne ins Bett legen musste, somit nicht Protokoll führen konnte, und dass Tenkhoff ihnen nach einer wortgewaltigen Standpauke lediglich einen Antrag für den freiwilligen Einsatz beim Arbeitsdienst zur Unterschrift vorlegte. ‚Der Reichsarbeitsdienst', so hieß es in den Statuten, ‚ist Ehrendienst am deutschen Volke.'

Tenkhoff machte es so kurz wie möglich. Er wollte Ruhe haben in seinem Ort, wollte nicht, dass es zu Auffälligkeiten kam. Außerdem gehörte er zu denen, die in Hitler den Beseitiger der Arbeitslosigkeit, den Autobahnbauer sahen, kurzum – einen, der Gutes für das deutsche Volk tat. Maßnahmen wie die Aussiedlung der Juden, hinterfragte er nicht. Der Führer würde schon wissen, was er tat.

Als die Jungen Mitte August braun gebrannt von ihrem Dienst an Volk und Vaterland, ihrem Einsatz für den Deichschutz an der Nordseeküste, nach Hause kamen, hatten sie sich zu ordentlichen und ergebenen Hitlerjungen entwickelt. Oder, um es passender auszudrücken, waren entwickelt worden, gezogen durch das Farbbad des Systems. Ihre Umerziehung war perfekt – von Kopf bis Fuß – vom exakt gezogenen Scheitel bis hinunter zu den blitzblank geputzten Schuhen.

Gern waren sie Melzers Aufforderung nachgekommen und berichteten keine 14 Tage nach ihrer Rückkehr wort- und gestenreich, wie wichtig ihre Arbeit gewesen sei und vor allem wie wunderbar sie sich mit all den anderen Jungen aus den unterschiedlichsten Teilen Deutschlands verstanden hatten, sprachen von Kameradschaft und Zusammenhalt.

Josef war auf dem Weg zum Kartenzimmer, um für den Naturkundeunterricht die Karte FO/Wustrow zu holen.

Die Karte FO/Wustrow war eines der Prachtstücke der Schule. 24 Fundstücke – versteinerte Schwämme, Ammoniten, Seeigel, Tintenfischarme und besondere Bernsteinfunde – waren darauf zu bewundern, aufgenommen mit einer Leica, Baujahr 1932. Auch solch eine Kamera gehörte zu den Dingen, die unter gesondertem Verschluss war. Nur Schüler, von denen man wusste, dass sie pfleglich mit ihr und den anderen Exponaten umgingen, überließ man den Schlüssel für den Rollschrank – zu den Tonscherben und Werkzeugen aus verschiedenen Epochen, den Fossilien, den Tier- und Menschenknochen und anderen optischen Geräten.

Dass Wustrow, eine in der Mecklenburger Bucht gelegene Halbinsel, noch eine andere Seite hatte, war im Naturkundeunterricht bisher nicht erwähnt worden. Davon hatte Wilhelm bei einem seiner letzten Besuche Josef vorgeschwärmt. Von der größten Flak-Artillerie-Schule des Reiches mitsamt Flugplatz, Kasernen und kleineren Häfen, und dass der Führer dabei auch an die Familien gedacht hatte. Familien, die dort glücklich zusammenlebten, und wo es vor allem den Kindern an nichts mangelte.

Die Tür zum Schularchiv war angelehnt. Josef runzelte die Stirn. Wegen des Raumklimas war sie immer zu schließen, ganz egal wie lang man sich darin aufhielt und jeder, der dort ein- und ausgehen durfte, wusste das. Er würde demjenigen, der drin war, gehörig die Kappe waschen, und war schon im Begriff, in Fähnleinführermanier die Tür aufzureißen und hineinzumarschieren …

„Wenn ich's dir aber sage …, es kann nur er gewesen sein. Die alte Bollwiesern hat sich bestimmt nicht getäuscht."

Abrupt blieb Josef stehen und hielt die Luft an.

„Dann müsste er ja auf direktem Weg von Reichenbach da hingepest sein."

„Der haut doch immer gleich ab, egal, nach welcher Veranstaltung. Hast du schon mal erlebt, dass der geblieben ist?"

„Trotzdem, dass er die Jungen verpfiffen hat … ich weiß nicht. Der ist doch ständig unterwegs. Außerdem hat er vor ein, zwei Wochen seine Jungs gefragt, ob sie nicht Lust hätten, mit ihm ein Fahrradrennen zu organisieren. Ein Straßenrennen für alle sechs Fähnlein im Kreis! Der wird die Strecke abgefahren sein und weiter nichts."

„Und warum ist er dann nicht auf der Hauptstraße geblieben und ausgerechnet aus der Sackgasse rausgekommen, wo die Spinnerei liegt?"

„Mann, die Katze tritt die Treppe krumm."

„Was soll denn das jetzt?"

„Was ich nicht weiß, macht mich nicht heiß. Lass uns aufhören davon, mein ich."

„Na, jedenfalls haben sie gesagt, dass wir uns vor ihm in Acht nehmen sollen."

„Wer?“

„Na, die …“

„Ach, Josef, dich haben die Engel geschickt. Komm doch mal her und fass mit an!“ Der Hausmeister war mit sechs aufgerollten Fahnen unterm Arm die Treppe heraufgekommen. „Die haben lange genug wegen Hitlers Geburtstag am Schulgebäude geflattert. Es wird Zeit, sie wieder auf den Boden zu bringen.“

Als Josef zurückkam, war niemand mehr im Archiv. Zu blöd. Er hätte doch zu gerne gewusst, welche Jungen dort vorhin über ihn gesprochen hatten. Nur ein paar Sekunden später und er wäre hineinspaziert, ganz unbekümmert und freundlich. Er nahm seine Mütze vom Kopf, blies hinein und setzte sie wieder auf. Pfeifend holte er die Karte aus dem Schrank und während er sich mit ihr auf den Weg ins Klassenzimmer machte, begann in ihm der Plan für jenes besagte Straßenrennen feste Formen anzunehmen.

Melzer war hingerissen von seiner Idee. Ein Mütter-Gedächtnis-Rennen, am Nachmittag des Muttertages – dem 21. Mai 39 – genau vier Wochen nach Führers Geburtstag.

„Genial, einfach genial“, hatte Melzer gesagt und Josef heftig auf die Schultern geklopft. „Wenn doch nur einmal mein Adolf auf so etwas kommen würde.“

Für den Festakt sorgte Tenkhoff höchstpersönlich. Sechs Fähnlein ließ er aufmarschieren, zwei auf dem Marktplatz der Kreisstadt, zwei in Peterswaldau und zwei in Langenbielau, zu Ehren der Mütter, deren Namen zu Trommelwirbel und Sieg-Heil-Rufen verkündet wurden.

Die Frauen hatten ihre besten Kleider angezogen, sahen

ausgeruht und glücklich aus. Die harte Arbeit, die sie hinter sich hatten, war unsichtbar gemacht worden, verdeckt mit Lippenstift und Rouge.

35 von ihnen nahmen, sichtlich bewegt, das Ehrenkreuz in Gold entgegen. Es wurde ihnen von ihren Bürgermeistern – in Zivil und ohne Parteiabzeichen – an einem weißblauen Band für ihre mindestens acht Sprösslinge um den Hals gelegt, und man nahm sich gebührend Zeit für sie und all jene, die es in Silber und Bronze bekamen.

„Sechs oder sieben, vier oder fünf Kinder", so hatte es sich Melzer in Reichenbach nicht verkneifen können, „sind ja schließlich auch ein Zeichen für Fruchtbarkeit und Hingabe. Und was den Rest betrifft ... der fühle sich nicht weniger geehrt. Was nicht ist, das kann ja noch werden."

„Auf, auf zur Kanonenfutterzucht", hörte Josef, der neben seinem Fähnlein stand, hinter sich zischen. Als er sich umdrehte, sah er nichts als fröhliche Gesichter. Wer von den vielen Frauen es gewesen war, konnte er nicht mehr ausmachen. „Na, dann wollen wir mal gleich heute Abend damit anfangen", war das Letzte, was er aufschnappen konnte. Auch, dass es gehässig geklungen hatte. Alle weiteren Kommentare waren unter den Posaunenklängen der HJ untergegangen. *Deutschland, Deutschland über alles.* Der kurz darauf einsetzende Gesang klang nach Eintracht, Stolz und ungebremster Lebensfreude. Auch während des Radrennens gab es nur wenige im Kreis, die sich den Trubel entgehen ließen. Angefeuert, bejubelt und beklatscht, versorgt mit Selbstgebackenem und Himbeersaft, gaben die jungen Wettkämpfer ihr Bestes.

36 Teilnehmer waren am Peterswaldauer Jugendheim in

die Endrunde des knapp zwölf Kilometer langen Rundkurses gestartet, sechs der schnellsten Fahrer aus jedem Fähnlein. Ihre Führer waren ausgeschlossen, sie fungierten als Streckenposten, und Josef hatte seinen genau an der Einmündung jener Sackgasse bezogen, an der ihn eine gewisse Frau Bollwieser einige Wochen zuvor gesichtet und die aus ihrer Vermutung keinen Hehl gemacht haben sollte.

„Großartig, wie ihr euch geschlagen habt! Ein zweiter Platz als Mannschaft. Ein dritter als Einzelfahrer. Ausgerechnet der Jüngste von uns. Großartig!"

„Jawoll!", brüllten Josefs Jungen und stampften mit den Füßen. Dreimal hintereinander, im absoluten Gleichklang.

„Und genauso zackig geht's jetzt weiter!" Josef hob triumphierend seine Fäuste, „Denn jetzt marschieren wir ins Kino! Zum *Hitlerjungen Quex*! Damit wir lernen, was es heißt, opferbereit zu sein." Josef machte eine kleine Pause. „Vorab aber noch eine kleine Einführung – erst eine von unserem Herrn Oberleutnant und danach von unserem Herrn Ortsgruppenleiter."

„Der Begriff völkisch erscheint so wenig klar abgesteckt, so vielseitig auslegbar und so unbeschränkt in der praktischen Anwendung wie etwa das Wort ‚religiös'." Melzer las holperig und nestelte dabei nervös an seinem Koppel. Die verschlungenen Gedankengänge des Führers gingen ihm nur mühsam über die Lippen. *„Man kann sich sehr schwer auch unter dieser Bezeichnung etwas ganz Präzises vorstellen, weder im Sinne gedanklichen Erfassens noch in dem des praktischen Auswirkens."*

Tenkhoff tat sich etwas leichter, las monoton und reihte

einfach ein Wort ans andere. Josef hatte nicht den Eindruck, dass er davon begeistert war. Die Jungen aber hörten mit hocherhobenem Kopf zu und ließen nach Tenkhoffs Worten wieder ein lautes *Jawoll* ertönen.

„Links, links, links – zwei, drei, vier." Josef ließ seine Jungen zum Kino marschieren. Sie strahlten und machten sich singend auf den Weg.

September 1939

Josef war am Morgen des 1. Septembers ein wenig spät aus den Federn gekommen. Als er aufstand, waren Reckzügels bereits draußen auf dem Feld. Schweren Herzens verzichtete er auf sein Frühstück, griff sich seine Butterbrotdose, die Mutter Reckzügel wie jeden Schultag für ihn gefüllt hatte, machte sich auf den Weg und kam gerade noch rechtzeitig mit dem Läuten der Schulglocke in seine Klasse gestürmt.

„Ach, da bist du ja", quäkte ihm Adolf entgegen, „wir hatten schon gedacht, dass du heute in Polen gebraucht wirst."

Josef zeigte ihm einen Vogel und stutzte. Niemand sagte ein Wort, einige sahen ihn kopfschüttelnd, andere fragend an, andere verdrehten ihre Augen.

„Was ist los? Hab ich ne schwarze Nase oder was?"

„Mann, du weißt es noch nicht?! Unser Fähnleinführer weiß es noch nicht! Ist ja nicht zu fassen!", rief Adolf mit sich überschlagender Stimme, lachte laut auf und ließ sich auf seinen Stuhl fallen.

„Ich wüsste nicht, was es da zu lachen gibt, du Sohn eines Oberleutnants", sagte Rollke scharf, der kurz nach Josef den Klassenraum betreten hatte, seine Aktentasche auf das Pult legte und wortlos von einem zum andern sah. „Josef ist sicherlich nicht der einzige Reichenbacher, der heute noch keine Nachrichten gehört hat", fuhr er ruhig fort.

Josef, der bis jetzt noch gestanden hatte, setzte sich hin. „Mann", raunte ihm Adolf ins Ohr, „die Polen haben heute von uns eins auf Dach gekriegt."

Rollke, der sah, dass auch andere Jungen ihre Köpfe zusammensteckten, machte dem immer lauter werdenden

Gemurmel ein Ende. „Es blieb ihm, dem Führer", begann er mit unbeweglicher Miene, „so hieß es heute in den Frühnachrichten …"

„Es war eine *Sondersendung*", platzte Adolf dazwischen.

„Korrekt, Melzer", erwiderte der Mathematiklehrer und begann den Satz von vorn. „Es blieb dem Führer, so hieß es heute in einer Sondersendung, kein anderes Mittel, als von jetzt ab Gewalt gegen Gewalt zu setzen." Er machte eine kurze Pause, hob beide Arme und machte den Jungen mit einem lautem ‚Schscht' klar, dass sie schweigen sollten.

„Gut zu wissen, dass auch du einmal genaue Kenntnisse von etwas hast", fuhr Rollke Adolf unwirsch an, „würdest du bitte dann die Freundlichkeit besitzen und uns allen erklären, was genau das zu bedeuten hat und um welche Uhrzeit diese Sondersendung gebracht wurde?"

„Äh", begann Adolf mit hochrotem Kopf, „das weiß ich nicht, da …"

„Da hast du mit Sicherheit noch geschlafen", fiel ihm Rollke ins Wort. „Hat sonst noch einer von euch den Beginn des Krieges verschlafen? So nennt man das Ereignis doch wohl", fuhr er mit bebender Stimme fort, „und weil jeder auf seine Weise diese Nachricht verdauen muss, möchte ich, dass ihr jetzt kommentarlos eure Bücher aufschlagt und euch die Textaufgaben auf der Seite 87 anschaut. Ausrechnet natürlich. Ihr habt dafür bis 9 Uhr 30 Zeit. Es ist keine Klassenarbeit, aber Arbeit tut uns jetzt gut", referierte er fast monoton weiter, „wir werden uns danach alle ruhig und gesittet auf den Weg in die Aula machen, wo zunächst unser Oberstudiendirektor einige Worte an uns richten wird. Anschließend werden wir eine Direktübertragung aus dem Berliner Reichstag hören." Rollke, der während seiner Worte durchweg auf die Rückwand gestarrt hatte, räusperte sich und schaute nun von einem Jungen zum anderen. „Ach so", schloss er, „und wenn wir gehen, nimmt jeder seinen Stuhl mit."

Rollke sagte nichts mehr, und danach war es lange Zeit so still in dem Klassenraum, dass man nur noch den Wind hörte, der an den Fenstern rüttelte.

Als auch endlich der letzte Schüler in der Aula einen Platz gefunden hatte, war es schon kurz vor zehn. Einige saßen in den Fensternischen und die gesamte Ober- und Unterprima war aufgefordert worden, sich die Rede stehend anzuhören. Die Jahrgänge fünf und sechs hatte man aus Platzmangel nach Hause geschickt. Die noch verbliebene Zeit füllte Oberstudiendirektor Gröhnke mit ein paar nichtssagenden Begrüßungsworten, und dann begann sie auch schon – die Übertragung, die, wie Wilhelm später Josef begeistert berichtete, in mehrere Sprachen übersetzt worden war. Darunter auch Englisch, Niederländisch und Spanisch.

„Abgeordnete, Männer des Deutschen Reichstags! Seit Monaten leiden wir alle unter der Qual eines Problems …", hallten die Worte des Führers durch den Saal. Gebannt hörten die Jungen den Worten des Führers zu. Gerne hätten sie in den immer wieder einsetzenden Beifall mit eingestimmt, aber das hatte der Oberstudiendirektor gleich beim ersten Mal rigoros unterbunden. Er hatte sie zum Schweigen verdonnert. Schweigend hatte jeder das Schulgebäude verlassen, auch Josef war ohne Gruß am Pedell vorbei zu seinem Fahrrad gegangen und auf direktem Weg nach Hause gefahren.

Als er in Dorotheenthal einbog, sah er seinen Großvater am Gartentor stehen, sah wie er ein, zwei Schritte auf ihn zumachte, dass er die Hand hob und ihm offensichtlich etwas sagen wollte. Josef aber zog sein Fahrrad nach links, lenkte es um den Mann herum, würdigte ihn keines Blickes und fuhr an ihm vorbei.

„Junge“, empfing ihn Mutter Reckzügel. Er ließ sich von ihr in den Arm nehmen und sagte nach all den Stunden des Schweigens nur diesen einen Satz. „Ja, Mutter Reckzügel, seit 5 Uhr 45 wird zurückgeschossen.“

„Was unser Wilhelm wohl macht?“

„Studieren wird er. Und er wird im Krankenhaus gebraucht.“

„Meinst du?“

„Aber ja doch!“, rief Josef laut und ließ damit alle Spannung aus sich heraus. „Aber ja doch“, wiederholte er und auch das, was ihm vom Ende dieser Rede besonders im Gedächtnis geblieben war: „Die deutsche Jugend aber wird strahlenden Herzens ohnehin erfüllen, was die Nation, von ihr erwartet und fordert! Ein guter Satz, Mutter Reckzügel, den ich muss ich morgen gleich meinen Jungs sagen“, sagte Josef voller Begeisterung, drehte sich um, spurtete aus dem Haus und machte sich auf die Suche nach Werner.

Im November 1939 ging es erneut ins Lichtspielhaus. Dass sie an diesem Nachmittag keinen Film sehen, sondern von ihrem Oberleutnant über die wertvolle arische Rasse belehrt werden würden, hatte die Jungen mit hochgezogenen Augenbrauen und angedeutetem Schmollmund kommentiert. Der gemeinsame Marsch dorthin aber brachte sie wieder in Hochstimmung, Schwung in ihre Beine und schweißte sie zusammen.

Außerdem war das Gelände rund um ihr Jugendheim in den vergangenen Tagen vom vielen Regen aufgeweicht, und sollte der erneut einsetzen, hätten sie wenigstens ein Dach über dem Kopf.

Als Melzer seinen Vortrag begann, wünschte Josef, er könne seinen Kopf einziehen wie eine Schildkröte und unangreifbar in einem dicken Panzer verschwinden.

„Die meisten Juden erkennt man auf den ersten Blick", waren Melzers ersten Worte. Er beschrieb Gesichtszüge, Haarfarbe, Körperhaltung, Verhaltensweisen, Essgewohnheiten, Vorlieben und Brauchtum.

‚Denk einfach nicht drüber nach', beschwichtigte sich Josef, ‚es ist viel zu funzelig hier drinnen und außerdem – auf mich trifft das alles nicht zu. Ich bin ja nur einer Halber. Langsam entspannte er sich, gab sich interessiert und applaudierte am Ende wie alle anderen auch – mit Händen und Füßen.

Melzers Schlussworte allerdings gellten ihm noch lange in den Ohren. Ihm und all den anderen Jungen. Brachten sie zum Johlen und ihm einen Grund mehr zur Beruhigung.

„Ja, und wenn man sich nicht sicher ist, dann heißt es bei den Jungen einfach *Hosen runter.* Denn beschnitten, das sind sie alle. Aber wie auch immer, wenn wir sie erkennen, dann werden wir sie jagen. Wir werden sie jagen, Jungs!"

„Bitte, Wilhelm, kannst du das nicht ohne mich machen?"

„Nein, keiner kann es so schildern wie du. Du warst dabei, Josef! Du hast es genossen. Warst so begeistert. Du musst es tun. Dein Bericht über diesen großen Tag soll die Einleitung zu meinem Plan sein."

Wilhelm war am Wochenende nach Hause gekommen. Weihnachtsurlaub, nannte er es und steckte voller Ideen. Ideen, die er zuvor schriftlich dem Ortsgruppenleiter unterbreitet hatte, und die *standen,* wie er es sagte. Pläne, die beschlossene Sache waren.

Seit Melzers Vortrag waren keine drei Wochen vergangen und nun war es Josef, der im Rampenlicht stand. Bei den ersten Sätzen tat er sich noch ein wenig schwer, aber dann rissen ihn die Erinnerungen zurück in die Tage der Bücherverbrennung damals in Berlin, und Josef war in seinem Element. Beschrieb sie gestenreich und so laut, dass man ihn noch in der letzten Reihe hören konnte. Wie er ein Buch nach dem anderen in die Flammen hatte schleudern dürfen, dass er den Brandgeruch noch heute in der Nase habe, dass er sich noch immer daran erinnern könne, obwohl es schon sechs Jahre her sei, dass er an diesem historischen Ereignis hatte teilhaben dürfen.

Josef redete so, wie Wilhelm es von ihm erwartete. Voller Schmalz und Pathos. Erst hinterher wurde ihm bewusst, dass Wilhelm eigentlich nie in dieser Weise gesprochen hatte – auch an diesem Abend nicht.

Als er nach Josef das Wort ergriff, kam er schnell zur Sache, ließ dabei beidseitig bedruckte Blätter verteilen und erklärte nüchtern, dass die Werke der darauf aufgelisteten Autoren umgehend aus jeglichen Bücherschränken zu verschwinden hätten. Er redete ohne Umschweife von Bestrafung bei Nichtbefolgung und Kontrollbesuchen durch ausgesuchte

Männer und Frauen. Die Liste der auszumerzenden Bücher war inzwischen auf gut 150 angewachsen.

Und da nur drei Fähnlein auf einmal ins Kino passten, wurde das Ganze zwei Stunden später wiederholt. Diesmal waren auch die Führerinnen des *Bund Deutscher Mädel* eingeladen.

Wilhelm begrüßte sie – charmant und in Vollendung, lobte, wie sie ihrem Auftrag, die Mädchen auf Mutterschaft und Hausfrauentätigkeit vorzubereiten, so vortrefflich erfüllten. Sagte, dass ihm das Herz überginge, wenn er diese adrett gekleideten Mädchen sehe, so sauber und ordentlich.

Im Kreis Reichenbach besaßen nur wenige der Mädchen eine Kluft. Doch ein blauer Rock, weiße Kniestrümpfe, Söckchen und Bluse fehlten bei keiner im Kleiderschrank. Wenn sie sich trafen, dann in Gemeinschaftsräumen der Kirchen – ohne Aufmärsche, ohne feste Rituale. Ansonsten gehörten sie halt dazu … die Schwestern und Cousinen der Jungs. Gab es Sportfeste, feuerten sie die Jungen an, sahen hin und wieder bei ihren Aufmärschen zu, standen mit ihnen auf den Feldern, klaubten Kartoffelkäfer von den Stauden oder halfen bei der Ernte, sie, die ausersehen waren, die Hüterinnen der Reinheit des Blutes und des Volkes zu sein.

Nur wenige Tage nach Reckzügels Aufruf waren auch sie mit Feuereifer dabei, Bücher auf das Gelände der HJ heranzuschleppen. Entweder welche aus ihrem Zuhause oder die, die anonym vor dem Haus von Tenkhoff abgelegt worden waren.

21. Dezember 1939

Der Tag der Bücherverbrennung auf dem Marktplatz in Reichenbach war kein Mittwoch, sondern ein Donnerstag. Es war Melzers Idee gewesen, dieses Ereignis auf den einundzwanzigsten Dezember zu legen. Hingerissen von seinem eigenen Geistesblitz und mit vor Stolz geschwellter Brust, ließ er während seiner Eingangsrede den Blick immer wieder Beifall heischend zu Wilhelm Reckzügel schweifen.

„Es gibt einen Stolz, der zu kriechen versteht", raunte Wilhelm Josef ins Ohr.

Wilhelm war der Einzige, der trotz der klirrenden Kälte keinen Mantel trug. Es schien ihm nichts auszumachen. Nicht einmal einen Schal hatte er umgebunden. Seine Haltung war tadellos: kein Bibbern, kein Auf-der-Stelle-Treten. Seine Stiefel glänzten, als habe er sie gerade erst angezogen, und auf seiner schwarzen SS-Uniform war nicht eine einzige Fluse auszumachen.

„Meine liebe, stolze, deutsche Jugend, liebe Mitbürger des Kreises Reichenbach. Welch ein geschichtsträchtiger Tag heute ist. An einem einundzwanzigsten Dezember war es, im Jahre 69 nach Christus, als der große Vespasian in Rom einzog, um dort als Kaiser gekrönt zu werden und …"

Der erste Beifall brandete auf und Melzer zählte langsam bis fünf. Solange wollte er ihn auskosten. Das hatte er sich fest vorgenommen, auch wenn er sich äußerlich bescheiden gab und währenddessen den Kopf gesenkt hielt.

„Und knapp 1500 Jahre später bestieg Elisabeth die Erste den Thron von England. Und heute, genau vor 60 Jahren, glitt das erste große deutsche Schiff durch den Suezkanal. Auch wir wollen am heutigen Tage Großes leisten!“

Erneut brandete Beifall auf, diesmal noch tosender – noch begeisterter.

„Müsste man ja wirklich mal nachprüfen, ob das auch alles so stimmt“, spöttelte Wilhelm flüsternd in Josefs Ohr. „Was meinst du, was sich die Leute alles in die Tasche lügen? Nur um gut dazustehen, zu verschleiern, Vorteile zu haben oder … um davonzukommen.“

Josef, beide Hände auf den Rücken haltend, wurde stocksteif.

„Was?“, war das Einzige, was er herausbekam.

„Ja, was glaubst du denn, wie viele einen gefälschten Ariernachweis haben.“

Wilhelm grinste. „Aber jetzt lass uns weiter zuhören. Wo er doch ein so großer Redner ist, der Herr Oberleutnant.“

„Zwei Söhne unseres Kreises …“, Melzer hatte einen langen Hals gemacht und zeigte mit ausgestrecktem Arm auf Wilhelm und Josef, die nebeneinander seitwärts der angetretenen Fähnlein standen, „Wilhelm Reckzügel und Josef Tomulka …“, ihre Namen hallten von den Hauswänden zurück und Josef zog unwillkürlich den Kopf ein, „waren im Mai 33 dabei, damals vor sechs Jahren, in Berlin, als …“

‚Gefälschter Ariernachweis, gefälschter Ariernachweis‘, ging es Josef durch den Kopf. Stur starrte er auf Melzer, der, in stolzer Erwartung des gleich einsetzenden Spektakels, sich aufzublähen begann wie ein Ballon.

Wilhelm gab den Trommlern ein Zeichen, und die Leute johlten und trampelten. Trampelten sich warm, denn schließlich war es kalt an jenem Dezemberabend und trotz einer nachmittäglichen Räumaktion reichte ihnen der Schnee schon wieder bis an die Knöchel.

Melzer ließ sich Zeit, bis er Ruhe gebietend seine Arme hob und erneut seine Stimme erschallen ließ.

„Eine neue Epoche beginnt, sagte jener Professor in Berlin. Die Epoche des Mittelalters, die Epoche der Seelenbindung und Seelenführung liegt hinter uns. Wir erkennen keine Macht an, die geistlich und politisch zugleich ist … und wer nicht mit uns leben und sterben kann, der wird nicht als Ketzer verbrannt!"

„Also, schlecht informiert ist er nicht", flüsterte Josef und sah Wilhelm offen ins Gesicht. Sein Argwohn auf ihn war ebenso schnell abgeebbt, wie er ihn überflutet hatte.

„Aber", Melzer stieß seinen rechten Zeigefinger in die Luft und zeigte dann auf den großen Holzhaufen in der Mitte des Platzes, „den dort, den werden wir jetzt anzünden. Wir werden die Bücher dieser Ketzer verbrennen und uns lösen von jenem Unrat und Staub. Ein Großreinemachen hat es gegeben in unseren Wohnungen und Häusern! Rechtzeitig vor dem Christfest haben wir es entgiftet von dem undeutschen Geist, und unsere Kinder können nun ohne Bedenken nach jedem Buch greifen und darin lesen. Endlich! Ins Feuer mit dem Gelumpe! Auf dass die Flammen es verzehren."

„Was für ein Idiot", entfuhr es Wilhelm leise, aber gerade noch laut genug, dass Josef es verstehen konnte. „Glaubt der allen Ernstes, die hören ihm jetzt noch zu? Ich hab ihm oft genug gesagt, dass er am besten zweimal auf den Sicherheitsabstand hinweisen soll. Unverantwortlich! Drei Meter weg von dem Haufen, hab ich ihm gesagt."

„Ohne den Einsatz der Feuerwehr hätte das ganz schön ins Auge gehen können", war gleich das Erste, was Adolf nach den Schulferien bei Josef loswerden musste. Er tat es nicht ohne Schadenfreude, denn das Verhältnis zu seinem Vater war nicht das beste. „Die hatten zum Glück alles fest im Griff. Sagt mir immer: Wer nicht hören will, muss fühlen. Und selber, nix besser. Mit *alter Herr* will er angeredet werden, so wie die Studenten ihre Väter anreden. Aber, Flötepiepen, da kann er lange drauf warten. Meine Mutter war auch ganz schön sauer. Dass er nicht auf deinen Wilhelm gehört hat. Stimmt es, dass der eigentlich wollte, dass das ganze Spektakel draußen vor unserem Vereinsheim stattfinden sollte?"

„Spektakel hat Wilhelm es bestimmt nicht genannt", verbesserte Josef ihn scharf, „Spektakel ist eine Schmierenkomödie. Das da war eine ernste Sache, eine wichtige Maßnahme zum Wohle von uns allen."

Wilhelm Reckzügel war auf der Durchreise, auf dem Weg nach Breslau ins Elisabethenhospital. Es passte seiner Mutter gar nicht, dass er ausgerechnet an einem Montag seine Stelle als Stationsarzt antreten sollte.

„Falsch verstandenes Sprichwort, liebe Frau Mama", hatte er sie geneckt, „es heißt *Was der Sonntag erwirbt, schon am Montag verdirbt.* Heute bin ich brav zu Hause. Also, was, bitte schön, soll mich morgen ins Verderben stürzen?"

Josef und Werner saßen neben ihm auf der Bank, und Wilhelm redete. Redete über *Entartete Kunst* und *Buschmusik,* redete über das Amt Musik und seinen wissenschaftlichen Leiter, der Gerigk hieß, redete davon, dass der ein richtiges Lexikon hatte zusammenstellen lassen, das nun umgehend erscheinen würde.

Wilhelm merkte nicht, wie verhalten Josef und Werner auf seine neuen Vorschläge zur Säuberung des deutschen Gedankenguts im Kreis Reichenbach reagierten, wie wenig es sie interessierte, dass es eine Vielzahl von Opern, Operetten, Oratorien gab, die nicht aus der Feder reinen, arischen Blutes stammten und daher gemieden werden sollten wie die Pest. Nein, nicht nur das, ausgetilgt gehöre alles, was aus schmutziger jüdischer Quelle entsprungen sei.

Wilhelm rammte seine Hacken in die Erde. „Wisst ihr, was Gerigk gesagt hat?" Er lachte selbstgefällig. „Natürlich nicht, ihr Landpomeranzen. Also, er hat gesagt, dass das, was unsere deutschen Tonsetzer hinterlassen haben, ein heiliges Vermächtnis ist, das in der Welt ohnegleichen ist. Selbst der Führer hat geschrieben, dass die Einflüsse des Judentums in

Presse, Kunst, Literatur und Theater wie eine geistige Pestilenz seien, schlimmer als einst der schwarze Tod, mit dem sich das Volk infizierte. Gerigk und sein Stab haben mit Entsetzen feststellen müssen, wie wenig uns Deutschen die jüdischen Elemente in der Musik bekannt sind, wie sie es verstanden haben, unsere abendländische Musik mit ihrem orientalischen Empfinden zu verfälschen und …"

Es war Werner, der ihn brüsk unterbrach und ungerührt die missbilligenden Blicke seines Bruders übersah.

„Nun halt aber mal die Luft an. Was soll denn so schlimm daran gewesen sein, wenn man den Kindern zur Einschulung *Wohlauf in Gottes schöne Welt* vorgesungen hat? Bloß weil das Lied ein Jude geschrieben hat? Gibt es darin irgendeinen Gedanken, der den Vorstellungen des Führers widerspricht? Liebt der etwa nicht die Natur? Ist er etwa nicht dafür, dass man vorwärtsgeht, statt stillzustehen? Winken etwa die Soldaten nicht ihren wohlbekannten Häusern zu, bevor sie sich abwenden, um in Richtung der Schlachtfelder zu ziehen?"

Josef nahm Werner beim Wort und hielt die Luft an. So aufgebracht und direkt hatte er Werner noch nie erlebt.

„Was weißt du in diesem Nest hier schon von dem, was da draußen in der Welt geschieht?", erwiderte Wilhelm, stand auf und zog Josef auf die Beine. „Komm, Josef, er hat heut seinen schlechten Tag, mein Herr Bruder. Lass uns ein wenig spazieren gehen. Ich muss mich eh bald wieder auf den Weg machen."

„Na klar doch. Damit du ihn wieder belatschern kannst", knurrte Werner.

„Wenn du willst, kannst du gerne mitkommen." Wilhelm

hob sein linkes Bein, ließ den Fuß kreisen und zog sein Knie hoch bis unter Werners Nase.

Unwirsch drehte Werner seinen Kopf zur Seite, stand auf und humpelte ins Haus. Alle Farbe war aus seinem Gesicht gewichen.

„Mensch, was kannst du fies sein." Josef sah Wilhelm offen ins Gesicht. „Du weißt ganz genau, dass Werner für HJ und Jungvolk alles tut, was in seiner Macht steht. Einen besseren Trainer als ihn gibt es nicht. Die Peterswaldauer haben nicht ohne Grund die Kreismeisterschaften im Boxkampf gewonnen."

Wilhelm verkniff sich jeglichen weiteren Kommentar und setzte sich in Bewegung.

„Es ist nichts los in unserem Nest hier. Ganz, wie du's gesagt hast." Josef hoffte, dass es verächtlich genug geklungen hatte.

„Aber in Sachen Napola ist mit dir nicht zu reden, oder? Junge, da ist wirklich was los. Wie ich schon sagte, das ist mit dem, was du hier auf dem Gymnasium lernst, überhaupt nicht zu vergleichen."

„Willst du mich loswerden oder was?", fuhr Josef seinen Gönner bissig an. „Es muss auch Leute im Hinterland geben, die vor Ort was für Reich und Führer tun. Außerdem habe ich keine Lust auf die Gesellschaft von Jungen, die einen ellenlangen Stammbaum haben."

„Alles nur Gerede, alles nur Vorurteile. Wie oft soll ich dir das noch sagen? Es sind viele Jungen aus ganz einfachen Verhältnissen dort und, ob du es glaubst oder nicht, die sind fast alle besser als die feinen Söhne der Herren Sonstwer."

„Ich will aber nicht. Da braucht nur irgendeiner rauskriegen, dass ich ein Unehelicher bin, und schon hab ich denselben Salat wie hier. Tu ich dir hier nicht genug oder was?"

Reckzügel nahm gespielt Haltung an und brach in schallendes Gelächter aus.

„Ich muss unbedingt meine Mutter fragen, was sie dir heute ins Essen getan hat."

Als sich die beiden eine gute Stunde später auf den Weg zum Reichenbacher Bahnhof machten, war die angespannte Stimmung verflogen und es schien wieder alles wie früher zu sein. Josef erzählte so munter drauf los wie schon lange nicht mehr. Dass sich seine Kaninchen jetzt noch besser verkaufen würden als bisher und dass bei all seinen Kunden gut sichtbar ein Hitlerbild hinge. Dass keiner auf dem Lande Mangel leiden müsse und dass sie alle den Bestand ihrer Tiere erhöht hatten. Die Zahl der Hühner, Gänse und Enten war fast verdoppelt worden. Auch Josef hatte einen dritten Wurf – wie er es grinsend nannte – *arrangiert,* denn auch mit Kaninchen konnte man trotz der inzwischen eingeführten Lebensmittelmarken unbedenklich Handel treiben.

„Na, falls es in der Stadt nichts zu beißen gibt, dann weiß ich ja, wo's was zu holen gibt." Anerkennend betrachtete Wilhelm einen der Vorgärten. „Geschickt gemacht. Möhren, Bohnen und Salat zwischen Blumen und Sträuchern – sieht sogar richtig dekorativ aus. Wenn der Führer durch solche Aktionen unterstützt wird, werden wir den Krieg mit Sicherheit gewinnen."

„Mit den Bohnen da?", frotzelte Josef. „Ganz ohne blaue wird's wohl trotzdem schlecht gehen."

„Ich meine das völlig ernst. Was glaubst du wohl, wie durch solche Maßnahmen die Versorgung der Truppe gestärkt wird?", blaffte Wilhelm und blieb abrupt stehen, als *Ich hab mein Herz in Heidelberg verloren* aus einem der offenen Fenster schallte. „Hör dir das an", schnaubte er, dessen Zorn durch Josefs verständnislosen Blick nur noch verstärkt wurde. „Ihr wisst hier wirklich nicht, was los ist. Mensch noch mal. Aus dem Radio kommt das bestimmt nicht! Da spielen sie keine Judenlieder mehr. Wird Zeit, dass sich das hier ändert. Erst die Bücher weg, und jetzt geht's an die Konserven."

„An was geht's?"

„An die Schallplatten. Herrgott noch mal!"

„Und was machen wir mit denen, die es singen?", fragte Josef gedehnt. „Überhaupt, kannst du mir mal sagen, wo in diesem Lied was *Orientalisches* sein soll?"

„Ich glaub, ich hör nicht recht", blaffte Wilhelm Reckzügel, „seid ihr heute alle verrückt geworden?"

„Nee, aber deine Mutter gehört schließlich auch zu denen, die es gerne singen."

„Dann kannst du es ihr genauso verklickern wie deinem Fähnlein!"

„Was soll ich bitte schön?"

„Verklickern! Er-klä-ren. Mann, Mann, hinter welchem Mond lebt ihr eigentlich?"

Wilhelm hieb Josef sarkastisch lachend auf die Schulter, kletterte in den Zug, blieb einen Moment in der offenen Tür stehen und sah seinen Schützling abschätzend an.

„Hat dir Werner eigentlich schon gesagt, dass du laut im Schlaf sprichst und dabei stöhnst und jammerst?"

Ehe Josef antworten konnte, hatte Wilhelm mit einem heftigen Ruck die Tür zugezogen, sich umgedreht und war gegangen – ohne Gruß und ohne Winken. Mit offenem Mund starrte ihm Josef hinterher und stand noch immer reglos da, als der Zug schon längst außer Sichtweite war.

Erklären, verklickern, erklären, quietschten seine Pedalen, jammerten und stöhnten. Das Kopfsteinpflaster ließ es nicht zu, dass Josef freihändig fuhr, am liebsten hätte er sich die Ohren zugehalten.

‚Reiß dich zusammen!', herrschte er sich an, ‚wenn der was von deinem Vater wüsste, dann … ach, Blödsinn.'

Josef schüttelte das ungute Gefühl von sich und bog bald darauf pfeifend auf Reckzügels Grundstück ein: *Wohlauf in Gottes schöne Welt …*

Es war Werner, der seinem Pfeifen ein jähes Ende machte und sich ihm kopfschüttelnd in den Weg stellte.

„Ach, hat mein brauner Bruder das Lied nun doch wieder freigegeben?", fragte er und tat, als müsse er husten.

„Ne – nein", stotterte Josef, „da kann man mal sehen, wie schnell sich so ein Lied in einem festsetzt, es war – es war mir einfach gerade in den Sinn gekommen."

„Kann es sein, weil die Welt eben doch schön ist?"

„Das kann man auch anders besingen", brummte Josef und beeilte sich, sein Fahrrad in die Remise zu schieben.

„Ich muss mit dir reden, Josef, dringend", sagte Werner in einer Schärfe, wie Josef sie an ihn gerichtet noch nicht erlebt hatte.

‚Warum nur muss heut alles so kompliziert sein, erst Wilhelm und jetzt Werner', durchfuhr es ihn, und er schlug sich mit der Hand vor den Kopf.

„Ist es, weil – weil ich neuerdings im Schlaf rede?" Josef tat gleichgültig und grinste.

„Ich hätt es ihm nicht sagen sollen, entschuldige“, sagte Werner leise und sah Josef besorgt an. „Es ist nur … es wird von Mal zu Mal schlimmer. Hast du Kummer, Josef? Hat dich jemand … geärgert?“

„Mich? Geärgert? Wer denn?“

Josef reckte seinen Hals, sah an Werner vorbei hin zu den Kaninchenställen und tat so, als ob dort irgendetwas seine Aufmerksamkeit erregte.

„Und was, bittschön, hab ich von mir gegeben?“, fragte er so schelmisch wie möglich.

„Das ist nicht witzig, Josef. Das ist es ganz und gar nicht …, wenn du *Nein* schreist und dich dabei heftig herumwälzt. Heut Nacht hast du irgendwas von *Juden* geredet und hast immer wieder was von *schlecht* und *gut* gestammelt. Hm?“ Er griff nach Josefs Mütze und wollte ihm einfach nur aufmunternd durch die Haare wuscheln.

Josef aber wich einen Schritt zurück und sah starr zu Boden. „Hab ich sonst noch was … gesagt?“

„Nein, es ist immer dasselbe. Das heißt … hin und wieder rufst du mal einen Namen. David.“

„David?“, murmelte Josef und griff sich – aschfahl geworden – an den Hals. Er machte auf dem Absatz kehrt und wollte einfach nur noch ins Haus.

„Nein“, sagte Werner, er konnte ihn gerade noch am Kragen packen, „du kannst nicht immer weglaufen.“ Langsam drehte er Josef zu sich herum, hob sein Kinn und sah ihn eindringlich an. „Josef, ich weiß, dass du große Stücke auf Wilhelm hältst und ihm nicht gerade wenig zu verdanken hast, aber … hat er dich zu irgendetwas angestiftet, was du eigentlich nicht willst?“

Josef rührte sich nicht, stand vor Werner erstarrt wie eine Salzsäule und wünschte sich, ein Zug würde ihn weit, weit wegtragen. Von ihm aus auch der, der Wilhelm nach Breslau brachte.

„Im letzten Jahr, in der Nacht, als die Juden abtransportiert wurden, hast du da irgendwie mitgemischt? Es hieß, dass am Ortsausgang Steineschmeißer gestanden hätten, und dass eines der Kinder einen Stein an den Kopf bekommen haben soll. Hast du Steine geworfen, Josef? War es etwa der David Ehrenstein, der Sohn vom Gemischtwarenhändler, den ihr da getroffen habt?"

„Nein!"

Erleichtert nahm Werner wahr, dass sich Josefs Anspannung langsam zu lösen begann.

„Ich war da, ja, aber ich war ganz allein, und Steine geworfen hab ich auch nicht. Da, wo ich war, war sonst keiner. Ehrlich."

Werner seufzte. „Wenn es irgendetwas gibt, was du dir von der Seele reden willst, ich bin jederzeit für dich da. Ich werde darüber schweigen wie ein Grab, ich …"

„Das weiß ich doch", sagte Josef leise. „Es geht mir halt so wie dir, manches will einfach nicht rein in meinen Kopf." Er trat auf der Stelle, seine Betroffenheit war nicht gespielt.

„Wilhelm will, dass ich deiner Mutter sage, dass sie *Ich hab mein Herz in Heidelberg verloren* nicht mehr singen darf."

„Ist das etwa auch von einem Juden?"

„Muss ja wohl." Josef stampfte wütend mit dem Fuß. „Sag mal, wer bin ich denn? Sein Handlanger? Soll er ihr das doch selber sagen."

Werner drehte seinen Kopf zur Seite. Josef in die Augen sehen, das konnte er nicht. ‚Sein Handlanger. Genau das bist du. Das trifft den Nagel mitten auf den Kopf.'

„Lass man, das mach ich schon", begann Werner so gelassen, wie es ihm möglich war. „Dann bleibt es wenigstens in der Familie. Entschuldige, ich meine, du gehörst ja dazu. Aber du weißt schon, was ich meine, so ganz direkt zwischen Mutter und ..."

„Sohn", vollendete Josef den Satz und gab Werner einen Knuff. „Und wenn ich wieder rumschrei, dann rüttel mich. Muss ja nicht das ganze Haus davon wach werden."

Es klang heiter, aber der Horizont in seinem Kopf verdunkelte sich.

Eine Woche danach lag ein Brief auf Josefs Kopfkissen, abgestempelt in Breslau.

... Dass mein Abschied so abrupt ausfiel, hat nichts mit Dir zu tun. Lief nur gerade so ein hohes Tier der Wehrmacht durch den Zug, einer vom Nachrichtendienst, und ich bin ihm schnell hinterher. Hab ihm von Deiner Morserei erzählt. Halt Dich fest. Dein Fähnlein wird, so schnell es geht, sechs Apparate bekommen. Dann könnt ihr endlich wie die Großen loslegen. Gebrauchsanleitungen sind dabei. Wenn ihr nicht klarkommt, dann lass es mich wissen, dann kommt jemand vorbei, der euch einweist.

Josef schraubte seinen Füllhalter zu, schielte zu Adolf und schüttelte den Kopf.

‚Hätte in den Ferien seine Nase mal ins Rechenbuch stecken sollen. Nachhilfeunterricht müsste er haben. Gibt genug pensionierte Lehrer, die dafür Zeit haben.'

Langsam schob er sein Heft zu Adolf hinüber, zeigte auf einige Ergebnisse und räusperte sich.

„Josef …", Rollke hatte die beiden ein paar Minuten gewähren lassen, „ich glaube, du kannst jetzt abgeben, nicht wahr? Außerdem könnte ich deine Dienste auch gut gebrauchen."

Josef bekam einen roten Kopf, schnappte sein Arbeitsheft und ging nach vorn.

„Wird Zeit, dass das Buch wieder ins Archiv kommt. Sei so gut und bring's grad rauf."

Josef nickte und machte sich davon – in der Hand das Lieblingsbuch des Jugendführers des Deutschen Reiches, Baldur von Schirach.

Die Regale und Schränke des Archivs sahen seit der Bücherverbrennung gerupft aus. Es hatte auch dort ein gründliches Aussortieren gegeben. Josef stellte den *Faust* an seinen Platz – in die hintere der beiden Regalreihen – und fragte sich, wer auf die blödsinnige Idee gekommen war, die alphabetische Reihenfolge hinten und nicht vorne beginnen zu lassen.

Er war schon auf dem Weg nach draußen, als er auf dem Flur Stimmen hörte. Er blieb stehen. Es waren eindeutig Weigelt und Kugler, die miteinander redeten. ‚Lehrer belauschen kann interessant sein', ging es ihm durch den Kopf. Die Auseinandersetzung zwischen Vaupel und Ritter damals in der Dorfschule war jedenfalls sehr aufschlussreich gewesen. Heute waren es die Lehrer für Deutsch und Latein.

Josef schlich auf Zehenspitzen zur Tür und spitzte seine Ohren. Sollten sie reinkommen, na gut, dann würden sie eben mit ihm zusammenstoßen. Sollten sie doch denken, was sie wollten.

„Und was wäre gewesen, wenn die SA bei Ihnen eine Hausdurchsuchung gemacht hätte?" Das war Kugler. „Mensch, wie konnten Sie nur so leichtsinnig sein? Ich hatte Sie doch gewarnt. Ich hab Ihnen extra gesagt, dass sie die Deutsch- und Lateinlehrer auf dem Kieker haben und uns nicht über den Weg trauen. Wie kann man nur? In Teufels Küche … schlimmer noch, in irgendeinem KZ hätten Sie landen können."

„Und was lesen wir jetzt?", fragte Weigelt.

„Man kann es auch übertreiben. Es gibt noch genug gute Bücher und …, wenn die tausend Jahre erst einmal übers Land gezogen sind, dann holen wir die Sachen wieder raus und haben unsere Freude daran. Dann können wir wieder Mann, Kafka und Kästner lesen. Glauben Sie mir, mit der Schützengrabenschaufelei buddeln sich die Braunen gerade ihr eigenes Grab."

„Ist der Pedell eingeweiht?"

„Um Himmels willen. Nein!"

„Weiß sonst noch wer davon?"

„Güttler, Rollke und natürlich der Oberstudiendirektor."

„Ob wir mal später unsere Memoiren darüber schreiben? Als Überschrift *Der Wandschrank*. Das wär doch was, oder?"

„Sie sind ein Kindskopf, Weigelt. Denken Sie an Ihre Frau und Ihre beiden Kinder, bringen Sie sie nicht unnötig in Gefahr."

„Courage civil – Mut des Einzelnen zum eigenen Urteil. Courage civique – staatsbürgerlicher Mut. Wenn ich keine Familie hätte, glauben Sie mir, ich würde meine Stimme erheben und dagegen angehen. Dann gäb's diese Art von Widerstand für mich nicht. Ach, Kokolores, was wir hier treiben, hat das Wort Widerstand nicht einmal verdient."

„Waren das jetzt alle Bücher, die nicht in Ihr Haus gehören?"

„Ja, leider." Weigelt schnaubte. „Können Sie meiner Tochter erklären, was verwerflich, was wider den deutschen Geist, was so jüdisch daran sein soll, wenn sie *Nesthäkchen* liest?"

„Können Sie mir erklären, was verwerflich und volksverhetzend am *Schwarzwaldmädel* sein soll und warum wir dieses *Erklingen zum Tanze die Geigen* nicht einmal mehr … summen dürfen?"

„Wo sie doch eigentlich so schön deutsch ist, diese Schnulze." Weigelt hüstelte. „Ich mag Operetten einfach generell nicht. Ob sie aus der Feder eines Juden stammen oder nicht."

Schrill läutete die Schulglocke die große Pause ein. Josef ging rasch zurück in die letzte Regalreihe und wartete. Es dauerte nicht lange und es stürmten einige Jungen hinein. Bücher und Karten wurden geholt und gebracht. In dem Hin und Her fiel es nicht auf, dass Josef betont langsam zur Tür ging und erst einmal über den Flur spähte. Kugler und Weigelt waren nicht mehr zu sehen. Pfeifend schlenderte Josef zurück in sein Klassenzimmer.

Der Wandschrank? Was auch immer es damit auf sich haben sollte …

Am darauffolgenden Tag beim Mittagessen, begann sich das Rätsel in seinem Kopf zu lösen.

„Natürlich, klar doch“, sagte er, stieß seine Gabel in eine Pellkartoffel und hielt sie triumphierend in die Höhe.

„Was ist klar, mein Junge?“ Belustigt betrachtete Lieselotte Reckzügel ihren Ziehsohn, der ihr vorkam wie ein normannischer Krieger, der triumphierend das Haupt seines Erzfeindes zur Schau stellte. Sie hatte ihn ins Herz geschlossen, diesen stets hilfsbereiten, folgsamen Jungen, der sie manchmal so überschäumend herzlich in den Arm nehmen konnte und der ein anderes Mal so sehr auf Distanz ging, dass es ihr fast wehtat.

Irritiert sah Josef von einem zum anderen. Er schluckte und begann, betont lässig die Kartoffel zu pellen. „Das diese Dinger aber auch immer so heiß sein müssen“, brummelte er, gab sich geistesabwesend und versuchte, seine Hände ruhig zu halten.

„He, Josef, was ist los?“, hakte Werner nach.

„Ach, nichts weiter“, log Josef, „ich hab nur endlich die Lösung von der einen Rechenaufgabe.“

„Ganz allein? Ohne den klugen Adolf zu fragen?“, spottete Werner.

Lachend schlug Josef auf den Tisch. Er war froh, dass niemand merkte, wie nervös und angespannt er war. Hier saß er also, in Reckzügels Küche, pellte Kartoffeln, und log sie an. Einen Lügner zu beherbergen, das hatten sie nicht verdient.

Josef konnte in der darauffolgenden Nacht kaum ein Auge zumachen. Wieder begannen unruhigere, schlaflosere Nächte – Nächte, die Werner erneut beunruhigten – Nächte, in denen er gern in Josefs Kopf geschaut hätte. Nicht aus Neugier, sondern einzig und allein, weil er ihm so gerne geholfen hätte.

Während des Unterrichts war Josef unkonzentriert und fahrig. Die Lüge mit dem verdorbenen Magen wurde nicht angezweifelt, seine Unwilligkeit nach Hause zu gehen, nicht hinterfragt. Dass er nach Schulschluss erst noch einmal zur Toilette musste, musste er Adolf nicht lange erklären.

Josef war erstaunt, wie schnell sich das Schulgebäude leerte, wie eilig es alle hatten, nach Hause zu kommen, sowohl die Schüler als auch die Lehrer. Es dauerte keine zehn Minuten, bis er sich aus der Toilette stehlen und auf den Weg zum Archiv machen konnte.

Auch jetzt waren die Türen des wuchtigen Eichenschrankes, der ein gutes Drittel der Wand zur Linken einnahm, nur angelehnt. Verschlossen wurde er nie. Er beherbergte lediglich ein paar alte Landkarten, die selten oder gar nicht gebraucht wurden. Dazu ein ausgestopftes Fasanenpärchen, das im Laufe der Jahre etliche Federn gelassen hatte. Erst unlängst hatte sich der Pedell wieder darüber beschwert, dass so ein prächtiges Möbelstück keine Rumpelkammer sei und eigentlich in das Rektoratszimmer gehöre. Dass sich der Oberstudiendirektor mit Händen und Füßen dagegen gewehrt hatte, hatte er beim besten Willen nicht begreifen können.

Josef schob vorsichtig die Karten beiseite und fuhr mit der flachen Hand langsam über die Rückwand. Sollte wider

Erwarten doch jemand hereinkommen, dann hätte er genug Ausreden parat. Aber es kam niemand, dem er einen Bären hätte aufbinden müssen: Dass er sich im Schrank geirrt hatte – wie dumm, da in diesem ja nur die ausrangierte Kartothek stand oder dass er sich einmal die Fasanen ansehen wollte, weil die sich doch eigentlich noch ganz gut im Jugendheim machen würden.

Wie elektrisiert zog er seine Hand zurück und pfiff leise durch die Zähne.

‚Und das soll der Pedell noch nicht entdeckt haben?'

In die Mitte der Rückwand war eine Tür! Genauso, wie er sich das vorgestellt hatte. Groß war sie nicht. Um hindurchzukommen, würde sich selbst Josef klein machen müssen. Er bekam vor Aufregung rote Ohren.

Immer wieder war er im Geist durch alle Räume der Schule gegangen, vom Keller bis hinauf zum Dachboden. Es gab nur einen Raum im ganzen Gebäude mit einem großen Schrank darin. Nur einen, der am Ende eines Flures lag und der weder ein Klassen- noch ein Lehrerzimmer war. Der vom Schulleiter war auch nicht infrage gekommen.

Josef klappte den Schrank wieder zu, ging hinaus auf den Flur und begann, ihn abzuschreiten. Im Archiv waren es von der Tür bis zur Rückwand des Schranks zwei Schritte gewesen. Bis zur Außenwand des Schulhauses hier im Flur aber waren es gut fünf. Josef nahm seine Mütze ab und schlug sie ans Bein. Der Raum, den man über den Schrank erreichen konnte, war demnach nicht klein.

„Da ist genug Platz in der Herberge", murmelte er, „für all die angeblich verbrannten Bücher."

Josef zog vor dem Gemälde im Treppenhaus eine Grimasse.

Es war irgendeiner dieser Landgrafen, die hier vor rund hundert Jahren gelebt hatten. Äußerlich gelassen schlenderte er hinaus. Für heute hatte er genug gesehen.

Am darauffolgenden Tag machte er Adolf klar, dass dieser nicht auf ihn warten müsse, weil er noch etwas für die anstehende Naturkundearbeit nachschlagen wolle und versetzte ihm dabei einen leichten Seitenhieb.

„Muss ja wenigstens einer von uns beiden wissen, worum es geht. Also, fahr nach Hause und lass mich in Ruhe nachsehen. Aber …" Josef leckte sich genießerisch die Lippen und dachte für einen Moment ernsthaft daran, ob er nach der Reifeprüfung nicht Schauspielunterricht nehmen solle. „Aber wenn deine Mutter wieder Streuselkuchen gebacken hat, dann kannst de mir gerne für heute Nachmittag ein Stückel mitbringen."

Erleichtert darüber, nicht gebraucht zu werden und die Freizeit nicht mit Lernen verbringen zu müssen, trollte sich Adolf davon.

Als der Pedell wenig später seinen Kontrollgang machte, saß Josef über ein Lehrbuch der Biologie gebeugt und gähnte.

„Junge, mach dass du nach Hause kommst. Dir wird noch der Kopf abfallen."

Dass Josef hin und wieder im Archiv hockte, war nichts Neues für den Hausmeister, aber um diese Zeit hatte er ihn noch nie angetroffen.

„Ja, ja, aber ein paar Minuten brauch ich noch. Geht das?"

„Nu ja … meine Frau wartet auf mich. Mit dem Mittagessen, mein ich. Dann zieh nachher einfach die Tür hinter dir zu. Aber ruckel noch mal dran. Damit sie wirklich zu ist und nicht wieder aufspringt."

Der Pedell mochte Josef, ihm imponierte der Lerneifer des Jungen und ihm gefiel es, wie er mit seinem Fähnlein umging. Der würde bestimmt keinen Unsinn machen. Als er mit einem kräftigen Rumms die Eingangstür hinter sich zugezogen hatte, ging Josef mit klopfendem Herzen zum Schrank, schob die Karten beiseite und gab den Fasanen einen kräftigen Schubs. Auf ein paar Federn mehr oder weniger kam es nicht an.

Flüchtig hingesehen, war die Tür in der Rückwand nicht zu erkennen. Erst im Schein seiner Taschenlampe konnte Josef ihre Umrisse und den kleinen, viereckigen Holzknauf ausmachen, dessen Maserung sich perfekt der Rückwand anpasste. Er war so klein und flach, dass Josef ihn nur mit den Fingerspitzen umfassen konnte, aber es genügte nur ein leichter Zug und die kleine Tür schwang leise quietschend auf.

Josef steckte eine Taschenlampe zwischen seine Zähne, bückte sich und schlüpfte hindurch.

„Meine Fresse", entfuhr es ihm.

Fast wäre ihm die Taschenlampe zu Boden gefallen. Er fing sie im letzten Moment auf, ließ ihr Licht durch den Raum streifen und hielt den Atem an. Da standen sie also, in stabilen Holzregalen ordentlich nebeneinander aufgereiht oder gestapelt: Die Werke von denen man die Stadt gesäubert glaubte. Politische, die Moral untergrabende, geschichtsverfälschende, die deutsche Sprache verhunzende und andere Bücher, die einem guten deutschen Volksgeist zuwider waren.

Josef bewegte sich nicht. Nur seine Augen glitten von einem Buch zum anderen, blieben hängen an Namen, die er kannte: Brecht, Einstein, Freud, Heine, Kästner, Kafka, Mann, Marx, Ossietzky, Remarque, Ringelnatz, Tucholsky.

Unsicher machte er einen Schritt nach vorn, mit wackeligen Beinen, wie eine an Fäden gezogene Marionette.

Remarque. Im Westen nichts Neues. Ganz nah ging er an das Buch heran, starrte auf den Buchrücken, hielt den Atem an und drehte sich abrupt um.

Nein, er war allein in dieser Kammer. Niemand stand hinter ihm. Vor allem nicht Drossel, der während einer der letzten Unterrichte auch vor diesem niederträchtigen, die Tatsachen verdrehenden *Schreiberling* und seinen Werken aufs Schärfste gewarnt hatte.

„1933 hat man auch seine Werke dem Feuer übergeben, vor sieben Jahren in Berlin", hatte er gegeifert und sich aufgeführt, als sei er dort gewesen an diesem Tag. Einige Jungen hatten sich zu Josef gedreht und ihn grinsend angesehen. Seit seinem Vortrag vergangenen November im Kino gab es nur noch wenige, die nicht wussten, dass er dieses Spektakel Seite an Seite mit Wilhelm Reckzügel erlebt hatte. Sollte Drossel dazugehören?

‚Gegen literarischen Verrat am Soldaten des Weltkrieges, für Erziehung des Volkes im Geist der Wahrhaftigkeit! Ich übergebe der Flamme die Schriften von Erich Maria Remarque', hörte Josef Drossel die Worte des Rufers wiederholen. ‚Was der wohl machen würde, wenn er wüsste, was in *seiner* Schule so alles verborgen ist?'

Im Westen nichts Neues. Josef starrte wieder auf das Buch. In ihm steckte ein Lesezeichen. Ein kleiner gelber Zettel. Er war nicht zu übersehen. ‚Mal sehen, was es da zu verraten gab … am Soldaten des 1. Weltkrieges.‘

Er fiel im Oktober 1918, an einem Tage, der so ruhig und still war, dass sich der Heeresbericht nur auf den Satz beschränkte, im Westen sei nichts Neues zu melden, las Josef den Satz, der rot unterstrichen war.

‚Wer fiel? War er jung, war er alt? Hatte er Frau und Kinder oder war er … allein? Was hatte das mit Verrat zu tun? Krieg, das ist gewinnen oder verlieren. Tja, und wir Deutschen haben ihn verloren. Was daran ist nicht *wahrhaftig*?‘

Josef blätterte weiter, blätterte vor und zurück. *Neben mir wird einem Gefreiten der Kopf abgerissen. Er läuft noch einige Schritte …,* las er, überflog Zeilen über grausiges Kriegsgeschehen, über das, wie es wahrhaftig zuging – draußen im sogenannten Feld. *Unser Wissen vom Leben beschränkt sich auf den Tod. Was soll danach noch geschehen? Und was soll aus uns werden?*

Josef klappte das Buch zu und stellte es an seinen Platz zurück.

‚Warum darf man nicht lesen, was den Tatsachen entspricht? Gefallen hört sich so verdammt harmlos an. Gefallen bedeutet Blut, Schmerz und Tod. Elendig verrecken.‘

Josef erschrak, doch anders darüber denken konnte er nicht. Er sah noch einmal zum Regal. All das dort war Hitler ein Dorn im Auge.

„Mach, dass du rauskommst“, feuerte er sich an.

Er machte auf dem Absatz kehrt und schlüpfte aus dem Schrank. ‚Gift ist das, nichts als Gift hier‘, rauschte es in seinen Ohren. ‚Nichts anderes als volksverhetzender Mist!‘

Hastig stellte er alles wieder so hin, wie er es in Erinnerung hatte. Die größeren Karten diagonal, das zerzauste Fasanenpaar auf die linke Seite, die kleinen Karten längs daneben.

Als er am Nachmittag sein Fähnlein antreten ließ, hielt er ihnen eine flammende Rede darüber, wie stolz sie sein könnten, wahre Deutsche zu sein. Reine, gute Arier. Und dass sie sich fernhalten sollten von all jenem, das der Führer nicht gutheißen würde, seien es Bücher, Bilder oder Musik.

„Einmal lesen, einmal ansehen, einmal hinhören. Ja, ein einziges Mal schon reicht aus, um euer Gewissen zu betäuben. So, als hättet ihr einen Ätherrausch." Drohend hatte er seinen Zeigefinger in die Luft gestoßen. „Nein, es ist noch viel schlimmer. All das verbotene Zeugs ist wie Morphium, und Morphium macht abhängig, macht krank und raubt euch die Sinne und euren Verstand. Wann immer ihr etwas in die Finger bekommt, was der Führer gebrandmarkt hat, dann … dann lest es nicht, seht es euch nicht an und hört nicht hin. Werft es weg! Und wenn ihr euch nicht stark genug fühlt, dann lauft lieber davon, bevor es euch infiziert und besudelt wie Brühe aus den Jauchegruben!"

Gerhard Melzer stand mit offenem Mund im Türrahmen des Jugendheimes. ‚Welch ein großartiger Fähnleinführer. Möge er uns noch lange erhalten bleiben.'

Werner, der alles für das anschließende Boxtraining vorbereitete, fragte sich, was in ihn gefahren war.

Am darauffolgenden Tag, nur wenige Stunden nachdem Josef das Versteck hinter dem Wandschrank entdeckt hatte, kam Drossel, der Lehrer für den Weltanschauungsunterricht, in den Klassenraum geflattert. Die Arme weit ausgestreckt, wedelte er mit vier Heften in seinen Händen, in jeder jeweils zwei, hielt sie in die Höhe und verkündete kurzatmig, dass es ihm endlich gelungen sei, sie über den Herrn Ortsgruppenleiter für den Unterricht bekommen zu haben.

„Kommt alle nach vorne, bringt eure Stühle mit und rückt so eng zusammen, wie ihr könnt. Alle, außer Josef, Klaus und Egon“, schnaufte er. Er wies jedem der drei einen Standort zu und drückte ihnen ein Heft in die Hand. Hochhalten sollten sie es, wenn nötig auch hin- und hergehen, damit ja keinem etwas von den Bildern entginge. Er bewegte sich wie ein Flugzeug-Einweiser auf dem Rollfeld, nur fahriger und mit einem Schwall von unnötigen Anweisungen. Es musste etwas ungeheuer Wichtiges sein. Er hatte die Schüler nicht einmal aufstehen und *Heil Hitler* sagen lassen.

„Das Gebäude hier …“, Drossel hieb mit seinem Zeigefinger auf das Deckblatt der schulheftgroßen Broschüre ein, „weiß jemand von euch, was das ist?“

„Die Akropolis?“, platzte Adolf Melzer heraus.

„Siehst du nicht, dass dies hier neu und intakt ist?“

Unwirsch schlug Drossel mit der flachen Hand auf das Heft. „Mensch, Junge, die Akropolis ist eine Ruine! In Griechenland. Dieses Gebäude hier, diese Säulen bilden den Eingang des Hauses der Deutschen Kunst, das in München steht!“

Unter dem Bild stand in großen Buchstaben das, worum es Drossel in der nächsten Doppelstunde ging, worüber er sich ausließ, in hohen und tiefen Tönen, gestenreich und mit feuchter Aussprache.

DEUTSCHE KUNST UND ENTARTETE KUNST. KUNSTWERK UND ZERRBILD ALS SPIEGEL DER WELTANSCHAUUNG.

‚Duschen auf den vorderen Plätzen frei', hieß es hinterher – hinter vorgehaltener Hand.

Drossel nannte den Verfasser, einen gewissen Doktor Adolf Dresler einen Kenner und ganz großen Verfechter und Unterstützer der Ansichten des Führers zum Thema Kunst. Die Titelseite ließ er so lange herumzeigen, bis er jedes Wort, jede Silbe dessen Vorwortes in den Raum posaunt hatte.

„Gleichzeitig mit der Wiederauferstehung des deutschen Volkes erleben wir die Neugeburt der deutschen Kunst. Beide sind nicht voneinander zu trennen, denn die Kunst ist der lebendige Bestandteil des Volkes und das wahre Spiegelbild seines Innenlebens."

Drossel sah beschwörend von einem zum anderen.

„In der Vorkriegszeit hatte die deutsche Kunst begonnen, sich vom Volk loszulösen. Die Künstler vergaßen die ewige Wahrheit und durch den jüdisch-bolschewistischen Einfluss entstanden Machwerke, die jeden zum Banausen stempelten, dessen gesundes Empfinden solche Kunstentartung ablehnte."

Er hob den rechten Zeigefinger. Dass ihm ja jeder zuhörte!

„Aber!" Drossel ließ es im Raum verhallen und setzte erneut an. „Aber der Führer hat erneut die zeitlose Bewertung wahrer Kunst zur Geltung gebracht. Der Weg ist wieder frei zu einem Wirken aus innerer Überzeugung."

Josef schüttelte sich, wischte mit dem Ärmel Drossels Spucke von seinem Hals und rückte ein wenig von ihm ab.

„Die Bilder des Buches zeigen eine knappe Auswahl von Werken aus der großen deutschen Kunstausstellung im Haus der Deutschen Kunst und von Zerrbildern aus der Ausstellung *Entartete Kunst.* Schauen wir uns die Gegenüberstellungen an. Während die Machwerke der Kulturbolschewisten oft selbst durch eine Erklärung nicht verständlich werden können, bedürfen die deutschen Kunstwerke überhaupt keiner Beschreibung. Sie sind es, die dem Volk echte Kunst bescheren!"

Bei der anschließenden Vorstellung der insgesamt 55 Werke, Drossel nannte sie: „Die, ach-so-entsetzlichen Schmierereien entarteter Künstler und die ach-so-wunderbar-gelungenen Darstellungen der ernsthaften Künstler", setzte Adolf Melzer alles daran, seine Schlappe wieder wettzumachen und durfte dabei Worte von sich geben, mit denen er sich normalerweise einen Eintrag ins Klassenbuch eingehandelt hätte. Scheißmist, Spinnenpisse oder Affenkacke. Drossel akzeptierte sie alle, und Adolf machte reichlich Gebrauch davon. Fehlten ihm die Worte, gab er einfach ein dümmliches Lachen von sich. Ab und an stimmten einige mit ein, und Josef war sich nicht sicher, über wen sie lachten – über Adolf oder die schändliche Kunst?

Drossel ließ jeden Kommentar zu den entarteten Werken laut vorlesen – alles Herabwürdigungen, Boshaftigkeiten und Spötteleien. Zu sehen waren Hoheitszeichen, Frauen, Frontsoldaten, junge, alte, arbeitende oder feiernde Menschen, Landschaften und christliche Motive. Besonders angetan war Drossel über die Bemerkung zu dem Ölgemälde *Der Angler* von Paul Klee.

„Dieses Bild hat nicht ein Kind gemalt, nein, ein erwachsener Mann ist das gewesen. Das da ist Idiotenkunst! Unvorstellbar, unverzeihlich, dass deutsche Museen mit staatlichen Geldern dutzende von Bildern von diesem Klee oder anderen geisteskranken Nichtskönnern erworben haben."

Währenddessen starrte Josef stur auf seine Schuhe. Die langsam aufsteigende Angst, dass ihn seine Augen verraten könnten, dass sie preisgeben könnten, was beim Betrachten der Nichtskönner-Kunst wirklich in ihm vorging, nahm ihm fast die Luft weg.

„Sie sind der Beweis eines grauenhaften Kulturzerfalls." Drossels Geifern konkurrierte mit dem Läuten der Schulglocke. Sein Unterricht war vorüber, aber einen letzten Satz wollte er – musste er – den Jungen noch mit auf den Weg geben. Seine Stimme überschlug sich dabei.

„Diese sogenannte Kunst ist ein Anschlag auf Mensch, Tier und Landschaft, und diese sogenannten Künstler sind gewissenlose, charakter- und instinktlose Schmierfinken!"

Die *Kammer,* so nannte Josef fortan den Raum hinterm Wandschrank, verbarg mehr als nur Bücher. Immer wieder trieb es ihn zurück zu dem Ort mit all dem Verborgenen. Sieben Mal kletterte er hinein.

Der Pedell hegte keinerlei Zweifel daran, dass Josef sich gründlich auf die nächsten Klassenarbeiten vorbereiten wollte. Er sah keinen Grund darin, den Jungen zu melden.

In der Kammer offenbarte sich ihm jedes Mal Neues. Der Kontakt mit dem Verbotenen, entfachte in ihm einen Zwiespalt, der ihm nicht nur unruhige Träume bescherte. Josef konnte nicht umhin, seine vergangenen Taten erneut vor seinem inneren Auge zu sehen, beleuchtet von einem völlig anderen Licht. Dabei ging er hart mit sich ins Gericht, mal beschimpfte er den Juden und mal den Fähnleinführer. Mal waren es laute, mal waren es leise Selbstgespräche. Außerhalb der Kammer verteidigte er die Ansichten des Führers, und drinnen, beim Schein der Taschenlampe, begannen seine Zweifel zu wachsen … an seinem Verstand und dem von Wilhelm. Wenn ihm das, was er sah und las, die Luft nahm, schaltete er seine Taschenlampe aus. Dann saß er da, zusammengekauert im Dunkeln, und ihm war, als wäre da ein zweiter Josef neben ihm, der eine Kippa auf dem Kopf trug und ihn vorwurfsvoll ansah. Josef brachte es nicht über sich, dieses andere Selbst zu hassen.

Seinen Erzeuger aber verabscheute er nach wie vor. Warum auch nicht, wo er ihn und seine Mutter so schändlich im Stich gelassen hatte! Nur mit seiner Mutter …, das war anders, war so, als ob sie mit hineingekommen war … in diese Kammer. Er sah sie vor sich – in der Küche, im Garten, neben ihm bei Rosenzweig stehen und voller Stolz dieses Sparbuch für ihn einrichten. Aufrecht und schüchtern zugleich. Es war ihm, als könne er sie riechen. Roch ihren Atem auf dem Sterbebett, und hätte sie so gerne gefragt, was sie ihm hatte sagen wollen – damals, als er sie beschimpfte und einfach …

Josef wusste, dass es aufhören musste mit den Zeiten hinterm Wandschrank. Es wühlte, regte ihn von Mal zu Mal mehr auf, nahm immer mehr Besitz von seinen Gedanken ein. ‚Es zieht mich an wie … Misthaufen Fliegen anziehen. Wann war das gewesen und wer, der davor gewarnt hatte, sich mit Verbotenem zu beschäftigen?‘

Zwei Wochen lang, mal mitten in der Nacht, mal in den frühen Morgenstunden, setzte sich Werner zu Josef ans Bett. Dann, wenn Josef zu laut jammerte und nicht aufhörte, sich von einer Seite auf die andere zu wälzen, weckte er ihn sanft auf. Wenn er dann die Augen aufgeschlagen hatte, drückte er ihm noch kurz beruhigend die Hand und ging ohne Fragen zu stellen, ohne Kommentar, ohne den leisesten Vorwurf in seinem Blick, zurück in sein Bett.

Noch ein einziges Mal.

Es waren noch so viele andere Dinge dort versteckt. Schallplatten, Skulpturen, Gemälde und Bände voller Bilder. Noch ein letztes Mal in die Kammer, mit klopfendem Herzen Werke von Barlach, Beckmann und Chagall, von Kandinsky, Klee, Kokoschka und Marc, von Nolde, Picasso und Schmidt-Rottluff betrachten.

Josef las über *eilig, stark und wirbelnd aufgesetzte Pinselstriche,* über Visionen und unorthodoxe Techniken, las über Farbpoesien, über kompromisslosen Kubismus, Harmonien und Bewegungsströme. Las über das Seelengeschehen der Künstler, die ihre Farben und Formen wählten wie ein Dichter die Worte oder wie ein Musiker die Noten. Er verstand nicht alles, doch das, was ihm einen Sinn ergab, brannte sich in sein Gedächtnis.

Hielt er inne, drückte er ein ums andere Mal beide Handballen auf seine Augen. Genauso, wie er es damals als kleiner Junge getan hatte.

Da waren sie wieder, die pulsierenden Farben, die Lichtblitze, die Bänder und Kreise, die hellen und dunklen Gestalten, die, je nach Augenbewegung, mal langsam und mal schnell, mal von oben, mal von unten an ihm vorüberzogen.

‚Wenn der Krieg vorbei –, das alles vorbei ist, dann werde ich sie malen, werde diese … Geister zu Papier bringen … mit Stiften, Pinsel und Farben.'

Erschrocken klappte Josef das Buch zu.

‚Bist du wahnsinnig?', fragte er sich – schockiert über seine eigenen Gedanken.

Es war Ende September 1940, als er den Raum zum letzten Mal betrat.

Seufzend holte er einige der Skulpturen aus dem Regal, stellte sie neben sich auf den Fußboden, schaltete die Taschenlampe aus und schloss die Augen. Er ließ sich Zeit, wog die Figuren in seinen Händen, fuhr mit den Fingern mal über die warme Holzgestalt einer Frau, mal über ein kaltes, breitflächiges Steingesicht.

‚Genial!', Josef lächelte.

Die nächste Figur war leicht, sie war aus Gips. Seine Fingerspitzen folgten den grazilen Linien einer Frau, dem Rücken eines Pferdes. Er fühlte, sah und roch sie – Pferd und Reiterin in fliegendem Galopp über die Wiesen jagend, mit wehendem Mantel. Die Reiterin hatte die Augen geschlossen, das Pferd bestimmte die Richtung, nicht sie. Doch wohin es sie auch trieb, sie würden sicher ankommen. Es würde ein gutes Ende nehmen.

Josef holte tief Luft und ließ seine Hand über den Fußboden gleiten. ‚Eine noch und dann ist Schluss.'

Er wusste sofort, welche Skulptur er gegriffen hatte. Er hatte sie *Der Weg* genannt. Es war die einzige, unter deren Sockel kein Zettel mit einem Hinweis auf Bildhauer und

Titel klebte. Sie war schwer, aus einem polierten grünen Stein, dessen Namen er nicht kannte. Josef fragte sich, wie viele Stunden der Künstler damit zugebracht hatte, um ein derartig verschlungenes Gebilde zu vollenden. Welches Werkzeug hatte er benutzt? Ob er wohl erst die Löcher gebohrt und sich von dort aus vorgearbeitet hatte? Womit nur hatte er den Stein so glatt bekommen?

‚Und wann darf das alles hier wieder ans Tageslicht?‘

Josef fühlte, wie sich sein Magen zusammenkrampfte, machte Licht und stellte alles wieder an seinen Platz. Sollte er je dazu kommen, eines Tages etwas Ähnliches zu gestalten, er würde erlauben, dass man es anfasst, dass man Kontakt mit dem Werk aufnimmt. Und auf jeden, der es berührt, würde ein Hauch von ihm, dem Schöpfer übergehen.

Josef zog die Tür hinter sich zu und sog die milde Septemberluft tief in sich ein. Vom Riesengebirge wehten die ersten Herbstwinde herüber. Es hieß, dass sie einen langen Winter einläuten würden.

„Du hast heute aber lange gemacht."

Es war der Pedell, er war vom Mittagessen zurück.

„Ja, ja", erwiderte Josef, „jetzt bin ich fertig."

„Bis zum nächsten Kaisermanöver."

„Wie bitte?"

„Na, bis de wieder was nachschlagen musst … vor der nächsten Klassenarbeit!"

„Ach so, ja." Josef reckte sich und gähnte. Er war müde, vorgetäuscht war es nicht.

Der Pedell wartete, bis er vom Hof fuhr, und winkte ihm hinterher.

‚Was für ein feiner Junge‘, dachte er, ‚bloß gut, dass der

so jung ist. Bloß gut, dass wir hier so wenig mitkriegen von diesem verdammten Krieg.‘

Oktober 1940

Wieder lag ein Umschlag von Wilhelm auf seinem Kopfkissen, diesmal größer und schwerer. Josef bedrückte das, was Wilhelm ihm aufgetragen hatte. Am liebsten hätte er die seitenlangen Listen über *Auswüchse in der Musik* in den Ofen gesteckt. Was hatte er in der Kammer gelesen? *Durchbohren und untergraben, verwerfen und verpönen, was den Nazis nicht passt, wird entfernt, diffamiert, degradiert und vernichtet. Diabolisch Denkende schaffen neue Tatsachen, brandmarkten Bildhauer und Maler, Komponisten und Textschreiber.*

‚Wieso weiß Wilhelm das nicht?'

Josef schüttelte sich.

‚Das, was du da gesehen und gelesen hast, das war diabolisch. Hör auf, an Wilhelm zu zweifeln, der es in jeder Hinsicht nur gut mit dir meint …'

Das *Oder etwa nicht*? schluckte er hinunter und machte sich nach der Schule am Tag darauf auf den Weg zum Ortsgruppenleiter. Bevor er die Klinke der Eingangstür herunterdrückte, blickte er mit schiefem Grinsen in Richtung Breslau. „Und damit du's weißt, das tu ich aus meiner eigenen Kraft heraus."

Tenkhoff warf erst einen Blick auf die Liste, dann einen längeren auf Josef. ‚Du und dein Wilhelm.'

„Kann es sein, dass unser Herr Doktor SS meine Anschrift vergessen hat", fragte er mit einem Anflug von Spott, „oder will er dich und deine Mannen beteiligt wissen?"

Josef zuckte mit den Schultern. „Scheint so", erwiderte er, „sieht ganz danach aus."

14 Tage dauerte es, bis Tenkhoff einen entsprechenden Vortrag ausgearbeitet hatte. Diesmal waren bis auf wenige Ausnahmen die Erwachsenen, die Volljährigen und niemand von Jungvolk, Hitlerjugend und dem BDM dabei.

Josef, der wie einige andere führende Jungen mit zum *Ausnahmekreis* der Zuhörer gehörte, setzte sich einige Tage später hin, um Wilhelm Rapport zugeben.

… Tenkhoffs Vortrag war richtig gut. Hättest dich gefreut. Zweimal hat er ihn gehalten, jedes Mal knapp 30 Minuten. Hat auf die Liste hingewiesen und auf seinem Grammophon Beispiele von guter und schlechter Musik gegeben. Am Ende hat er den Großteil der Verantwortung den Chor- und Orchesterleitern, den Volksmusik- und Tanzgruppen und Schuldirektoren übertragen. Für die Wochenendausgabe des Reichenbacher Kreisblattes musste Ida Weller eine gekürzte, übersichtliche Liste erstellen. Es gibt hier keinen, der sie nicht bekommen hat. Verteilt wurden die Blätter vom BDM und der HJ. Ach so, am Schluss hat Tenkhoff allen den Rat gegeben, zu Hause nur noch Radio zu hören. Erstens würden alle dabei auf Nummer sicher gehen und zweitens hätten wir dann bestimmt bald raus, welche Musik gut sei für Herz und Sinn …

Wie das Ende der zweiten Versammlung geendet hatte, schrieb Josef allerdings nicht, und ob er es ihm überhaupt je erzählen würde, auch darüber war er sich nicht sicher.

„Und was wird dann aus unserem *Elias,* den wir anlässlich des siebzigjährigen Bestehens unserer Kirche aufführen wollen? Was soll verkehrt sein an dieser wunderbaren Musik? Bloß weil sie aus der Feder eines Nichtariers ist? Ein Werk, das in der ganzen Welt ertönt?“

Else Winkler war außer sich, hatte so laut und deutlich gesprochen, dass jeder es im Saal verstehen konnte. Hälse wurden fragend gereckt, zwei, drei Hände wagten Beifall zu klatschen und einige Köpfe sogar zustimmend zu nicken.

Noch ehe Tenkhoff etwas darauf erwidern konnte, war *seine* Ida Weller auf den Beinen – emporgeschnellt, als habe sich eine Sprungfeder in ihrem Sessel einen Weg durch die Polsterung gebahnt und sie in die Höhe katapultiert.

„Das werde ich dem Herrn Ortsgruppenleiter melden!“, geiferte sie. Dass daraufhin einer nach dem anderen den Kopf schüttelte und herzhaft zu lachen begann, brachte sie vollends in Rage. „Jawoll, das werde ich!“, setzte sie kreischend nach und riss drohend ihren Arm hoch.

Tenkhoff hob beschwichtigend beide Hände und versuchte mit großer Mühe, Haltung zu bewahren. „Anwesend. Melde mich zu Diensten!“, donnerte er schließlich in das inzwischen wieder abflauende Gelächter, das sogleich in einen nicht enden wollenden Sturm mündete.

Ida Wellers hochroter Kopf, ihre Flucht aus dem Saal, und wann und wo sie dabei einen Schuh verloren hatte, sorgte für reichlich Gesprächsstoff. Was für eine erfrischende Geschichte in diesen Kriegstagen! Man schlachtete sie reichlich aus, und ihre Hauptperson erschien wegen Unpässlichkeit die nächsten zwei Tage nicht zum Dienst.

Josef aber hatte Else Winkler nicht aus den Augen gelassen, sah, wie Tenkhoff sich ihr in den Weg gestellt und auf sie eingeredet hatte. Hin und wieder mit den Achseln zuckend, hatte sie ihm widerspruchslos zugehört, am Ende genickt und war mit versteinertem Gesicht davongegangen.

Josef kümmerte sich ab jetzt nicht mehr um die musikalischen Hörgewohnheiten der Leute im Kreis, denn dank Wilhelm Reckzügels Einfluss war dem Kreis Reichenbach eine Nachrichten-HJ genehmigt worden. Josefs Ohren und die fünf weiterer Hitlerjungen hatten genug damit zu tun, sich auf die *Melodie* ihrer Morsegeräte einzustimmen. Jungen, die allesamt Melzer ausgesucht hatte.

Für das ‚H' standen Hartmut, Herbert und Hermann und für das ‚J' Josef, Jakob und Johann. Melzer war so angetan von seinem ‚Spiel mit den Namen' gewesen, dass er für seinen Adolf keine Ausnahme machen konnte, der seitdem immer wieder mal bei Josef nachhakte, ob man nicht doch eine machen könne.

Josef hatte bei Melzer einen noch größeren Stein im Brett. Manches Mal, wenn er von ihm wieder überschwänglich gelobt wurde – sei es vor anderen oder ganz persönlich *von Mann zu Mann,* wie er es nannte –, fragte Josef sich, wie er wohl reagieren würde, wenn er wüsste, dass seine Lobeshymnen einem *Untermenschen* galten. Würde Melzer giftgrün im Gesicht werden oder eher puterrot?

Nach einem Lehrer und Leiter für die kleine Truppe hatte Melzer nicht lange suchen müssen. Schnell war seine Wahl auf Egon Laschke gefallen, dessen Karriere als Funker der Wehrmacht schon in den ersten Kriegsmonaten ein Ende nehmen musste. Laschke, der seit einem Steckschuss über dem rechten Handgelenk keine Kontrolle mehr über seine Finger hatte, galt seitdem als kriegsuntauglich. Doch um die Jungen in die hohe Schule des Morsens einzuführen, um sie auf die Prüfung der Funkamateure vorzubereiten, dafür reichte es allemal.

Laschke, ein schlanker, blassgesichtiger, humorvoller junger Mann, und das krasse Gegenteil von Oberleutnant Melzer, verschwendete während seines Unterrichtes keine Zeit mit Propaganda und formellem Schnickschnack, und so dauerte es kein Jahr, dass seine begeisterten Jung-Funker ihre erste, von der Wehrmacht zugelassene, drahtlose Nachricht senden durften.

„Wenn ihr so weitermacht", hatte Laschke den Jungen nach einer der letzten Übungsstunden verkündet, „wird eure Funkamateurprüfung nicht mehr lange auf sich warten lassen. Jungs, die Betonung liegt auf Funker, und ihr seid wirklich gut. Vergesst das nie, dass das Wort Funker an erster Stelle steht und Amateur nur hintendran. Amateur heißt nämlich Nichtfachmann, bedeutet Laie sein und ist unterschwellig immer ein bisschen mit Dilettantismus verwoben. Bei uns also liegt die Betonung auf Funker. Ich sag's euch, wenn ihr alt genug wärt, würden sie euch bei der Wehrmacht mit Kusshand nehmen. Amateure, die können sie nämlich dort nicht gebrauchen. Aber was rede ich, ehe ihr so weit seid, ist der Krieg ohnehin vorbei."

Verschmitzt lächelnd sah Laschke von einem zum andern. „Ihr müsst wissen, Funker sind eine eingeschworene Gemeinschaft. Funksprüche unterstehen der Schweigepflicht, auch in Friedenszeiten. Also, ihr könnt von dem, was ihr hier lernt, euer ganzes Leben lang profitieren und wenn …", Laschke zwinkerte seinen Jungen vielsagend zu, „wenn ihr euch mal was über … eure Freundinnen zu erzählen habt: es bleibt absolut geheim. Es wird euch keiner *dazwischenfunken*! Vor allem dann nicht, wenn ihr euch einen Geheimcode zulegt. Einen Code nur für euch allein. Das werden wir nächstes Mal besprechen, den legt ihr euch beim nächsten Mal zu. Dann können noch so viele eure Nachricht *hören,* aber *verstehen* werden sie nichts."

Die Propaganda im Kreis dagegen wurde durch keinen Geheimcode blockiert und machten unverschlüsselt ihre Runde. All die netten, vom Kriegsgeschehen ablenkenden Familiengeschichten genauso wie die, dass es Attentate auf den Führer gegeben hatte, und dass es Menschen gab, die nicht widerstandslos und stumm alle Entscheidungen, Erklärungen und Einschränkungen hinnahmen.

Gerüchte gingen um. Man hatte irgendwo, von irgendwem und irgendwie etwas aufgeschnappt und benahm sich trotzdem wie die drei Affen: nichts hören, nichts sehen und nichts sagen.

„Wir Deutschen sind doch keine Barbaren! Wer tut denn so was? Wo soll das gewesen sein? Einfach umgebracht? Leute, es ist Krieg!", hatte Josef erst vor wenigen Tagen ein Gespräch auf dem Reichenbacher Marktplatz aufgeschnappt.

Als er Wilhelm, der am darauffolgenden Wochenende nach Dorotheenthal gekommen war, davon erzählte, er von ihm wissen wollte, was genau damit gemeint sei ... mit Barbarei und Übergriffen, legte Wilhelm vertraulich den Arm auf Josefs Schultern und sah ihm in die Augen. Wilhelm, der immer genau zum richtigen Zeitpunkt an seiner Seite war und alle Bedenken, alle Sorgen mit einem Lächeln oder Erklärungen wegwischen konnte.

„Josef, wenn ein Patient in die Ambulanz kommt, der Schmerzen hat, ein Geschwür hat, weißt du, was ich dann mache? Machen muss? Ich muss es rausschneiden. Das heißt, auch ich muss ihm Schmerzen zufügen. Es geht nicht anders. Das Einfachste davon ist, ich gebe ihm zuvor eine Betäubungsspritze. Das wäre dann nur ein harmloser Piks. Aber manche Geschwüre sind so groß, das Gewebe drum herum ist so angegriffen, dass eine Betäubung so gut wie keine Wirkung mehr zeigt und schlimmstenfalls gar nicht. Wenn Soldaten in ein Gebiet einziehen, um es zu säubern und zu befreien, dann geht das auch nicht immer ohne *Schmerzen* ab. Kein Soldat schießt, weil er Freude daran hat, sondern weil er es muss."

„Kannst du das nachvollziehen, Josef?", fuhr Wilhelm fort. „Du hast die Reichstagsrede von unserem Führer doch gehört. Alles, was wir tun, wie jetzt in Russland, ist uns wehren und dafür zu sorgen, dass die dort gehorteten und gegen uns gerichteten Waffen vernichtet werden. Und wenn diese Waffen von Menschen bewacht oder anders gesagt scharf gemacht werden, um sie gegen uns, unser ganzes Volk, gegen Alt und Jung, gegen Zivilisten, loszufeuern, dann müssen wir doch einschreiten! Wir müssen die Gegner von ihren Waffen trennen und das geht nicht kampflos, leider. Das ist wie das Entfernen bei Geschwüren, das tut weh und ist mal mehr oder weniger schlimm."

Josef suchte nach Einwänden und seufzte. „Na ja, in den Nachrichten heißt es ja, dass alles bald vorbei ist."

„Genau", Wilhelm lachte auf, „und dann hol ich dich wieder nach Berlin, nehm dich mit ins Theater, und wir haben unseren Spaß. Aber jetzt, wo du mir von all dem Gerede erzählt hast, sei so gut und spitz weiterhin die Ohren. Und schau dir mal unauffällig das Treiben der Vereine an und wer sonst noch so zusammenhockt. Vielleicht hast du es ja diesmal auch wieder im Urin und landest einen noch größeren Coup als den mit dem Falkennest. Dieses ganze Gerede gegen den Führer, das muss doch irgendwo herkommen."

Josef setzte auch diesen Wunsch Wilhelms in die Tat um, wenn auch mehr als halbherzig, denn trotz Wilhelms Argumenten, seit seiner *Kammer*-Aufenthalte war ihm die Motivation für all die Spitzeleien und Denunzierungen abhandengekommen. Mitglieder der unterschiedlichsten Vereine beobachten, wohin sie nach ihren Treffen mal gemeinsam, mal in großen, mal in kleinen Gruppen aufbrachen, wie sollte er das herausfinden?

Wobei, neugierig war er schon, was Else Winkler, zwei seiner Lehrer und den Pfarrer nach jeder Kirchenchorprobe ins Haus des Küsters trieb. Stutzig machte es ihn auch, dass sich die Teilnehmerzahl der Frauengruppe, die in dem von Schwester Tabea geführten Waisenhaus in Langenbielau an einer neuen Altardecke arbeiteten, sich inzwischen von fünf auf zehn verdoppelt hatte.

Josef hatte sich zum Nachdenken auf einen der Hochsitze im Wald hinter Dorotheenthal niedergelassen und beschloss, die Kirchenchorleute *Nachtigallen* und Tabeas Schützlinge *Raben* zu nennen: ‚So schwarz wie die fast alle gekleidet sind.'

Am liebsten hätte er um Schwester Tabea einen großen Bogen gemacht, aber nun ließ ihn der Gedanke nicht mehr los: *Raben.* Raben faszinierten ihn. Raben mit ihrer Neugier und erstaunlichen Lern- und Anpassungsfähigkeit. Als Rollke erst kürzlich während des Naturkundeunterrichts darüber berichtet hatte, mit welch rührender Fürsorge sie bei der Aufzucht ihrer Brut ans Werk gingen, war es Josef wieder einmal bitter aufgestoßen, wie lieblos sein Zuhause gewesen war.

Das Haus, in dem der Küster mit seiner Frau lebte, lag nur wenige Schritte von der Kirche entfernt am Ende einer Sackgasse. Da fast unmittelbar hinter dem Haus ein Wald angrenzte, hatte die Küstersfrau ihr Gemüse schon immer im Vorgarten ziehen müssen und nicht – wie andere Familien – erst seit Kriegsbeginn. Dass zwischen Wald und Grundstück kein Zaun war, kam Josef sehr gelegen. Ein ungehinderter Rückzug ins schützende Dickicht war genau das Richtige für seine Lauschangriffe. Ende September hatte er damit begonnen.

Die *Nachtigallen* hatten es ihm leicht gemacht, planten und redeten bei geöffneten Fenstern, warfen zuvor nicht einmal einen prüfenden Blick hinaus und Josef hatte keine Mühe, jedes Wort zu verstehen.

„Ballastexistenzen soll man sie nennen", hörte er Else Winkler poltern, „entweder bringt man die behinderten Kinder mit Giftspritzen um oder gibt ihnen eine Überdosis irgendwelcher Schmerz- oder Schlafmittel."

„Hoffentlich sterben sie schnell und friedlich."

Das war Weigelt gewesen, und Josef hielt sich die Hand vor den Mund, um nicht in das ungläubig gestöhnte „Nein" mit einzustimmen.

Jemand schlug mit der Faust auf den Tisch.

„Ich hoffe nur, dass nicht irgendwer meint, die Haases darüber aufklären zu müssen. Nicht auszudenken, wenn sie es erfahren. Offiziell ist ihr kleiner Gottlieb in diesem Kinderheim an einer galoppierenden Lungenentzündung gestorben, und wegen möglicher Epidemiegefahr habe man ihn *leider* einäschern müssen. Die Urne wird ihnen in den nächsten Tagen zugestellt werden. Die Trauerfeier hab ich schon vorbereitet", schloss Pfarrer Büttner und konnte nur noch seufzen.

„Ja, und das sag ich Ihnen, dann werden wir die Worte aus dem Psalm 128 singen. Gibt es einen passenderen Text als diesen? *Wohl dem, der den Herrn fürchtet und auf seinen Wegen geht! Den Frommen geht das Licht auf in der Finsternis. Den Frommen geht das Licht auf von dem Gnädigen, Barmherzigen und Gerechten.* "

„Ich werde meine Schäfchen nicht ans Messer liefern, liebe Frau Winkler, der Elias ist gestrichen und dabei soll es bleiben." Der Pfarrer lachte heiser. „Der Chor besteht nicht nur aus uns hier. Wir müssen an alle denken. Es ist auch nicht im Sinne unseres Kantors, sich selbst und die Sänger zu Märtyrern zu machen."

„Ach, wer weiß schon, was aus welchem Oratorium ist."

„Mag sein, dass es Tenkhoff nicht weiß. Aber anlässlich solch einer Trauerfeier müssen wir mit Eingeschleusten rechnen. Das Risiko werde ich nicht eingehen. Auf gar keinen Fall."

„Wie wär's dann zur Beerdigung von diesem Ritter? Diesem Lehrer aus Peiskersdorf." Der Spott in Else Winklers Stimme war unüberhörbar. „Mir kann keiner sagen, dass der freiwillig in den Krieg gezogen ist, zumal er seit der

Pensionierung von dem alten Vaupel doch eigentlich unabkömmlich war. Dass er von Partisanen erschossen worden ist, wer's glaubt, wird selig! War auch einer, der mehr Mut hatte, als nur hinter vorgehaltener Hand zu protestieren."

Josef ließ sich geräuschlos aus der Hocke auf die Knie sinken und massierte seinen rechten Oberschenkel. Er war eingeschlafen. Dass der Junglehrer Soldat geworden war, war ihm neu. Niemand hatte ihm davon erzählt. Na ja, Peiskersdorf und seine alte Schule, er hatte keinen Kontakt mehr zu ihr.

„Was mich am meisten bedrückt", hörte Josef den Pfarrer sagen, „dass ...", Pfarrer Büttner machte eine Pause, Josef hörte Füße scharren, „aber bitte, das muss unter uns bleiben ... aber wie sollte es bei uns anders sein, als im gesamten Deutschen Reich ... auch unser schönes Schlesien hat schon längst seine Unschuld verloren.

„Wieso das?", hörte Josef seinen Lateinlehrer fragen.

„Seit Ende April haben wir in Groß Rosen ein KZ. Gerade mal gut 40 Kilometer entfernt. Und was das bedeutet, weiß ich von meinem Amtskollegen. Es wird auch Nebenlager geben."

„Was heißt Nebenlager? Wollen die uns überall solche Dinger vor die Haustür setzen?"

Weigelt verschluckte sich an seiner Spucke und hustete.

„Und die da drin hausenden Arbeiter nennt man Fremdarbeiter, und wer das Wort Zwangsarbeiter in den Mund nimmt, bekommt Ärger."

„Woher wissen Sie das alles, Herr Pfarrer?", hörte Josef Else Winkler sagen.

„Lassen wir das. Es ist gut, wenn man nicht alles weiß.

Nur eines steht fest. Meine Quellen sind sicher. Unseren Textilfabrikanten hier ist bereits signalisiert worden, dass die Produktion umgestellt werden wird. Was immer das heißen wird. Wir werden sehen."

Josef schlich sich leise davon. Niemand hatte ihn gesehen. Niemand würde sich fragen, was er am Mittwochabend noch in der Stadt zu suchen gehabt hatte. Jeder wusste, dass er hin und wieder bei einigen Leuten wegen seiner Kaninchen vorbeifuhr. Seit Kriegsbeginn war die Fellnachfrage gestiegen, zur Not nahm man auch Sommerfelle. Hauptsache, sie wärmten.

Josef hatte sich davongeschlichen und war mit seinem Fahrrad zu einem anderen, so hoffte er, lohnenswerten, aufschlussreichen Ziel unterwegs.

Auch an diesem Abend machte er es sich unter der großen Linde, die oberhalb der Böschung an der Einmündung zum Waisenhaus stand, auf der Wiese bequem – das Rad zu seinen Füßen. Es war, wie er, im hohen Gras versunken.

Die *Raben* waren auf dem Weg nach Hause – mit energischen Schritten, diesmal wortreich und empört.

„Unsere guten Weber, die alte Zunft wird sich im Grabe rumdrehen."

„Die hatten wenigstens Courage. Die haben den Mund aufgemacht."

„Wie bitte? Weberaufstand und Krieg, das sind doch nun wirklich zweierlei Schuh."

„Aber bei denen haben die Anführer in der vorderen Reihe gestanden."

„Welcher König hat je in der ersten Reihe gestanden?"

Josef hörte eine der Frauen laut auflachen.

„Unser Dreiergespann Hitler, Göring und die Bummfute jedenfalls bestimmt nicht."

„Bummfute?"

„Na, der Goebbels. Hab's dieser Tage auf dem Markt aufgeschnappt. Passend, nicht wahr? Dass der hinkt, ist jedenfalls nicht zu übersehen."

„Dafür funktioniert sein Mundwerk umso besser."

„Wie sollen sich kleine Leute denn auch sonst bemerkbar machen?"

„Ich glaube nicht, dass Schwester Tabea solche Töne gefallen würden."

‚Die Stimme des Volkes', ging es Josef durch den Kopf, ‚was wohl Wilhelm dazu sagen würde? Dazu sagen wird, wenn ich's ihm sage … falls ich's …?'

„Du wirst 'nen nassen Hintern bekommen."

Erschrocken öffnete Josef die Augen, er musste eingeschlafen sein.

„Der Untergrund ist feucht hier. Es kommt nicht von ungefähr, dass der Baum hier so prächtig gedeiht."

Josef rappelte sich hoch und bekam einen roten Kopf. In der Tat, sein Hosenboden war klamm geworden.

„Bis ich zu Hause bin, ist der wieder trocken", erwiderte er knapp und zeigte mit dem Kopf auf den Kaninchenfellüberzug seines Sattels.

Josef war der Ordensschwester seit dem Tod seiner Mutter beharrlich aus dem Weg gegangen. Daran hatte bisher auch Melzer nichts ändern können und das, obwohl er Josef wiederholt beauftragt hatte, sie aufzusuchen und ihr zu erklären, dass sie sich schuldig mache, wenn sie die Aufnahme ihrer Zöglinge in die Hitlerjugend noch länger verhindern würde.

Schwester Tabea verschränkte ihre Arme vor der Brust und sah Josef abwägend an.

„Ist der Herr Fähnleinführer jetzt also ganz persönlich gekommen, um mich auf meine Pflichten aufmerksam zu machen?"

„Nein, das bin ich nicht", erwiderte Josef ungehalten, „ich bin nur einfach hier vorbeigekommen und hab hier Rast gemacht!"

Stirnrunzelnd sah er an ihr vorbei. Einige der Jungen spielten Fußball. Das graue Sandsteingebäude, das Gelände des Waisenhauses samt Spielwiese und Beeten, war lediglich von einer kniehohen Ziegelsteinmauer umgeben. Die Jungen waren nicht eingesperrt und hätten das Gelände jederzeit verlassen können. Hin und wieder tauchte einer von ihnen beim Jungvolk auf, aber öfter als zweimal kam keiner.

„Wenn die Jungen regelmäßig kommen würden und einen festen Platz in unseren Reihen hätten", versuchte Josef Schwester Tabea zu überzeugen, „dann würden sie auch nicht so … hilflos rumstehen. Dass Ihre Jungen deswegen gehänselt werden, gefällt mir auch nicht."

Das Waisenhaus der Ursulinen lag kurz vor der Langenbielauer Stadtgrenze und wurde deshalb gleich von zwei Fähnlein umworben. Angemeldet aber hatte Schwester Tabea ihre Schützlinge bisher bei keinem der beiden. Wer gehen wollte, den hielt sie nicht auf, aber die Jungen hinschicken – dagegen hatte sie sich bislang wehren können.

„Wenn es daran liegt, dass kein Geld für die Kluft für die

Jungen da ist, dann werden sie halt von der Kreisleitung gekauft. Oberleutnant Melzer hat mir …"

„Erst nennt man es Kluft und dann Uniform. Nein", schnitt ihm die Nonne leise, aber scharf das Wort ab. „Solange mir die Ordensleitung keine eindeutige Anweisung gibt, werde ich die Jungen nicht ermuntern und sie mit Sachen ausstatten lassen, die wider mein Gewissen sind."

Josef verbat sich jeglichen Kommentar und schluckte.

„Aber lassen wir das jetzt", fuhr sie in versöhnlichem Ton fort, „ich bin froh, dass ich endlich einmal mit dir sprechen kann."

Josef zog die Schultern hoch und sah auf seine Schuhe.

„Deine Mutter hat mir damals, nachdem du aus dem Zimmer gestürmt warst, noch etwas für dich in die Hand gedrückt. Sie wollte unbedingt, dass ich es dir gebe."

Schwester Tabea legte eine Hand auf Josefs Schulter, fühlte, wie er sich noch mehr verkrampfte, und zog sie wieder zurück.

„Wenn du es nicht haben willst …, ich habe größtes Verständnis dafür. Gerade jetzt. Es bleibt so lange bei mir in sicherer Verwahrung, wie du möchtest."

Josef krallte die Finger in seine Oberarme und schwieg.

„Du kannst sicher sein, dass ich nie ein Sterbenswörtchen darüber verloren habe und es auch niemals tun werde."

Für einen Herzschlag zögerte Josef, ging dann aber doch zu seinem Fahrrad und schob es zurück auf den Weg. Hierhin würde es ihn nicht mehr treiben und alles, was er wollte, war: Nur weg von Schwester Tabea, ihrer Freundlichkeit – diesem Nest für elternlose Jungen.

„Ich brauche kein Andenken an meine Mutter", sagte er

schroff, innerlich erschrocken, wie abrupt sich das erst kürzlich aufkeimende Verständnis für seine Mutter in Luft auflöste. „Die Erinnerungen an sie reichen mir voll und ganz."

„Wie sie, deine Mutter und die Großeltern, mit dir umgegangen sind, war nicht recht. Ich weiß. Es war schlimm. Es muss auch immer noch schlimm für dich sein. Tag für Tag am Haus deiner Großeltern vorbei zu müssen. Denn ein Herz aus Stein, das hast du nicht." Schwester Tabea faltete die Hände und hob sie unter ihr Kinn. „Nun, eigentlich ist es ja auch kein Andenken an deine Mutter. Genau genommen ist es eines an deinen Vater."

„An meinen Va…", Josef drehte sein Rad in die vertraute Richtung, „von dem brauch ich schon gar nichts."

„Willst du denn gar nicht wissen, was es ist?"

Josef trat mit einem Fuß ans Hinterrad. „Wenn es Sie glücklich macht", sagte er und zog seine Mundwinkel nach unten.

„Es ist nur eine Kleinigkeit. Ein äußeres Zeichen seines Glaubens. Es ist seine Kippa. Er wollte …, deine Mutter wollte …" Weiter kam sie nicht.

Josef sprang auf sein Rad und preschte davon, zurück nach Dorotheenthal, vorbei am Haus seiner Großeltern, vorbei am Haus von Reckzügels, und hetzte auf demselben Weg davon, der ihm auch am Todestag seiner Mutter als einziger Fluchtweg in den Sinn gekommen war. Er trieb sein Rad so lange voran, bis es nicht mehr weiterging, bis dorthin, wo der Wald begann, und warf es achtlos zu Boden.

„Verdammt!", brüllte er.

Drohend hob er seine Fäuste in Richtung Breslau – dorthin, wo der Ursprung seines ganzen Seins lag. Minutenlang stand er auf demselben Fleck, gelähmt vor Verbitterung, Angst und Zorn, so lange, bis er kraftlos in sich zusammensackte – ein zitternder Körper, flatternd im Wind wie ein ankerloses Zelt in einem der HJ-Lager.

‚Weg, weg', hämmerte es in seinem Kopf, trieb ihn zurück auf seine Knie und auf allen vieren hinein ins dichtstehende Unterholz.

Er spürte, wie ihm die Zweige durchs Gesicht peitschten, während er sich Meter für Meter weiter voran auf die kleine Lichtung zuschob. Er wollte sich zusammenrollen, doch sein Magen machte ihm einen Strich durch die Rechnung. Er krampfte sich zusammen und Josef übergab sich, bis nichts mehr in ihm war.

Keuchend, als habe er einen Tausendmeterlauf hinter sich, sah Josef angeekelt auf die stinkende Brühe herab, sah, wie sie langsam im Waldboden versickerte und Ameisen anlockte.

‚Widerlich.'

Josef kroch langsam zurück, holte tief Luft und biss heftig in seinen Zeigefinger.

„Außer Schwester Tabea und den Alten weiß niemand davon", murmelte er. Er stöhnte leise und legte den Kopf in den Nacken.

‚Wird schon nicht rauskommen … das Ganze.'

1942

Josef lag neben Werner auf der Wiese und starrte in die Wolken.

„Wegfliegen, so wie die“, sagte Werner, „einfach alles hinter sich lassen und dann dort bleiben, wo es ruhig und friedlich ist.“

„Wohin denn? Dank der Nazis wird’s auf unserem Planeten bald keinen ruhigen Fleck mehr geben!“

„Pass auf, was du sagst! Vor allem dann, wenn du so entspannt bist wie jetzt. Wilhelm hätt‘ jetzt nicht hier sein dürfen.“

„Leute mit anderer Meinung gibt es genug. Die Einzigen sind wir jedenfalls nicht.“

„So, so“, begann Werner, senkte unwillkürlich seine Stimme und fuhr langsam, sich vorher jedes Wort gut überlegend, fort. „Ist dir eigentlich klar, wie viele ohne die Partei ein Nichts wären und sich an den Führer und die von ihm verliehene Macht klammern? Das Schlimme ist die Angst, die sie verbreiten. Ein falsches Wort und man … kommt weg.“

„Sag doch gleich KZ.“

„Woher hast du das denn?“

„Von denen hat mir Wilhelm schon vor Jahren erzählt. Dass sie wie Karzer sind. Karzer für Erwachsene. Nur mit dem Unterschied, dass darin nicht nur einfach rumgehockt und die Zeit abgesessen wird. Arbeiten und lernen heißt es da. In dieser Reihenfolge. Weil Arbeit den Kopf frei macht und die dummen Gedanken vertreibt.“

„Dass es inzwischen auch sogenannte Jugendschutzlager gibt, hat er dir das auch gesagt?“

Josef hob seinen Kopf und sah entsetzt zu Werner hinüber.

„Hat er also nicht, mein lieber Bruder." Werner stockte kurz, aber nun hatte er damit angefangen und fuhr in einem einzigen Atemzug fort: „Eines für Arbeitsscheue, Dauerversager, schwer Erziehbare, für Störer und Untaugliche."

Josef hatte sich auf einen der Hochsitze hinter Dorotheenthal zurückgezogen. Das Gespräch mit Werner wollte ihm nicht aus dem Kopf gehen. Überhaupt gab es in der letzten Zeit immer mehr, was ihn beunruhigte und so vieles war von dem eingetroffen, was Josef gehört hatte, sei es in der Schule oder hinter dem Küsterhaus gewesen. Oder immer dann, wenn er mit seiner Sammelbüchse oder seinen Kaninchen unterwegs war, wenn die Leute sein Kommen nicht bemerkt hatten und sich unbekümmert unterhielten.

„Der Führer nährt diabolische Köpfe, bezahlt sie und finanziert ihre Eskapaden mit dem konfiszierten Vermögen der vertriebenen Juden", hatte er gehört und es zur Kenntnis genommen. Doch verpfiffen hatte er die Unbelehrbaren, wie Wilhelm sie nannte, schon lange nicht mehr. Wilhelm hatte auch nicht mehr nachgehakt. War wohl zufrieden mit dem, was rund um sein Zuhause geschah.

Josef mochte diese lauten Töne, das Geplärre von Goebbels nicht. Sogar Wilhelm hatte bei seinem letzten Besuch achselzuckend eingeräumt, dass diese Art von Propaganda nicht sein Fall sei, dass es viel ruhigere und differenziertere Methoden gäbe, um Menschen beeinflussen und formen zu können.

Josef nahm sich vor, ihn beim nächsten Besuch danach zu fragen, was genau er damit gemeint hatte.

‚Immer wieder dieses … beim nächsten Mal', grübelte Josef. ‚Was nur um alles in der Welt hält mich davon ab, ihn zu fragen? Wie nach diesen Studien über mich. Wo er sogar in aller Öffentlichkeit, bei meiner Ernennung zum Jungführer, ganz offen darüber gesprochen hat.'

Josef lachte leise. „Hast du's kapiert", rief er in den Wald hinein, „er hat's laut gesagt, in aller Öffentlichkeit!" ‚Also keine Heimlichtuerei. Ein besseres Zeichen, dass er nichts Verwerfliches macht, kann es doch nicht geben.'

‚Das mit den Fremdarbeitern und dem Lager, was sie bei Langenbielau gebaut haben, muss er mir auch erklären. Warum der Krieg doch länger dauert und warum hier bei uns nun Munition fabriziert wird, das wüsste ich auch gerne.'

Erst vor ein paar Tagen hatte Mutter Reckzügel davon berichtet, wie bedrückend das für die dicht an den Fabrikhallen wohnenden Reichenbacher, Peterswaldauer und Langenbielauer war. Dass es dort jetzt laut zuging, dort, wo einst der Takt der Webstühle Musik in ihren Ohren gewesen war, dessen gleichbleibender Rhythmus ihre Herzen hatte höher schlagen lassen, weil er von gesicherter Existenz und gutem Lebensstandard zeugte.

Nun schlugen dort Hämmer in unregelmäßigen Abständen auf Metall. Ihr Lärm erzeugte Unbehagen, drinnen bei den Arbeitern und draußen bei denen, die vorbeigingen oder in der Nähe wohnten. Denen, die drinnen waren, hatte man verboten, sich Watte in die Ohren zu stopfen. Diejenigen, die draußen waren, hielten sie sich bisweilen zu, und man dachte wehmütig an die alten Zeiten zurück.

So viel Schönes, so viele gewebte Tücher und bedruckte Stoffe waren aus diesen Hallen in alle Welt gegangen.

Dinge, die die Menschen erfreuten und wärmten. Was jetzt die Hallen verließ, würde jedoch Tod bringen, Elend und Schmerz.

‚Das Lager – die *Sportschule*'. Josef reckte seinen Hals. Sehen konnte er es vom Hochsitz aus nicht. Im Frühjahr waren große Lastwagen angerollt und hatten alles mitgebracht, was dazu benötigt wurde: Steine, Zement, Holz, Zaunpfähle, Maschendraht, Werkzeug und ein Heer von Bauarbeitern, die in wenigen Monaten ein- oder zweistöckige Backsteinblöcke hochzogen. Das Lager war emporgewachsen wie ein hässliches, inoperables Geschwür...

„Es geht ihnen doch gut in der Sportschule", hatte Melzer erst kürzlich erklärt, „würden die Männer sonst etwa singen, wenn sie zur Arbeit marschieren?" Natürlich waren die Jungen neugierig und wollten wissen, was da gebaut worden war und für wen und warum.

„Melzer ist so ein Idiot", hörte Josef Else Winkler sagen, als er wieder einmal Stellung unter dem Fenster des Küsterhauses bezogen hatte. „Haben sie etwa nicht gesungen – die Israeliten in Ägypten, die Sklaven Roms, die in den Kolonien und die in Amerika?"

„Ganz zu schweigen von unseren Soldaten. Die singen auch, wenn sie marschieren." Die Frau des Küsters hatte ihre Hand laut klatschend auf den Tisch fallen lassen. „Kann mir mal einer sagen, warum es so schwer ist, sich zusammenzurotten und dagegen anzugehen? Hat denn das Gute überhaupt keine Macht in diesen entsetzlichen Tagen?"

Niemand gab ihr eine Antwort. Die bedrückende Stille,

die der Frage folgte, bahnte sich ihren Weg zum offenen Fenster, drängte hinaus und umfing Josef wie eine dunkle Wolke. Er schüttelte sich. Schüttelte sich wie damals, als er noch ein kleiner Junge war, wenn jemand mit ihm schimpfte. Wie er sich auch betrachtete – zu den Guten gehörte er nicht. Für die einen war er ein böser Jude und für die anderen ein böser Denunziant – angestiftet von dem, der lange Jahre so viel Gutes für ihn getan hatte.

„Um die Arbeiterinnen in Langenbielau müssen wir uns weniger Sorgen machen", kam es von drinnen. „Dank Tenkhoff kann die SS so viel anordnen, wie sie will. Solange er drüber hinwegguckt und seine Ida Weller in Schach hält, kriegen die das dort ganz gut hin. Für die im Lager sieht's allerdings anders aus. Obwohl, Essen kommt auch für die wohl noch genug zusammen. Bis jetzt vergeht jedenfalls kein Tag, an dem nicht irgendwas unter den Kirchenbänken liegt oder hinterm Altar versteckt ist. Nur kriegen müssen sie's. Das ist das Problem."

„Das Problem wird der Winter, wo wir zwar alle von unserem Vorrat leben können, aber es wird Engpässe geben und da nutzen die besten Lebensmittelkarten nichts."

„Wir haben leider nicht nur Christkinder in unserem Ort", hörte er Pfarrer Büttner sagen, „wenn unsere Hilfsmaßnahmen auffliegen …, nicht auszudenken, was dann passiert. Darum, bitte, Vorsicht!"

„Wo doch der Melzer erst am Samstag wieder beiden Fähnlein eingebläut hat, Augen und Ohren aufzusperren. Jeder Verstoß sei zu melden, hat er gesagt. Die Fremdarbeiter wären alle gut versorgt, und wer ihnen etwas zustecke, mache sich strafbar. Ein Akt von Wehrkraftzersetzung sei das. Wer Lebensmittel, Schuhe, Kleidung oder Marken erübrigen kann, der soll dies gefälligst für die *ergänzende* Versorgung der guten deutschen Soldaten abgeben!"

„Wie der Herr, so's Gescherr!"

„Stimmt sein Sprössling etwa auch solche Töne an?"

„Nein, der ist nur dumm. Wenn der nicht neben dem Tomulka-Jungen sitzen würde und wir ihn bei Klassenarbeiten nicht abschreiben ließen – der wär schon längst sitzengeblieben."

„Apropos, der Josef. Ist schon eigenartig mit dem Jungen. Irgendwie benimmt der sich seltsam. Irgendwas stimmt mit dem nicht. Finden Sie nicht auch?"

Josef zog unwillkürlich den Kopf ein und warf einen kurzen Blick hinter sich. Das schützende Dickicht erschien ihm auf einmal nicht mehr nah genug.

„Lasst uns nicht den Stab über ihn brechen."

Dass ausgerechnet Pfarrer Büttner ihn in Schutz nahm, der ihn erst vor ein paar Tagen abgefangen und ohne Umschweife erklärt hatte, dass ihm die Rumschleicherei um seine Kirche nicht verborgen geblieben sei und er den Himmel anflehen würde, dass er keine nicht wiedergutzumachende Schuld auf sich laden würde. Josef hatte ihm keine Antwort darauf gegeben. Er hatte ihn nur groß angesehen. Was hätte er auch sagen sollen? Dass er nur neugierig sei? Dass er schon lange nicht mehr für seinen Wilhelm spioniere? Weil ihn nämlich inzwischen aus ganz anderen Gründen interessiere, wer hinter Hitler stand oder gegen ihn war?

Die Frau des Küsters seufzte, und irgendjemand rührte geräuschvoll in seiner Kaffeetasse.

„Um die Fabrikarbeiterinnen in Langenbielau kümmern

sich zum Glück die Besitzer selbst. Es vergeht kaum ein Tag, an dem sie nichts für die Frauen hinter ihren Hecken finden. Die Zahl der anonymen Helfer ist höher, als wir erhofft hatten."

„Und wie kommen die Sachen an den Aufseherinnen vorbei?"

„Die Fabrikbesitzer werden beim Betreten ihrer Fabriken nicht kontrolliert. Sie gehen halt öfter raus und rein. Die machen das ganz gut."

„Und was ist, wenn eine krank wird? Und was ist, wenn der Winter kommt und es eiskalt wird in diesen nicht beheizbaren Hallen?"

„Warme Kleidung werden sie schon bekommen. Dass bloß nicht der Munitionsnachschub ins Stocken gerät", antwortete Kugler voller Sarkasmus. „Und im Übrigen, wer es noch nicht weiß … in der *Sportschule* gibt es einen Lagerarzt, und der wird auch zur Sprechstunde zu den Frauen in Langenbielau rausgefahren."

Weigelt seufzte. „Aber für die im Lager müssen wir uns schnellstens was einfallen lassen. Ihre Essensrationen sollen schon jetzt recht klein ausfallen und die Männer, die sie beaufsichtigen, lassen sie in den Fabriken kaum aus den Augen. Da wird jeder Winkel, jeder Arbeitsplatz, jede Toilette genauestens kontrolliert. Es muss noch andere Möglichkeiten geben, als Brot an die Wegränder zu legen."

Josef ertappte sich bei dem Gedanken, dass er gerne mit in der Stube sitzen und planen würde. Er würde schon rausfinden, an welcher Stelle das Lager weniger bewacht wird und wo man was hineinschmuggeln könne. Stellen, wo sich die Insassen etwas abholen könnten und …

„Erfahrung ist eine teure Schule, aber Narren wollen anderswo nicht lernen“, hörte Josef den Pfarrer sagen und schob seine Gedanken wieder beiseite.

„Was meinen Sie?“

„Erfahrung ist eine teure Schule“, wiederholte Büttner. „Die Worte stammen von einem großen Amerikaner. Von Benjamin Franklin, einem der Gründerväter der Vereinigten Staaten. Ich sage Ihnen, diese Zeit wird uns Deutschen die schlimmsten Erfahrungen unserer gesamten Geschichte bringen. Dieses Narrenhaus wird uns teuer zu stehen kommen. Schon jetzt ist viel zu viel Blut geflossen, und es wird weiter fließen. Doch die Narren werden deswegen nicht ausgetilgt werden. Es werden genug überleben.“

„Ich hoffe, dass man uns eines Tages glaubt, dass wir nicht dazugehörten.“

Else Winkler war aufgesprungen. Dass dabei ihr Stuhl laut polternd nach hinten kippte, schien sie nicht zu stören. Aufgebracht lief sie hin und her.

„Vor zwei, drei Tagen hat mir eine der Frauen zuflüstern können, wie dankbar sie sein könnten, dass die Aufseher wenigstens die Finger von ihnen lassen … müssen. Weil die nämlich sonst wegen *Rassenschande* belangt werden.“

„Was mich seit Tagen nicht schlafen lässt …, es heißt, die Lagerleitung ist … auf Zuwachs eingestellt. Die Gesamtkapazität soll auf rund zweitausend erhöht werden.“

„Und ab wann soll das sein?“

„Wie ich erfahren habe …“, Büttner holte tief Luft, „wenn es nicht gelingt, Hitler zu stürzen, rechnen sie bis spätestens Ende dieses Jahres mit massiven Umlagerungen der Produktionsstätten vom Ruhrgebiet hierher zu uns.

Köln und Essen waren schon Ende Mai Ziele der britischen Luftwaffe."

„Stürzen? Umgebracht muss der werden!", blaffte Kugler.

„Na denn. Ich werd mich mal wieder auf den Weg machen", sagte Else Winkler bestimmt. „Mal sehen, wie wir am besten rankommen an das Lager mit unserem … Deputat."

‚Und ich werd mich schlau machen, wie du das schaffst.' Josef hatte genug gehört und machte sich davon. ‚Sollte vielleicht doch beim nächsten Mal Wilhelm davon erzählen. Kann er dann festhalten in seinen Studien über mich, jetzt, da ich seine Anleitungen nicht mehr brauche.'

August 1942

Die Straße, die von Peterswaldau nach Langenbielau führte, war für den normalen Verkehr gesperrt worden. Wie ein Lauffeuer war es durch den Kreis gegangen, dass es deswegen in Tenkhoffs Dienstzimmer mit zwei Männern der SS, die für den Lagerschutz abkommandiert worden waren, zu einer Auseinandersetzung gekommen war. Tenkhoff war keiner, den man mit schwarzen Uniformen, glänzenden Stiefeln und zackigem Gehabe einschüchtern konnte.

„Gut, wenn Sie sagen, Sie könnten nicht anders entscheiden, dann bleibt mir nichts anderes übrig, als mein Anliegen in Berlin vorzutragen."

Ida Weller hätte das Büro liebend gerne verlassen, aber Tenkhoff hatte sie unmissverständlich aufgefordert, zu bleiben und das zu tun, wofür der Führer sie bezahlen würde, nämlich Briefe schreiben.

„Schreiben Sie. An den Herrn Reichsminister für Ernährung und Landwirtschaft und Reichsbauernführer Walter Darré, Berlin."

„Was soll denn das jetzt?", fuhr einer der beiden Schwarzuniformierten dazwischen.

„Was das soll? Erklären werde ich es ihm, dem Herrn Reichsbauernführer, erklären wie schwierig die Lage unserer Bauern hier ist. Ihm erklären, dass sie ihre Felder nur noch auf Umwegen werden erreichen können, beziehungsweise gar nicht mehr. Dass die Ernte gefährdet ist, und wir somit die Versorgung der Bevölkerung und ...", Tenkhoff sah den Obersturmführer achselzuckend an, „auch der Truppe nicht gewährleisten können."

Wenn Ida Weller je einen Zweifel an der Loyalität ihres Chefs für den Führer gehegt hatte, so hatte Tenkhoff diesen soeben zum Schweigen gebracht, und sie hämmerte aufgebracht in die Tasten. Die Anschrift der Berliner Behörden hatte sie im Kopf, deswegen musste sie nicht erst ihre Nase ins Adressbuch stecken.

„Hören Sie auf", schnauzte einer der Männer. Aber Ida Weller dachte nicht daran. Unbeirrt tippte sie weiter – so lange, bis er ihr das Blatt aus der Maschine riss, es zerknüllte und auf den Boden warf.

„Eins sage ich Ihnen, sollte es auch nur im Allergeringsten zu irgendwelchen Auffälligkeiten zwischen der Bevölkerung und den Lagerinsassen kommen, dann sind Sie dran!"

„Reinwollen wird von uns bestimmt keiner", entgegnete Tenkhoff, ging einen Schritt zur Seite und öffnete die Tür.

Die begleitende Geste war unmissverständlich.

Einige Wochen darauf hatte Tenkhoff den Abstand der zu bewirtschaftenden Flächen rund um das Lager von zweihundert auf einhundert Meter Abstand heruntergehandelt. Wieder hatte er den Reichsbauernführer ins Spiel gebracht.

„In diesen schwierigen Zeiten aus fruchtbarem Boden Niemandsland machen? Was glauben Sie, was er dazu sagen wird?"

Man war schließlich übereingekommen, dass der Streifen in regelmäßigen Abständen von den Bauern gemäht werden sollte, doch in den letzten Wochen hatten sie sich nicht darum kümmern können. Das Einfahren der Ernte war wichtiger, die gesicherte Versorgung von Volk und Soldaten hatte Vorrang vor einer vorschriftsmäßigen Demarkationslinie.

Josefs Beschattungsversuche von Else Winkler waren fehlgeschlagen und seine Achtung vor ihr war von einem erfolglos durchwachten Abend zum anderen gestiegen. Seit zwölf Tagen lag er nun schon vor Einbruch der Dunkelheit auf der Lauer. Bislang immer erfolglos.

„Nach Neune ist es am günstigsten“, hatte sie beim letzten Treffen in der Webergasse verkündet, „am besten im Schutz der Dämmerung. Keine Bange, ich krieg das schon hin.“

Zur *Sportschule* gab es zwei Direktverbindungen. Beide hatte Josef von vornherein ausgeschlossen. Kein *Helfer* würde den direkten Weg zum Lager nehmen. Aber es gab zusätzlich elf weitere Feldwege, die auf die rund eintausend Hektar große Fläche führten.

Nicht nur das Zwielicht machte Josef immer wieder einen Strich durch die Rechnung. So sehr er sich auch anstrengte, er konnte es nicht erkennen, wer sich in den Wiesen und auf den Feldern rund um das Lager bewegte. Als hätten sich alle mit Else Winkler verschworen, machten die Bauern mit ihren Knechten Abend für Abend ihre Inspektionsgänge über die Heuwiesen und Äcker, fuhren mit ihren Fuhrwerken hin und her oder waren zu Fuß unterwegs. Josef zog die Nase kraus. Wenn er vorgehabt hätte, Else Winkler ans Messer zu liefern, er hätte daraus eine lehrreiche Aktion für einige Jungen aus seinem Fähnlein machen können, aber – er sah hinauf zum Himmel und seufzte. Neben der Venus kündeten auch andere Sterne den Einbruch der Dunkelheit an, und er machte sich unverrichteter Dinge auf den Heimweg.

Die zwei darauffolgenden Abende, die er in der Nähe von Else Winklers Haus verbracht hatte, waren ebenso erfolglos verlaufen. Beide Male hatte er vergebens gehofft, sich von dort aus an ihre Fersen heften zu können. Beide Male hatte er sie nicht weggehen, aber jedes Mal zurückkommen sehen – summend und mit einem leeren Beutel in der Hand. Gab es hinter ihrem Haus einen Schleichweg, den Josef nicht kannte oder war sie von woanders aufgebrochen? Vielleicht von den Küstersleuten? Von dort – im Schutz des Waldes?

„Darf ich fragen, wohin du jeden Abend verschwindest?"

Werner lehnte schmunzelnd an der Hauswand. „Kann es sein, dass sich unser Josef ein Mädchen angelacht und mir noch nichts davon erzählt hat?"

„Werner!" Josef war aufrichtig entrüstet. „Eine Kicherliese? Das hätt' mir gerade noch gefehlt."

„Es gibt auch Nichtkicherliesen."

Josef bekam einen roten Kopf und scharrte verlegen mit seinen Füßen.

„Also, darf ich's wissen oder nicht?"

Josef war drauf und dran, es ihm zu sagen. Die ganze Wahrheit. Sie lag ihm auf der Zunge, die aber letzten Endes doch nur Ausweichendes formte.

„Besser nicht. Wie du selbst gesagt hast: In diesen Zeiten ist es besser, nicht alles zu wissen und darüber zu reden schon gar nicht."

„Mach keine Dummheiten, Josef. Pass auf dich auf, ja?"

Es geschah vier Tage später. Josef hatte sein Fahrrad am Straßenrand im hohen Gras verschwinden lassen, sich hinter einem weit ausladenden Ginsterbusch niedergelassen und wartete.

Gerade als er aufgeben und seinen Beobachtungsposten verlassen wollte – es war kurz vor halb elf – sah er einen Mann die Chaussee heraufkommen. Er schien es nicht eilig zu haben und pfiff vergnügt vor sich hin. Nun war es Josef, der griente, und er freute sich darauf, nach seiner Rückkehr Werner mit diesem *Zufallstreffen* ein wenig heiter zu stimmen. Wer in diesen Tagen so gut gelaunt war, war sicherlich in netter Gesellschaft gewesen oder in Erwartung derselben. Sobald der verliebte Gockel außer Sichtweite sein würde, würde er sich auf den Heimweg machen.

„Mach's gut", flüsterte er hinter ihm her, beobachtete, wie er schlendernd nach Reichenbach abbog, wenige Schritte hinter der Einmündung stehen blieb, sich umdrehte, hinauf zum Mond blickte und diesem mit seinem Hut einen Gruß zuwedelte.

Der Pfiff, der aus Josefs tiefstem Inneren kam, gepaart aus Überraschung und Bewunderung, ließ ihn erschrocken zusammenfahren.

‚Das kann doch nicht wahr sein, Else Winkler in Männersachen!', durchfuhr es ihn, und er wusste nicht, ob er sich über seine Entdeckung freuen sollte oder lieber nicht.

Else Winkler drehte sich langsam um. Es war Vollmond und, obwohl er noch tief stand, schon jetzt heller als zur Zeit der Dämmerung. Sie hielt den Atem an und lauschte. Leise strich der Wind durch die hohen Pappeln, die rechts und links die Straße säumten, und alles, was sie vernahm, war das leise Rascheln der Blätter und das Rauschen in ihren Ohren. Es war niemand zu sehen, und dennoch beschlich sie das Gefühl, nicht allein zu sein. Sie fühlte sich beobachtet und fragte sich, seit wann. Nach der dritten Abzweigung war sie sich sicher. Auch wenn sie niemanden sehen konnte, das leise Klacken von Absatznägel hinter ihr, das ebenso plötzlich endete, wie sie stehen geblieben war, um sich ihre vermeintlich locker gewordenen Schnürsenkel zuzubinden, war offensichtlich.

‚Mist', durchfuhr es Josef. Abwartend drückte er sich an eine Hauswand. Während der letzten Meter war er leichtsinnig geworden!

Else Winkler hatte es nicht mehr weit bis zu ihrem Zuhause. ‚Solange es nur einer ist …'

Sie beschloss, sobald wie möglich die Straße zu verlassen und einfach quer durch die angrenzenden Grundstücke zu gehen. In ihrer Nachbarschaft wählte man oft diese kurze Variante. Sollte es dann immer noch nötig sein, so würde sie sich einfach eine Weile unter der Buchenhecke hinter ihrem Haus verstecken. Sie war noch nicht geschnitten worden und stand in vollem Laub. Sie würde darunter liegen bleiben – bis die Luft wieder rein war. Langsam ging sie weiter. Bis jetzt sah sie keinen Grund, irgendetwas zu überstürzen.

Josef schlüpfte in den nächsten Hauseingang und zog rasch seine Schuhe aus. Als er wieder auf die Straße trat, konnte er gerade noch sehen, wie Else an der nächsten Abzweigung nach rechts abbog.

‚Geh nach Hause', mahnte ihn eine innere Stimme. ‚Wer sie ist, weißt du. Wo sie wohnt, weißt du, was sie treibt, das weißt du auch, also …'

„He, was treibst du denn hier?"

Else Winkler fuhr zusammen und war mit einem Satz hinter einer der großen Kastanien verschwunden, die den

Straßenrand säumten. Vorsichtig schob sie ihren Kopf hinter dem dicken Stamm hervor und das, was sie knapp zweihundert Meter entfernt erblickte, gefiel ihr ganz und gar nicht.

Josef, dem eine unwirsche Antwort auf der Zunge lag, legte stattdessen den Zeigefinger auf seinen Mund und schüttelte unwillig den Kopf. Seine Gedanken überschlugen sich und – schlugen die falsche Richtung ein.

Im Nachhinein fragte er sich immer wieder, warum er nicht einfach gesagt hatte, er wäre auf Brautschau gewesen sei, dass ihm die Füße wehtun würden, weil die Schuhe noch neu waren oder sonst irgendetwas. Warum nur war ihm nichts anderes eingefallen, als zu sagen, dass er gerade dabei sei, jemandem einen Schrecken einzujagen?

Josef kannte die beiden Jungen nicht, waren wohl aus dem Nachbarkreis und hatten einen verordneten Kinobesuch hinter sich. *Jud Süß* stand seit Tagen auf dem Spielplan.

Jemanden erschrecken, und das nach so einem Film! Das kam ihnen gerade recht. Dabei würden sie sich herrlich abreagieren können.

Else Winkler ahnte nichts Gutes. War das nur ein zufälliges Zusammentreffen oder waren sie schon länger hinter ihr her? Dass es Kluftträger waren, behagte ihr ganz und gar nicht. So sehr sie ihre Augen auch zusammenkniff, sie konnte keinen der drei erkennen.

„Macht's gut!", hörte sie schließlich einen von ihnen rufen, sah, wie sie auseinandergingen, und machte sich erleichtert auf den Weg, den ganz normalen, und schlug nicht die Abkürzung durch die Gärten ein.

Ein fataler Fehler. Denn sie kamen wieder, von allen Seiten. Sie gebärdeten sich wie Stiere, stieben wie aufgescheuchte Krähen auf sie zu, mit ausgebreiteten Armen, oder sprangen gackernd um sie herum. Josef richtete es immer so ein, dass er nie in ihre unmittelbare Nähe kam.

Juli 2004

Josses Augen schweiften unruhig durch sein Tal. Sie betrachteten es nicht wie sonst mit Besitzerstolz und Freude. Er presste die Lippen zusammen, stöhnte leise auf und fragte sich, wann ihm zum ersten Mal bewusst gewesen war, dass er das alles hier nicht verdient hatte. Die Idylle, die Ruhe, die Ordnung. Nichts ging hier schief, nichts lief aus dem Ruder – hier in dieser Abgeschiedenheit, seiner eigens gebauten Welt, deren Fundament aus Leid und Kummer bestand. So, wie er es auf diese Karte geschrieben hatte. Josse bedauerte zutiefst. Damals wie heute.

„Wenn sie doch nur nach Hause gegangen wäre. Sie war doch zweimal so nah dran", flüsterte er. Helen musste sich anstrengen, ihn zu verstehen. „Sie hätte doch merken müssen, dass es nur ein übler Streich war, dass man ganz anders mit ihr umgesprungen wäre, wenn man ihr auf die Schliche gekommen wäre. Dass man sie festgenommen und regelrecht zur Wache geschleift hätte."

„Wart ihr so in Fahrt, dass ihr nicht gemerkt habt, wie aus Unsicherheit und Angst schließlich Panik wurde?"

Josse schüttelte den Kopf und bekam nur ein kümmerliches Krächzen über seine Lippen.

„Panik verzerrt die Wahrnehmung", sagte Helen im gleichen Ton wie ihr Vater, wenn er mit ihr über menschliche Schwächen diskutierte. Leise, ruhig und konzentriert. „Das, was Oma Else wahrgenommen hatte, wovon sie noch berichten konnte, war, dass es drei Hitlerjungen in Uniform gewesen waren, die hinter ihr her gewesen seien. Namentlich erwähnt hat sie dich jedenfalls nicht. Dass du daran beteiligt gewesen warst, war einzig und allein eine Vermutung in unserer Familie." Helen presste ihre Hände aneinander und fuhr genauso beherrscht und sachlich fort wie zuvor. „Das Schlimme daran war, dass ihr sie einfach liegengelassen habt. Hätte am nächsten Morgen auf dem Weg zur Arbeit nicht zufällig einer der Männer einen Blick über die Mauer des Mühlbachs geworfen, sie hätte noch länger da gelegen. Das, was meine Mutter wusste, war, dass sie nach dem Sprung über die Mauer auf den Steinen ausgerutscht und mit dem Kopf aufgeschlagen ist. Der Eintrag auf dem Totenschein lautete ‚Lungenentzündung'. Vollmondnächte sind kalt. Die Platzwunde hätte sie überlebt."

Josses Stirn war vom vielen Reiben rot geworden. Drei Mal setzte er zum Sprechen an, drei Mal gelang ihm nur ein heiseres Räuspern.

„Ich sehe es noch vor mir. Wie sie plötzlich die Richtung wechselt, rüber zum Mühlbach, kurz vor der Brücke anhält und über die Böschung springt. Gut, dann soll sie sich da verstecken, hab ich mir gesagt und nichts dabei gedacht, als ich ihren Aufschrei hörte. Nur, dass ihr das Wasser zu kalt ist. Dass sie in den Bach gefallen ist und sich einen nassen Hintern geholt hat. Das hab ich gedacht. Ich hab kehrt gemacht, die Jungs abgefangen und gesagt, dass ich sie aus den Augen verloren hab, dass der Spaß leider ein Ende hat. Ich war fest davon überzeugt, endlich mal eine richtig gute Tat getan zu haben. – Ich bin es gewesen, der sie einfach so hat liegen lassen. Ich. Nicht die zwei anderen."

Behutsam legte Helen ihre Hand auf die seine.

„Was für eine erbärmliche Zeit", sagte sie.

‚Willst du mit mir gehn, Licht und Schatten verstehn ...',

summte es in ihrem Kopf. ‚Verstehn, verstehn.' Ihre Gedankenplatte hatte einen Sprung bekommen. Sie konnte nichts dagegen tun und ließ es eine Weile geschehen. ‚Wen verstehen? Die Zeit oder ihn? Licht und Schatten existieren nur gemeinsam. Auch wenn Josse im Tal das Licht gefunden hat, lag doch der Schatten seiner Vergangenheit noch immer über ihm …'

Schließlich brach sie die Stille. „Von Reichenbach bis hier, das war ein langer Weg."

Josse stand auf, ging in die Hütte und kam, kaum, dass er darin verschwunden war, mit zwei Bechern Milch und einem Stück Brot zurück. Er brach es in zwei Teile, gab Helen das größere und war überrascht, mit welchem Heißhunger sie es verschlang.

Helen streckte ihre Beine aus und schloss die Augen. „Also, wo waren wir stehen geblieben? Sommer 42!"

Josse vergrub seine Hände unter den Achselhöhlen, ließ seinen Kopf auf die Brust sinken und lauschte in sich hinein.

„1942. Im Großen und Ganzen zeigte sich der Kriegssommer bei uns ganz friedlich und normal." Der große Knoten in seinem Hals begann sich zu lösen.

„Nur …", Josse schüttelte kaum merklich den Kopf, „nur, dass sich Jungvolk und HJ während der gesamten Erntezeit auf den Feldern trafen, das hatte sich geändert. Wir trafen uns dort, wo wir gebraucht wurden. Kein HJ-Heim, kein *Heil Hitler,* keine Kluft und kein Strammstehen. Ich lernte in diesen Tagen das Senseschwingen und gehörte sehr schnell zu denen, die man dazu ausersehen hatte, den Grünstreifen um das Lager zu mähen. Grünstreifenmäher galten als absolut linientreu. Außerdem war immer einer der Aufseher in der Nähe.“ Tiefe Falten zogen sich durch Josses Stirn. „Warum haben die eigentlich nicht selber gemäht? Konnten die das nicht oder entsprach es nicht ihrem Rang? Was hast du vorhin gesagt? Was für eine erbärmliche Zeit?“

„Hab ich das?“

„Erbärmlich? Die Zeit, sie war nicht erbärmlich, sie war entsetzlich. Sie war Hölle auf Erden. Außerdem war es nicht die Zeit. Was kann denn die dafür? Aber das klingt so schön nach Schicksal und macht uns Menschen weniger schuldig. Ach, Scheiße!“, entfuhr es ihm und er konnte sich nicht erinnern, wann er zum letzten Mal solche Töne angeschlagen hatte.

August 1942

Die Empörung in der Bevölkerung war groß. Hitlerjungen jagen unbescholtene Witwe! Tenkhoff hatte es schwer, wieder Ruhe in seinem Bezirk zu bekommen. Der Unmut stand den Leuten nicht nur ins Gesicht geschrieben, sondern lag ihnen ungehemmt auf der Zunge. Da konnte auch Melzer nicht anders, als die Jungen aller Altersklassen zusammenzustauchen.

„Muss dir was sagen", raunte Adolf am darauffolgenden Tag Josef ins Ohr, „darf aber keiner mitkriegen."

Die beiden trafen sich nach Schulschluss bei Josefs Fahrrad. Es war niemand in ihrer Nähe.

„Wollte dir nur sagen, dass die Partei anderer Meinung ist."

„Was? Worüber?" Josef war sich nicht sicher, worauf er hinauswollte.

„Na, das mit seinem Anschiss. Hab gestern Abend gehört, wie mein Vater es meiner Mutter erzählt hat. Dass diese Winkler ja nie einen Hehl aus ihrer Gesinnung gemacht hat. Lebensmittelschmuggelei, das traute man ihr durchaus zu. Selbst schuld. Außerdem, wenn sie es gewesen ist, dann würde sich das bald herausstellen."

„Und wie?"

„Hat meine Mutter auch gefragt."

Adolf genoss zwei tiefe Atemzüge lang, dass er auch mal mehr wusste als Josef und schnalzte mit der Zunge.

„Mann, spiel dich bloß nicht so auf", brummte Josef ungeduldig, „was also meint die Partei, was hat dein Vater dazu gesagt?"

Adolf verzog beleidigt seinen Mund und hätte die Antwort am liebsten für sich behalten, aber er durfte es sich mit Josef nicht verscherzen. „Die Lagerinsassen“, raunzte er und sah betont an Josef vorbei, „wären recht gut im Futter gewesen. Wird sich ja herausstellen, wenn sie dünner werden.“

„So ein Quatsch“, entfuhr es Josef, „die sehen doch alle aus wie die Heringe.“

„Darf ich dir Gesellschaft leisten?“

Josef saß hinter Reckzügels Haus auf der Bank und klopfte einladend mit der Hand rechts neben ihm.

„Schon verrückt“, sagte Werner, „kaum ist die Frau unter der Erde, schon stimmen sie härtere Töne an.“

„Ich weiß“, erwiderte Josef und sah hinauf in den strahlend blauen, wolkenlosen Himmel. „Eine anständige Frau hat nachts nichts auf der Straße zu suchen“, imitierte er Melzers Tonfall, „und wer sich in Gefahr begibt, muss sich nicht wundern, darin umzukommen.“

„Es wurmt sie wohl mächtig, dass sie im Dunkeln tappen.“

„So wird's wohl sein.“

„Und du?“, Werner stieß Josef freundschaftlich in die Seite, „wo treibst du dich Abend für Abend herum? Als ob du uns aus dem Weg gehst.“

„So ein Blödsinn.“

„Du bleibst heute also hier? Kommst nicht erst vor Einbruch der Dunkelheit nach Hause?“

„Ganz genau.“

„Josef, du kannst es mir ruhig sagen“, begann Werner zaghaft und Josef hielt für einen Moment die Luft an, „ich meine, hast du vielleicht Kummer … Liebeskummer?“

„Wie kommst du denn da drauf?“, schnappte Josef und fing schallend zu lachen an.

„Vorgestern, da habe ich dich schniefen hören und gestern Morgen hattest du rote Augen.“

„Kommt vielleicht vom Grünstreifen mähen“, log Josef, „bin da die letzten Male immer so spät wie möglich hin. Üb im Jugendheim lieber morsen.“

Dass er seit Else Winklers Unfall von Selbstvorwürfen zerfressen in irgendeinem Waldstück auf einem der Hochsitze gehockt und manches Mal geheult hatte, das behielt er für sich.

Werner seufzte. „Zurück zu der Frau Winkler. Bei den Hitlerjungen ist auch nichts durchgesickert?“

„Nein, bisher nicht. Und wenn ich was hören sollte, geh ich zu Tenkhoff. Musste übrigens letzte Woche zu dem hin, ein Päckchen abgeben, von unserem Melzer. Du glaubst nicht, was da passiert ist.“

„Ich bin ganz Ohr.“

„Ich war schon wieder auf dem Weg nach draußen, als die Tür zu seinem Dienstzimmer aufgerissen wurde und eine junge Frau mit einem Säugling auf dem Arm hereinstürmte. *Seit zwei Tagen ist der Milchmann nicht mehr gekommen,* hat sie geplärrt, *können Sie mir mal sagen, wie ich den Jungen großkriegen soll? Stillen klappt bei mir nicht, und der Kleine ist schon ganz erschöpft vor Hunger. Glauben Sie, ich krieg das Kind mit Wasser und Mehlpappe groß? Haferflocken gibt's seit heute auch keine mehr. Wenn mein Kind nicht umgehend richtige Mahlzeiten in die Flaschen kriegt, wenn dem Jungen was passiert, dann schreib ich das dem Führer!*“

Josef grinste. „Ihr Auftritt war wirklich vom Feinsten.

Hat das Kerlchen vom rechten in den linken Arm gelegt, den rechten hochgerissen, ‚Heil Hitler' gebrüllt, hat auf dem Absatz kehrt gemacht und ist auf und davon!"

„Man muss nur die richtigen Worte finden in dieser Zeit!" Werner lachte. „Meine Mutter hat mir auch davon erzählt. Dass es die Wiese-Hanne war. Hat überall herumposaunt damit. Dass wir's ihr zu verdanken haben, dass es keinen Engpass mit Milch und Haferflocken mehr gibt – in ganz Reichenbach und Umgebung nicht."

„Ausgerechnet die, die sonst nie ‚Heil Hitler' sagt, verbotene Lieder singt und bestimmt kein Hitlerbild in der Wohnung hängen hat", erwiderte Josef und biss sich auf die Zunge. ‚Mist.'

„Was du alles weißt", sagte Werner gedehnt und gab Josef einen Knuff.

„Na ja, wenn wir mit der Sammelbüchse rumgehen, lässt sie uns jedenfalls nie rein."

„Aber gegeben hat sie was, oder?"

„Eine Mark war's jedenfalls nie. Die klimpert anders, wenn sie reinfällt."

„Hat sich der Herr Fähnleinführer mal Gedanken gemacht, woher der plötzliche Milchsegen jetzt kommt?"

Josef zuckte mit den Schultern.

„Sie wurde abgezogen. Kriegen die Zwangsarbeiter eben weniger. Kein friedliches Land mehr, auch nicht bei uns hier in der Provinz. Es wird geschwiegen, verschwiegen, gelogen, weggesehen, die Fahne in den Wind gedreht, sich ins beste Licht gesetzt …"

„Werner!"

„Josef, ich hab auch so meine Quellen." Werner sah stur

hinauf zum Himmel. „Das mit Wilhelm und dir, das hat nicht nur gute Seiten, das gefällt mir gar nicht. Er gefällt mir nicht."

„Werner."

„Er hat dir nicht nur Gutes beigebracht."

„Was denn? Was meinst du?"

„Ach, lassen wir's. Ist ja schon ewig her. Vergiss es, ist ja auch nur dieser eine Anflug von Angeberei bei dir gewesen."

„Ich, angegeben? Wann und womit? Los, Werner, wer A sagt muss auch B sagen.

„Das mit der Olympiade, mein ich. Dass du dabei gewesen bist, wie toll es war, wie …"

„Nee, nee", schnitt Josef Werner das Wort ab, „nichts dergleichen. Ich hab nicht … angegeben. Alles, was ich gesagt hab, war, dass alles ein einziger Traum war. Dass Wilhelm Karten für die Haupttribüne und Plätze in Sichtweite des Führers besorgt hatte. Danach hab ich nur noch der Fantasie der Leute freien Lauf lassen müssen. Du hast recht. Gebremst, richtiggestellt habe ich es nicht. Dass sie mein Schweigen auch noch als Bescheidenheit auslegten … was kann ich dafür." Josef lachte leise. „Unglaublich, wie Melzer und die Jungs Zeitungsberichte und Rundfunkreportagen ausgeschlachtet haben, um das zu erzählen, was ich nie erlebt habe."

„Na ja, die hatten es nicht besser verdient. Vielleicht. Aber uns, deiner Familie, hättest du schon erzählen können, wie's war."

„Tut mir leid, Werner." Josefs Zerknirschung war echt. „Das war mir nicht bewusst. Wirklich!"

„Und dir ist auch nicht aufgefallen, dass nach dieser Propaganda-Olympiade, nachdem die Welt für eine Weile zufriedengestellt worden war, alles viel schlimmer war als zuvor?"

„Was meinst du?"

„Dass die Nürnberger Rassengesetze wieder griffen, mein ich. Dass Juden der Zugang zu sämtlichen Sportanlagen und jeder Art von sportlichem Wettkampf mit Ariern untersagt worden ist. Auch die Teilnahme am Sportunterricht. Josef, ist dir das nicht aufgefallen?" Werner drehte sich zur Seite und nahm ihn ins Visier.

„Es hieß, dass die …", Josef schloss die Augen und hoffte, nicht rot zu werden, „dass die Juden daran nicht mehr teilnehmen *wollen.* Dass sie den Religionsunterricht dem Sport vorziehen." Josef schloss die Augen, überlegte und schluckte. „Ich … ich glaube, das war Drossel gewesen, der das gesagt hat."

„Und, über das aktuelle Zeitgeschehen, was sagt er dazu? Davon, dass der Krieg dauert und dauert, dass wir nicht nur siegen, dass inzwischen Bomben auf *unser* Land fallen, wie viele Männer schon gefallen sind, dass …" Werner war aufgesprungen und streckte Josef die Hand entgegen. „Komm, wir müssen noch Gras mähen. Damit die Kaninchen was zu fressen kriegen. Ach, und tu uns einen Gefallen. Erzähl niemals Wilhelm von diesem Gespräch oder den anderen, die in die gleiche Richtung gehen. Ich will ihn ja auch nicht schlechtmachen. Wie der sich um dich gekümmert hat und noch immer tut …"

Das leise, gleichmäßige Zischen, wenn Josef die Sense durchs Gras schwang, beruhigte ihn. *Niemand weiß von meiner Schuld – Wilhelm, der hat keine Ahnung – Niemand weiß etwas von mir – Die Kammer – Die Kunst – Der Krieg …*

„Rhythmus, ja, es liegt Rhythmus in eurem Blut“, schwärmte Melzer am nächsten Tag als er sich während des Heimabends irgendwann zu seiner *Funkereinheit,* wie er sie gern nannte, gesellte und begeistert ihren Übungen zusah.

Josef und seine Kameraden, Melzers Vorzeigejungs, lernten gern und schnell. Während sie anfangs die Nachrichten noch ganz bewusst Buchstabe für Buchstabe aneinanderreihten und auch genauso Buchstabe für Buchstabe entschlüsselten, waren sie dank Egon Laschkes Anleitung schnell dazu übergegangen, der *Morsemelodie* zu lauschen. Er brachte es ihnen mit ganz einfachen, simplen Sätzen bei, die sie so lange *didadiditteten,* bis sie sie verinnerlicht hatten, und Laschke war stolz darauf, wie schnell die Jungen lernten, Worte an ihrem Klang zu erkennen.

An diesem Nachmittag wollte Josef gar nicht aufhören und trieb sich und die Seinen zu immer längeren Sätzen an. Eigenartig, dass ihr erster Satz ‚Ich habe Hunger‘ lautete. Keiner von ihnen hatte je gehungert. ‚Ich habe Hunger, ich hatte Hunger, ich werde Hunger haben.‘ Sie ergänzten den Satz mit ‚immer, keinen, am Morgen, am Abend, in der Schule, auf Wurstbrot‘ und so weiter und so fort.

Als Josef am frühen Abend nach Hause kam, verstand Frau Reckzügel für einen Moment die Welt nicht mehr. Sie hatte ihn doch nur mit den Worten ‚Hast du Hunger auf ein Wurstbrot oder willst du eins mit Käse haben?‘ empfangen. Warum Josef sie daraufhin derart herzlich lachend in den Arm nahm und herumwirbelte – erfahren hat sie es nie.

Dezember 1942

Es lag mehr als ein Jahr zurück, dass Wilhelm Reckzügel nach Dorotheenthal gekommen war, aber lange bleiben konnte er nicht. Das Weihnachtsfest nahm keine Rücksicht auf Kranke und Verwundete. Er hatte alle Hände voll zu tun. Diesmal war er ohne seine Rosemarie gekommen. Sie habe sich einen schlimmen Husten zugezogen und sei lieber bei ihren Eltern geblieben. Glauben wollte ihm das allerdings niemand so recht. Rosemaries erster und bisher einziger Besuch in Dorotheenthal lag noch immer allen wie ein Stein auf der Seele.

Dass es mal eine Frau an Wilhelms Seite geben würde, dass er überhaupt Zeit für *so was* hatte, war bis zu diesem Zeitpunkt niemandem in den Sinn gekommen. Vor einem Jahr war er mal wieder in irgendeinem Auto vorgefahren, unangekündigt und überraschend, so wie er es liebte, hatte eine mondäne Schwarzhaarige ins Haus geschoben und sich benommen wie ein Gockel. Nach Dorotheenthal jedenfalls passte sie ganz und gar nicht. Die beiden waren auch am selben Tag wieder weg. Nach Breslau, zu ihren Eltern. Reckzügels wirkten danach recht betreten, und Josef war das erste Mal richtig wütend auf seinen Gönner, der nicht einmal den Versuch unternommen hatte zu verbergen, wie peinlich ihm sein schlichtes Elternhaus war. Dass er, bevor er seiner Madame einen Platz anbot, das Stuhlkissen an seinem Bein ausgeklopft hatte und mit der flachen Hand über die Tischplatte gefahren war, hatte Josef ihm besonders übel genommen.

Wilhelm hatte kein Recht, seine Familie wie Puttchen vom Lande zu behandeln. Menschen, die alles getan hatten, damit er da hinkommen konnte, wo er war. Werner hätte das Gymnasium auch geschafft, aber Schulgeld und Studium reichten nur für einen. Das, was Wilhelms Erfolg ausmachte, was er geworden war, war aus Verzicht und Sparsamkeit geboren.

Doch Josefs Ärger hielt nicht lange an. Konnte ja jeder mal einen schlechten Tag haben. Vielleicht war es nur Lampenfieber vor den Eltern seiner Angebeteten gewesen, die ihn ebenfalls am selben Tag erwartet hatten.

Doch heute benahm sich Wilhelm erneut wie die Axt im Walde und Josef hätte am liebsten das Haus verlassen.

Reckzügels Tochter Waltraud, die mit ihrem Mann zum Mittagessen gekommen war, sah blass und mitgenommen aus, und war kaum, dass sie das Haus betreten hatte, von Wilhelm von oben bis unten begutachtet worden. Seinen Schwager hatte er anschließend mit einem anzüglichen Grinsen belegt.

„Ist bei euch noch immer kein Nachwuchs unterwegs?"

„Gebt mir vier Jahre Zeit", konterte Waltraud und funkelte ihn wütend an, „oder waren es sogar fünf, um die dein großer Führer gebeten hatte?"

„Was heißt hier mein Führer? Ist es deiner etwa nicht?"

„Spar dir die Luft zum Suppeblasen", fuhr Wilhelm Reckzügel Senior seinen Sohn an.

Vater Reckzügel, ein Mann weniger Worte, wählte sie stets mit Bedacht und ging mit Kritik äußerst sparsam um. Sein Junior wusste das, kniff seine Lippen zusammen und wedelte eine imaginäre Fluse von seinem Jackett. Nicht nur Josef konnte ihm ansehen, dass er innerlich kochte.

Während des Essens verkündete Wilhelm, dass er beabsichtige, im Mai zu heiraten. Im Wonnemonat, am einundzwanzigsten, einem Freitag, und dann wolle er mal sehen – er konnte es sich einfach nicht verkneifen –, wer zuerst in dieser Familie für Nachwuchs sorgen würde!

Dass Waltraud ihm keinen Kartoffelknödel ins Gesicht schleuderte, hatte er einzig und allein der Besonnenheit ihres Mannes zu verdanken, der ihre schon erhobene Hand wieder sanft hinunter zum Teller lenkte.

„Ich freue mich“, begann Waltrauds Mann im Plauderton, „ja, ich freue mich außerordentlich, dass der Führer doch nicht ganz vergessen hat, was in der Bibel steht. Zumindest nicht dieses ‚Seid fruchtbar und mehret euch‘. Obwohl ihm gewisse Menschenleben ja keinen Pfifferling wert sein sollen, wie man vielerorts zu hören bekommt.“

Alles, was man in diesem Moment vernehmen konnte, war das leise Knistern im Kaminofen.

„Und wenn du einmal Zeit hast, mein lieber Schwager“, fuhr er seelenruhig fort, „dann kannst du mir gerne erklären, wie du das mit deinem Beruf als Arzt und dem Eid, den du geleistet hat, vereinbaren kannst.“

„Fröhliche Weihnachten“, entfuhr es Werner trocken, er stieß seinem Bruder in die Rippen und raunte ihm ein „Lass's gut sein“ ins Ohr.

Dass die Stimmung nicht vollends auf den Nullpunkt sackte, aber war Mutter Reckzügel zu verdanken, die das, was noch ungesagt im Raum stand, in diplomatisch gewählte Worte kleidete.

„Weißt du, Wilhelm“, sagte sie leise, aber doch laut genug, dass jeder sie am Tisch verstehen konnte, „hier laufen die Uhren eben ein wenig anders als in Berlin und, wenn Nachrichten von der Hauptstadt zu uns gelangen, dann kommen sie nicht immer auf direktem Wege, dann ist einiges davon weggenommen und anderes kommt hinzu. Woher sollen wir wissen, wie es wirklich ist? Ganz offen, ganz ehrlich. Denkst du nicht auch, dass deine Familie es ertragen könnte, wenn du uns allen mal reinen Wein einschenktest? Über Hintergründe und Ursachen. Als das römische Reich zu groß wurde, war es nicht mehr regierbar. Es war immer so. Auch mit Alexander dem Großen. Ich hoffe, der Führer behält die Kontrolle.“

Wilhelm war der Einzige, der zu essen aufhörte, sich erstaunt zurücklehnte und die lange Rede seiner Mutter nicht einzuordnen wusste. Niemand hatte sie kommentiert oder auch nur mit der Wimper gezuckt. Als alle anderen damit beschäftigt waren, den Tisch abzuräumen, holte er sich seinen Mantel und ging vor die Haustür. Es dämmerte bereits und es lag wieder Schnee in der Luft. Es war Zeit für ihn, aufzubrechen, und er war froh darüber.

Kurz bevor er sich mit dem Auto seines zukünftigen Schwiegervaters wieder davonmachte, gab er noch bekannt, dass die Hochzeit im kleinsten Familienkreis gefeiert und die Trauung im Haus der Brauteltern vollzogen werden solle und dass Josef selbstverständlich dazugehöre.

„Kommst du mit raus?“ Er winkte ihn hinter sich her und warf ein versöhnliches Lächeln in die Runde. Beim Abschied von seiner Schwester war es ihm sogar gelungen, sich ein „Entschuldigung, hab's nicht so gemeint“ abzuringen.

„Kannst du's einrichten, Anfang Mai für ein Wochenende nach Breslau zu kommen?", fragte Wilhelm, „die Fahrkarte bezahl natürlich ich."

„Das wäre ja noch schöner", entfuhr es Josef. „Mein Kaninchengeld stapelt sich sowieso auf der Bank. Wird Zeit, dass ich davon mal was unter die Leute bringe."

Josefs Kaninchen hatten wie immer drei Mal im Jahr geworfen. In letzter Zeit hatte er zwar statt Geld oft nur Lebensmittel für die Tiere bekommen, aber das, was er eingenommen hatte, hatte er zur Bank gebracht. Kaufen konnte und wollte er sich nichts davon. Ein plötzlicher Gedanke trieb Josef die Röte ins Gesicht, und er schüttelte den Kopf. ‚Dass ich bisher nie darauf gekommen bin, Reckzügels was davon abzugeben? Vielleicht haben sie das viel nötiger als Butter, Mettwurst, Mehl und Schinken?'

„Wie? Nein? Hast du doch keine Zeit?"

„Doch, doch", Josef hob beide Hände, „ich, ich war mit meinen Gedanken nur gerade woanders."

„Ich bräuchte dich am siebten, das ist ein Freitag. Wenn du am Donnerstagabend kommst, dann könnten wir gleich in der Früh anfangen. Wirst du in der Schule frei bekommen? Oder muss ich dir eine Entschuldigung schreiben?"

Josef rümpfte kopfschüttelnd die Nase. „Das krieg ich schon selbst hin."

„Willst du gar nicht wissen, was ich von dir will?"

„Nun ja, als Versuchskaninchen in deinem Krankenhaus muss ich ja wohl nicht herhalten, oder?"

Dass Wilhelm bei seinen Worten zusammengezuckt war und sich abrupt weggedreht hatte, war Josef nicht entgangen.

„Mensch, ist das kalt bei euch." Wilhelm schlug schaudernd den Mantelkragen hoch, und Josef fragte sich, warum er dermaßen übertrieb.

„Dann sieh mal zu, dass du wieder wegkommst", sagte Josef lachend. Er wünschte, es hätte weniger krampfhaft geklungen, und er stellte betreten fest, dass ihm Wilhelms Aufbruch wahrhaftig nicht ungelegen kam, dass es ihm genauso ging wie Waltraud und allen anderen, die hinter ihm in der warmen Stube geblieben waren.

„Wenn ich an unsere erste Begegnung denke, damals, vor dem Haus deiner Großeltern ..." Wilhelm bedachte ihn mit einem langen Blick. „Klein, ängstlich und schüchtern warst du, und heute ..."

Wilhelm zeigte mit dem Kopf in Richtung des Tomulka-Hauses. „Wie geht's ihnen überhaupt?"

„Es steigt Rauch auf aus ihrem Schornstein, sie haben es warm in der Stube und leben noch. Sonst noch was?"

„Mann, ich schein ja heut Spezialist für heiße Themen zu sein. War aber auch wieder eine knochenharte Woche", setzte er halbherzig eine Entschuldigung hinterher und sah in Richtung Breslau.

„An dem Wochenende, wenn du kommst, wollen wir in unser Haus einziehen. Es bezugsfertig machen, meine ich. Du wärst mir dabei eine große Hilfe."

„Gerne. Scheinst ja gut zu verdienen, wenn du dir ein Haus leisten kannst."

Wilhelm ließ sich auf den Fahrersitz gleiten, zog die Tür zu, startete den Motor und klappte die Seitenscheibe herunter.

„Ich zieh in das alte Haus meines Schwiegervaters."

„Mensch, reicher geht's wohl nicht."

„Ist halt ein einflussreicher Mann, mein Herr Schwiegerpapa."

„Ein hohes Tier in der Partei, ja?"

„Du sagst es."

„Und da kann man Häuser sammeln wie andere Briefmarken?"

„Was ist denn bloß los hier?", blaffte Wilhelm, „habt ihr irgendwelche Entzugserscheinungen oder zu wenig zu essen hier in der Provinz? Wenn dem so ist, dann lass es mich wissen, dann werde ich dem entgegenwirken. Mann, die Häuser standen frei, sie gehörten Juden. Sollen wir etwa warten, bis die wieder zurückkommen?"

„Mach's gut." Josef trat einen Schritt zurück, schlug die Hacken zusammen und riss den Arm hoch.

„Heil Hitler!", donnerte er, machte auf dem Absatz kehrt und ging, ohne sich noch einmal umzusehen, zum Haus zurück.

„Heil Hitler", murmelte Wilhelm Reckzügel und fuhr erst los, als Josef die Tür hinter sich zugeknallt hatte.

Am späten Abend lag Josef in seinem Bett und reckte sich. Gerne hätte er Werner nach seiner Meinung gefragt. Aber nein, heute nicht mehr. Vielleicht ein anderes Mal.

‚Ist Hitler nun für das gemeine Volk oder nicht? Was sich da mittlerweile um ihn schart, wie die mit Geld um sich werfen, das ganze Getue und Parteigehabe … obwohl, Waltraud und ihr Mann haben ja auch ein Auto.'

Josef drehte sich auf die Seite. Erst jetzt fiel ihm ein, dass Wilhelm auch heute nichts zu seiner bestandenen – sogar mit Auszeichnung bestandenen – Funkerprüfung gesagt hatte.

Richtig amtlich war es zugegangen, mit einem von der Wehrmacht gestellten Prüfer, der extra aus Breslau angereist war. Bestanden hatten sie alle, dass Josef der Schnellste war, verwunderte niemanden. Melzer hatte ihnen einige Tage später salbungsvoll ihren Ausweis ausgehändigt, einen mit Lichtbild und Stempel, und eine Kennkarte bekamen die Jungen auch.

‚Schade, dass Wilhelm nicht dabei gewesen war. Ob er meinen Brief nicht erhalten hat? Na ja, ist halt Krieg.'

‚Simia simia est, etiamsi aurea gestet insignia. Ein Affe bleibt ein Affe, auch wenn er goldene Abzeichen trägt'. Josef verdrehte innerlich die Augen und stellte sich schlafend.

„Merkt euch das", hatte Kugler am Tag zuvor die Jungen seiner Lateinklasse aufs Korn genommen und sah jedem einen Atemzug lang in die Augen. Adolf Melzer war der letzte gewesen und Kugler hatte den Blick erst von ihm genommen, als er mit dem ersten Teil seiner Ausführungen zu Ende gekommen war.

„Seelenruhig zur Schule gehen, das ist ein Privileg in diesen Tagen, und da ist es wohl nicht zu viel verlangt, ob dieser Tatsache euren Verstand einzuschalten, oder? Ein Affe bleibt ein Affe. Ich zitiere. Die äußeren Zeichen von Würde und Rang eines Menschen ändern nichts daran, was er im Kopf hat. Statussymbole sind kein Ersatz für Bildung!"

Keiner hatte einen Mucks von sich gegeben, keiner hatte sich gerührt. Einige waren blass, andere waren rot geworden.

„Ein Affe bleibt ein Affe", hatte Kugler wiederholt und dabei zum Fenster hinausgestarrt, „und wenn der Schuster nicht bei seinem Leisten bleibt und sich der Esel aufs Glatteis begibt, dann kommt Murks dabei raus. Hoffentlich bricht er ein. Bald!"

Josef kam es vor, als stecke der ganze Zug voller Affen. Jungvolk, Hitlerjungen, Wehrmachtssoldaten, SS. *Heil Hitler* hier und *Heil Hitler* da. Dienstgrade waren wichtiger als

Namen. „Jawoll, Kameradschaftsführer – bitte, Oberscharführer …“

Die meisten von ihnen unterhielten sich über Goebbels Rede im Berliner Sportpalast. Sie waren noch immer völlig aus dem Häuschen. „Oh ja, dieser totale Krieg wird nun zu einem schnellen Ende führen! Gleichzeitig nach allen Seiten schießen, das wird der Welt Respekt einflößen.“

Josef musste sich zusammenreißen, dass er nicht den Kopf schüttelte.

Auch Reckzügels hatten an jenem 18. Februar 1943 am Volksempfänger gesessen und waren vor Entsetzen blass geworden.

„Wie Wilhelm da hineingeraten konnte. Unvorstellbar.“

Fragen nach seinen Aufgaben in der Partei war er jedes Mal ausgewichen. Möglich, dass sie wirklich nichts von der großen Politik verstanden. Fortschritt hatte immer Opfer verlangt, schon im alten Rom.

„Unvorstellbar?“, hatte Josef wiederholt, den Kopf geschüttelt und ihnen dann erzählt, wie ihn die Reden, das Geschrei und die Aufmärsche in Berlin mitgerissen, gefesselt und angesteckt hatten. Er hatte dabei das gleiche Gänsehautgefühl wie in jener Nacht, als die Bücher brannten und als feurige Fetzen hinauf in den dunklen Nachthimmel wirbelten – nur dass diesmal die Ursache nicht diese überwältigende, hitzige Begeisterung war, sondern kaltes Entsetzen, die Erkenntnis, wie falsch und verlogen, wie irreführend und irregeleitet all das gewesen war.

‚Was war der Wendepunkt gewesen?‘, durchfuhr es ihn, ‚was hat den Ausschlag gegeben, wann habe ich angefangen, anders zu denken und zu fühlen? War es der Tag, an dem mir meine Mutter von meinem Vater erzählt hat? Oder fing es schon viel früher an? Damals, auf der ersten Fahrt nach Berlin, als Wilhelm im Zug die Polen verscheucht hat, oder war es die Summe all dessen, was er Kritiker hatte sagen hören? War es die Kammer, die das berühmte Fass zum Überlaufen gebracht hat?‘

Während er darüber nachdachte, war es ihm, als würde Schwester Tabea neben ihm stehen – Tabea, die eine Kippa in ihren Händen hielt und ihn wissend und voller Mitleid ansah. Er rieb sich die Augen, presste die Lippen zusammen und betrachtete seine Handflächen. Sie lagen nebeneinander wie ein aufgeschlagenes Buch, und er begann darin zu lesen, las stumm in dem Buch seines Lebens, das gerade mal siebzehn Jahre umfasste. Er klappte es zu. Seine Hände patschten laut zusammen und er fragte sich, wohin das – wohin ihn das – alles noch führen würde.

„In Berlin warst du noch klein, aber die anderen, das waren alles erwachsene Leute“, hörte er Mutter Reckzügel sagen.

Wilhelm Reckzügel Senior war nach draußen gegangen. Er brauchte dringend frische Luft.

„Die Reinhaltung des Blutes ist keine Privatangelegenheit, sondern eine selbstverständliche Pflicht jedes deutschen Menschen gegenüber seinem Volke“, hörte Josef ein Mädel einen der Merksätze zum Besten geben.

Josef schüttelte sich, verzog sein Gesicht und fragte sich, warum seine Mutter diesen Menschen, seinen Erzeuger und anscheinend die Liebe ihres Lebens, nicht geheiratet hatte.

Warum hatte er sie nicht mitgenommen in die USA? Hatte sie es nicht gewollt, weil sie glaubte, damit ihren Eltern das Herz zu brechen? – Damals hatte man doch noch nichts gegen Juden gehabt. Oder? Das, was man auf dem Totenbett sagt, entspricht der Wahrheit. Sagt man. Ein guter Mann, hatte sie gesagt. Ihre Augen hatten um Verständnis gefleht. Was aus ihm wohl geworden ist?

„Guck mal, Elfriede!“ Die schrille Stimme eines der Mädchen holte ihn in die Gegenwart zurück. „Haste schon mal einem beim Träumen zugesehen?“

Josef lag ein *dämliche Weiber* auf der Zunge und war heilfroh, als er endlich den Zug verlassen und in Wilhelms Auto steigen konnte.

Dass Wilhelms Begrüßung eher nüchtern als herzlich ausgefallen war, quittierte Josef mit einem verständnisvollen Lächeln. „Bisschen zerstreut so kurz vor der Hochzeit?“

Er ließ Wilhelm nicht zu Wort kommen, bestellte Grüße von daheim, machte ihm Komplimente über sein wie immer schnittiges Aussehen, den auf Hochglanz polierten Wagen, warf sein Köfferchen auf die Rückbank, machte es sich auf dem Beifahrersitz bequem und musterte ihn unbekümmert – trotz allem, was er mittlerweile gegen ihn ins Feld führte.

„Kannst meinen Eltern mal sagen …“, Wilhelm nestelte an seiner Krawatte und hob sein Kinn. „Ich bin Oberarzt geworden. Genauer gesagt stellvertretender, aber immerhin. Außerdem … mein Wirkungskreis ist jetzt im Krankenhaus Süd.“ Er warf Josef einen schrägen Blick zu. „Die werden bestimmt richtig durchgeatmet haben, dass ich Berlin *entkommen* bin. Obwohl, ein Nest ist Breslau auch nicht gerade.“

Trotz des wenigen Verkehrs konnte Wilhelm Josef nichts vormachen. Er war angespannt, hielt nicht wie sonst lässig das Lenkrad nur mit einer Hand. Heute hielt er es mit beiden Händen fest umklammert.

„Wir hätten auch zu Fuß gehen können“, sagte Josef

„Wieso das denn?“

„Weil du heute fährst, als hättest du gerade erst damit angefangen.“ Josef strich über das Armaturenbrett. „Wirst die Karosse deines Herrn Schwiegerpapas schon heile nach Hause kriegen!“

Wilhelm nahm den Fuß vom Gaspedal und warf Josef einen hochmütigen Blick zu. „Das ist jetzt meiner“, schnappte er und gab wieder Gas.

Josef fuhr sich mit der Hand übers Kinn und fragte sich, wann es wohl für ihn an der Zeit war, sich zu rasieren.

‚Der junge Reckzügel gefällt mir nicht‘, drang tief aus der Erinnerung eine Stimme zu ihm durch. Wer es gesagt hatte, wusste er nicht mehr. Der Mann hatte bei einem ihrer Aufmärsche in Reichenbach hinter ihm gestanden. ‚Aber dass der bei dem Josef leichtes Spiel hat, wen wundert das …‘

„Entschuldige.“ Josef ertappte sich dabei, wie er sich nach den Tagen zurücksehnte, in denen er noch keine Geheimnisse vor Wilhelm haben musste, in denen er nicht aufpassen musste, was und wie er ihm etwas sagte. Sein Wilhelm – er gefiel ihm ganz und gar nicht. ‚Die Hochzeit, die Schwiegereltern, die Aufgaben in der Partei. Er ist überarbeitet. Vielleicht ist er gar nicht so … ein Nazi, wie er tut. Was haben seine Eltern gesagt? Er ist in was reingeschlittert. Vielleicht geht's ihm wie mir und er kann nicht drüber sprechen …‘

„Ich hab dich unterbrochen“, fuhr Josef so heiter wie möglich fort. „Du wolltest mir sicher was von deiner neuen Arbeit erzählen.“

„Die Arbeit, sie ist, wie soll ich sagen ...? Eine sehr interessante Aufgabe, die sie mir übertragen haben. Wirklich sehr interessant. Forschen ist etwas ungeheuer Reizvolles.“

Josef lehnte sich zurück und hörte aufmerksam zu.

„Ärzte, Biologen, Chemiker, Physiker. Wir sind ständig im Gespräch miteinander, fachsimpeln und ... probieren aus. Bei uns ist immer was in Bewegung. Denk nur mal an die Entdeckung der Röntgenstrahlen oder des Penicillins. Oder was wäre, wenn es keine Pockenschutzimpfung gäbe? Es ist ein ständiges Experimentieren, verstehst du.“

„Und was probierst du gerade aus?“

Wilhelm reckte seinen Hals und hustete.

„Schweigepflicht“, sagte er, „und damit nehme ich es sehr ernst.“

„Voilà.“ Wilhelm zeigte lachend auf sein künftiges Zuhause.

„Das ist kein Haus, das ist eine Villa“, stellte Josef fest, „und endlich lachst du mal wieder.“

„Entschuldigung“, sagte Wilhelm leichthin, „ich bin ein bisschen nervös. Man heiratet nur einmal im Leben“, fügte er rasch hinzu und öffnete mit einer leichten Verbeugung das Gartentor.

„Baujahr 1890, eine Art Neobarock, zwei Stockwerke, zehn Zimmer, alle mit Parkettböden, die Decken der Wohn- und Schlafräume mit feinstem Stuck versehen, zwei Badezimmer, eine Küche, überall fließendes Wasser, Kachelofenzentralheizung in beiden Etagen, ums Haus ein gepflegter

Garten, eine Laube ist auch vorhanden." Wilhelms Augen blitzten. „Darf ich es Ihnen zeigen, mein Herr?"

Josef tat, als müsse er sich das Ganze reiflich überlegen und schritt schließlich hoch erhobenen Hauptes durch das Tor. Er hatte schon einige Villen von innen gesehen. Die Textilfabrikanten hatten ihn gern hineingelassen, den jungen Kaninchenzüchter, aber ...

„Auch ohne Möbel ..., Josef suchte nach Worten. „es müssen sehr feine Leute gewesen sein, die hier ge..."

„Es waren Juden", schnitt ihm Wilhelm in verächtlichem Ton das Wort ab.

Sie standen sich gegenüber, lehnten am Türrahmen der breiten Schiebetür, die in das Wohnzimmer führte, und sahen durch die großen Fenster hinaus in den blühenden Garten.

Josef rieb seinen Rücken am Türrahmen und sah hinauf zur Zimmerdecke.

‚Eigenartig.' Da war es wieder – das Gefühl, das ihn schon gestern beschlichen hatte. Wilhelms Benehmen hatte etwas Lauerndes, das war anders als launenhaft. ‚Liegt das an mir?'

Josef schüttelte sich und schaute sich um. „Lass uns anfangen. Zeig mir, was ich tun soll."

„Dann ab in die Küche mit dir", kommandierte Wilhelm etwas aufgesetzt, packte Josef an den Schultern, drehte ihn um und schob ihn durch eine der Türen auf der gegenüberliegenden Seite der großen Diele.

Josef griff sich an den Kopf. „Da wird ja der Hund in der Pfanne verrückt. Wenn das deine Mutter sieht. Deine Mutter hat ein Küchenbüfett, ein einziges, das hier sind ...", er sah in die Runde und zählte, „das hier sind gleich fünf."

„Da kannst du mal sehen, was die Juden für Geld gescheffelt haben!“

Josef schluckte seine Antwort hinunter und fuhr mit der Hand über den blank geschliffenen, grauen Stein des Spülbeckens. ‚Kein Grund, sie deswegen zu erniedrigen, ihnen alles wegzunehmen und zu …‘

Wilhelm drehte kräftig an einem der blinkenden Wasserhähne und sprang mit einem Satz zurück. „Auch das ist anders als zu Hause!“ Er verzog keine Miene, drehte das Wasser wieder ab und fuhr sich mit den nassen Händen durch die Haare. „Wenn du die Kisten hier auspacken könntest. Sind wohl Gläser und Porzellan drin. Was Rosemarie halt alles so braucht.“

„Du etwa nicht?“

„Bitte?“ Wilhelm warf Josef einen fragenden Blick zu.

„Na, Tassen, die brauchst du doch wohl auch. Oder willst du aus der Hand trinken?“

Wilhelm grinste gezwungen und gab Josef einen Knuff. „Gib mir deine Jacke, die ist dir bei der Arbeit nur im Wege. Ich häng sie übers Treppengeländer“, sagte er und verschwand.

Während Josef vorsichtig eine Tasse nach der anderen auspackte und sie nebeneinander auf die Büfetts stellte, die Teller, die großen und kleinen Platten, die Terrinen, die Wein- und Sektgläser, begann er sich zu fragen, in welchem Haushalt, welchem jüdischem Haushalt, sie wohl gestanden haben mochten. Hatten ihre Besitzer noch rechtzeitig ausreisen können? Hatte man die Familie auseinandergerissen oder zusammengelassen, sie ihrer Würde und Kultur beraubt? Menschen, die in so einem Haus gelebt hatten, mussten beides besessen haben, konnten niemals Untermenschen sein.

Josef strich das Papier glatt und legte es sorgfältig aufeinander.

„Die ersten Möbel kommen kurz nach Mittag!“, hörte er Wilhelm aus irgendeinem der Zimmer rufen. „Alles klar bei dir?“

Josef gab keine Antwort. Die meisten Sachen waren in Zeitungspapier gewickelt. Nürnberg, las er, sei der stolze, siegesreiche, überragende Beweis, dass der Nationalsozialismus keine kurzlebige Bewegung sei …

„Josef! Lebst du noch?“

Josef dachte an die Sparmaßnahmen, zu denen Tenkhoff in der vergangenen Woche aufgerufen hatte, und sah sich um. Das passte doch alles nicht zusammen. Nicht mit diesem Überfluss hier!

„Was ist los?“ Wilhelm stand in der Tür und schaute ihn fragend an.

„Nichts. Wieso?“ Josef lächelte dünn und zeigte auf die Zeitungen.

„Interessant, was da so drinsteht.“

„So?“, brummte Wilhelm. Er wirkte wieder ein wenig fahrig. „Wenn du hier unten fertig bist, oben, in dem kleinen Zimmer, gleich rechts neben dem Treppenaufgang, da steht eine Kiste. Wär schön, wenn du dir die als Nächstes vorknöpfst!“

Als Josef langsam die leicht geschwungene Eichenholztreppe hinaufging, war es neun. Behutsam ließ er seine Hand über das breite Geländer gleiten. Es musste erst vor ein paar Tagen frisch lackiert worden sein. Josef mochte den

Geruch, er mochte das Haus und war sich sicher, dass sich Wilhelm darin mehr als wohlfühlen würde.

„Ich geh jetzt rauf!" Seine Stimme hallte durch die leere Diele. Von Wilhelm sah und hörte er nichts. Alles, was er in dem von ihm genannten Raum entdecken konnte, war eine kleine Holzschatulle, kleiner noch als ein Schuhkarton.

„Hallo, Wilhelm! Hier ist keine … Kiste."

Er ging zur Galerie zurück und beugte sich hinüber. Er bekam keine Antwort, schaute kurz in die anderen Räume, aber sie waren leer. Keine Kiste, kein Karton, rein gar nichts.

Seufzend ging er zurück, ließ sich auf dem Fußboden nieder und zog das lackierte Kästchen zu sich heran. Bis auf einen winzigen Riss, genau durch eines der vier goldfarbenen Schriftzeichen auf dem Deckel, war es in einem tadellosen Zustand. Respektvoll fuhr er mit der Hand darüber und bewunderte, mit welch absoluter Gleichmäßigkeit der Künstler ein Mäanderband an den Rand und auf die Seiten gemalt hatte.

„Dann will ich sie mir mal vorknöpfen", murmelte er und öffnete vorsichtig die kleine Messingschließe.

„Gefällt es dir?"

Josef zuckte zusammen. Er hatte Wilhelm nicht kommen hören.

„Mann, musst du dich so anschleichen?" Es gefiel ihm ganz und gar nicht, wie er ihn schon wieder beäugte.

„Wenn du willst, kannst du's behalten", sagte Wilhelm trocken und lehnte sich lässig an die Wand.

Josef schalt sich einen Narren und wehrte sich gegen das wieder stärker werdende Gefühl, dass Wilhelm ihn aufs Korn nahm.

„Arabisch müsste man können“, sagte Josef, nahm seine Mütze vom Kopf, legte sie neben sich und zeigte auf die Schriftzeichen.

„Das ist nicht Arabisch, das ist Hebräisch, aber das ist ja auch eine semitische Sprache.“ Wilhelm ließ sich neben Josef nieder. Sie waren jetzt auf Augenhöhe.

„Das heißt *Schalom* oder auf Deutsch *Frieden.*“ Er legte den Kopf schief und musterte Josef ausdruckslos. „Willst du es nicht aufmachen?“

Josef hörte auf zu atmen und versuchte mit aller Kraft die Gedanken, die sich seiner bemächtigen wollten, beiseite zu schieben. ‚Nichts weiß er, rein gar nichts. Hat nichts gehört. Nichts von Schwester Tabea oder sonst wem.‘

Zuoberst lag ein zusammengefaltetes, vergilbtes Stück Papier.

„Was dagegen?“, fragte Wilhelm übertrieben höflich, nahm es an sich und begann es bedächtig auseinanderzufalten. „Hm, scheint ein Liebesbrief zu sein.“

Josef steckte die Spitze seines Zeigefingers in den Mund, klemmte sie zwischen seine Zähne und erhöhte den Druck. In der Fingerkuppe machte sich ein leichter Schmerz breit.

„Du solltest mal wieder Luft holen. Sonst läufst du noch blau an!“

„Ach, ja?“, sagte Josef so beiläufig wie möglich, „dann lass mal sehen. Du weißt doch ganz genau, was in dem Kästchen ist und den Brief gelesen hast du auch. Oder?“

„Natürlich“, gab Wilhelm unumwunden zu und zuckte mit den Schultern. „Doch datt, watt du dazu zu sagen hast, dett juckt mich ungemein.“

Wilhelms Mimik gefiel Josef nicht. ‚Berlinern steht dir

nicht', lag ihm auf der Zunge. Seine Antwort entfuhr ihm viel zu laut und rollte über seine Zunge wie schwere Bleikugeln. „Meine Jüte und ick dachte, du hättest deine Psychostudien in Balin beendet."

Wilhelm gab keine Antwort, und Josef wandte sich mit geschauspielertem Interesse wieder dem Inhalt des Kästchens zu. Ihm war ganz und gar nicht wohl bei der Sache, und er wusste, dass er Wilhelm diesmal nichts vormachen konnte und dass er diesen Moment genauso geplant haben musste.

‚War das vor deinem letzten Besuch in Dorotheenthal oder früher? Oder erst danach?'

Josef hatte sie längst schon gesehen – aus den Augenwinkeln – die runde Granatbrosche, die so groß war wie ein Reichsmarkstück, und den schmalen, goldenen Trauring – so klein, dass er gerade auf seinen kleinen Finger passte. Es musste der Ring einer Frau sein. Kein Mann würde so grazile Finger haben.

Wilhelm machte eine affektierte Handbewegung, nahm das darunterliegende türkisfarbene Seidentuch zwischen Daumen und Zeigefinger, zog es heraus und warf es in die Luft.

„Sieh mal, wie leicht es fällt. Wem es wohl gehört hat?"

„Wenn du's so gut leiden magst, dann kannst du's ja deiner Rosemarie schenken", antwortete Josef gereizt. „Also, ich brauch die Sachen nicht." Er legte Brosche und Ring auf den Fußboden und warf Wilhelm einen betont spöttischen Blick zu.

„Magst wohl keine Sachen, die Juden gehört haben?"

„Nein", sagte Josef und ließ seine Augen an den Wänden

des Zimmers heruntergleiten. „Ganz im Gegensatz zu dir, wie mir scheint."

„Nun, vielleicht gefällt dir das, was jetzt kommt", antwortete Wilhelm betont höflich.

‚Also gut, spielen wir weiter'. Josef stöhnte innerlich und zog mit langen Fingern ein weißes, mit dünner Spitze umhäkeltes Taschentuch heraus. Darunter lagen zwei Fotografien. Sie lagen falsch herum, er konnte nur ihre Rückseite sehen – hellgrauen, festen Karton. Auf die linke Seite war ein Seerosenbild gedruckt – zwei geöffnete Blüten und eine Knospe, ihre langen, zarten Wurzeln in leicht kräuselndem Wasser schwebend. Rechts stand in gotischer Schrift der Name des Fotografen: Julius Stein, Breslau, Ring zwölf. Und unten, ganz klein in der Mitte, in normaler Antiqua-Druckschrift: Platte bleibt für Nachbestellungen und Vergrößerungen aufbewahrt.

Als Josef nach einer der beiden Fotografien griff, begann Wilhelm leise und betont langsam zu lesen.

„Mein lieber David!"

Josef spürte ein unangenehmes Kribbeln zwischen den Schulterblättern und ließ das Bild wieder los.

„Was ist? Warum drehst du es nicht um?"

Josef versuchte, Ruhe zu bewahren, versuchte durchzuatmen, aber das Kribbeln wurde stärker. Zog über die Schultern hinein bis in beide Arme. Seine Hände begannen zu zittern, er hatte keinen Einfluss darauf.

„Mein Liebster, ich weiß nicht, wie ich das Kind, das ich unter meinem Herzen trage – das Kind unserer Liebe, allein großziehen soll. David, ich habe Angst."

‚Hör auf!', schrie Josef auf – lautlos – er brachte keinen

Ton heraus. Er drehte das Bild herum, fuhr zusammen und ließ es fallen wie eine heiße Kartoffel. Seine Augen brannten in ihren Höhlen wie Feuer. Sie stierten auf ein Brustbild, auf die braun getönte Fotografie einer Frau. Sie trug ein dunkles Kleid, am Halsausschnitt eine runde Brosche.

„Ich verstehe nichts von Wirtschaft und Politik", las Reckzügel weiter, „aber wenn du sagst, dass schlechte Zeiten auf uns zukommen werden, so glaube ich dir."

Aus Josefs Gesicht war sämtliche Farbe gewichen. Die Brosche auf dem Fußboden war eindeutig die der Frau auf dem Foto, und es war eindeutig Helene Tomulka – seine Mutter. Josef ballte seine Hände zu Fäusten, presste sie tief in den Schmerz hinein und wiegte sich langsam vor und zurück.

„Jetzt solltest du eigentlich deine Mütze aufgesetzt haben", kommentierte Wilhelm mit einem zynischen Lachen, „deine … wie soll ich sagen … deine Ersatzkippa? Weißt du eigentlich, dass du dich gerade genauso hin- und herbewegst, wie es diese Rabbis tun, wenn sie ihren Jahwe anrufen!"

In Josefs Ohren begann es heftig zu rauschen. Aber die ungeheure Wucht, mit der ihn Wilhelms Worte trafen, dämpfte es nicht.

Das Blatt so vor sich haltend, dass ihm ja keine von Josefs Reaktionen entging, fuhr Wilhelm fort – mit verstellter Stimme, er hatte sie eine Oktave höher gezogen, und imitierte höhnisch grinsend Josefs Mutter.

„So geh du mit deiner Familie, so wie ich bei meiner bleiben muss. Nach Breslau kommen werde ich nicht mehr. Sag Deinem Onkel und Deiner Tante, dass ich nicht wiederkomme, ich werde Euer Haus nicht mehr betreten. Möge der Himmel uns verzeihen, möge dein Gott, der auch meiner ist, uns gnädig sein. Ich wünsche dir von Herzen alles Gute in der großen Stadt, in der die Häuser so hoch sein sollen, dass sie bis an die Wolken reichen. Wenn unser Kind groß genug ist, werde ich ihm von dir erzählen, werde ich mit ihm auf die Schneekoppe laufen, denn einen höheren Platz kenne ich nicht."

Josef stöhnte leise, wollte aufspringen und wegrennen, aber sein Körper gehorchte ihm nicht.

„Wenn es ein Junge wird, dann soll er Josef, wie dein guter Vater, heißen. Und wenn es ein Mädchen ist, so werde ich sie nach deiner Mutter, Sarah, nennen."

„Hör endlich auf!", schrie Josef, „hör endlich auf!"

„Werde glücklich, aber vergiss mich nicht. Vergiss uns nicht." Wilhelm verdrehte die Augen. „Das ‚uns' hat sie dick unterstrichen. In Liebe, bis zu unserem Wiedersehen. Deine Helene."

Die Worte rutschten schmierig aus seinem Mund wie zähflüssiges Altöl aus einem rostigen, verdreckten Kännchen.

Josef beugte sich zur Seite und würgte.

„Fehlt nur noch, dass du jetzt den Boden vollkotzt von meinem schönen Haus! Untersteh dich! Was glaubst du, wie hinterher das Parkett aussieht!"

Josef schnappte nach Luft – bis aufs Mark getroffen, empört und schockiert.

„Wann? Woher?", krächzte er. Mehr bekam er nicht heraus. Nach dem Warum musste er nicht fragen. Wilhelm war eben doch ein Nazi, durch und durch.

„Seit wann?" Wilhelms Augen verengten sich zu schmalen

Schlitzen. Er zuckte mit den Schultern und tat, als müsse er nachdenken. „Irgendwann … so ein Jahr nach deiner Einschulung war's", antwortete er, sachlich und emotionslos, so, als rede er einfach von alten Zeiten. „War nicht schwer rauszukriegen, wo deine Mutter in Stellung war. Außerdem, das Kästchen war per Post nach Ostroppa gegangen. Dein Großvater hatte es an den Absender zurückschicken lassen und der neue Eigentümer deines *Va-ter-hau-ses* hat es dann einfach bei sich auf den Speicher gestellt." Wilhelm warf seinen Kopf nach hinten und lachte kurz. „Gottes Mühlen mahlen langsam, aber fein, würde meine Mutter dazu sagen, nicht wahr."

Josef begann erneut zu würgen, Wilhelm griff nach dem zweiten Bild und hielt es ihm vors Gesicht. „Heh! Ich sag dir, pass bloß auf. Wenn, dann spuck wenigstens in diese … Liebeskiste!"

Fassungslos starrte Josef in das Kästchen, schlug es Wilhelm aus der Hand und sank im Zeitlupentempo auf alle viere.

Sein Atem ging keuchend. „Du und ich, deine Geschenke, Berlin, die Boxhandschuhe, die Morsegeräte, der tote Briefkasten. Alles nur …?"

„Nichts *nur*", fuhr Wilhelm schneidend dazwischen. „Ich habe dich gemocht und deinen Großvater verachtet. Mein Psychologiestudium, das war wegen dir. Aus echtem Interesse. Frei nach Hermann Göring: Wer ein Jude ist, bestimme ich. Aber … du hast mich belogen, mir was vorgespielt, das Fähnchen nach dem Wind gedreht, bei Werner und der HJ so geredet und bei mir so. Eben doch der falsche Jude. Nur auf den eigenen Vorteil bedacht!"

Josef, noch immer auf allen vieren, hob langsam den Kopf.

„Gleich setzt der Hund zum Sprung an!" Wilhelm machte einen Katzenbuckel und bedachte Josef mit einem Grinsen, das von Wort zu Wort bösartiger wurde. „Das Animalische im Juden. Wird ja endlich mal Zeit, dass ich diese Facette deines Ichs auch zu Gesicht bekomme. Kaum zu fassen, wie viel Erbmasse du von deinem Erzeuger in dir hast. Los, guck ihn dir an."

Langsam drehte er die Fotografie von David Silberborn herum und hielt sie Josef unter die Nase. „Frappierend, wie ähnlich du ihm siehst, nicht wahr?"

Josef starrte wie gebannt auf das Foto. Wirre Gedanken jagten unkontrollierbar durch seinen Kopf: schwenkende Fahnen, sein Zuhause und Uniformen, Berlin, die Nachtigallen und Aufmärsche, ein Luther zitierender und geifernder Pastor, Tenkhoff und Schwester Tabea, Ostroppa, seine Mütze, die Kippa und die Zwangsarbeiter, unwertes Leben, Fahrtenmesser, Tod und … lieber Gott, ich bitte dich … für Volk und Führer und für mich …, Oskar, Adolf, das geheime Zimmer und brennende Bücher, das Fähnlein, die Reckzügels, Else Winkler, Melzer, *Entartete Kunst* und Werner …

„Weiß Werner dav…"

„Ich habe *ihm* nichts erzählt", schnitt ihm Wilhelm das Wort ab und beugte sich zu ihm hinunter. „Aber ich erzähle *dir* was. An dem Tag, als deine Mutter starb, da hat sie's dir gebeichtet, da hat sie dir gesagt, wer dein Vater ist … oder war. Hab ich recht? Denn seit diesem Tag warst du *zu mir* nicht mehr wie sonst. Dachtest wohl, ich merk das nicht. War sehr interessant für mich."

Wilhelm grinste abfällig. Er war sich des Ausgangs dieser Begegnung so verdammt sicher und wurde dabei so völlig blind dafür, dass Josef seine Lethargie abzuschütteln begann wie ein nasses Handtuch. Wilhelm erkannte nicht, dass Adrenalin durch Josefs Adern zu strömen begonnen hatte und es ihm von Sekunde zu Sekunde Verstand und Sinne schärfte, er wieder ruhiger zu atmen begonnen hatte und seinem Blick nicht mehr auszuweichen versuchte. Er hörte nicht, wie kühl und sachlich Josefs Antwort klang.

„Ist das wichtig? Für dich? Für deine Studien?"

„Passt! Passt wie die Faust aufs Auge." Wilhelm wischte sich angewidert mit der Hand übers Gesicht. „Dass ihr Juden immer so eine feuchte Aussprache haben müsst!"

„Ist das so?", fragte Josef leise, sog an seinen Wangen, holte tief Luft … und dann spuckte er Wilhelm mitten ins Gesicht. Er hatte keine Chance auszuweichen. „Und? Was hast du jetzt vor? Mich ins KZ stecken?" Mit einem Satz war er auf den Beinen und trat einen Schritt zurück. „Oder mich mit in deine *Versuchsklinik* nehmen. Gerüchte über sie gibt es genug. Mich mit irgendwelchem Nervengift spritzen? Zusehen, wie es ist, wenn ein Jude an künstlich erzeugtem Veitstanz krepiert oder sich elendiglich in irgendwelchen Abgasen windet?"

„Scheinst ja bestens informiert zu sein." Angeekelt wischte Wilhelm mit dem Ärmel seines Pullovers immer wieder über Augen und Nase.

„Judenspucke ist zäh, lässt sich nicht gut verteilen, was?", hörte sich Josef sagen, kaltschnäuzig und ohne Furcht, während seine Gedanken fieberhaft nach einem Ausweg suchten. Ausweg. Instinktiv drehte sich sein Kopf in Richtung Tür.

„Fliehen ist zweck…"

Weiter kam Wilhelm nicht. Gurgelnd war das *los* in seinem Hals stecken geblieben. Josefs Faust hatte seinem Grinsen ein jähes Ende bereitet. Fassungslos hörte er ein leises Knacken und fühlte, wie unter seinem Schlag Wihelms Nasenbein brach.

‚Und dann gib ihm den Rest', hatte Wilhelm ihn damals beim Boxkampf angefeuert. Damals, als er ihn noch seinen Freund genannt hatte. Aber da hatte er es nicht fertiggebracht, seinen Gegner derart außer Gefecht zu setzen.

„Den Rest …", schrie Josef den sich am Boden windenden, winselnden Wilhelm an, „den Rest!"

Mitleidslos sah er auf seinen einst so geliebten Gönner herab und trat ihm mit voller Wucht in den Unterleib – ein zweites und ein drittes Mal. Angeekelt drehte er sich weg, rannte aus dem Zimmer, sprang die Treppe hinunter, griff nach seiner Jacke und stürmte aus dem Haus.

Die Straße war menschenleer. Josef fiel das Kruzifix von Schwester Tabea ein. Das, welches an einer Kette um ihren Hals hing. Flehend warf er einen kurzen Blick zum Himmel hinauf.

„Und jetzt mach, dass ein Wunder geschieht", keuchte er und preschte davon.

Josef hörte zu seiner Linken Motorengeräusche, Räder, die über das Kopfsteinpflaster holperten, Autohupen und Fahrradklingeln. Er lief darauf zu, so schnell er konnte, mit gesenktem Kopf, dorthin, wo er hoffte, untertauchen zu können. Fürs Erste. Und dann den Bahnhof finden und weg.

‚Aber wohin? Zu Reckzügels? Ihnen alles erzählen?'

Siedend heiß fielen ihm wieder Wilhelms Hefte auf dem Schreibtisch in Berlin und dieser Eintrag ein: Lebt nun, wie Hitler es beschreibt, von meiner Kraft.

‚Mein Gott.' Josef schluckte.

„Hallo, nicht so stürmisch!"

Josef, der geradewegs in einen Mann gelaufen war, hob den Kopf und riss instinktiv den Arm hoch. „Heil Hitler!", schoss es aus ihm heraus.

„Heil Hitler", antwortete der Offizier in SS-Uniform und rieb dabei über seine Brust. „Wenn man so durch die Straßen rennt, sollte man es wenigstens mit erhobenem Haupte tun!"

„Gewiss, gewiss", stammelte Josef. „Entschuldigung, aber ich bin auf dem Weg nach ..."

‚Wenn ich nur wüsste, wohin. Herrgott noch mal. So hilf mir doch!'

„Ich bin auf dem Weg zum Amt für Wehrdienst", hörte er sich sagen. „Ich will mich zum Wehrdienst melden!"

„Zu welcher Truppe, wenn ich fragen darf?"

Josef keuchte immer noch und versuchte, Zeit zu schinden. Endlich nahm er Haltung an. Er hatte die Lösung gefunden. Was hatte er noch zu verlieren?

„Hitlerjunge Tomulka, Unterprimaner, Fähnleinführer, Ausbildung zum Funker mit Auszeichnung bestanden, übertrage mit Punkt-Strich-Code und nach Gehör, Hauptsturmführer!"

„Bärwald mein Name", sagte der Mann, der Josef interessiert musterte.

„Funker HJ? Interessant. Kann ich mal deine Papiere sehen?"

„Meine Papiere?", fragte Josef gedehnt.

„Nun ja, das Leistungsheft, die Urkunde der Telegrafieprüfung, die Genehmigungsurkunde, die Geburtsurkunde, die Kennkarte."

Josef schloss für einen kurzen Moment die Augen, fasste in seine Jackentasche und schaffte es, ein unterwürfiges Lächeln aufzusetzen. Ja, doch, ja! Natürlich. All das hatte er mitgenommen nach Breslau.

Das wohlwollende Nicken des SS-Hauptsturmführers beruhigte Josef, vorsichtig schaute er hinter sich und atmete durch. Alles war ruhig. Weit und breit kein Wilhelm in Sicht.

„Zum Amt für Wehrdienst? Und was sagen Ihre Eltern dazu, Kamerad?"

„Ich werde in zwei Monaten achtzehn. Außerdem, bin ich Vollwaise", setzte Josef so gelassen er konnte nach und sah seinem Gegenüber direkt in die Augen.

„Vollwaise und keinerlei Verpflichtungen?"

Josef schüttelte den Kopf. „Die Reifeprüfung kann ich auch machen, wenn wir den Krieg siegreich beendet haben!"

„Aus Reichenbach sind Sie also. Wurden ja hochgelobt beim letzten Gautreffen. Sie und Ihre Mitstreiter."

Bärwalds Augen verengten sich wie Schießscharten, und Josef bemühte sich, Haltung zu wahren.

„Geht es ihm gut, dem Herrn Oberleutnant?"

„Mel…zer?", Josef sprach nicht weiter, hatte Angst ins Stottern zu geraten und nickte nur.

„Sie wären also bereit, jetzt, auf der Stelle Ihr Leben in den Dienst des Führers zu stellen?"

Josef hob ruckartig sein Kinn, hoffte, dass es energisch

genug wirken würde, und presste als Zeichen seiner Entschlossenheit die Lippen zusammen. Hoffte, dass man den Sturm, der in ihm tobte, nicht bemerken würde. Oh ja, er hatte davon gehört, dass sich junge Männer spontan, aus dem Stand heraus, verpflichtet hatten – verpflichtet worden sind. Dass es eines Tages ihn treffen, dass es so sein würde, hätte er nie gedacht. Melzer hatte gerne von solchen jungen Helden gesprochen. Melzer. War der also doch bekannter, als sie alle in Reichenbach angenommen hatten.

„Was bedeuten würde, dass Sie ab sofort keinerlei Kontakt mehr zu Zivilpersonen haben dürfen", riss ihn Bärwald aus seinen Gedanken.

Josef sah noch einmal zurück und schüttelte den Kopf. Von Wilhelm war nichts zu sehen. Kein Wunder. Körperlich gesehen war Wilhelm ein Weichei. Der würde noch eine ganze Weile brauchen, bis er wieder gehfähig war.

„Wie? Nein?", Bärwald furchte die Stirn. „Sind Sie nun bereit oder nicht?"

„Natürlich", stotterte Josef. Er griff sich an den Kopf. „Ich meine nur, so etwas hätte ich mir niemals träumen lassen. Was für ein Privileg!"

Bärwald lächelte milde und trat dicht an Josef heran. „Ihr Einsatz wird der absoluten Geheimhaltung unterliegen", fuhr er leise fort, „einer Geheimhaltung, die sich selbstverständlich auch über den Krieg hinaus erstreckt. Sie werden vereidigt werden und den Zweck Ihres Auftrages erst erfahren, wenn Sie Deutschland verlassen haben."

Zwischen den dicht zusammenstehenden Augenbrauen des Hauptsturmführers bildete sich eine tiefe senkrechte Furche. Er sah Josef fragend an.

„Heil Hitler!“, salutierte Josef, und der Hauptsturmführer ließ Josefs Papiere in seiner Uniformjacke verschwinden. „Die werden Ihnen unmittelbar vor Antritt Ihres Einsatzes wieder ausgehändigt!“

Josef nickte ergeben. Ihm war alles egal. Egal, wohin es ihn treiben würde. Hauptsache, weit, weit weg und das möglichst schnell. Keine zwei Minuten später saß er erschöpft in Bärwalds Auto, einem schwarzen Mercedes Benz, und fragte sich, wohin die Reise gehen würde.

„Sie sehen müde aus“, stellte Bärwald fest, als er das Stadtzentrum hinter sich gelassen hatte und dabei war, den Wagen in Richtung Reichsautobahn einzufädeln. „Machen Sie sich’s bequem und versuchen Sie, ein bisschen zu schlafen, es wird der letzte Schlaf auf deutschem Boden sein.“

Keine vier Stunden später hatten sie ihr Ziel erreicht. Josef verkniff sich die Frage nach Uhrzeit und Ort. ‚Protzbau‘, ging es ihm durch den Kopf, und er fragte sich, wer all die Menschen gewesen waren, die für Arbeit und Material verschlissen worden waren.

Bärwald, sich des Zwiespalts des jungen Mannes neben ihm nicht bewusst, dem er lächelnd eine Hand auf seine Schulter gelegt hatte und ihn schnellen Schrittes in eine Art Kleiderkammer lenkte, sorgte dafür, dass er umgehend in eine graue Wehrmachtsuniform gesteckt wurde. Ab sofort war Josef offiziell Funker, ohne körperliche Untersuchung, keine weitere Befragung, nichts.

„Machen Sie Volk und Führer Ehre!“ Während der Verabschiedung war wieder ein kurzes Lächeln über Bärwalds Gesicht gehuscht. „Bedauerlich, dass Melzer nie etwas über Ihren Einsatz erfahren wird“, sagte er. „Wie gesagt. Beim letzten Gautreffen hat er von Ihnen erzählt. Ist mächtig stolz auf Sie gewesen.“ Bärwald nickte kurz an und rief einen Gefreiten heran, der Josef umgehend zum Flughafen brachte, wo eine startbereite Maschine auf ihn wartete.

Eine Maschine, deren Sitze ausgebaut und stattdessen mit Kisten vollgepackt waren. Es war gerade so viel Platz auf dem Boden, dass er und die anderen Soldaten, es waren sechs, gerade noch die Beine ausstrecken konnten. Vier saßen auf der einen, drei auf der anderen Seite. Sie hatten ihre Rucksäcke als Rückenlehnen umfunktioniert und forderten Josef wortlos auf, es ihnen gleichzutun. Josef hatte, im Gegensatz zu ihren, einen recht kleinen. Ihm war gesagt worden, dass er erst am Zielort komplett ausgestattet werden würde.

‚Krieg, jetzt geht's ab in den Krieg‘, summte es in seinem Kopf, und er hatte noch immer nicht die leiseste Ahnung davon, was das wirklich bedeutete. ‚Nichts wissen wir darüber in unserer kleinen und immer noch irgendwie heilen Welt in Reichenbach, trotz Arbeitslager und Munitionsfabriken.‘

Mai 1943

„Zieh beim Starten und Landen die Knie an und steck den Kopf dazwischen“, sagte einer. „So kommst du auch am besten mit den Luftlöchern klar … und den Ausweichmanövern …, falls unsere Maschine, wie soll ich sagen, *in Augenschein genommen wird.*“

„Lass das“, fuhr ein anderer dazwischen. Neugierig nahm er Josef ins Visier.

„Napola-Absolvent und ungeheuer scharf drauf, was dich erwartet, hm?“

Josef gab keine Antwort und zog den Kopf ein. Die JU 52 war ins Rollen gekommen. ‚Sollen sie doch denken, was sie wollen.‘

Als die Maschine ihre Nase hob, begann sein Magen zu rebellieren und Josef verfluchte erst Wilhelm und dann seinen Großvater. „Wie spät ist es eigentlich?“ Die Maschine hatte ihre Flughöhe erreicht und Josef hob fragend den Kopf.

„Wie spät? Also, dein letztes Stündlein hat genau um …“

„Halts Maul“, fuhr ihm einer dazwischen. „Sag ihm einfach wie spät es ist und dann … halt die Fresse!“

„Gleich Achte, Kleiner“, sagte der neben ihm. „Wird schon schiefgehen!“

Josef sah langsam von einem zum anderen. Angst, hatte er gehört, soll man riechen können. Hier oben roch sie nach Gepäckstücken, wachsgetränkten Planen, Benzin und Motorenöl, nach Technik und Schweiß. Josef roch zum ersten Mal den Krieg.

‚Was wohl aus meinen Kaninchen wird? Ob Wilhelm sie umbringt?‘

Der Soldat neben Josef reckte sich, streckte seine Beine aus und griff zwei Decken von einem der neben ihm liegenden Stapel.

„Hier, deck dich zu, es wird kalt. Es geht nordwärts", raunte er, legte den Kopf auf seinen Rucksack und schloss die Augen.

„Wohin geht's?", entfuhr es Josef und hätte sich am liebsten deswegen geohrfeigt. Bärwald hatte ihm mehr als einmal eingetrichtert, keine Fragen zu stellen und auch keine zu beantworten. Seinen Namen dürfe er sagen, sonst nichts.

„Haben sie dir nicht mal das gesagt – wohin? Na, dann scheinst de ja eine richtige Koryphäe auf deinem Gebiet zu sein! Aber tröste dich, manchmal erfahren wir auch erst am Ende der Reise, wo wir sind und was wir da sollen." Er sah Josef abschätzend an. „Was wird man denn so richtig gut können in deinem Alter? Biste Scharfschütze? Oder Funker? Kannste etwa morsen? Da könntest de richtig schnell sein, stimmt's? Sollste den norwegischen Widerstand austricksen? Muckis für was anderes haste jedenfalls nicht."

Josef zog sein Kopf zwischen die Schultern und verzog seine Lippen.

„Ach so, streng geheim! Na denn, dann schlaf gut."

„Danke", erwiderte Josef leise, legte sich auf die Seite und zog sich die Decken über die Ohren.

„Im Krieg muss man jede Minute nutzen, die man kriegen kann. Schlaf, mein ich", sagte sein Nachbar gähnend und drehte sich auf die andere Seite.

Als sie in Oslo ankamen, war es bereits dunkel und bitterkalt.

„Tomulka? Funker Tomulka?"

Josef musste sich erst daran gewöhnen, so angesprochen zu werden, und reagierte nur zögerlich. Außerdem, hier oben schien es kein Geheimnis zu sein, warum er hier und was er war.

„Nun kommen Sie schon."

„Das Söhnchen darf im Führerhaus sitzen", hörte er jemanden hinter sich knurren. „Damit er sich ja nicht die Fingerchen verkühlt."

Josef konnte sich nicht erinnern, jemals so gefroren zu haben, und das, obwohl er inzwischen eine dicke Steppjacke trug. Für einen Augenblick sehnte er sich nach Reichenbach zurück, dorthin, wo sie schon kurze Hosen und hochgekrempelte Hemdsärmel tragen konnten. Hier dagegen gelang es der Sonne kaum, den Dunst zu durchbrechen, es lag noch stellenweise Schnee, und er fragte sich, ob und wann er jemals wieder nach Hause kommen würde.

„Der Norweger hat kein Verständnis für diesen Krieg …", hörte Josef draußen einen der Offiziere donnern, „also, Auseinandersetzungen sind zu vermeiden. Verstanden? Das ist ein Befehl, meine Herren!"

„Wenn die sich auch daran halten, wäre ja alles in bester Ordnung", blaffte ein anderer zurück und fing sich ein lautes „Schnauze!" ein.

Nach der Ankunft in Lillehammer hatte man Josef einen Platz in einer der Wellblechhütten zugewiesen. Selbst darin war es so kalt, dass er seinen Atem sehen konnte.

„Es wird noch ein bisschen dauern." Ein Gefreiter steckte kurz den Kopf zur Tür herein und zeigte hinter sich. „Man hat uns die Reifen zerstochen. Also, geh am besten so lange in den Mannschaftsraum, da ist der Ofen an."

Josef war froh, dass man kaum Zeit hatte, sich um ihn zu kümmern – um den Funker auf der Durchreise. Überhaupt war jeder irgendwie mit irgendwas beschäftigt, mal hörte er sie lachen, mal hörte er sie fluchen. Es waren ganz normale Alltagstöne. Es hätte auch zu Hause sein können, in Friedenszeiten und nicht im Krieg. Krieg! Dass er Wilhelm entkommen war, erschien ihm mehr und mehr wie ein einziges Wunder. Was auf ihn zukam, darüber wollte er nicht nachdenken.

‚Oder', überlegte er, ‚hab ich einfach überreagiert? War es so, dass er einfach nur sauer auf mich war, weil er immer wieder aufs Neue gehofft hatte, dass ich ihm einfach alles beichte? Er hatte mich schließlich auch zur Hochzeit eingeladen. War das Ganze etwa nur aus dem Ruder gelaufen? Ist das Ganze einfach doch nur meine Schuld?'

Der Reifenwechsel hatte sich bis zum Mittagessen hingezogen und inzwischen war es nicht mehr ganz so frostig. Schweigend löffelte Josef seine Suppe. Sie war nichts im Vergleich zu den Eintöpfen von Mutter Reckzügel, aber sie war heiß und taute sein Inneres auf – dieses Frösteln, das ihn seit seiner Flucht aus dem Haus in Breslau nicht mehr verlassen hatte.

Als sich der kleine Konvoi, bestehend aus einem Mannschafts- und Kleinlastwagen, nach Trondheim in Bewegung setzte, war es fast drei. Josef hatte mitbekommen, dass man nicht die direkte Route nehmen würde. Während der letzten Monate hatte es auf dem Weg dorthin Anschläge gegeben und man hoffte, dass ihr Ziel nicht klar erkennbar sein würde. Die zerstochenen Reifen waren ein eindeutiger Hinweis, ein Indiz dafür, dass Saboteure in der Nähe sein mussten, und so sollte die Fahrt der kleinen Gruppe erst einmal nach einer Landpartie aussehen, wie eine ganz normale Erkundungsfahrt in die Umgebung.

„Vielleicht wird man uns unbehelligt ziehen lassen. Also, nur nicht auffallen und sich den Norwegern gegenüber immer schön korrekt verhalten, freundlich sein und hilfsbereit“, hörte Josef einen der Soldaten raunzen.

Josefs Blick fiel auf ein braungerändertes Straßenschild. „Sjoa“, las er laut.

„Das ist ein Fluss. Wenn du aus dem mal ne Forelle gegessen hast, willst du nie wieder eine von woanders her“, sagte der als Fahrer eingeteilte Feldwebel. „Eins sag ich euch, wenn der Krieg vorbei ist, dann mach ich hier Urlaub und werd Land und Leute mal so richtig genießen!“

Sein Beifahrer sah auf die Uhr. „Na, dann fahr jetzt ran und fang schon mal damit an. Soll ja schließlich nach Ausflug aussehen.“

Josef sprang auf die Straße, schob seine Hände tief in die Jackentaschen und schüttelte sich.

„Sei froh, dass wir keine Minusgrade mehr haben, dass du jetzt gekommen bist, wo es von Tag zu Tag wärmer wird, Kamerad“, hörte er einen anderen Soldaten sagen.

Kamerad. Josef fühlte sich weder als Soldat noch als Kamerad dieser Männer, die ihn mit einer Mischung aus Mitleid und Neugier betrachteten. Junges Bürschlein. Ob der wirklich was kann oder ob der nur das Söhnchen von irgendeinem hohen Tier ist?

Keine 300 Meter neben der Straße lag ein Bauernhof. Zwei Kinder tollten mit ihrem Hund in der Einfahrt herum, und der Wind trug ihr fröhliches Gelächter zu ihnen herüber.

„Wie's wohl meinen daheim geht?", dachte einer der Soldaten laut. Er drehte sich wehmütig ab und lief den Männern hinterher, die sich auf einer der Wiesen eine Schneeballschlacht liefern wollten. Zwei schlenderten die Straße in Fahrtrichtung davon, und der, der so gerne Forellen aß, ging zurück zur Sjoa.

Josef war am Wagen geblieben und so konnte nur er sehen, dass das fröhliche Treiben auf dem Hof ein Ende genommen hatte, konnte nur er hören, dass das fröhliche Gebell des Hundes in ein lang gezogenes Heulen übergegangen war.

„Da brennt's!", schrie Josef hinter den Männern her, die sich für einen Spaziergang auf der Landstraße entschieden hatten, und zeigte auf die Rauchschwaden, die hinter einem der Häuser aufstiegen.

„Kokelt sicher der Misthaufen ab", feixte einer zurück und winkte ab. Die drei Schneeballwerfer sahen nicht einmal hin.

Josef schüttelte den Kopf. Niemals. Das war kein brennender Misthaufen. Das war was anderes. Dann müsste es stinken wie die Pest …

„Nee, nee, das muss was anderes sein!" Er rannte in Richtung Qualm.

„Du hast ja nicht alle Tassen im Schrank, bleib hier!"

„Lass ihn doch hinrennen, sollen sie doch sehen, wie wohl gesonnen wir der norwegischen Bevölkerung sind."

„Und was ist, wenn es eine Falle ist?"

Josef warf einen kurzen, ungläubigen Blick zurück. Warum rührten die sich nicht? Was da brannte, war kein Misthaufen. Es roch nach verbranntem Holz und Stroh! Er wusste es, er konnte es riechen und spurtete los. Als er die Hofeinfahrt erreichte, züngelten bereits die ersten Flammen durch eines der Scheunendächer.

„Gunnar, Thale! Gunnar, Thale!“

Josef hatte genug Frauen in Panik erlebt – besonders dann, wenn es um ihre Kinder ging: Wenn sie Gefahr liefen, vor ein Fuhrwerk zu laufen, wenn sie sich in hohen Bäumen verklettert hatten oder, als der – wie hieß er doch gleich – in die Jauchegrube gefallen war.

‚Bei der hier geht es auch um Kinder!‘

Fast hätte er sie umgerannt. Die Frau hatte ihre Finger in den Haaren verkrallt und warf laut schreiend den Kopf hin und her.

Josef sah hinauf zum wolkenverhangenen Himmel. ‚Regnen müsste es jetzt. Aus Eimern gießen.‘

Die Frau, plötzlich verstummt, hatte sich eine Faust in den Mund gesteckt und starrte wie hypnotisiert auf das Scheunentor. Neben ihr stand ein Eimer mit Milch, sie musste gerade gemolken haben.

‚Hauptsache nass‘, dachte Josef, kippte sich den gesamten Inhalt über den Kopf und rannte in die Scheune.

Er hätte sich die Milchdusche sparen können.

Der Junge und das Mädchen, die zitternd oben auf der Heubühne eng an die linke Außenwand gedrückt hockten, waren noch gut zehn Schritte vom Feuer entfernt, das sich durch das Stroh der rechten Scheunenhälfte fraß. Noch waren die Kinder nicht in unmittelbarer Gefahr.

„Eine Leiter!“

Josef wäre fast darüber gestolpert. Ob die Kinder sie in der Aufregung umgestoßen hatten? Es war ein langes, schweres Ding. Josef war sofort klar: Die konnte er nicht alleine aufrichten. Kurzerhand preschte er wieder hinaus, rannte auf die immer noch bewegungsunfähige Frau zu, packte sie an den Schultern und schüttelte sie.

„Gunnar, Thale“, brüllte er sie an, packte sie grob am Arm und zog sie in Richtung Scheune.

‚Wenn doch die Kinder nur nicht so stumm wären! Warum rufen sie sie denn nicht? Mama-Rufe machen alle Mütter hellhörig. Mama ist international. Genau!‘, durchfuhr es Josef und holte tief Luft, ‚wenn sie es nicht tun, dann muss ich es!‘, und er schrie ihr ein gellendes *Mama* ins Gesicht.

„Ja, ja!“ Ihr Aufschrecken, ihr *Erwachen,* war so unmittelbar und heftig, dass Josef beinahe ins Stolpern geriet.

„Jeg kommer, vi kommer!“, rief sie ihren Kindern zu, ergriff Josefs Hand und rannte mit ihm in die Scheune. „Den Stiger, ja, ja“, brach es aus ihr heraus und wuchtete mit ihm die Leiter in die Höhe.

„Sie steht. Steht sicher und fest“, murmelte Josef und hielt die Leiter fest umklammert – stützte sie noch immer ab, obwohl die Kinder schon längst heruntergeklettert und aus der Scheune gerannt waren.

Josef hörte nicht, wie die Frau *ut, ut – vekk, vekk* rief und starrte in die Flammen.

‚Wenn Bücher brennen, dann riecht das anders‘, ging es ihm durch den Kopf, ‚damals in Berlin. Berlin im Regen. Regen, der gegen die Scheiterhaufen nichts ausrichten konnte. Berlin … da war es … lauter, da waren so viele …‘ Josef senkte den Kopf und sah angewidert an sich herunter. ‚Seit wann ist Regen so klebrig?‘

Josef ließ die Leiter los, streckte beide Arme weit von sich und schüttelte sich. Er riss sich ein Kleidungsstück nach dem anderen vom Körper und warf es im hohen Bogen in Richtung Feuer.

Ich übergebe alles Undeutsche dem Feuer, dröhnte es in seinem Kopf.

Wer damals in Berlin mit diesen Worten die Menge angestachelt hatte, wusste Josef nicht mehr und wollte es auch nicht mehr wissen. Josef wollte nur eines: Nie mehr eine Uniform tragen.

„Nie mehr", brüllte er, knüllte seine Socken zusammen, sie waren das Letzte, was er noch von sich riss, übergab auch sie den Flammen und rührte sich nicht von der Stelle.

„Ut, ut! Vekk, Vekk!", drang endlich das Rufen der Frau zu ihm durch.

Vielleicht hieß es so was wie ‚komm raus', doch diesmal war er es, der unfähig war, auch nur einen Schritt zu gehen. Unfähig vor Angst und Kälte – am ganzen Körper schlotternd.

„Jeg er Finja", rief die Frau. Sie nickte heftig und schlug sich mit der Hand an die Brust. Diesmal packte sie *seinen* Arm und zerrte *ihn* hinter *sich* her. Zerrte ihn über den Hof, vorbei an den noch immer verstört dreinblickenden Kindern, hinein in ihr Haus, vorbei an dem sich eng an die Flurwand drückenden Hund.

‚Hunde und Feuer. Der hier kann damit gar nicht umgehen', war das Letzte, was Josef in den Sinn kam und dann wurde ihm schwarz vor Augen.

„Egal, wie das Wetter ist, am achten Mai wird bei mir Geburtstag gefeiert. Wenn sie alle kommen, sind wir achtundzwanzig. Aber wir steuern sicher auf die 30 zu. Thale wird Uroma. Von Zwillingen."

Josse schloss seine Augen und wiegte kaum merklich seinen Kopf zu einer längst verklungenen Melodie, die nur er allein hören konnte. Er seufzte und kam lächelnd in die Gegenwart zurück.

„Gunnar und Thale sind auch Zwillinge. Eigentlich ist ihr Geburtstag im August, aber irgendwann haben wir beschlossen, unsere Geburtstage zusammenzulegen. Zur Erinnerung daran, dass nach der brennenden Scheune für uns alle ein neues Leben begann. Der achte Mai. Seltsam, nicht? Was für ein Zufall. Genau zwei Jahre später hat Deutschland kapituliert."

„Zufall ist das Pseudonym, das der liebe Gott wählt, wenn er inkognito bleiben will", murmelte Helen.

„Von wem ist das denn?"

„Von Albert Schweitzer. Hängt über dem Schreibtisch meines Vaters. Als Wissenschaftler ist er oft in der Zwickmühle. Ist es Zufall oder Schöpfung? Ist es Evolution oder bewusst gelenkt?"

„Und wohin tendiert dein Vater?"

„Dass Entwicklung ein göttliches Prinzip ist. Zumindest von dem Gott, an den er glaubt."

„Zufällig ist der Wehrmachtsfunker Josef Tomulka jedenfalls nicht verschwunden. Offiziell wurde mein *Verschwinden* in den Garnisonsnachrichten als heroische Tat ausgeschlachtet. Man hat mich zum Helden gemacht, der zwei Kinder vor dem Flammentod bewahrte, der das mit seinem Leben bezahlt hat, und dessen sterbliche Überreste man in aller Stille in norwegischem Boden beigesetzt hatte."

„Und inoffiziell?"

„Laut norwegischem Geheimdienst wurden die Soldaten, die mit mir unterwegs waren, zwei Tage später an die Ostfront geflogen. Waren *versetzt* worden, weil sie mich haben entkommen lassen. Außerdem war man auf der Suche nach mir. Es war eindeutig, auch wenn man die Aktion der Bevölkerung als Orientierungsmarsch verkaufte. Inoffiziell war ich Fahnenflüchtiger. So blieb mir bis Kriegsende nichts anderes übrig, als mein Dasein hier in diesem Tal zu fristen. Zwei lange, einsame Jahre, in denen ich die ersten Wochen nur aus meinem Schlupfwinkel herauskroch, wenn ich meine Notdurft verrichten musste oder jemand vom Widerstand nach dem Rechten sah. Finja ...", murmelte Josse und ließ den Blick durchs Tal schweifen, „wer weiß, was geschehen wäre ... ohne ... ohne ihr beherztes Eingreifen und ihre Empathie. So sagt man doch heute. Ich hätte so hilflos ausgesehen, so verwundbar, so schutzbedürftig. Ein schlotternder, splitterfasernackter Junge. Ein großer Junge. Kein Soldat, kein deutscher Besatzer, kein Feind. Im Haus hat sie mich in die Küche geschleift, den Tisch weggestoßen, den bunten Flickenteppich zur Seite geschleudert, eine darunter versteckte Klappe geöffnet und eh ich wieder richtig zu mir kam und begreifen konnte, was mit mir geschah, saß ich in einem mit dicken Bohlen abgestützten, unterirdischen Bau. Es war alles drin, was ich brauchte: warme Decken, Unterwäsche, Hemden, Hosen, Pullover und dicke Steppjacken.

Sogar Stiefel waren dabei. Alles aus norwegischen Militärbeständen und alles ein bisschen zu groß. Lebensmittel waren auch drin und jede Menge Waffen samt Munition – ein Partisanenschlupfloch und Vorratslager."

„Hat dich das damals belastet, dass deine, nun ja, Kameraden, wegen dir nach Russland geschickt wurden?"

„Damals und jetzt. Ich hab ihnen immer gewünscht, dass sie es überleben. Von ganzem Herzen. Aber Krieg ist Teufelswerk, und die Maschinerie der Nazis kannte keinen Rückwärtsgang. Es ist, wie es ist. Sie haben mir mit ihrer Überstürztheit jedenfalls … das Leben gerettet. Sie hätten mich nicht allein auf den Hof rennen lassen dürfen. Der nächste Fehler war, dass sie wirklich überzeugt davon waren, dass ich in der Scheune umgekommen war. Das Verheerendste war, dass sie alle zurück ins Quartier gefahren sind und nicht einen zurückgelassen hatten, um alles im Auge zu behalten. Als man Stunden später nach meinen sterblichen Überresten suchte und nichts finden konnte, wurde mit ihnen kurzer Prozess gemacht. Nicht auf norwegischem Boden. Dafür war die Ostfront der geeignetere Ort. Ohne Finja wäre ich nicht hier. Sie muss sehr überzeugend gewesen sein. Geschrien, gejammert und getobt hat sie, echte Tränen vergossen. Der Retter ihrer Kinder verbrannt, bei lebendigem Leibe, nicht zu retten, nicht wiedergutzumachen. Ihr Mann hatte nicht lange gefackelt, Gleichgesinnte informiert, mich aus dem Versteck geholt, hierhergebracht und … versorgen lassen. Während des Krieges habe ich ihn nicht einmal zu Gesicht bekommen."

Josse faltete die Hände und legte sie unter sein Kinn. „Das war alles kein Zufall, das war alles so gewollt."

„Und ein Wunder, dass du alles gut überstanden hast. Allein die Kälte, diese langen Winter …“

„Gefroren hab ich im Flugzeug oder in dieser Wellblechhütte in Lillehammer. Hier draußen …“, Josse schüttelte den Kopf, „in den Wintermonaten war mir nicht gerade warm, aber erst mal lebte ich in den Sommer hinein und konnte mich an das Klima hier gewöhnen. Außerdem, die Hütte war damals kleiner und mit Rentier- und Elchfellen bestens isoliert. Und eine Heizung hatte ich auch.“ Josse lächelte. „Eine Kerzen- oder Esbitkocher-Heizung. Ich konnte mir jeden Tag Tee kochen und konnte wählen zwischen Pfefferminz, Kamille und Hagebutte. Und ich hatte Weizen. Weizen … eingeweicht, gekocht, gekaut, zermahlen oder ganz.“

„Weizenkörner. Die eiserne Notration der römischen Soldaten.“

„Das, und was sie mir jedes Mal mitbrachten: frische Milch, Rosinen, Nüsse und, was sie auf dem Weg so fanden. Mal Beeren, mal Pilze – oder beides. Der Jotunheimen ist voll davon. Wenn sie sich sicher fühlten, waren sie zuvor auf Forellenfang gegangen. Ansonsten gab es eingewecktes Elchfleisch und hin und wieder auch mal ne Wurst. Ach ja, und zu Ostern und Weihnachten gab's sogar Schokolade!“

„Zwei Jahre lang“, sagte Helen gedehnt.

„Es hat mir nicht geschadet. Ende Mai 47 brachten sie mir dann den ersten Rammler, eine schon tragende Häsin und zwei Ziegen mit. Ich hatte damit alles, was ich brauchte.“

„Hast du nie den Wunsch gehabt, wieder ein … normales Leben zu führen?“

„Was ist schon normal? Etwa nach Deutschland zurückkehren? Auf gar keinen Fall. Aber das stand schon vor

Kriegsende fest, und drum haben wir danach so schnell wie möglich mit dem Ausbau der Hütte angefangen."

„Wie alt ist Gunnar eigentlich?"

„Gunnar? Ach, das ist noch ein junger Mann. Der ist 13 Jahre jünger als ich. 66." Josse lachte leise. „Seit einem Jahr lässt er keine Gelegenheit aus, mir zu sagen, dass es doch langsam an der Zeit wäre, zu ihm auf den Hof zu kommen."

„Komisch. Er ist dein Freund und trotzdem hast du ihm bisher nie etwas über dich erzählt?"

„Nein. Nicht so wie dir."

„Und, wirst du es tun?"

„Es gibt für viele Dinge unter dem Himmel nur einen richtigen Augenblick. Gunnar würde nicht wollen, dass meine Wunden *noch* einmal aufgerissen werden. Jetzt, wo sie gerade zu heilen begonnen haben. Was mein Hiersein anbelangt: Mal sehen, wie es wird, wenn die Tage wieder kürzer werden. Allmählich fällt es mir schon schwerer, bei Kerzen- oder Petroleumlicht zu lesen. Sie haben sogar schon von einer Stromleitung gesprochen, aber dann kann ich wirklich gleich weggehen, zurück in die ... Zivilisation. Außerdem muss ja nicht noch eine Leitung durch die schöne Natur gelegt werden."

„Noch eine?"

„Na, die von meinem Feldtelefon, die, worüber ich von Myra erfahren habe, dass da eine junge Deutsche auf der Suche nach mir ist. Telefon und Stromleitung. Nee, so viel Luxus brauch ich nicht."

„Ein Feldtelefon? So ein altes Stück mit Kurbel, wie man es manchmal in Kriegsfilmen sieht?"

Josse nickte.

„Na, wenn du das Luxus nennst, dann bist du aber noch weit weg von dieser sogenannten Zivilisation."

„Immerhin kann ich es jetzt läuten lassen", sagte Josse beinahe schon trotzig. „Während des Krieges durfte nur ein Lämpchen blinken, wenn man mich anrief und wissen wollte, wie's mir geht."

„Verlassen wir dein Tal genauso, wie wir hineingekommen sind?"

„Genauso."

Sie gingen eine Weile schweigend nebeneinander her. Diesmal passte Josse nicht darauf auf, dass Helen genau zwischen den Beeten in seiner Spur lief.

„Darf ich dich noch was fragen, Josse?"

„Ja."

„Deine Prinz-Heinrich-Mütze und Wilhelms Theorie mit der Ersatz-Kippa, damals in seinem Haus in Breslau, ist da was dran? Ich meine, dass du immer eine Kopfbedeckung brauchst, so wie manche Juden immer eine tragen?"

„Ich denke schon."

Sie hörte seiner Stimme an, dass er lächelte.

„Und die Mäanderbänder, mit denen du die eine Schranktür und den Spruch über deinem Bett verzierst hast?"

„Die sehen fast so aus, wie die auf dem Kästchen, die meinem Vater gehört haben soll."

„Wüsstest du gerne, was aus ihm geworden ist?"

„Ja, Helen, sehr gern sogar."

„Ich kann natürlich nichts versprechen, aber ich werde es versuchen."

Helen war noch eine Nacht geblieben. Als sie am Morgen vor die Hütte trat, war das Tal in leichten Nebel gehüllt. „Er wird sich bald heben", sagte Josse, der mit Luftmatratze und Schlafsack unterm Arm zu ihr auf die Veranda trat. „Wenn ich dich nach dem Frühstück zurück zum Hauptweg bringe, ist er sicher schon verschwunden."

Sie hatten den Abschied so kurz wie möglich gehalten. Josse hatte Helen in den Arm genommen und einfach „Danke" gesagt. Sein „Auf Wiedersehen und komm bald wieder" war kaum ein Flüstern gewesen.

Als Helen ein letztes Mal zurückblickte und ihm zuwinkte, stand er noch immer dort, wo sie sich getrennt hatten. Er hob die Hand und lächelte.

Nachwort

Josses Tal ist ein Roman, die darin vorkommenden Personen sind – abgesehen von historischen Persönlichkeiten und einem Auftritt meiner Mutter – frei erfunden.

Aufgewachsen zwischen Heimatvertriebenen und Flüchtlingen habe ich all die Geschichten und Erlebnisse rund um den Kreis Reichenbach in Schlesien aufgesogen, und sicherlich haben sich schon während meiner Kindheit die Protagonisten zu denen entwickelt, die ich letztendlich handeln und leben ließ.

Ein Besuch im Kreis Reichenbach gab mir letzten Endes die Gewissheit: Hier wird der Hauptort des Geschehens sein. Vieles, was ich über persönlich Erlebtes zu der Zeit zwischen 1930 und 1945 erfahren habe, werde ich hier stattfinden lassen.

Alle Orte, auch Randsverk am Rande des Nationalparks Jotunheimen in Norwegen, sind real, doch habe ich diesen Schauplätzen gelegentlich einige Prisen künstlerischer Freiheit eingehaucht.

Authentisch ist leider auch die sogenannte Sportstätte, ein im Kreis Reichenbach gelegenes Zwangsarbeiterlager für Juden. Eine Gedenktafel erinnert heute daran.

Danksagung

Allen voran gilt der größte Dank meinem Mann Ernst-Erich, der vom ersten bis zum letzten Satz, von einer Hürde zur anderen, hinter mir und meinem Projekt stand und mich in jeder Hinsicht unterstützte. Dank an meine Kinder Melanie, Stephan, Christoph und Manuel, deren Bilder mir von meinem Schreibtisch aus zulächelten und die mich mit Botschaften ermunterten wie: Du schaffst das und Don't give up. Danke fürs Lesen und eure konstruktive Kritik. Danke für euer Nicht-Müde-Werden, mit mir Sätze zu formen oder sie auf Herz und Nieren zu prüfen – wie es auch meine gute Freundin Rena getan hat.

Dank sei Gertraude, dass sie mir eine Fülle an Hintergrundwissen zu ihrem geliebten Norwegen gegeben hat und den Hüttenbesitzern in Randsverk. Dank sei meinem ehemaligen Nachbarn Jupp, der mich in Wort und Tat in die Welt der Kaninchen einführte, und ganz besonderer Dank sei Klaus Prassler, der mir unermüdlich Auskunft über das Erlebte während seiner Jugendzeit im Kreis Reichenbach gegeben hat.

Dank an alle, die mich bereitwillig und kompetent mit fachlichem Hintergrundwissen ausgestattet haben: Archive und Bibliotheken, Bundeswehr, Funkamateure, Wetterwarten und technische Museen.

Eine mehr als bewegende Quelle war der autobiografische Bericht des jüdischen Arztes Hans-Werner Wollenberg. „... und der Albtraum wurde zum Alltag", herausgegeben von Dr. Manfred Brusten, Professor für Soziologie an der Universität Wuppertal.

Nicht unerwähnt lassen möchte ich auch meine Vorableserinnen Andrea, Christiane, Gabriele, Helen, Jemina, Jenny, Liane, Petra und Sonja. Nicht nur euer Feedback hat mir sehr geholfen.

Der Tag, da mich meine Füße zum Pendragon Verlag lenkten, wo Günther Butkus ganz persönlich mein Manuskript entgegengenommen hat, wird mir unvergesslich bleiben. Buchschmiedemeister habe ich ihn und sein Team genannt. Allen voran Lea Dunkel, die wundersam Sätze entlockende und sanft lenkende Lektorin, und die kreative Uta Zeißler, die mehr als nur verantwortlich für Herstellung und Gestaltung ist.

Ich bin dankbar für all das, was ich rund um die Entstehung des Romans und dabei auch über mich selbst lernen konnte. Es ist eine große Bereicherung in meinem Leben.

Pendragon Verlag
gegründet 1981
www.pendragon.de

Originalausgabe
Veröffentlicht im Pendragon Verlag
Günther Butkus, Bielefeld 2023

Lektorat: Günther Butkus, Lea Dunkel
Umschlag und Herstellung: Uta Zeißler, Bielefeld
Umschlagfoto: jortgies / photocase.de
Satz: Pendragon Verlag auf Macintosh
Gesetzt aus der Adobe Garamond
ISBN 978-3-86532-831-1
Gedruckt in Deutschland

MIX
Papier
FSC FSC® C083411